Jacki Lyden

Tochter der Königin von Saba

JACKI LYDEN

Tochter der Königin von Saba

Aus dem Schattenreich meiner Mutter

Aus dem Amerikanischen
von Sonja Hauser

ULLSTEIN

Die Deutsche Bibliothek – CIP-Einheitsaufnahme

Lyden, Jacki:
Tochter der Königin von Saba: aus dem Schattenreich meiner Mutter /
Jacki Lyden. Aus dem Amerikan. von Sonja Hauser. –
Berlin: Ullstein, 1999
Einheitssacht.: Daughter of the Queen of Sheba ‹dt.›
ISBN 3-550-06989-8

Titel der amerikanischen Originalausgabe: *Daughter of the Queen of Sheba. A Memoir,* erschienen bei Houghton Mifflin Company, New York 1997

Aus dem Amerikanischen von Sonja Hauser

Satz: Dörlemann Satz, Lemförde
Druck und Bindung: Graphischer Großbetrieb Pößneck GmbH, Pößneck
Printed in Germany
ISBN 3 550 06989 8

Gedruckt auf altersbeständigem Papier
mit chlorfrei gebleichtem Zellstoff

Für meine Familie

Wenn du mich nicht sogleich verstehst,
bleibe dennoch guten Mutes.

Findest du mich nicht an einer Stelle,
so suche mich an einer andern.

Irgendwo halte ich mich auf und warte auf dich.

Walt Whitman, *Grashalme*

INHALT

VORBEMERKUNG

Dieses Buch habe ich vor allem für meine Mutter und meine Familie geschrieben, ohne deren Erinnerungen es nicht möglich gewesen wäre. Doch zuletzt entspringt es meinem Gedächtnis, wie gefärbt oder verzeichnet, genau oder ungenau auch immer. Meine Mutter gewährte mir schonungslosen Zugang zu ihren Unterlagen. Und ich schonte sie nicht. Nicht nur, weil ich sie neu erschaffen habe, sondern der Welt Erinnerungen mitteile, die sie selbst nicht immer teilt. Aus diesen Gründen habe ich viele Orts- und Personennamen verändert. Wie immer mir nahestehende Menschen dieses Werk beurteilen mögen, es ist die Geschichte und Reflexion einer Welt, die einst unsere gemeinsame war.

Miss America, du bist so schön

Die Hand meiner Mutter war offen wie eine Tasse aus Biskuitporzellan, und die Finger von Jesus Christus schlangen sich tentakelgleich um sie. Jesus Christus erschien ihr als weißer Tintenfisch, leuchtend in der Dunkelheit, mitten in der Nacht, in unserem kleinen Ort Menomenee in Wisconsin. Wir schrieben das Jahr 1966. Ich war zwölf Jahre alt. Meine Mutter war jung und schön, verheiratet mit einem Mann, der nicht viel von ihren nächtlichen Aussprachen mit dem Herrn hielt. »Jesus hat gesagt, ›Nimm meine Hand‹«, erklärte mir meine Mutter ein Vierteljahrhundert später. »Er hat gesagt, ›Dolores, du bist auserwählt, große Dinge zu tun.‹ Er hat gesagt, ›Dolores, ich werde dich durch tausend Prüfungen der Seele erhöhen und immer bei dir sein.‹« Nun, irgend jemand mußte ja bei ihr sein. Ihre Unterhaltung mit Jesus war wohl kaum eine unlogische Schlußfolgerung. Und alles andere passierte hinterher mit uns.

Mein Stiefvater war derjenige, der das Sagen hatte, nicht Gott. Er war Arzt in unserem Ort. Ihm gehörte eine kleine Klinik, in der sich die Hälfte der Bevölkerung behandeln ließ. Die Leute räumten ihm Macht über ihr Leben ein und bezahlten ihn nicht nur in bar, sondern auch in Naturalien – mit Eimern voller Blaubeeren oder Steigen voller Tomaten, die nach Motoröl riechende Hände vom Strauch gepflückt hatten. Wir wohnten über der Klinik, auf den Überresten einer üppigen alten Farm mit Blick auf den Lac La Jolie. Die Tatsache, daß wir Geld hatten, baute so etwas wie einen Schutzwall um uns auf, das dachte ich zumindest. Jedenfalls veranlaßte das meinen Stiefvater zu einer Verachtung gegen alles und jeden, die durch seine Größe und sein dunkles, mit Brillantine zurückgekämmtes Clark-Gable-Haar noch verstärkt wurde. Für die Leute in unserem Ort war mein Stiefvater Richard Cory aus dem Gedicht von Edwin Arlington Robinson. Er strahlte beim Gehen.

Am Tag nach der ersten Vision meiner Mutter fuhr er sie mit seinem bananengelben Cadillac in Wagner's Hospital, ohne irgend jemandem etwas zu sagen. Wagner's war ein altes Herrenhaus, das sich auf einem großen Anwesen am Rande der Stadt befand, zwischen dichten, hohen Kiefern, und nun ein Heim für die psychisch Gestörten war. Ich kannte Wagner's. Das Schicksal unglückseliger Menschen entschied sich dort, ein Schicksal, das sich im gespenstischen, durch die Kiefernzweige dringenden Licht spiegelte. Ich hatte gehört, daß sich zwischen diesen Zweigen Seelen tummelten. Die herunterhängende Borke sah aus wie die Wirbel an Fingerabdrücken, als seien die Bäume von flüchtenden Geistern berührt worden, die gebeugte Schatten auf die lange, kreisförmige Auffahrt von Wagner's warfen. Ich stellte mir vor, wie mein Stiefvater zwischen den Bäumen vor Wagner's hindurchmarschierte, die Schatten teilte. »Nervenzusammenbruch«, erklärte er der Schwester an der Aufnahme von Wagner's, und meine Mutter stand klein und stumm neben ihm, eher ein hübsches Kind als eine Ehefrau. Er ließ sie in die geschlossene Abteilung einweisen; mehr erfuhren wir nicht.

Als ich von der Schule nach Hause kam, stand die Mutter meiner Mutter wie eine Lumpensammlerin in der Küche von Dolores. Meine Großmutter sah immer so aus – eine Frau, die für die körperliche Arbeit geschaffen schien, wie ein irisches Fischweib, das Schubkarren voller Mollusken vor sich herschob oder im Garten kniend Seetang eingrub. Und doch liebte sie das Melodramatische; sie hatte ein fast schon opernhaftes Gespür dafür. Meine Großmutter weinte. Sie schniefte theatralisch, und ihre verschnörkelten Seufzer segelten wie Taschentücher herunter zu mir. Sie klagte, beschwor Jesus, Maria, Joseph und alle Heiligen. Ich betete nicht, sondern rechnete. Ich verglich das Vakuum, das meine Mutter hinterließ, mit der Lautstärke des großmütterlichen Schluchzens. Ich meinte, meine Mutter sei tot, mein Stiefvater habe sie nun doch umgebracht und unter dem dichten Kiefernnadelteppich vor Wagner's vergraben. Oder er habe sie für immer in einen alten Raum mit abgewetzten Samtbrokattapeten gesteckt, wo sie sich irgendwann zu den anderen Geistern gesellen würde. Natürlich hatte er sie nicht umgebracht. Aber wenn sie schon nicht perfekt sein konnte, nun, dann machte es auch nicht viel, wenn sie starb. Schließlich wirft man auch kaputte Kristallgläser weg, egal, wie sehr man sie einmal geliebt hat.

Nervenzusammenbruch. Ich schrieb dieses Wort am 1. Oktober 1966 in mein Tagebuch. Ich führte ein Tagebuch, seit ich schreiben konnte, und ich schrieb auf alles, was ich in die Finger bekam: auf Kalender von Arzneimittelherstellern, die mein Stiefvater weggeworfen hatte, auf alte Umschläge von der Kirche, auf Aktenmappen und die Pappe in Hemdenverpackungen, in

Autogrammhefte und in mein weißes Pfadfinderinnentagebuch mit dem goldenen Kleeblatt und dem Schloß. Ich stellte mir den Nervenzusammenbruch wie einen Maibaum vor, dessen Bänder sich entgegen den Fliehkräften entwirrten. Vielleicht löste sich der Geist so auf, mit einem Knall, einem flatternden Geräusch, die Bilder in Fetzen.

Meine Großmutter verwendete das Wort »Zusammenbruch« als erste. »Deine Mutter ist in der Klapsmühle«, sagte sie gleich am allerersten Nachmittag mit Tränen in den Augen. »Nervenzusammenbruch. Wie bei einem Auto, wenn die Bremsen kaputt sind. Man verliert die Kontrolle. Sie ist erschöpft, mit den Nerven am Ende. Sie braucht Ruhe. Sie weiß nicht, wer sie ist.« Meine Großmutter war eine Bauersfrau, eine Rebellin. Sie hatte eine kräftige, talgige Stimme, und sie rieb sich Tierfett auf die roten Knöchel und ins Gesicht, wenn sie Biber oder Nerze häutete. Ich liebte sie fast so sehr wie meine Mutter. Sie glaubte an Lügen oder – wie wir sie in der irischen Tradition nannten – Geschichten, je ausgeschmückter, desto besser, und wenn Geschichten Edelsteine gewesen wären, dann hätte meine Großmutter mir den Hope-Diamanten und das Juwel von Jamshid dargeboten, den größten Edelstein von Persien, weil keine Geschichte groß genug war für ihre Tochter und ihre Enkelin. Und deswegen glaubten wir ihr fast nie. Aber an jenem Nachmittag glaubte ich ihr. Ein Nervenzusammenbruch war für sie so etwas wie ein Infarkt des Geistes. Und ich war ihr dankbar. Wenn meine Großmutter Mabel nicht zu uns – zu meinen beiden jüngeren Schwestern und mir – gekommen wäre, dann hätten wir allein mit unserem Stiefvater in dem Haus wohnen müssen. Und dann hätte ich ihm vielleicht den Schädel mit dem Stein eingeschlagen, den ich über meinem Bett aufbewahrte. Möglicherweise wäre ich auch weggelaufen und zum Rodeo gegangen, ein geheimer Wunsch, von dem ich meiner Großmutter oft erzählte, den ich jedoch erst Jahre später verwirklichte. Aber wie sollte ich weglaufen? Kate und Sarah und ich und Mabel und meine Mutter Dolores – Namen wie die Striche auf einem Kompaß. Sie waren die Welt sichtbarer magnetischer Kräfte, und ich konnte sie genausowenig verlassen, wie ich die Kontinente neu ordnen konnte. Doch meine Mutter fand heraus, daß sie die alte Geographie nicht zu verlassen brauchte, wenn sie ihr zu schmerzlich vertraut wurde. Dann erfand sie einfach eine neue.

Wenn sie uns in jenem Oktober mit dem Kombi meiner Mutter abholte, fuhr meine Großmutter meine kleineren Schwestern und mich oft an Wagner's Hospital vorbei, das gleich auf der anderen Seite der Straße am silbrigen Lake Ipesong lag. Tannen säumten es wie ein Kragen aus Federn. Oft hielten wir an und taten so, als höben wir die Hülsen von Schwalbenwurzgewächsen auf oder zählten die Gänse über dem Lake Ipesong, während wir mit Luchsaugen zum Anwesen des Sanatoriums hinüberspähten, um unsere Mutter zu entdekken. Ich sah ein paar Patienten, die auf dem Rasen herumschlenderten, auf der Suche nach vor langer Zeit verlorenen Krocketkugeln, die Gesten klebrig matt, als sei es Hochsommer, nicht Herbst. Ich entdeckte meine Mutter nie, obwohl ich spürte, daß ihr Blick auf mir ruhte. Ich hielt vergeblich hinter den Bogenfenstern unter den gotischen Dachvorsprüngen nach einer Locke ihres rotbraunen Haars oder nach einer Hand mit rotlackierten Monden Ausschau. Es war, als verstecke sie sich hinter einem Haremsschirm, hinter dem sie nicht hervorkam. Allmählich wurden die lauen Herbsttage frischer. Auf dem Rasen vor Wagner's Hospital sammelte ich Herbstlaub, um es mir unter dem Mikroskop im Labor der Junior High-School genauer anzusehen. Die Adern, ihr Nervensystem, waren genau zu erkennen, ließen sich sezieren. In der Welt der Blätter war alles in Ordnung.

Nervenzusammenbruch: das Wort, verschlossen in meinem Tagebuch. Nervenzusammenbruch bedeutete, daß meine Mutter die Kontrolle verlor und zu versinken begann, obwohl sie bis dahin ständig in Bewegung und unser aller Leben die Synthese dieser Bewegung gewesen war. Dies war die Zeit meiner großen Religiosität: Bibelstunden, Bittgebete. Ich stellte mir die Gestalt meiner Mutter in einer Lichtsäule gefangen vor, wie die kniende Maria Magdalena auf dem Vorsatzbild meiner Bibel, auf ewig Wache haltend im Garten von Gethsemane. Meine Mutter war in meiner Vorstellung erstarrt, umhüllt vom Mondlicht über dem Garten, sie und Maria Magdalena nebeneinander auf Knien. Gerade als ich mich an dieses Bild gewöhnte, brachte mein Stiefvater sie wieder nach Hause.

Als meine Mutter die Auffahrt heraufkam, glich sie dem Rehkitz, das ich einmal auf einer Farm gesehen hatte, die Nase schnüffelnd in die Luft gereckt, den Kopf merkwürdig schräg, wie von einem unsichtbaren Geweih nach unten gezogen. Vielleicht lauschte sie auch nur auf ferne Musik. Ihre Augen glänzten: an, aus, dort, hier. Man sah, wie der Glühfaden zu glimmen begann und wieder verlosch. Aber sie sagte: »Ach, Kinder, ich hab euch ja so vermißt«, und wir riefen: »Ach, Mom, wir haben dich auch vermißt!« Und sie umarmte uns immer wieder, drückte meine jüngere Schwester an sich, bis sie sich ihrer Umarmung entwand. Sie gab uns allen einen Kuß. Sie buk Plätzchen für uns. Erst Jahre später erfuhr ich, daß mein Stiefvater sie gegen den Rat der Ärzte aus der Klinik geholt hatte, ihr von da an selbst Medikamente verschrieb und die Dosis Haldol nach eigenem Gutdünken erhöhte. Ich sah die Fläschchen in ihrem Arzneimittelschränkchen. »Für meine Hübsche, damit sie zur Ruhe kommt.« »Für mein Dolly-Mädchen, für ihr schwaches Herz.« Nembutal, Valium – Küsse aus den Sechzigern.

Die Königin von Saba tauchte eines fahlen Nachmittags ungefähr eine Woche nach der Rückkehr meiner Mutter aus der Klinik auf. Als ich von der Schule nach Hause kam, war es ungewöhnlich ruhig im Haus. Meine Schwestern waren mit meiner Großmutter unterwegs, die sie jetzt immer von der Schule abholte und sie manchmal zu Besorgungsfahrten mitnahm, damit meine Mutter sich ein bißchen erholen konnte. Meine Mutter war allein zu Hause. Sie saß an dem glattpolierten Küchentisch aus Eiche und starrte aus unserem Fenster im ersten Stock hinaus auf den Lac La Jolie. Bäume säumten den dunklen See wie Schmutz eine alte Flasche. Es begann zu schneien – der erste Vorgeschmack auf den November. Meine Mutter hatte den Gürtel aus ihrem Kleid gezogen und ließ ihn geistesabwesend durch ihre Hände gleiten. Ich umarmte sie unsicher und fragte sie, ob alles in Ordnung sei. Sie sagte mit weit entfernter, leiser Stimme ja. Ich glaubte ihr nicht so recht und setzte mich eine Weile zu ihr. Dann ging ich in mein Zimmer, um mich umzuziehen. Ich rollte mich auf meinem Bett zusammen, doch es zog mich wieder zu Dolores, ich wollte sie aufmuntern. Das machte ich gern, ich hatte eine Begabung dafür. Ich würde mir eine Schatzsuche für sie ausdenken. Das fand sie amüsant. Jeder Hinweis wäre eine Blume, die mir exotisch vorkam, eine Hyazinthe oder eine Strelizie. Ich berührte die Blumen auf meiner Bettdecke. Meine Mutter hatte die Wände in meinem Zimmer lavendelfarben gestrichen und lavendelfarbene Vorhänge angebracht. Es war mein erstes eigenes Zimmer, so etwas wie ein kleines Versöhnungsgeschenk dafür, daß ich im Haus meines Stiefvaters wohnen mußte. In meinem Zimmer durfte ich so viele Bücher stapeln, wie ich wollte. Ich las gerade eins über die Mayas und Azteken. Letztere verehrten die Mondgöttin im diffusen Licht zwischen den dunklen Pyramiden Mexikos. Das war die Phase, in der ich mich für fremde Kulturen interessierte. Ich tanzte soeben mit den gefiederten Horden, einen Strauß Quetzal-Federbüsche in den Händen, als es klopfte. Dann ging die Tür auf; eine Erscheinung trat herein.

»Ich bin die Königin von Saba«, verkündete meine Mutter mit majestätischer Stimme. Sie hatte die seidiggelben Laken von ihrem riesigen Bett abgezogen und sie wie eine Toga um den Körper geschlungen, so daß die eine Schulter, ihre gardenienweiße Schulter, bis auf den Träger ihres Büstenhalters nackt war. Mit dem Eyeliner hatte sie Hieroglyphen auf ihre Arme gemalt. Die Laken um ihren Körper wurden von alten, ererbten Broschen aus Österreich zusammengehalten. Die langen rotbraunen Haare hatte sie hochgesteckt und mit einer alten Tiara geschmückt, mit der wir Mädchen als kleine Kinder Prinzessin gespielt hatten. Meine Mutter sah mich mit ernstem Blick an.

»Ich bin die Königin von Saba«, flüsterte sie in verschwörerischem Tonfall, »und jeder meiner drei Töchter vermache ich ein Land. Dir Jacki, meiner Ältesten, schenke ich Mesopotamien, deiner Schwester Kate Theben und meiner jüngsten Tochter Sarah, die jetzt neun Jahre alt ist, Karthago.« Dabei bewegte meine Mutter rhythmisch die Schultern wie bei einem Beschwörungstanz und ließ die Finger in der Luft kreisen, als hole sie Zauberkräfte aus ihr. Dann sprach sie tonlos eine Beschwörungsformel, warf mir eine Kußhand zu, bewegte sich rückwärts durch die Tür, schloß sie hinter sich und verschwand.

Ich war ganz allein mit ihr im Haus, aber ich hatte das Gefühl, daß sie sich auf einem anderen Kontinent befand. Ich konnte ihr nicht folgen. Eine ganze Weile lag ich bewegungslos da, wie ein Mensch, der auf einem Aztekenaltar auf seine Opferung wartet. Irgendwann rief ich meine Großmutter in ihrem Bungalow an. Anfangs glaubte sie mir nicht. Dann meinte sie, ich solle niemandem davon erzählen und in meinem Zimmer bleiben, bis sie käme. Die Tür zum Zimmer meiner Mutter blieb fast eine Stunde lang verschlossen. Die Königin von Saba war eine Vision, und sie verschwand noch an jenem Nachmittag im Dämmerlicht.

Seitdem halte ich immer nach ihr Ausschau, am aufmerksamsten dann, wenn meine Mutter in jenes Schattenreich hinübertreibt, in dem Vergangenheit und Gegenwart und Zukunft verschmelzen. Man könnte sagen, daß mein Leben als ihre Tochter, mein Leben in der Phantasie, zusammen mit den Visionen meiner Mutter begann. Meine Schwestern und ich wählten sie uns als Texte; ihr Wahn war unser Skript. Ich versuche noch immer, dieses Skript zu entziffern; ich suche darin nach seiner Macht über unsere Vergangenheit.

Viele Jahre später, als Erwachsene, sehnte ich mich danach, ausgesandt zu werden, um geheime Orte zu erkunden. Am meisten liebte ich jene Orte, die am weitesten entfernt, am rätselhaftesten und wildesten waren. Als ich schließlich vor dem Golfkrieg als Journalistin nach Mesopotamien kam, in einer Zeit, in der Saddam Hussein schwor, den halben Erdball zu verwüsten, auf den Schädeln amerikanischer Piloten zu tanzen und ihr Blut zu trinken (obwohl es ihm nicht einmal gelang, für ordentliche Klimaanlagen in den Hotels zu sorgen), waren Geheimnisse die härteste Währung. An jenen langen Nachmittagen im Irak, da man Männer als menschliche Schilde gefangenhielt, trank ich Cocktails im Schutz von Botschaften und privaten Klubs und dachte an das Elend und die Lust in den Gesichtern dieser Menschen, die nicht aus ihrer Gefangenschaft entkommen konnten. Ich reiste. Ich war frei. Zum Interview mit den Geiseln konnte ich ein Kleid mit einem Muster aus grünen Blättern und Früchten anziehen. Ich konnte mich mit der Sorgfalt einer Königin aus der Antike kleiden. Ich konnte mit dem Zeh Linien in den roten Staub von Saddams falschem Babylon malen – eine bizarre Handlung, nicht würdig der Phantasie meiner Mutter. Ich konnte zusammen mit der Geheimpolizei, den Muhabarat, in Bagdad herumstreifen.

Ich erinnere mich noch, daß ich ganz gelassen eine Dattel schälte und aß und danach Briefmarken mit dem Konterfei Saddam Husseins an einem Kiosk kaufte, direkt unter einem Bild Saddams, das ihn als Abkömmling von Nebukadnezar darstellte. So wollte er sich sehen. Ich dachte an die Königin von Saba. Sie begleitete mich immer, die Hand auf meinem Rücken; sie schob mich, bevor ich morgens aufwachte, schob mich sogar in den

Irak, wo ich auf den Ausbruch des Krieges wartete, sie drängte mich sogar dazu, diesen Text hier zu schreiben. Ein Schleier rutscht der Königin von Saba von der Schulter, und darunter sehe ich … den Wind zwischen den Dattelpalmen, tanzende Menschen mit sich verschlingenden Gliedern. Ihre Fingernägel gleichen den Halbmonden, die Moscheen schmücken.

Unser Leben fiel immer wieder ihrer List zum Opfer, genau wie ihr eigenes; es war ein einziges Entgleiten, ein Hauch, nichts Großartiges, keine Zeit, zurückzuschauen, sich an den Händen zu fassen. Da war nur meine Mutter, die sich mit den Worten »Ich träume wohl« zu uns umwandte, und schon entschlüpfte uns das Leben, meines wie ihres – mein Leben als Schülerin, als Geliebte, als Journalistin in Belfast oder Bagdad, Chicago oder London, das Leben, das dem ihren als Kellnerin, Hotelangestellte, Model so ähnlich war. Realität und Irreales flossen zusammen, wurden hinaus aufs Meer getrieben. Aber nie gelang es mir, mich selbst so vollkommen neu zu schaffen, wie es meine Mutter getan hatte. Wenn ein Auftrag abgeschlossen war, flog ich nach Hause, nach Menomenee in Wisconsin, wo meine Mutter sich bereits wieder eine neue Verkleidung ausgedacht hatte: Nun war sie eine Millionärin oder eine Herzogin, eine Managerin, die große Erfindungen auf den Weg brachte, die Besitzerin eines Rennpferdes. Einmal versuchte sie, die Flugbahn ihres Gehirns mit Hilfe eines Küchenmessers auf Kates Rippen nachzuzeichnen. Doch zum Glück überwältigte Kate sie rechtzeitig.

Als ich heranwuchs, dauerten die Wahnperioden meiner Mutter im allgemeinen ein paar Monate und schmolzen dann wieder dahin wie Eis im Frühling. Doch bevor sie, sich unter Ledergurten windend, durch Medikamente wieder in die Normalität zurückgezwungen wurde, lugte etwas Monströses unter dem Eis hervor. Nennen wir es Verlangen. Ich will damit nicht sagen, daß meine Mutter verrückt wurde, weil sie als schöne Frau das Gefühl hatte, mehr zu verdienen. Doch ungestillte Sehnsüchte und Verrat hinterlassen ihre Spuren. Einige Männer haben in ihrem Leben eine negative Rolle gespielt, sind ihr nicht zu Hilfe gekommen. Ich persönlich wünschte mir eine Mischung aus Albert Einstein und einem kanadischen Mountie. Aber am Ende gelingt es uns immer irgendwie, uns selbst zu retten. Uns allen.

Mir erschienen die Delirien meiner Mutter wie die vom Mond verursachten Gezeiten; sie wurden stärker, als ich heranwuchs, und zogen mich in ihren Bann. Sie zogen mich von allen Ufern weg, an denen ich mich festzuklammern versuchte, egal, wie fern diese Ufer waren. Auch meine Großmutter und meine Schwestern spürten diese Strömungen, und jedesmal, wenn sie mich riefen, kehrte ich nach Hause zurück. Niemand schien in der Lage zu sein, meiner Mutter Herr zu werden, also durfte ich nicht fernbleiben. Die Frauen in meiner Familie lernten, Informationen weiterzugeben – das begann, als ich ans College überwechselte. Dort rief meine Großmutter mich zu allen Tages- und Nachtzeiten an, um mir zu sagen, daß meine Mutter einem Autohändler einen Korb voller Kätzchen als Bezahlung dagelassen oder einen ganzen Kofferraum voller Unterwäsche erworben oder ihren Namen hatte ändern lassen, so daß er mehr Ähnlichkeit mit dem eines großen Warenhauses hatte: Dolores Gimbels von Gimbels Schuster.

»Sie schämt sich für den Namen, den sie von mir hat«, sagte meine Großmutter schniefend. »Sie will nicht an mich erinnert werden! Als wenn ich gar nicht ihre Mutter wäre!« Wie wahr, Mabel, wie wahr: deine Bisamrattensuppe, dein klebriges Fliegenpapier über der Spüle, deine ausgelatschten Filzpantoffeln, mit denen du die Treppe herunterpatschst. Ich ging im Kopf die verschiedenen Familiennamen durch, die sich meine Mutter im Verlauf der Jahre zugelegt hatte – echte Namensänderungen, gespielte, vorübergehende Spitznamen aus Büchern oder Liedern –, und mußte daran denken, daß wir uns jetzt alle mit dem Vornamen ansprachen, meine Großmutter, meine Mutter und ich. Eigentlich waren wir nun eher wie Schwestern: Mabel, Dolores und Jack. Während einer Party im College, zu der ich sie mitgenommen hatte, zog ein Junge Dolores auf seinen Schoß, und die beiden flirteten ein bißchen. Sie war damals schon weit über Vierzig. Bruce, sagte ich, darf ich dir Dolores vorstellen? Und: Mom, das ist Bruce. Zuerst zuckte er ein bißchen zusammen, doch dann überlegte er es sich anders. Er zog sie näher zu sich heran, Erregung im Gesicht, als sei es ihm egal, wie alt sie war! Na, hast du ein paar hübsche Mütter aufgerissen, Bruce? neckten ihn seine Freunde später. Ist das deine Schwester? fragten die Leute mich oft und sahen zuerst meine Mutter und dann mich an. Ja, sagte ich; es war nicht schwer, ihnen etwas vorzuflunkern, denn ich hatte das Gefühl, daß die Wahrheit sie nichts anging. In solchen Augenblicken war sie nicht meine Mutter, sondern das Wesen des Weiblichen; sie bezog ihre Kraft aus einer Quelle, die nichts mit dem Alter zu tun hatte.

Die Jahre vergingen. Als ich bereits über Zwanzig war und in Chicago lebte, rief mich meine Großmutter Mabel manchmal mitten in der Nacht an und seufzte. Es kam vor, daß sie auch dann nicht auflegte, wenn ich praktisch nichts sagte, den Kopf zwischen Kissen und Hörer vergraben, die Schnur eingeklemmt zwischen meinem verkaterten Kopf und – hin und wieder auch – einem Liebhaber im Bett. Ich lag wach und hörte meiner Großmutter zu; ihr Gezischel schweißte uns zu einer Membran zusammen. Wenn ich ganz leise war, konnte ich sie rauchen hören. Ich stellte mir vor, wie sich der Rauch in der Luft kringelte. Meine Großmutter wohnte nur etwa zwölf Kilometer von meiner Mutter entfernt, in einem Bungalow am Lake Puckawasay. Auf ihren Möbeln wuchsen Schimmelblumen. Es fiel mir leicht, mir meine Großmutter vorzustellen, wie sie sich in der Nacht auf ihrem billigen, klapprigen Bett plötzlich aufsetzte, die grauen Haare wirr vom Kopf abstehend, der Flanellkragen, den sie immer um ihren arthritischen Hals schlang, herunterrutschte. Wie sie mit ihren roten, runzligen Fingern daran herumzupfte. »Kannste nicht kommen, Jack?« schreckte sie mich mit heiserer Stimme auf. Diese Stimme war bäuerlich, ein Überbleibsel von den Schweden und Deutschen und Iren, die sich Ende des neunzehnten Jahrhunderts über Pflüge und Steinmauern hinweg unterhalten hatten. »Ich weiß nicht, was ich machen soll. Ich hab Manschetten. Kannste nicht kommen, Jack?«

Ich seufzte und atmete förmlich den Körperpuder ein, der in ihrem Schlafzimmer in der Luft lag, weil sie ihn ständig auf ihre großen, heißen Füße tupfte. Sie sagte: »Kannste denn nicht kommen?«

An einem Morgen des Jahres 1979 wachte ich mit einem besonders schlimmen Brummschädel auf – der Körperabdruck des mexikanischen Kellners, der mir immer wieder flammendblauen Aquavit nachgeschenkt hatte, zeichnete sich noch auf den Laken ab –, da klingelte das Telefon, und Mabel krächzte mir aus dem Hörer zu: »Deine Mutter ist tot.« Es war ein Sonntag im Dezember, genau zehn Uhr fünfundvierzig. Ich hatte das Gefühl, als platzte mir der Kopf.

Ich beobachtete einen Hund, der unten auf der Straße bellte, eine Atemwolke vor dem Maul. Wie konnte es sein, daß dieses dumme Geschöpf am Leben war und meine Mutter nicht? Eine Party kam mir in den Sinn, sechs Jahre zuvor. Damals hatte ich einen vanillefarbenen Pullover an, von dessen Saum ein loser Faden hing. Ich hatte ihr zugesehen, wie sie voller Energie aufgesprungen war und den Faden dabei hochgeschleudert hatte. Sie konnte nicht tot sein. »Wie ist das passiert?« fragte ich Mabel. »Ein Autounfall«, jammerte sie. »Auf der Autobahn. Sie war allein.« Plötzlich merkte ich, daß ich mir das gewünscht hatte. Ich spürte so etwas wie Erleichterung, weil ich das Verbotene gedacht hatte. Sie los zu sein war gleichermaßen Segen wie Fluch.

An jenem verschneiten Dezembersonntag hatte eine zierliche, gutgekleidete Frau ihren schicken Sportwagen – der ihr schon bald nicht mehr gehören sollte – inmitten der Leute abgestellt, die gerade ihre Weihnachtseinkäufe erledigten. Den falschen Fuchspelz hochgezogen, um nicht erkannt zu werden, war sie in eine Telefonzelle geschlüpft und hatte mit schrecklichem bayerischem Akzent gesagt: »Hallo, spreche ich mit Mabel Palkovic? Ist Dolores Taylor da? Nein? Tja, wissen Sie, sie liegt tot auf der Autobahn, platt wie eine Hickorynuß – ein schrecklicher Unfall.«

Dann erklärte Mom, denn natürlich war sie es, meiner Großmutter, sie solle einen Kranz bestellen. »So jung, es ist wirklich ein Jammer, finden Sie nicht auch?«

Ich konnte nicht glauben, daß meine Großmutter darauf hereingefallen war, obwohl sie immer auf alles hereinfiel. Ich brauchte keine fünf Minuten, um die Geschichte bei der Polizei zu überprüfen. Das »platt wie eine Hickorynuß« hatte sie verraten. Wir drei Mädchen hatten zusammen mit unserem Vater am Lake Puckawasay die Schalen der Hickorynüsse immer mit großen Steinen aufgeschlagen, das Innere mit krummen Nägeln herausgepult und die Schalen dann ins Wasser geworfen.

Aber meine Mutter kam an jenem Sonntag im Dezember tatsächlich nicht nach Hause: weder sie selbst noch irgendeine Vision von ihr. Am Abend moderierte ich die erste Radiosendung meines Lebens; ich tat so, als spreche ich mit »dem einen ganz besonderen Menschen da draußen«, wie es mir der erfahrene Discjockey, den ich bewunderte, geraten hatte. Für ihn war ein ganz besonderer Mensch ein einsamer Verkäufer, der gerade voller Hoffnung das Hemd aussuchte, das er bei einer Verabredung tragen würde, oder eine frischgebackene Mutter, die auf dem einen Arm ihr schreiendes Baby wiegte, während sie mit der freien Hand den Sender mit den Doobie Brothers einstellte. Mein ganz besonderer Mensch war eben meine Mutter Dolores, die nicht nach Hause gekommen war, so tat, als sei sie gestorben, die sich jede Stunde eine neue unwahrscheinliche Geschichte ausdachte. Ich stellte mir vor, daß sie mich hörte, meine Premiere bei dem Chicagoer Sender WKQX. Ich rede mit dir, Mom, dachte ich. Verdammt. Hör mir doch einmal zu. Wo du auch steckst: Ich bin's, deine Tochter. Endlich meine Stimme im Radio! Verdammt, verdammt, verdammt. Nun gib schon ein Lebenszeichen. Sonst – was? Soll ich dich vielleicht mit Ketten an mich fesseln? Dich einsperren, in einen Wandschrank, eine Anstalt stecken?

In jener Nacht redete ich während einer absurden Radiosendung, als wisse ich genau, was ich da redete. Ich sprach über den Goldstandard, daß er einen Schutz gegen die Inflation und die Probleme im Nahen Osten, eine Gegend, in der unberechenbare Stämme herrschten, darstelle. Ich war sechsundzwanzig und hatte keine Ahnung vom Gold oder der OPEC oder den Zwisten, die die Araber untereinander austrugen. Ich hörte mich selbst plaudern. Ich würde nie Gold – auf arabisch *dhahab* – besitzen. »Sie hören gerade ›Backtalk‹ auf WKQX, Chicago, das Magazin für den informierten Hörer, immer Sonntag abends.« Höre ich mich so lächerlich an, wie ich mir vorkomme? Mutter, bist du das? Lachst du mich aus? Kannste nicht kommen, Jack? Kannste nicht kommen? Ich werde dich festbinden.

Die Sendung endete um Mitternacht. »Gute Nacht, Chicago. Hoffentlich haben Sie den Abend genauso genossen wie ich.« Aber du weißt nicht, was ich weiß, Chicago, wie solltest du auch? Ich hastete zum Wagen und klemmte mich hinters Steuer, Jack Daniel's als Kopilot. Damals hatte ich keine Skrupel, mit bis zu hundertfünfzig Sachen durch die Gegend zu rasen. Dazu waren Schnellstraßen und Tachometer meiner Ansicht nach da. Da unterschied ich mich nicht sehr von meiner Großmutter. Ich nahm den Fuß nie vom Gaspedal; im Radio sang Willie Nelson »Mama, don't let your babies grow up to be cowboys«, die Mautstellen wischten vorbei, und die Tachonadel ragte steil in die Höhe. Im Scheinwerferlicht wirbelte der Schnee. In jener schwarzen Dezembernacht auf einer Schnellstraße im Mittleren Westen gab es nicht viel zu sehen außer Getreidefeldern, bedeckt mit einer Altardecke aus Schnee.

Mein Gehirn arbeitete; der Schlafmangel und alte Ängste trieben Bilder hervor, so lebhaft wie ein Sonnenaufgang über Lake Puckawasay: meine Mutter in der Uniform der Menomenee Legion Band, 1958; meine Mutter bei ihrer zweiten Hochzeit 1960 in ihrem goldfarbenen Brokatkleid; meine Mutter in ihrem Hahnentrittkleid mit dazu passendem Cape, ihrer Lieblingskleidung zum Nachmittagstee beim Lac La Jolie Golf Club Women's Auxiliary, 1970. Und nach 1975: meine Mutter mit ihrer Verkäuferinnenschürze, ihrem Kellnerinnendirndl, ihren flachen Schnürschuhen; die elegante Garderobe der früheren Jahrzehnte hing nun ganz hinten im Schrank, abgelegte Zirkuskostüme.

Meine Mutter zeigte mir, wie man die Haare zu einem französischen Knoten hochsteckte. Sie hatte rotbraune Haare wie ich, war eine zierliche Frau. Wenn sie lächelte, kamen ihre ebenmäßigen Zähne zum Vorschein, und ihre riesigen braunen Augen glänzten. Schön wurde sie erst durch den Glauben an ihre Schönheit und daran, daß sie sie bewahren mußte. Sie flirtete mit dem Schicksal. Sie glaubte an das Risiko. Bei festlichen Veranstaltungen der High-School, wenn die älteren Schüler sich wie Figuren aus alten Filmen kleideten (mein Gott, wie unschuldig erscheinen mir solche Vergnügungen heute …), sollte ich mir immer sagen: »Gib dich nie mit dem kleinen Finger zufrieden, nimm immer die ganze Hand.«

Es war zwei Uhr morgens, als ich von der Schnellstraße herunterfuhr. Meine Mutter, die sich mittlerweile von meinem Stiefvater hatte scheiden lassen, lebte nun in einem sterilen Vorort, der so neu war, daß man noch den Kuhmist der Weiden roch, die hier früher gewesen waren, sogar im Winter. Ihr Haus war stockfinster. Ich schlich mich hinein, lauschte und rief dann nach ihr. Manchmal war es gar nicht so ungefährlich, ihr im Dunkeln zu begegnen. »Mom«, rief ich an der Tür, »bist du da?« Ich blieb stehen, ein wenig zitternd. Als Kind hatte ich meiner Mutter immer folgendes Lied vorgesungen: »I love you a bushel and a peck, a hug around the neck.« Jetzt summte ich es leise vor mich hin, um die Dunkelheit und die blauen Dämonen zu vertreiben, die im Flur lauerten, da war ich mir sicher. Dann sang ich mit lauter Stimme, so daß sie mich auch im oberen Stockwerk hören konnte.

Erst jetzt merkte ich, daß es im Haus nach totem Fisch stank. Ich schaltete das Licht an. Es blendete mich. Als sich meine Augen an das Licht gewöhnt hatten, fühlte ich mich in eine LSD-Party versetzt; es sah aus wie bei der Teegesellschaft in *Alice im Wunderland*, und ich kam mir vor wie Alice. Meine Mutter hatte einfach die Realität ausgelöscht.

Der Weihnachtsbaum war mit Goldfarbe besprüht und steckte in einem Eimer voller Gips. Auch der Löffel, mit dem sie den Gips angerührt hatte, steckte darin wie in einem großen Vanilleeisbecher. Der vergoldete Baum stand ziemlich schief da, und als ich ihn antippte, fiel ein Nadelregen auf den Teppich. An seinen wenigen dürren Ästen glitzerten Sternenlichter. Daneben hingen Hundekekse, teure Spitzenbüstenhalter und ein Babyarmband, das einer meiner Schwestern gehörte. An einem Ast baumelte ein goldfarbener Schlüpfer. Ich atmete ganz langsam ein und aus und lauschte auf das Geräusch noch immer herunterfallender Nadeln. Das hier war der Weihnachtsbaum meiner Mutter, ein goldenes Skelett mit Schlüpfer. An die Wände hatte meine Mutter große Zeichnungen geheftet, die das Wohnzimmer klein erscheinen ließen: riesige betende Hände und ein Jesuskind, das in seiner dicken blauen Faust einen echten, mit Nägeln an der Wand befestigten Rosenkranz gepackt hielt. Im Hobbykeller hatte meine Mutter auf dem grünen Teppich bunte Regiestühle aufgestellt, auf deren Rücken Slogans standen, die ihr gerade eingefallen waren: »Einmal ist nie genug«, »Nimm dir, was du brauchst« und »Girls just want to have fun«.

Der Fischgestank kam aus dem Eßzimmer. Dort hatte meine Mutter alles für eine große Gesellschaft gedeckt: Radieschen mit eingeschnitzten kleinen Gesichtern, die sich auf einem Silbertablett zu dem Wort »Liebe« formierten; Steak tartare mit Schlagsahne und winzigen Ballerinen auf Sektquirlen; Austern mit Papierfüßen, die meine Mutter aus Zeitschriften ausgeschnitten hatte; Muscheln mit pinkfarbenen Federboas.

Ich warf einen Blick auf die weihnachtlichen Platzkarten, kleine Engel mit Namensschildern. Natürlich saß Herr Jesus Christus am Kopfende des Tisches, daneben Mary Baker Eddy, die Begründerin der Christian Scientist Church, die in den Wahnphasen meiner Mutter immer eine große Rolle spielte. Harvey aus dem Film *Mein Freund Harvey* hatte einen Ehrenplatz (»Du kannst ihn nicht sehen«, stand auf seiner Platzkarte, »aber er ist hier! Gib Harvey die Pfote!«). Auch für meine Schwester Sarah hatte sie eine Karte aufgestellt, auf der stand, Sarah sei jetzt Topmanagerin und Schatzmeisterin des neuen mütterlichen Unternehmens Ant Trap Zap, das es sich zur Aufgabe machte, Ameisen in alte Flaschenverschlüsse zu locken und durch Stromschlag zu töten. »Ein heißer Tod«, hatte meine Mutter mit ihrer runden, schnörkeligen Handschrift dazugeschrieben. Es gab auch eine Karte für Alfred, eine weitere Konstante in den Wahnphasen meiner Mutter. Alfred existierte tatsächlich. Er war ein wohlhabender Bierbrauer, der von Milwaukee nach Menomenee County übergesiedelt war, und hatte keine Ahnung, um wen es sich bei meiner Mutter handelte, obwohl diese behauptete, er sei ihr heimlicher Liebhaber. Ich betrachtete ihn mittlerweile als Eindringling, der unseren Familienfrieden störte. Wenn meine Mutter krank war, schickte sie Alfred alle möglichen Sachen. Einmal rief mich der Sheriff an, der gerade ein ganzes Zimmer voller solcher Geschenke von meiner Mutter bei Alfred abgeholt hatte und mit dem Gedanken spielte, Anzeige zu erstatten. Ich versuchte mir sein verblüfftes Gesicht vorzustellen, wenn er eine Packung Tanga-Slips mit einem Kärtchen von meiner Mutter erhielt: »Von Deiner heimlichen Verehrerin. Ich weiß, daß Du die gut ausfüllst!«

Ich nahm ein poliertes Buttermesser aus Silber in die Hand. Jedes einzelne Teil des Silberbestecks war mit einer pinkfarbenen Schleife versehen. Die Kristallgläser funkelten im Licht. Trotzdem würde niemand das Glas heben und mit meiner Mutter auf Weihnachten anstoßen. Der Tisch war voll mit Käse- und Wursttellern mit dem Crème-fraîche-Dip, für den meine Mutter bekannt war. Alles war inzwischen steinhart und schimmlig und stank erbärmlich. In der Mitte des Tisches lag ein schwarzer, schmiedeeiserner, fettbäuchiger Cherub mit gespreizten Beinen, dazwischen eine Essiggurke, ein ziemlich unmißverständliches Arrangement. Auf einem pinkfarbenen Zettel im Mund des Cherubs stand »Ha!«. Selber »Ha!« dachte ich. Mal sehen, wer zuletzt lacht. Ich nahm die Gurke und aß sie.

Dann nahm ich eins der klumpigen braunen Scherzplätzchen, die meine Mutter immer selbst buk und in denen sich Whiskey oder Tabascosauce oder Sardellen, manchmal sogar Seife, befinden konnten. Es handelte sich dabei um eine Variante des Spiels, das wir bei den Pfadfindern spielten, wo wir aus einer Papiertüte in Aluminiumfolie gewickeltes Essen holten und dann nach einem Bissen raten mußten, um was es sich handelte. Danach folgte immer ein Staffellauf. Wenn man das Essen aus der Aluminiumfolie nicht verspeiste, durfte man nicht mitmachen. Einmal wickelte meine Mutter eine Muschel wie einen Bonbon ein. Wer nach dem Genuß von Sardellenkeksen als erster kotzen mußte, hatte verloren.

Ich ging ganz langsam hinauf zu Dolores' Schlafzimmer. Ihr weißes Doppelbett wirkte hart, fast jungfräulich, als gehöre es in ein Kloster. Über ihrer Schlafseite hing ein Kruzifix. Auf der anderen lag ein ordentlicher Stapel Papier. Sie war fleißig gewesen. Der Wahn frißt den Schlaf, macht die Ruhe zunichte und rüttelt den Körper wach für Tänze, Intrigen, Geschichten. Manchmal verfiel meine Mutter in eine Art Trance, so etwas wie eine Benommenheit, in der man hinter dem halbgeschlossenen Lid das Weiße ihres Auges sehen konnte. In ihrem Zimmer lagen überall Notizen und Diagramme verstreut, die mir, so hoffte ich, den Schlüssel zu ihrer Welt liefern würden – erfundene Stammbäume, die bewiesen, daß sie die Tochter von Mary Baker Eddy war, göttliche Anweisungen, Zitate, die sie aus der Bibel gerissen und zusammen mit Ausschnitten aus Zeitungskreuzworträtseln neu arrangiert hatte. SEHE. KRETA. ALFRED IST DER SOHN GOTTES.

Ihre Hände waren immer damit beschäftigt, das auszuführen, was ihr Gehirn sich ausdachte. »Phantastisch«, sagte sie dann, den Blick auf den Horizont gerichtet wie die Sphinx, und notierte sich etwas. Monatelange manische Aufzeichnungen. Tonnen Papier. Der prosaische Stumpfsinn des Lebens war ihre Alchemie. Sie hatte die Gabe, Rituale aus Bleistift und Tinte zu schaffen.

Mein Blick fiel auf den Spiegel über der niedrigen Kommode. Zuerst dachte ich, es sei noch ein weiteres Jesuskind, aber nein, das war ich, das Dolores-Kind. Ein Babybild von mir und meinen zwei Schwestern, die Köpfe ausgeschnitten und mit Dole-Obstaufklebern von Bananen und Ananas an den Spiegel geklebt. Wir sahen aus wie Seraphim mit den Wachsmalstiftflügeln an unseren körperlosen Köpfen und dem tiefroten Lippenstift auf unseren Lippen. Unsere Münder waren blutende, offene Wunden des Wahns. Über unser enthauptetes Trio hatte meine Mutter ebenfalls mit Lippenstift geschrieben: »Ich liebe mich selbst. Danke, Gott. Tra-La!« Aber was war mit deinen Kindern?

Wenn meine Mutter krank war, ließ sich die Beziehung zwischen uns nicht mit so simplen Wörtern wie »Liebe« oder »Haß« beschreiben. In ihrem Wahn waren ihre Kinder eine manische Erinnerung, eingebrannt in ein manisches Gehirn. Und trotzdem unterschied sich die Energie ihrer Manie nicht von der Energie, die sie aufrechterhielt, wenn sie die ganze Nacht an unseren Kostümen für besondere Anlässe schneiderte oder sich Spiele für uns und unsere Freunde ausdachte. Jetzt hatte sie sich von mir distanziert. Warum auch nicht? Schließlich wußte sie, daß ich sie in eine Falle locken wollte, nur auf einen Fehler von ihr wartete. Daß ich sie in die Klapsmühle bringen wollte. Wenn man die Verrückten wegsperrt, denken die meisten Leute, fügen sie sich selbst und den anderen keinen Schaden mehr zu. Aber in ihrem Innern richtet der Wahn weiterhin Schaden an; er breitet sich aus wie Moos oder eine Weinrebe, die sich ums Gehirn rankt, bis hinunter zur Zunge.

Ich sehnte mich danach, die geheime Sprache meiner Mutter zu entschlüsseln, wenn sie wieder dem Wahn verfiel. Ich wollte unbedingt ihre Paßwörter und ihren Bezugsrahmen begreifen. In den letzten, verzweifeltsten Phasen dieses Wahns degeneriert die Sprache meiner Mutter zu bedeutungslosen Geräuschen, die klingen wie Urdu, rhythmisch und ganz und gar fremd. Oft glaube ich, einzelne Wörter zu verstehen, aber sie haben keinen Kontext. In solchen Momenten werde ich selbst ein bißchen verrückt. Dann spreche ich mit den Geistern, mit den Menschen, die unser Leben vor dreißig Jahren bevölkerten, mit zwei kleinen Mädchen im hohen Gras, das heißt mit meiner Mutter und mir. Ich frage uns, warum wir nicht erwachsen werden können, was die Vergangenheit für uns so quälend macht. Ich plage mich mit dem Glauben, daß sie jetzt für all ihre Sehnsüchte von damals leidet, Sehnsüchte, die ich in meinem Kinderleben mit geweckt habe. Ich bin besessen von der Vorstellung, sie in einer Chiaroscuro-Welt zu finden, in der ich mir trotz aller Fähigkeiten zur Vertrautheit, die ich mir inzwischen angeeignet habe, vorkomme wie ein kleines Boot auf hoher See. Sie ist verloren. Und ich kann ihr nicht folgen.

Aber ich möchte ihr folgen. Für unsere Reise wünsche ich mir eine Landkarte, einen Kompaß und einen Sextanten, ich wünsche mir ein Wörterbuch für die idiomatischen Wendungen und die förmlichen Ausdrucksweisen in ihrer Sprache. Ich möchte alle Leute kennenlernen, denen sie auf dem Abstieg begegnet, denn ich bin selbst noch in dieser Situation Journalistin. Brauche ich in der Welt, in der ich lebe, etwas anderes als Notizblock und Stift, Kassettenrecorder und Mikro? Ich bin schon Dutzende Male nur mit diesen Hilfsmitteln ausgestattet um die Welt gereist. Ich bin eine Forscherin. Ich sammle die Scherben, die Beweise. Ich notiere mir Namen. Ich möchte mehr über die Schwindler und Hochstapler erfahren, mehr darüber, woher sie sich das Recht nehmen, mit meiner Mutter zu tanzen. Ist es nicht unmöglich, den Hula zu einer Musik zu tanzen, die ich nicht hören kann? Wenn einer ihrer unsichtbaren Partner zudringlich wird oder ihr weh tut, möchte ich ihn k.o. schlagen können. Am allermeisten wünsche ich mir, daß diese unsichtbaren Wesen nett zu meiner Mutter sind, sie nicht enttäuschen. Sie müssen ihr jetzt das geben, was ihr damals verwehrt war.

Wenn Dolores nicht unter Wahnvorstellungen leidet, sagt sie vielleicht: »Jack, komm, schau! Schau dir das Albino-Eichhörnchen an! Schau dir den großen blauen Reiher an!« Der Vogel sieht wie ein übers Wasser gehender Stock aus; er führt seine gravitätischen Bewegungen am Lake Puckawasay nur für uns aus. Dolores kniet auf dem Gehsteig vor dem Häuschen meiner Großmutter. »Schau, wie das Unkraut hier wächst, obwohl ich's bestimmt schon hundertmal rausgerissen habe!« Gestern war an dieser Stelle nur die blanke Erde, heute blüht schon eine ganze kleine Welt in ihren Händen. Aber bereits einen Augenblick später entschlüpft mir meine Mutter möglicherweise, wird, anfangs noch ganz allmählich, dann immer schneller und heftiger, merkwürdig. Plötzlich erfüllen balsamische Stimmen sie, flüstern ihr etwas zu, und bereits ein paar Stunden später ist sie eine Wahnsinnige, die stocksteif am Fuß der Treppe steht und vor sich hin murmelt: »Ich glaube, ich träume. Ich bekomme gerade eine Botschaft über meine Brennschere. Will Gott mir etwas sagen? Ist er unzufrieden mit mir?« Manchmal schrieb sie solche Fragen auf Kärtchen, versah sie mit Illustrationen und befestigte sie mit Klebestreifen am Spiegel. Dann wieder starrte sie nur in die Ferne, wo sie vielleicht all die Geister sah, die ihr auf dem Weg in die Unterwelt begegnet waren.

An jenem Dezemberabend mit dem vergoldeten Weihnachtsbaum saß ich vor der Frisierkommode meiner Mutter. In dem Spiegel hatte nur ich allein Platz. Ich klebte eine Rolle pinkfarbener Himbeersticker an jeden meiner Finger und winkte mir damit im Spiegel zu. Ihr Zimmer. Anfangs spürte ich es noch nicht, aber je länger ich vor diesem Spiegel saß, desto deutlicher brannte sich ihr Blick in meinen Körper. Er wurde immer heißer und verwandelte sich ganz allmählich in eine Art Heulen in meinem Kopf. Etwas Mächtigeres als Angst schnürte mir die Kehle zu; ich spürte, wie meine Mutter mich umarmte, unsichtbar, meine Arme von hinten drückte, ihre Haut auf meiner. Einmal hatte sie Kate und mich in einem örtlichen Restaurant angegriffen. Der Ehrlichkeit halber muß ich allerdings gestehen, daß Kate und ich sie an den Schultern gepackt und versucht hatten, sie am Dessertwägelchen vorbeizuschieben. Sie trug damals nur einen schwarzen Büstenhalter unter einer fast durchsichtigen Bluse und einen dazu passenden Minirock. Sie hatte vor, verführerisch zu wirken, und das wäre ihr auch gelungen. Sie wollte nicht mit uns nach Hause kommen. Es war schon spät. Also stürzten Kate und ich uns auf sie. Die anderen Gäste starrten uns mit offenem Mund an, als wir drei miteinander zu ringen begannen, über ein Sofa rollten und fast eine Lampe umstießen, wie wir kratzten und bissen, Blut unter den Fingernägeln. Wieder spürte ich diese Verletzungen, ihre Konturen, und hörte ihr wahnsinniges Lachen, während ich von ihrer Haut und ihren zerzausten Haaren und ihrem Orchideenparfüm beinahe erstickt wurde. Sie war hier, drückte mir die Luft aus den Lungen; ihre Kraft würde mich auslöschen. Ich rannte aus dem Schlafzimmer und aus dem Haus, ohne die Lichter auszumachen, hastete zum Wagen, legte den Rückwärtsgang ein und fuhr mit quietschenden Reifen zum Haus meiner Großmutter, das ich nun wie einen sicheren Hafen empfand.

Es war fast schon Morgen, und Mabel wartete sicher auf mich. Mabel buk oft bei Morgengrauen Brot, egal, wieviel sie am Vorabend getrunken hatte. Ich sehnte mich danach, die rauhen Holzbretter zu berühren, die sie zum Ausrollen des Teigs benutzte, und mir mit Mehl ein Mal auf die Stirn zu machen wie am Aschermittwoch. Ich kurbelte das Autofenster herunter. Es schneite noch immer. Der Schnee bedeckte alles, was in mir brannte und brodelte. Ich wünschte mir, daß der ganze Wagen sich mit Schnee füllte, daß ich geradewegs in den Schnee hineinführe, mit hunderttausend Stundenkilometern. Umhüllt vom Schnee würden der Wagen und ich dann abtauchen – und endlich gäbe es keine Gedanken mehr. Doch da war ich schon am Lake Puckawasay, der still vor mir lag wie eine Kapelle.

Viel später an jenem Morgen traf meine Schwester Kate bei meiner Großmutter ein und lauschte meinen Erzählungen über das Haus unserer Mutter. »Ich hab so 'ne Ahnung, daß Mom nach Las Vegas wollte«, sagte Kate. Kate wohnte am wenigsten weit weg von meiner Mutter, hatte aber keinerlei Einfluß auf deren Schicksal. Sie war damals gerade von einer Kommune in Oregon, wo sie nackt herumgelaufen war, sich von wilden Pflanzen ernährt und den Namen »Ka« gegeben hatte, wieder nach Hause zurückgekehrt. Auf dem Bauch hatte sie eine grapefruitgroße Sonnentätowierung.

»Wenn du ein Stück Gurke gegen das Licht hältst, Jack, kannst du die Sonnenpartikel darin sehen«, hatte sie einmal gesagt und dabei mit zusammengekniffenen Augen eine Gurkenscheibe betrachtet. Ein andermal, als wir mit unseren Pferden im Wald dahinritten, erklärte sie plötzlich: »Weißt du, warum ich mich Männern gegenüber immer so unterwürfig verhalte? Weil ich in meinem früheren Leben eine Geisha war.«

Aber ich liebte Kate. Ich fühlte mich verantwortlich für sie, genau wie für Sarah, aber Kate und ich waren fast gleich alt, nur dreizehn Monate auseinander. Als Kind war Kate so schüchtern gewesen, daß sie, sobald ein Fremder sie ansah, die Augen zumachte und nur noch stoßweise atmete, wie ein in die Enge getriebenes Tier. Ich erinnere mich noch, daß wir einmal Hand in Hand in einem Laden standen – sie ging damals noch in den Kindergarten – und Kate sich nicht traute, den Mann hinter der Verkaufstheke nach der Limonade und den Zitronenbonbons in seiner Vitrine zu fragen. Kate verschloß stumm die Augen vor der Welt. In meiner Erinnerung bin ich sechs, sie ist fünf. Das Sonnenlicht ergießt sich über sie, als sie mitten im Laden steht, zwischen den Blecheimern und dem Zaumzeug. Ihre Füße sind nicht zu hören auf den Bodendielen. Sch! Jack, es könnte uns jemand hören! Geh ganz leise, auf Zehenspitzen.

Dann, eines Tages, wurde Kate dreizehn. Sie turnte am Barren, ihre Beine schwangen wie eine Sense durch die Luft, und plötzlich war Kate ein Star, gehörte zu den Cheerleaders, war eine der besten Turnerinnen. Plötzlich war ihr Körper muskulös. Und dann die Teenagerjahre, die Raudis, der Junge, der bei Eiseskälte in seinem Wagen einschlief und an Alkoholvergiftung starb. Kates beste Freundin und drei andere, die nach einem bierseligen Schülerball bei einem Autounfall ums Leben kamen. Da tat sich in meiner Schwester ein Abgrund auf. Kate begann, Pillen zu schlucken. Nach der High-School wurde aus Kate »Ka«. Jahr um Jahr trug sie mehr von ihrer Schüchternheit ab und ersetzte sie durch eine Mischung aus Hexenkünsten, taoistischer Philosophie, Rosenkreuzertum, Lernen, vegetarischer Ernährung und was sie sonst noch alles interessant fand. Sie besaß die Gabe des Tarot-Legens. Sie hatte ihre eigenen Visionen. Sie waren ihr Schutz gegen meine Mutter.

»Sie redet schon eine ganze Weile über Las Vegas«, wiederholte Kate ganz nüchtern, überhaupt nicht wie Ka.

Ich erklärte meiner Schwester, daß ich mir das Haus unserer Mutter nicht wie üblich genau angesehen hatte. »Ich habe Panik gekriegt in ihrem Zimmer. Ich hab geträumt, daß sie mich verschlingt, und dabei hab ich nicht mal geschlafen. Ich bin rausgerannt, als wär ein Gespenst hinter mir her.«

»Du hast die Mächte der Dunkelheit gesehen«, sagte Kate, wieder ganz Ka.

»Ich habe mich selbst gesehen«, sagte ich. Wie ich verrückt würde. Meiner Mutter hatte bis zum vierunddreißigsten Lebensjahr nichts gefehlt. Insgeheim fürchtete ich, daß ich es ihr in dem Alter gleichtun würde. Bis dahin waren es nicht einmal mehr zehn Jahre.

Ich rief beim Flughafen an. Er war wegen eines herannahenden Schneesturms geschlossen, das tröstete mich ein bißchen. Ich ließ mich auf einen Stuhl sinken. Ich war die älteste, steifste Sechsundzwanzigjährige in der Geschichte der Menschheit, durch meine eigene Sterblichkeit in meine Schranken verwiesen. Meine Mutter konnte fliegen, sie hatte Flügel, die sich bis zur Magellanstraße erstreckten. Und ich hatte einen großen Mund und sagte: »Nur ich kann sie retten.« Aber ich wußte nicht, wie.

»Ich hab gesehen, wie sie den Baum geschmückt hat«, sagte Kate, die meine Mutter in jener Woche schon einmal besucht hatte. »Tolles Ding.« Sie grinste.

»Allerdings«, sagte ich. »Und auf dem Tisch gibt's noch ein paar interessante Sachen zum Essen. Ach, übrigens: Hast du in letzter Zeit dein Babyarmband gesehen?«

Ich dachte über Kates Idee mit Las Vegas nach. Am meisten Angst hatte ich immer dann, wenn meine Mutter sich besonders kokett gab. Im richtigen Leben flirtete sie gern, machte aber, ähnlich wie Doris Day, nur in den seltensten Fällen ernst. Wenn sie jedoch krank war, war sie schamlos, eine Gefahr für die Männer; sie bildete sich ein, eine Mätresse zu sein, das starke Geschlecht mit ihrer Federboa zu locken. Ich konnte mir gut vorstellen, daß sie dem Blackjack-Dealer vom Circus Circus, nachdem sie ihr ganzes Vermögen verspielt hatte, erklärte, schon bald würde Alfred, der bekannte Braumeister aus Milwaukee, auftauchen und ihre Schulden bezahlen. Und sie würde ein Dekolleté tragen, ungefähr so tief wie die Niagarafälle. Vielleicht geriet sie an einen Farmgerätehändler aus Wichita, der sie mit schiefem Grinsen betrachtete und sie für leichte Beute hielt. Dem würde sie das Gesicht zerkratzen. Wenn sie krank war, wurde sie leicht mit mehreren Männern gleichzeitig fertig. Möglicherweise sagte sie auch nur, ihr Freund sei bei der Mafia, der würde ihm gleich die Daumen brechen. In ihrer Vorstellung war das durchaus möglich. Ich malte mir die Schlagzeilen im *Menomenee Herald* aus: »Frau aus unserer Gegend terrorisiert Leute in Kasino von Las Vegas.« Wieder bekam ich es mit der Angst zu tun.

Meine Großmutter riß mich aus meinen Gedanken. Sie kam gerade in einer fleckigen Schürze und ausgeleierten Söckchen mit einem Wäschekorb in der Hand aus dem Keller. Die dunkelgrüne Brille saß schief auf ihrer Nase – das war immer ein Zeichen für Besorgnis und wirre Gedanken. Mabel sah so blaß aus, wie ich mich fühlte. Sobald sie die Treppe hinter sich hatte, stellte sie den Korb auf dem Boden ab und ließ ihre Hände auf der Suche nach ihren Tabletten wie aufgeschreckte Wasserspinnen über die Spüle in der Küche huschen.

»So«, sagte sie und sank auf einen Stuhl. Dann stopfte sie ein Gewirr von Strümpfen in ihre Schürze, nahm das Gebiß aus dem Mund und steckte es wieder hinein. »Wir hatten keine Ahnung, wo sie sich rumtreibt. Sie hat sich nicht gerührt. Kate hat angerufen und gesagt, wahrscheinlich ist sie tot. Tja, und dann hat *sie* angerufen und gesagt, sie *ist* tot. Ich fühl mich, als wär ich unter 'nen Laster geraten. Wer soll jetzt das Haus von eurer Mutter saubermachen? Oder wollt ihr's einfach so lassen?« Mabel war schon seit Stunden bereit gewesen. Sie hatte Brot gebacken, Whiskey getrunken und wollte los. Tja, so war Mabel. Sie hatte ihr ganzes Leben lang Aufregungen geliebt, und für die sorgte meine Mutter immer wieder – nicht zu knapp. Kate und ich machten uns auf den Weg.

Ich wollte nicht, daß meine Großmutter das Haus von Dolores sah, bevor Kate und ich das größte Chaos beseitigt hatten. Es gibt Dinge, die nicht einmal achtundsiebzigjährige Mütter über ihre Töchter wissen müssen. Wir holten die Unterwäsche, bis auf den Schlüpfer ganz oben, vom Baum, denn den fanden wir so schön herausfordernd und typisch für unsere Mutter. Ich sammelte alle Notizen meiner Mutter ein (»Gott ist Liebe.«, »Laßt in euren Herzen und Gedanken Wahrheit sein.«, »Anfang der Weisheit ist: Erwirb dir Weisheit, erwirb dir Einsicht mit deinem ganzen Vermögen!« Buch der Sprüche, 4:7) und legte sie in die Schachtel, in der ich alle Zeugnisse des Geisteszustands meiner Mutter aufbewahrte. Die vergammelten Lebensmittel landeten im Abfall. Dann lüfteten wir das Eßzimmer und die Küche. Pflichtschuldig rief ich schließlich noch den Sheriff an, um ihm zu sagen, daß Dolores verschwunden war. Ich hoffte, daß die Geschichte mit dem angeblichen Autounfall sein Interesse erregen würde, aber er zeigte keinerlei Bereitschaft, an jenem Weihnachtsabend voller Schnee nach ihr zu suchen, wenn ich mir nichts Dramatischeres einfallen ließ. Der Sheriff kannte meine Mutter und bewunderte die Dreistigkeit, die im Wahn von ihr Besitz ergriff. Seine Mutter war »auch so«, vertraute er mir einmal an. Hatte eine Eigentumswohnung in Florida mit einer zweiten Hypothek gekauft, von der niemand etwas wußte. Oder ihre Anfälle von Größenwahn, zum Beispiel damals, als sie in den Schönheitssalon ging und sagte, sie wolle aussehen wie Jean Harlow! Ihre Kreditkarte hatte sie mit dem Gegenwert ihrer gesamten Ersparnisse belastet. Wenn die Frauen »so« wurden, konnte man nichts machen. Man mußte lediglich aufpassen, daß sie nicht eines Tages splitterfasernackt auf der Straße rumliefen.

Falls Dolores *tatsächlich* mit dem Messer auf jemanden losginge, würde er vielleicht kommen. Aber erst einmal sollten wir die Messer wegschließen. Er sagte, ich solle ihn anrufen, wenn's wirklich schlimm würde, »Sie wissen schon, wenn sie heimkommt und irgendwie aggressiv wird«.

Also bereiteten Kate und ich wie Stammesangehörige, die einen fernen Gott besänftigen wollen, die Speisen zu, die meine Mutter gekocht hätte, wenn sie gesund und zu Hause gewesen wäre. Ich mußte an die Anfänge unserer Kochkünste denken, die wir aus einem Betty-Crocker-Kochbuch für Kinder hatten. Damals, in den fünfziger Jahren, standen wir auf einem Stuhl, während meine Mutter den Zuckerguß machte, und mischten die Zutaten für Iglu-Kuchen und bunte Kekse zusammen. Jetzt, schlug ich Kate vor, konnten wir unsere Sachen auf einem kleinen Podest vors Haus stellen. Vielleicht würde sich Dolores durch unsere Leckerbissen aus dem Mittleren Westen – Austernstew, schwedische Fleischbällchen, mexikanischer Dip (von dem die Mexikaner sicher noch nie was gehört haben) und Spritzgebäck in Form von Kamelen und Herzen, manche davon mit blauer Zuckerschrift: Dolores. Dolores, komm nach Hause – herbeilocken lassen. Ich beschriftete ein Gebäckstück mit den Worten »Gib auf, Dolores«. Außerdem rettete ich ein paar von den Scherzplätzchen, um zu sehen, ob das irgend jemandem auffiel. Kate und ich machten Punsch und warteten darauf, daß Sarah zu den Semesterferien nach Hause käme. »Überraschung«, rief ich aus, als sie dann schließlich durch die Tür trat. »Wer kennt die Besitzerin des Weihnachtsschlüpfers?«

»Ein Meisterwerk«, sagte Sarah, setzte den Koffer ab und sah sich verblüfft um. Sie wußte, daß meine Mutter verschwunden war. »Mabel hat mich vor ein paar Tagen angerufen und Mom an den Apparat geholt. Sie hat wie hysterisch geweint, weil angeblich niemand zu ihrer Party kommen wollte. Ich habe mich da gerade auf eine Prüfung vorbereitet.« Ganz verzeihen konnte sie es Dolores nie, daß sie in jenem Jahr so schlechte Noten schrieb.

Sarah war dreiundzwanzig, clever und studierte gerade das erste Jahr Jura. Sie glaubte, übrigens fälschlicherweise, daß sie sich als Juristin nicht mit Überraschungen würde herumschlagen müssen. Sie war ausgesprochen bissig und bewußt rational und schottete sich gegen meine Mutter ab, die trotzdem immer wieder versuchte, an sie heranzukommen. Da mache ich nicht mit, sagte sich Sarah immer wieder; sie versuchte, unsere Mutter aus ihren Gedanken zu verdrängen, und plante ihr eigenes Leben minutiös und so gewinnbringend wie möglich. »Ich möchte nur diese Woche wissen, was ich nächste Woche um die gleiche Zeit mache«, sagte Sarah mir einmal, und das meinte sie ernst. Sarah trennte die Spreu vom Weizen, ihr Leben von dem der Bekloppten, und wurde Juristin, begierig auf eine geordnete Welt voller Dinge, die zusammenpaßten. Meine Mutter wußte das ganz genau, sogar wenn es ihr schlecht ging, und kriegte sie immer wieder dran. Einmal legte sie ihr zum Beispiel ein rotes Satinbustier auf die Schwelle ihrer Wohnung in Milwaukee. Oft hatte meine Mutter auch juristische Fragen im Zusammenhang mit den unzähligen Verfahren, in die sie verwickelt war. Sie schrieb sie ordentlich auf gelbe Blöcke und brachte sie Sarah bei Morgengrauen vorbei. Meine Mutter hatte ein bißchen Ahnung von Jura, weil sie früher als Anwaltssekretärin gearbeitet hatte. Sarah bewunderte die juristischen Zusammenfassungen meiner Mutter, obwohl sie versuchte, sich Dolores, so gut es ging, vom Hals zu halten. Als Dolores wieder einmal krank war – Sarah besuchte damals noch die Junior High-School –, marschierte Sarah in das beste Bekleidungsgeschäft von Menomenee und klaute alles, was ihr in die Finger kam, das meiste davon Erwachsenenkleidung, die sie selbst nicht hätte tragen können. »Ich konnte einfach nicht anders, Jack«, erklärte sie mir, als ich sie vom Geschäftsführer abholte, der sie natürlich erwischt hatte. »Das Zeug ist mir einfach so an den Körper geflogen, Jack.« Sie war damals vierzehn.

»Kannst du denn nichts unternehmen?« fragte mich Sarah jetzt. »Ich habe das Gefühl, daß ihr Leben das meine auffrißt. Ich versuche, mich auf eine Prüfung vorzubereiten, da ruft sie mich an und erzählt mir, sie möchte die Stadt Menomenee verklagen, weil man ihren Wagen vom Gehsteig abgeschleppt hat. Vinter's Toy Store hat letzten Monat Beschwerde gegen sie eingereicht, weil sie in ihrem Spielzeugladen Tanga-Slips aus Lurex auf die Regale gelegt hat. Oder sie ruft mich an und bittet mich, ihren Schönheitschirurgen zu verklagen, weil ihre Ohren nicht gerade sind – das eine sitzt ungefähr zwei Zentimeter höher oder tiefer als das andere. Ein andermal meint sie, ich soll so 'nem Typen von der Mafia, einem Frank Parmenetti, schreiben, denn wenn sie ihre Verbindungen zur Mafia schon eingestanden hat, möchte sie wenigstens auch sein Geld erben. Sie hätte es gern in kleinen Scheinen, mit blauen Strumpfbändern gebündelt. Meinst du, wir sollten gerichtlich gegen sie vorgehen, damit ich endlich in Ruhe lernen kann?«

»O je«, sagte ich. »Tut mir natürlich leid, daß sie dir so viel Ärger macht. Aber streng dich einfach an im Studium. Wenn du dann Anwältin bist, können wir alles innerhalb der Familie regeln. Ich schreibe die Exposés, Kate greift sie an, und du kannst sie verteidigen.« Irgendwie ist es sogar so gekommen, wenn auch nicht in dieser Reihenfolge. Aber ich wußte damals auch keine gute Antwort für Sarah. Im Gesetz von Wisconsin, das für uns maßgeblich war, hieß es, daß wir meine Mutter nur dann einweisen lassen könnten, wenn sie »eine Bedrohung für sich selbst oder andere« darstellte. Also warteten wir jedesmal voller Angst ab, sahen tatenlos zu, wie ihr Geld immer weniger wurde und wie sie Dinge machte, die ihr in normalem Zustand schrecklich peinlich gewesen wären. Wir versuchten, Beweise anzusammeln für den Zeitpunkt, wenn sie dann schließlich eine Bedrohung darstellte, ohne allerdings jemanden zu verletzen. Ganz schön knifflig, die Sache.

Wir feierten Weihnachten, indem wir den Baum »Alfred« tauften, noch mehr Rum in unseren Punsch gaben und uns vor der Mitternachtsmesse ein weiteres Gläschen gönnten. Mabel gönnte sich mehr als ein zusätzliches Gläschen und schlief auf einem Stuhl ein. Wir legten Moms Lieblingsweihnachtsplatten auf und sangen dazu Zeilen wie »She sees you when you'r sleeping, she knows when you're awake« oder »I saw Mommy playing Santa Claus!« Jedesmal wenn jemand gegen das Sofa stieß oder auf einen der Stühle sprang, fielen Nadeln vom Baum, so daß schon bald nur noch der Schlüpfer an den völlig kahlen Ästen hing. Es fiel uns schwer, uns einzugestehen, daß sie tatsächlich nicht zu Hause war, sie, die so gern feierte und schon mal einen Umweg von fünfzig Kilometern machte, um den richtigen Weihnachtsschmuck zu bekommen. Bisher hatten wir Weihnachten immer alle zusammen verbracht. Jetzt war sie irgendwo da draußen im Schnee, völlig verwirrt. Ich stellte mir vor, wie sie zusammengekauert auf dem Plastikstuhl einer Suppenküche saß. Aber wahrscheinlich war sie im Ritz-Carlton in Chicago, aß mit silbernem Besteck und nahm mit ihrem pinkfarbenen Spielzeugtelefon Gespräche von ihrem Makler entgegen, der ihr dabei behilflich war, Mallorca aufzukaufen. Sie ließe sich mit Sicherheit nicht von dem Glauben abbringen, daß man die Insel kaufen konnte, daß *sie* sie kaufen konnte.

Am Morgen des ersten Weihnachtsfeiertages flog die Tür mit einem »Da bin ich!« auf. Und sie war es tatsächlich. Außer uns vor Freude schrien und kreischten wir »Ich wußte es!«, »Ich wußte es!« und rannten auf sie zu, die Kiefernnadeln, die uns durch die Socken hindurch piksten, verfluchend. Als erstes sahen wir den Kopf unserer Mutter, auf dem ein kleiner schwarzer straßbesetzter Glockenhut aus Filz saß. »Ich bin's«, rief sie aus. »Ich bin genau vier Tage, vier Stunden und vier Minuten weggewesen! Wer von euch hat geglaubt, daß ich das Zeitliche gesegnet habe? Hände hoch!«

Dann rauschte sie, gleichzeitig Grande Dame und Elfe, entzückt von ihrem Auftritt, herein. Ein bißchen sah sie wie Liza Minelli im Kit Kat Club aus. Sie trug eine neue pinkfarbene Quilt-Samtjacke und dazu eine aufreizende schwarze Lederhose. Sie bewegte sich wie auf der Bühne. Sie war dünn, schrecklich dünn, und ihre Augen glänzten irre. Vielleicht lag das aber auch nur am Straß an ihrem Hut.

»Habt ihr mich vermißt?« flötete sie. »Na, Mädchen, wie gefällt euch das Haus? Ist das nicht der Wahnsinn? Wo läuft denn die Party? Habt ihr euch Sorgen gemacht? Hoffentlich habt ihr's euch wenigstens ein bißchen gutgehen lassen, während ich weg war. Schon verrückt, was?« sagte sie, wirbelte mit ausgestreckten Armen herum und redete mit uns wie mit Haustieren. »Diesmal hab ich uns die Klapsmühle ins Haus geholt, Mädchen, damit ich nicht hinfahren muß. Tja, ja. Wer hat denn den *kruns kuchen* zum Frühstück gemacht? Sagt bloß, das war Mabel. Hat sicher Schweineschmalz statt Butter reingetan, stimmt's? Oder Eichhörnchenfett. Mm, köstlich. Hey, Mabel, hat Frank Sinatra angerufen? Ich hab mich gestern mit ihm unterhalten. Mein Gott, ich hatte so viel zu tun, ich wär fast wahnsinnig geworden.« Sie schlug sich angesichts ihres Scherzes auf die Schenkel. Ihr schrilles Lachen hätte mich beinahe dazu gebracht, ihr eine Ohrfeige zu geben.

»Das hier ist meine Party, Mädchen, und ihr wart alle eingeladen«, sang meine Mutter. »Aber von meinen Freunden ist niemand gekommen, weil ich keine Freunde habe. Nicht einen einzigen auf der ganzen weiten Welt«, sagte sie, ein wenig gedämpfter. »Dabei habe ich mich so abgerackert, Stunden und Stunden. Und dann habe ich geweint und geweint.« Ihr Mund begann zu zittern, Tränen traten ihr in die Augen. So sieht die Einsamkeit des Wahnsinnigen aus. Sie ist Ehrengast einer Party, auf der ihr niemand die Ehre erweisen wird; sie ist wieder in die Unterwelt abgeglitten und versteht die Sprache derer in der Welt über ihr nicht mehr. Sie ist eine Fremde. Wenn ich sie weinen sehe, leide ich mit an ihrem Abgeschnittensein, ihrer aus Angst auf und ab flatternden Iris.

In der verwirrten Welt meiner Mutter gab es nur eine Realität, nämlich sie selbst. Sogar wir Kinder waren nur Schatten. Manchmal kamen wir gerade so nahe an sie heran, daß sie den Schmerz spürte, den der Wahn linderte. In solchen Augenblicken wich der Wahn kurze

Zeit von ihr, und die Realität ihres Daseins erschütterte sie, brachte sie aus der Fassung.

»Träume ich?« fragte sie dann entsetzt. »Was passiert da mit mir? Warum kann ich nicht aufwachen?« Und dann glitt sie wieder in den Wahn hinüber.

»Aber egal«, fuhr meine Mutter heiterer fort, »ihr glaubt gar nicht, wie gut mein neues Geschäft läuft. Es kommen sogar Nachfragen aus dem Ausland. Ich bin jetzt eine Millionärin«, prahlte sie und breitete eine ganze Menge Visitenkarten, die sie wahrscheinlich aus Bars und Hotels mitgenommen hatte, wie einen Fächer vor uns aus. Ich zuckte zusammen. Seit der Scheidung von meinem Stiefvater vor sechs Jahren hatte meine Mutter sich größte Mühe gegeben, das Geld, das sie von ihm bekam, klug anzulegen. Aber sie hatte leider auch Freunde namens Earl oder Champ, die ihr Sachen sagten wie: »Dolores, ist das nicht ein Mordsspaß, das Leben auf der Überholspur? Ich hab hier 'ne kleine Beteiligung an 'nem Einkaufszentrum in Omaha. Dolores, ich an deiner Stelle würde zugreifen, solange die Sache heiß ist. Das könnte *der* Hit werden.« Meine Mutter las die Broschüren von Earl und Champ durch, schmolz dahin wie Butter in der Sonne, freute sich an den Berichten über steigende Dividenden und kaufte. Aber Earl und Champ sahen nicht, wie sie ihre Tage verbrachte – sie arbeitete als Kellnerin, in langen Schichten und mit Chefs, die frisch von der Schule kamen und sie, die nicht mehr ganz junge Angestellte, behandelten wie ein Stück Holz. Sie hatte schon nachts an einer Hotelrezeption gearbeitet, als Kellnerin im Restaurant eines Erlebnisparks und hatte so etwas wie eine Schaffnerinnenuniform tragen müssen, als sie bereits über Vierzig war. Davon hatte sie als Frau des Doktors nicht geträumt. Dennoch versuchte meine Mutter, ihre Freiheit mit beiden Händen zu packen. Sie hatte tausend Ideen, wie sie zu Geld kommen könnte. Ende der siebziger Jahre war sie Ernährungsberaterin in einer Diätklinik gewesen, aber irgendwann hatte sie einer Patientin erklärt, sie sehe aus wie ein Walroß. Daraufhin war ihr gekündigt worden. »Wißt ihr, was? Eigentlich hat sie sogar ausgesehen wie ein Nilpferd«, pflichtete meine Großmutter ihr bei. »Alle sind neidisch auf die hübsche Figur von eurer Mutter.«

Ach, was soll's, dachte ich, als meine Mutter glücklich im Zimmer herumtanzte wie eine kleine Gloria Vanderbilt. Das Vergessen hat auch seine Vorteile, und die Wunder, die eine Kreditkarte bewirken konnte, täuschten darüber hinweg, daß wir an jenem Weihnachtstag eigentlich arm wie die Kirchenmäuse waren. Ein ganzer Strom von Geschenken und Päckchen ergoß sich aus den Armen meiner Mutter, in allen möglichen Farben, mit Schleifchen in Form von Tieren. Sie war so etwas wie ein weiblicher Weihnachtsmann, und ich betete, daß ich die Quittungen noch finden würde, damit ich alles wieder in die Geschäfte zurücktragen konnte. Mein Stiefvater bekam einen Mont-Blanc-Füller von ihr, Alfred einen versilberten Humidor von Dunhill of London voller handgerollter Zigarren, die schwer und geheimnisvoll dufteten, wenn man sie anzündete. Dazu kamen vergoldete Siegelringe für mich und meine Schwestern mit liebevoll eingravierten Initialen, die eine Kombination aus unseren Vor- und Alfreds Nachnamen darstellen: JP. KP. SP. Die Ringe zwinkerten mir aus ihren Schächtelchen zu und schienen mich zu fragen: Ist das nicht toll?

Sie war total pleite, und weil sie die blöden Ringe hatte gravieren lassen, würden wir das Geld dafür nicht mehr wiederkriegen. Ich vergaß einen Augenblick lang mitzuspielen.

»Kann man die zurückbringen?« fragte ich laut.

»Wohin zurückbringen, Jack?« wollte meine Mutter wissen. »Die sind von Alfred, wahrscheinlich hat er sie von einer seiner Reisen in die Schweiz mitgebracht. Wir haben uns übrigens auf einen Termin geeinigt – die Hochzeit ist im Juni. Ich hoffe wirklich, daß ihr euch die Zeit nehmt und dabeisein könnt. Schließlich möchte ich, daß wir uns alle richtig gut vertragen. Mabel, du kannst das Blumenmädchen machen!« sagte sie zu meiner Großmutter und klebte ihr eine Geschenkschleife auf die grauen Haare.

»Und Jack, du kümmerst dich um das Drumrum!« fuhr meine Mutter fröhlich fort. Meine Großmutter wandte ihren schleifchengeschmückten Kopf meiner Mutter zu. Mabel war der Meinung, daß sie sich nach ihrem Anruf bei mir nicht mehr in die Wahnvorstellungen meiner Mutter einmischen durfte. Diese Ansicht teilte Dolores. Vielleicht war Mabel aber auch genauso gespannt wie wir, was sie als nächstes anstellen würde.

Es war Weihnachten, da fiel es uns nicht sonderlich schwer, den Kaffee einzugießen, die goldene Unterwäsche, die Dolores uns geschenkt hatte, über die Jeans zu streifen und unsere Mutter nach dem Namen ihres Hotels zu fragen, das sie auf St. Kitts kaufen wollte. Wir hatten auch kein Problem damit, ihr zuzuhören, wie sie zusammen mit Alfred Flitterwochen auf Tahiti verbringen würde, während immer noch mehr Nadeln von unserem Baum Alfred fielen und Mabel in einen der Sardellenkekse biß.

»Gar nicht so schlecht«, sagte sie und wischte sich mit der Hand den Mund ab.

»Danke«, sagte Dolores, aufrichtig erfreut. Dann fiel meine Mutter auf dem Sofa in Ohnmacht. Ich mußte an König Lear denken, an das Moor. Die Augen meiner Mutter wirkten wie aufgemalt, ihre nachgezogenen Brauen sahen aus wie Blitze. Ihre Lippen bewegten sich. Ihrem Mund entströmte ein übler Geruch. Offenbar hatte sie schon Ewigkeiten nichts mehr gegessen. Die Haut unter ihren Wangenknochen war ganz eingefallen. Ich beugte mich über sie und zeichnete sie mit den Fingern nach; die Knochen standen heraus wie kleine Klippen. Sie hatte die Haare mit Kämmen zurückgesteckt, weil sie ihr ausfielen, eine Folge des Vitaminmangels. Ich schnappte mir ihre Brieftasche und holte die Kreditkarten und die Quittungen heraus – zum Glück hob sie alles auf, also würde ich die meisten Dinge wieder zurückbringen können. Schließlich fand ich die Rechnung des einzigen wirklich teuren Hotels in Milwaukee. Sie hatte nichts Anständiges gegessen, sich ausschließlich von Alkohol und Desserts ernährt und sich die eine oder andere Maniküre gegönnt. Irgendwo entdeckte ich dann noch ein Flugticket nach Las Vegas für den Tag, an dem es so geschneit hatte. Gott sei Dank.

Am Abend versuchte ich Bilanz zu ziehen über die Dinge, die sie in den vergangenen Monaten angestellt hatte: die Messergeschichte mit meiner Schwester im November; der angebliche Autounfall meiner Mutter und ihre Selbstmordgedanken kurz vor ihrem Verschwinden. An ihrem Wagen befanden sich etliche üble Kratzer. Das alles war genug, um den Sheriff und die Klinik anzurufen, um ihre Einweisung in die Wege zu leiten. Ich erledigte den Anruf am folgenden Morgen. Dabei spielte ich mit den Platzkarten für ihre Party herum wie mit einem Set Spielkarten. Meine Finger suchten nach der Herzdame. Ich holte die Karten mit ihrem und meinem Namen heraus, die ihre mit einer Blume, die meine mit einem Ahornblatt. Ich bewahre sie zusammen mit so vielen anderen Dingen als Andenken auf.

Mittags tauchte dann ein Streifenwagen vor unserer Tür auf. Ein Deputy Sheriff und eine kräftige Schwester klopften wie die Leichenbestatter. Legt eure Toten raus, wir sind die Pestpolizei. Meine Mutter saß steif auf einem Holzstuhl, über ihr einige fertiggestellte Wachsmalbilder von imaginären Rendezvous mit Alfred. Alfreds Gesicht sah aus wie ein von einem Kind gemalter Truthahn. Und wie immer befanden sich unter den Bildern auch einige mit einer dunkelhaarigen, dunkeläugigen Frau. Wer sie sein sollte, habe ich nie herausgefunden. Vielleicht Dolores selbst? Oder ich, Mabel, Mary Baker Eddy? Meine Mutter hatte die Bilder mit Klebestreifen an der Wand befestigt. Sie sah jetzt den Sheriff mit gewinnendem Lächeln an. An ihren Zähnen klebte Lippenstift.

»Meine Mädchen haben's manchmal faustdick hinter den Ohren«, erklärte sie dem Sheriff mit einer Grimasse, die wohl charmant wirken sollte. »Haben Sie Kinder? Nun, dann wissen Sie sicher, auf was für Ideen die kommen. Tja, und meine Töchter sind einfach genial. Schließlich hab ich sie selber erfunden, meine drei kleinen Genies. Besonders dieses große Genie hier.« Sie warf mir einen Blick zu.

Der Sheriff trat mit ausdruckslosem Gesicht näher.

»Mein Gott, nun machen Sie mal an Weihnachten nicht so 'n Gesicht, ja?« Meine Mutter versuchte, dem Sheriff einen batteriebetriebenen Weihnachtsmann, dessen Nase blinkte, wenn man an einer Kette zog, anzustecken. »Ich hoffe, der gefällt Ihrer Frau«, sagte sie mit tiefer Stimme und fügte dann, eine Oktave höher, hinzu: »Den könnten Sie doch tragen, wenn Sie zur Klapsmühle fahren. Vielleicht kriegen Sie ein besseres Zimmer da, wenn die meinen, über Sie kann man lachen.«

Aber da scheuchte die Schwester meine Mutter auch schon zum Packen nach oben. Ich persönlich hätte ihren Job nicht um viel Geld gewollt, aber vielleicht macht es ihr ja Spaß, schräge Vögel wie meine Mutter in die Klapsmühle zu bringen. Die Frau hatte jedenfalls die Augen überall, und sie trug eine Uniform, die meine Mutter wohl als laubbraun bezeichnet hätte. »Sie sollten lebhaftere Pastelltöne tragen«, sagte meine Mutter. »Ich bin Modeschöpferin und Ernährungsberaterin. Ich könnte Ihnen helfen, obwohl Sie aussehen wie ein Wal. Sie könnten Hot Pants tragen und den Mann Ihres Lebens finden!«

Wir brachten meine Mutter dazu, sich fertigzumachen. Sie packte ihre Bilder von Alfred, ihre Bibel mit den übermalten Seiten und den aufgenähten religiösen Abzeichen sowie die Schriften von Mary Baker Eddy ein, in denen sie die interessanten Sätze mit Sicherheitsnadeln markiert hatte. Außerdem bestand sie darauf, ihren riesigen Topasring – ich sagte ihr, übrigens zutreffend, voraus, daß ihr den jemand stehlen würde (doch sicher nicht die Schwester?) – sowie eine große Flasche White Linen von Estée Lauder mitzunehmen. An jenem Morgen trug sie ein großes Kreuz aus Ebenholz mit einem Silberchristus von unserer Mexikoreise 1964 um die Taille wie ein Mönch. Um den Kopf wand sie ein Tuch. Wie bei einer Haremsfrau waren nur ihre Augen zu sehen. »Ich will keinerlei Fernsehkameras«, sagte meine Mutter.

Einen Augenblick lang erwartete ich tatsächlich Reporter draußen im Schnee, große Bernhardiner mit Leicas. Meine Mutter ließ sich mit großer Geste die Handschellen anlegen. Ich kam mir vor, als schickte ich ein fehlgeleitetes Kind in eine Besserungsanstalt, weil es ein paar Äpfel gestohlen hatte. Ich kannte das Bezirkskrankenhaus. Dort befaßte sich niemand mit den subtileren Methoden der Psychiatrie – das konnten wir uns einfach nicht leisten. Aber man durfte den Widerstand meiner Mutter nicht unterschätzen. Freiwillig würde sie sich nirgends einweisen lassen. Sie mißtraute allen Ärzten, bestritt, krank zu sein, und schließlich wußten wir uns nicht mehr anders zu helfen und zwangen sie, wieder in die Realität zurückzukehren. Ihre heftige Gegenwehr verhinderte jahrzehntelang eine richtige Diagnose. Ich muß an Fesseln, Zwangsjacken, endlose Schreiben und meine kindliche Mutter denken. Sie saß ganz aufrecht in dem Streifenwagen, als könne ein Kind mit einer solchen Haltung sich unmöglich der Vergehen schuldig gemacht haben, derer sie angeklagt war. Von hinten sah sie aus wie zwölf, genauso alt, wie ich damals war, als sie das erste Mal eine solche Reise antrat. Jetzt sorgte ich dafür, daß meine Mutter in die Klinik kam, und ich begleitete sie nicht einmal auf ihrem Weg dorthin.

Im Klinikprotokoll heißt es: »Eingeliefert am 26. Dezember 1979, um zwölf Uhr zehn. Persönlicher Besitz der Patientin: ein Topasring, ein Solitär, eine bemalte Bibel, sechs Haarkämme, ein Gebetbuch der Christian Science Church, mehrere Parfümfläschchen und Zeichnungen.« Dazu ein paar gute Abendkleider für den Fall, daß es in der Klinik Cocktailpartys gab. »Die Patientin, eine unterernährte Neunundvierzigjährige, sagt, der Pfleger habe ein Gesicht wie ein Dachs und solle es in der Erde vergraben«, steht auf den Notizen. »Die Patientin behauptet, der Mafia von Milwaukee anzugehören, und droht, alle Leute mit Masken über den neugierigen Augen mit einer Pistole in Schach zu halten.«

Ich will sie alle, alle ihre Worte, alle Äußerungen, die so sehr nach Lewis Carroll klingen, aber meiner Mutter gehören. Ich bewundere meine Mutter. Ihre Worte sind ganz durcheinander vom Haldol und Thorazine. Ihre Halluzinationen klingen mir in den Ohren, suchen sich ihren Weg durch die Psychopharmaka. Ihr Gehirn ist eine Zeitbombe. Wenn es explodiert, rastet meine Mutter aus. Nach einer Einweisung behauptete sie, in eine kleine Gummizelle gesperrt worden zu sein, in der es lediglich ein Loch im Boden für die Fäkalien sowie eine stinkende Matratze gab. »Sie haben mich reingelegt«, schrieb sie. »Sie haben mir ihre ›Behandlung‹ als ›Handarbeiten und Werken‹ verkauft.« Nach jenem Klinikaufenthalt gab sie Tausende von Dollar für Klagen aus – erfolglos. Egal, wie plump man in der Klinik mit ihr umging, wie viele Pillen und Therapien man ihr aufzwang – ich stellte nur selten Fragen. Ich versuchte mir einzureden, daß sie nicht mehr tiefer sinken konnte, solange sie unter ärztlicher Aufsicht war, daß wir alle in Gefahr gewesen waren, daß wir keine andere Wahl gehabt hatten. Sollten sie ihr lieber Pillen, meinetwegen auch zu viele Pillen, geben – die Trümmer konnten wir später zusammensammeln. Doch nach der Lektüre ihrer Aufzeichnungen weiß ich, daß der Schrecken beginnt, wenn der Wahn weicht. Im Wahn bildete sich meine Mutter vor allen Dingen ein, daß sie Würde und Macht besaß. Sie konnte sich über die Welt der Sterblichen erheben und all jene einflußreichen Positionen einnehmen, die ihr im wirklichen Leben verwehrt blieben. In der Klinik wurde Schicht um Schicht der Verwirrungen abgetragen, bis schließlich die Verrücktheit des Menschen blanklag. Nur Mensch zu sein macht angst, führt zu Zweifeln und Sterblichkeit; plötzlich hat man das Gefühl, keine Träume mehr zu haben.

In der Nacht, nachdem meine Mutter in die Klinik gebracht worden war, hatte ich einen Alptraum, der sich noch oft wiederholen sollte: Darin liegt meine Mutter am Grund eines tiefen Brunnens gleich neben zerfallenen Maya-Ruinen, die gut und gern die von Chichén Itzá in Yucatán sein könnten. Ein Priester hat sie dort hingeworfen. Ich sehe sie in klarem grünem Wasser, die Hände bittend ausgestreckt wie eine kleine geschnitzte Madonna. Meine Mutter ist ungefähr zwölf Jahre alt, und genau wie ich in dem Alter, hat sie lange Haare, so lang, daß sie mit der Strömung dahintreiben, ganz lebendig im Gegensatz zu ihr. Ihr wächserner Leichnam sieht weder ihr noch mir ähnlich, verkörpert uns aber beide. Wenn ich diesen Traum habe, weiß ich, daß ich das Mädchen, meine Mutter, retten muß, obwohl sie bereits tot ist, vielleicht nie geboren wurde, ein pinkfarbener Fötus in einem Glas. Sie hat die Augen geschlossen, und ihre Haut ist durchsichtig wie ein Opal; sie trägt nur ihre Halskette mit schweren Silberanhängern, ansonsten ist ihr milchigweißer Körper nackt. Ich sehe ihre Leber und ihr Herz rot unter ihrer kristallenen Haut hin und her gleiten. Wenn ich es schaffe, dieses Mädchen an die Oberfläche des Wassers zu bringen, wird sie aufwachen. Ich tauche hinunter zu dem Mädchen; ich weiß, daß sie Fleisch von meinem Fleische ist. Ich berühre ihre elfenbeinfarbene Haut, kann sie aber nicht festhalten. Ich sehe die Organe in ihrem Körper treiben wie Kräuter in Ölflaschen. Sie ist ihre eigene Reliquie. Meine Hände gleiten aus auf ihrer wächsernen Haut; ich kann sie nicht bewegen. Sie trägt das Gewicht ganzer Zeitalter, ist ein Knochen der Erde, eine Wurzel aus der Unterwelt. Ich wache völlig verschwitzt auf. Ich bin wach, aber sie liegt noch immer in der Dunkelheit, auf dem Grund des grünen Brunnens, ein sanftes Lächeln auf den Lippen, unsterblich. Ich bin oben und sehe hinunter zu ihr. Sie ist mein Talisman.

Nach mehr als einem Monat im Menomenee County Hospital wurde meine Mutter Ende Januar 1980 entlassen. Ich hatte keine Zeit, ihre Behandlung wirklich zu verfolgen, weil ich jeden Tag die Radiosendung machen mußte. Mabel erzählte mir, die Leute von der Klinik hätten ihr gesagt, Dolores raste nicht mehr aus. Das stimmte. Sie war jetzt fügsam wie ein Lamm, die Psychopharmaka hatten sie gefügig gemacht. Wir verabredeten uns in Gimbels Kaufhaus, wo sie jetzt in der Bekleidungsabteilung arbeitete. Sie wollte unbedingt ihre Schulden so schnell wie möglich abtragen und hatte wie üblich den erstbesten Job angenommen. Ich entdeckte sie bei den Kleiderständern, bevor sie mich sah. Ihr Gesicht war fahl; das Thorazine hatte sie aufgebläht. Ihre Haut sah aus wie in Formaldehyd konserviert. Ihre geschwollenen Knöchel erinnerten mich an die meiner Großmutter. Eine Kundin beschimpfte sie gerade. Mit gesenktem Kopf stand sie da, keine Königin mehr, sondern ein Lastesel. Sie war alt geworden.

»Mein Gott«, nörgelte die Kundin weiter, »können Sie denn die Größen nicht lesen? Aus welchem Land kommen Sie eigentlich?« Meine Mutter starrte das schreckliche Kleidungsstück an, das so häßlich war, daß sie es mit Sicherheit nur widerwillig in die Hand nahm. Sie kratzte sich geistesabwesend, ging zu einem anderen

Ständer, versuchte, die richtige Größe zu finden, sich darüber klarzuwerden, wer sie war. Das machte mich stärker betroffen als all ihre Wahnphasen.

»Ich kann die Größe nicht finden«, sagte meine Mutter zu der Kundin. »Ich kann überhaupt nichts finden.«

»Hallo, Mom«, sagte ich und trat auf sie zu. »Wir schließen.« Dabei starrte ich die junge Kundin wütend an. Versuch ja nicht, mich herauszufordern, sollte das heißen. Ich wollte ihr klarmachen, daß ich ihr mit den Fingern die Augen herausdrücken, mit den Zähnen in den Hals beißen konnte. Die Kundin verschwand mit gesenktem Kopf zwischen den Kleiderständern. Am folgenden Wochenende schluckte meine Mutter alle Tabletten, die sie im Haus finden konnte. Allerdings tat sie es, während wir telefonierten. Ihre Stimme wurde immer schwächer, wie der verhallende Schuß einer Kanone. Völlig verzweifelt rief ich den Notarzt, der sofort kam und ihr den Magen auspumpte, während ich von Chicago herüberraste. Diesmal wurde sie in ein richtiges Krankenhaus eingeliefert – Selbstmordversuch. Meine Mutter springt, und ich fange sie auf. Wenn ich es nicht mache, macht's keiner. Niemand rettet sie. Wohl zum tausendsten Mal wünschte ich mir, das Leben neu erschaffen zu können, nicht als diese Tochter und nicht als diese Mutter.

Angeln am Lake Puckawasay

Meine Schwestern und ich wuchsen am Lake Puckawasay wie Jungen auf. Mein Vater nahm uns zum Angeln mit, sobald wir laufen konnten. Im Morgengrauen gruben wir in der feuchten Gartenerde nach Würmern – der lockere Humus rieselte zwischen unseren Fingern hindurch; es war noch eine Welt, in der wir im Sommer barfuß liefen, Gras und Matsch zwischen den Zehen. Wir hatten das Gefühl, das Leben mit Händen greifen zu können; es war voller Poren; wir siebten die Humuskrümel mit den Fingern in unserem von schwarzer Humuserde gesättigten Teil von Wisconsin, naßkalte Pflanzen zerfielen in der Dunkelheit vor Gott. In der Morgendämmerung hingen Nebelschwaden über den Wiesen hinter unserem Haus wie treibende Netze, die den Gesang der Vögel einfingen und das Muhen der Kühe, deren Nasen sich am Stacheldrahtzaun der angrenzenden Farm rieben. Mit ihren feuchten Mäulern und ihrem Grasatem waren sie immer ganz wild auf unseren Garten. Von der Farm am Horizont zu den Wiesen und zu unserem Garten hinterm Haus sowie zum Lake Puckawasay, der sich auf der anderen Seite unserer Straße befand, ging es stetig bergab. Wir sinken hinab in unser irdisches Leben, sagte meine Mutter immer. Sie selbst sank schon seit geraumer Zeit, genauer gesagt, seit ihrer Heirat 1950.

Eine der ersten Geschichten, an die ich mich aus dem Mund meiner Mutter erinnere, hatte damit zu tun, daß sie bis zum Teenageralter im Keller wohnte. »In der Nacht konnte ich die Füße vorbeigehen sehen«, erzählte sie. »Und an den Füßen waren die unterschiedlichsten Schuhe. Die Leute gingen vorbei, wenn ich im Bett lag. Manchmal rieselten Rußflocken auf mein eingecremtes Gesicht.«

Mabel reagierte nicht sonderlich geduldig auf Erzählungen von schweren Zeiten. »Du hast nie hungern müssen«, fauchte sie. Mabel kochte Nieren unten im Keller. Beim Geruch von gekochtem Urin wurde meiner Mutter immer übel. Sie träumte vom College, bekam nur die besten Noten und war so schüchtern, daß sie nur wenige Freunde hatte. »Das liegt daran, daß du so hübsch bist«, sagte Mabel. »Hübsche Mädchen haben keine Freunde.« Eine höhere Bildung erhielt meine Mutter nicht; ihre Zeugnisse fand ich erst Jahrzehnte später in einer Schublade. »Ich habe mit dem Gedanken gespielt, aufs College zu gehen«, erzählte sie mir dann. »Aber ich wußte, daß ich meinen Vater nicht fragen konnte, und ich kannte niemanden sonst, den ich hätte fragen können. Vielleicht die Schulleiterin?« Am Tag nach ihrem Schulabschluß besorgte mein Großvater ihr eine Stelle in einer Bäckerei.

Zuvor hatten ihre Eltern eine Party für sie organisiert, zu der sie unter anderen einen älteren Jungen eingeladen hatte, den sie oberflächlich kannte, Patrick Lyden. Er war netter als die anderen jungen Männer, erzählte sie uns, nicht so rauh. Die Party fand in der Knights of Columbus Hall an der Violet Street in Milwaukee statt. Sechs Freundinnen begleiteten sie, alle in fuchsienroten Satinkleidern, die sie selbst genäht hatten. Patrick Lyden sah ziemlich ernst aus in seiner weißen Smokingjacke. Auf meiner Kommode steht ein gerahmtes Foto von den Partygästen. Ich sehe es an und denke: Diese beiden Menschen haben dich geschaffen. Meine Mutter sagt, sie habe meinen Vater keinen einzigen Tag in ihrem Leben geliebt, obwohl sie ihm nur das Beste wünschte. Patrick und Dolores sind wunderschön mit ihren dunklen Augen und Haaren. Mein Vater hält die Hand meiner Mutter. Am liebsten würde ich rufen: »Halt! Halt! Ihr werdet einander bloß Unglück bringen. Einer von euch wird verrückt werden, und der andere wird auf ewig schweigend leiden!« Meine Mutter wollte diese Heirat nicht, konnte sie aber nicht verhindern; ihr Vater hatte sie arrangiert. Patrick Lyden ging zu den Fallschirmjägern und wurde über Japan eingesetzt. Die Fallschirme schwebten wie Federn über der Erde. Er dankte meiner Mutter in seinen Briefen dafür, daß sie ihm nicht den Laufpaß gab. Sie zuckte zusammen und schrieb ihm weiter. Als Patrick aus Japan zurückkehrte und aus dem Flugzeug stieg, hielt meine Mutter einen anderen Mann für meinen Vater; sie hatte Patrick nicht erkannt. Er war eine Enttäuschung für sie, wie er so abseits stand und wartete. In ihrer Vorstellung war und blieb er ein Außenseiter.

»Ich war in dieser Ehe lebendig begraben«, sagte meine Mutter. »Tot da draußen auf dem Land.« Sie sehnte sich nach dem pulsierenden Leben der Stadt, nach den Geschäften, den Kinos und dem Spaß. Ich erinnere mich noch, wie sie mir vom Rollschuhlaufen auf einem Gehsteig in Milwaukee erzählte, daß sie sich die Risse im Gehsteig vorstellte, über die sie als kleines Mädchen gesprungen war. Für sie war der Gesang der Vögel am Lake Puckawasay ein Klagelied. Ihrem Vater hatte jemand bei einem Raubüberfall mitten durchs

Herz geschossen – das kam 1950 ziemlich selten vor. Jetzt wohnten sie und Patrick in dem kleinen Haus, das ihr Vater sich für den Ruhestand gebaut hatte, ungefähr fünfundvierzig Kilometer außerhalb von Milwaukee. Es hatte keinen Eingang zur Straße; die Tür befand sich auf der Seite, so daß unsere Nachbarn von gegenüber, die Jimineys, jede unserer Bewegungen durch ihr großes Fenster beobachten konnten. Hinter dem Haus waren Wiesen mit Kletten, Disteln, Eibisch und Timothygras. Man sank darin ein; winzige Kröten krochen an den Knöcheln der Kinder empor; Sumpfland, das nur die Arbeiter der Brauereien in Milwaukee wollten. Ein paar von ihnen waren G.I.s, die nach dem Ende der Schicht Poker spielten. Entlang der Straße reihten sich Fischerhütten wie faule Zähne neben hübschen weißen Bungalows. Andere Häuser sahen eher aus wie Schiffswracks.

Anfangs versuchte meine Mutter noch, das Beste daraus zu machen, daß sie in einer Straße mit lauter Hütten lebte. Sie überzog das Sofa und die Stühle mit bunten Urwaldmustern und stellte grüne Keramikpanther auf den Kaminsims, während sich draußen die älteren Männer unserer Straße versammelten und Erinnerungen austauschten an die Felder und Fabriken in der Nähe von Kiew oder Tirana oder Danzig oder träge beim Kartenspiel saßen und sich gegen die Schuppen lehnten, aus denen irgendwann eine ständige Bleibe wurde. Sie sagten Dinge wie: »Wie heißt du denn, Kleine?« und zueinander: »Du altes Stinktier.« Der Schweiß drang durch ihre Kleidung, und sie erinnerten mich an fette, in Metzgerpapier eingewickelte Wurst. Manchmal nahmen die Alten ihr Gebiß heraus, an dem die Speichelfetzen glänzten.

Mabel war fünfzig, als sie Witwe wurde, und heiratete einen dieser Gnome, Louie aus der Tschechoslowakei. Sie zog in seinen Bungalow am Lake Puckawasay und verließ ihn erst vierunddreißig Jahre später, als sie starb. Meine Mutter rümpfte die Nase darüber und sagte, jetzt, da ihr Vater tot sei, werde aus meiner Großmutter ein Fischweib.

Um uns an den langen Nachmittagen zu unterhalten, an denen die Kuhglocken vor ihrem Schlafzimmerfenster bimmelten, inszenierte meine Mutter Modenschauen. Zwischen ihrer Heirat und meiner Geburt hatte sie drei Saisons lang für Gimbels Mode auf dem Laufsteg vorgeführt. Ich konnte ihr stundenlang zuhören, wenn sie davon erzählte, wie sie den Damen, die Petits fours und winzige Sandwiches speisten und ihre Bestellzettel mit Minibleistiften ausfüllten, all die schönen Kleider zeigte. Meine Schwestern und ich schlüpften an solchen Nachmittagen in die Rolle der Damen, zogen weiße Baumwollhandschuhe über und setzten Osterhüte auf, während unsere Mutter vor uns auf dem Teppich des Wohnzimmers Pirouetten drehte. Wir kritzelten mit unseren Bleistiften in Notizbücher, als könnten wir schreiben. Auf einem Laufsteg, der aus Brettern und Ziegeln bestand, führte Dolores Sommer- und Futteralkleider vor, die sie selbst geschneidert hatte. »Und dann, Mädchen«, erzählte sie uns, »habe ich eine Pirouette gedreht, so.« Sie streckte kurz den Fuß und drehte sich. »Könnt ihr das auch?« Ich war sechs, Kate fünf, Sarah drei. »Eine Pirouette!« jauchzten wir. »Eine Pirouette!«

Meine Mutter ließ uns in ihrer riesigen Aussteuertruhe am Fußende ihres Bettes herumwühlen. Wir zogen ihre zierlichen Schuhe, ihr Hochzeitskleid aus Satin und ihren Schleier an, auf den wir nicht zu treten versuchten, wenn wir hinauf ins Spielzimmer auf dem Speicher liefen, wobei die viereinhalb Meter lange Schleppe wie dicke Sahne hinter uns herfloß. Meine Mutter hatte dem Fotografen einen Aufpreis bezahlt, damit ihr Hochzeitsbild einem Ölgemälde glich, auf dem ihr Satinkleid weiß schimmerte. Obwohl sie kein Geld hatte, besaß sie Stil; und die Leute drehten sich nach ihr um.

»Eine Pirouette!« jauchzten wir. »Gut!« rief meine Mutter. Sie war nicht wie die anderen Mütter in unserer Straße. Sie malte sich die Fingernägel buntstiftrot an – nein, noch röter: so rot wie ein Strauß scharlachroter Tulpen. Und nicht nur ihre Finger-, sondern auch ihre Zehennägel. Sie trug Radlerhosen und Pfennigabsätze und rasierte sich die wohlgeformten Waden mit einem rosafarbenen Rasierapparat von General Electric, der etwas Exotisches an sich hatte. Wir lehnten am Rahmen der Badezimmertür und bettelten, ihr beim Rasieren der Beine und beim Schließen der Nackenöse ihrer Bluse helfen zu dürfen. Wenn meine Mutter dann nachmittags oder abends ausging, wählte sie eine zu ihrer Kleidung passende Handtasche aus und ließ ihren Lippenstift und Lidschatten hineingleiten. »Gib dich nie mit dem kleinen Finger zufrieden. Nimm immer die ganze Hand.«

Der Frisiertisch meiner Mutter war aus hellem Holz und hatte einen halbmondförmigen Spiegel, so groß, daß sie sich darin zusammen mit ihren drei kleinen Mädchen ansehen konnte. Wir reichten ihr die Bürste mit der Goldauflage und betrachteten sie, während sie sich von uns die langen rotbraunen Haare, die in großen Wellen auf ihren Rücken fielen, kämmen ließ. Draußen grasten die Kühe auf den Weiden. Auf Mutters Frisierkommode standen Unmengen von Fläschchen, eine hohe, amethystfarbene Karaffe und eine schlanke schwarze Flasche Chanel No. 5, wie sie zweifelsohne auch Marilyn

Monroe, die Lieblingsschauspielerin meiner Mutter, besaß. Und dann gab es da noch einen Kristallzerstäuber, an dem eine Kugel aus goldener Seide hing. Ich nahm den Zerstäuber in die Hand und drückte auf die Kugel, um uns alle mit Youth Dew zu besprühen. Meine Mutter beobachtete uns mit großen, ruhigen Augen im Spiegel. Sie hatte einen Leitspruch: »Vergeßt nie, daß *ihr* die hübschesten Frauen im Raum seid«, und in ihrem Fall stimmte das auch. Das wußte ich, wenn die vergoldete Bürste durch ihr Haar glitt, wenn sie sich Schildpattkämme in ihre rotbraune Mähne steckte, um sie hochzuhalten. Die Männer lagen meiner Mutter zu Füßen; sie rückten ihr sofort einen Stuhl zurecht oder brachten ihr einen Cocktail, den sie nicht wollte, und das alles nur, um einen Augenblick lang von ihr wahrgenommen zu werden.

Meine Mutter anzusehen bedeutete zu begreifen, was Reinheit und was Energie war. Aber wir mußten immer bereit sein. Wenn meine Mutter mich mit einem Buch in einem Sessel lümmeln und Worte buchstabieren sah, sagte sie: »Tu etwas!« und schnippte mit den Fingern. Tu etwas Wunderbares, sollte das heißen. Tu etwas Großartiges, und zwar mit Stil. Damals hielt ich das für einen angemessenen Leitspruch.

Die Frisierkommode war für meine Mutter, meine Schwestern und mich ein heiliger Ort der Besinnung und Phantasie, die Glaskugel einer Wahrsagerin – ein Ort, an dem man sich kostümierte, an den man vor der Welt floh. Dort konnten wir uns selbst verzaubern. Wenn meine Mutter sich die langen Haare zu Zöpfen flocht und hochsteckte und sich dann ein Halstuch wie eine Schleife um den Kopf band und große Kreolen ansteckte, war sie plötzlich Carmen Miranda. »Die hatte

Charakter, auch wenn sie nicht hübsch war«, sagte meine Mutter. Carmen Miranda stand für die Welt südlich der amerikanischen Grenze, einen Ort voller Señoritas und Mantillen und hohen Kakteen, wo Frauen in langen Kleidern zu Marimbamusik tanzten. Meine Mutter, die in der Menomenee Legion Band das Schlagzeug spielte, besaß ein Paar rote Rumbakugeln. Sie schüttelte sie, wenn sie das Werbelied für Chiquita-Bananen sang: »Chiquita, Chiquita-Bananen lassen den Urwald erahnen.«

Dort vor der Frisierkommode formten ihre Träume die meinen, sich wandelnde Träume in hypnotischem Rhythmus, wie ein Orakel, das spricht: »Was immer es gibt, es ist da draußen, nicht hier, nicht hier.« Traumlieder, Wiegenlieder, einlullend und trügerisch. Wie oft habe ich sie später vor mich hin gesummt, wenn ich in einem Palast oder an einer Grenze darauf wartete, einem arabischen Herrscher oder dem britischen Premierminister Fragen zu stellen; wenn ich auf einen Mann wartete, von dem es hieß, er sei Terrorist, oder auf eine Frau, die mir beschrieben worden war als … ja, als was? Was weiß ich von ihr? Nichts. Ich höre sie heulen. Ich warte und warte und ertappe mich dabei, wie ich die Chiquita-Melodie summe, während ich auf den endlosen heißen Straßen der Levante dahinfahre, mich von der syrischen Ebene aus den jordanischen Wadis nähere oder einem alten Seeufer in Wisconsin Erinnerungen zu entlocken versuche. Ich warte darauf, daß die Tür aufgeht und die Frauen mit ihren quastenbehängten Stiften sich Notizen machen. Ich starre die billige Ledertasche an, die ich mir in Damaskus für meinen Kassettenrecorder gekauft habe. Meine hohen Absätze sind voller Staub; ich habe keine Zeit, mir die eingerissenen Nägel zu lakkieren. »Du bist die schönste Frau im Raum«, höre ich die Stimme meiner Mutter in meinem Kopf. Versprechungen, Versprechungen; ich hoffe, daß ich mir ihre Zuversicht einmal zu eigen machen werde. Ich schaue in den Rückspiegel eines Taxis in Gaza, und die Augen meiner Mutter sehen mich an.

Die Träume meines Vaters hingegen waren so klar konturiert wie die tausend Sommersprossen auf seinem Arm, so solide wie seine Faust, mit der er im Scherz boxte, Sandkästen baute oder Fische vom Haken holte. »Los geht's!« brüllte mein Vater, ließ sich mitten im Wohnzimmer fallen und beugte sich über uns, das Salz seiner Haut in unserem Mund, seine Sommersprossen über unseren Augen. Er war ein Baldachin für uns gegen die heiße Sonne. »Dr. X! Attacke, Mädchen! Rechter Haken gegen Dick the Bruiser! Er paßt grade nicht auf; er macht ein Nickerchen. Linker Haken gegen Dr. X!« Mein Vater teilte uns in Teams ein und schlug sich mal auf die eine, mal auf die andere Seite. Er liebte Ringkämpfe im Fernsehen. An Halloween verkleidete er sich mit einer langen blonden Perücke und seiner roten Jagdunterwäsche. Wenn er nach der Arbeit nach Hause kam, stürzte ich mich mit Geschrei auf seine Knie. »Schweinchen Dick!« sagte er dann, und »Donald Duck!«.

Doch von einem Tag auf den anderen war er nicht mehr derselbe. Mein Vater hatte einem Freund beim Dachdecken geholfen und sich aus irgendeinem Grund plötzlich aufgerichtet. Vielleicht rief ihm jemand etwas zu. Vielleicht tat ihm der Rücken weh, vielleicht mußte er auch pinkeln, wollte ein Bier oder schwitzte. Er erinnerte sich später nicht mehr an den Grund für seine impulsive Bewegung, die sein ganzes Leben verändern sollte. Jedenfalls war er ausgerutscht, hatte das Gleichgewicht verloren und war mit dem Kopf zuerst auf dem Gehsteig gelandet. Vier Wochen lang hatte er dann mit einem Schädelbruch im Koma gelegen, festgebunden an Knöcheln und Handgelenken. Ganz allmählich, mit langsamen, unregelmäßigen Zügen war er ins Licht zurückgeschwommen.

Mein Vater hatte die Augen aufgeschlagen, aber er konnte nicht mehr hören. Ich war damals in der ersten Klasse. Meine Lehrerin zeichnete mir eine Skizze: »Es gibt so etwas wie einen Amboß im Ohr deines Vaters«, erklärte sie mir. Das Wort kannte ich. »Und eine kleine Pauke« – die hatte genau die Form wie die, die meine Mutter in der Menomenee Legion Band spielte –, »und außerdem gibt's noch das sogenannte Corti-Organ.« Ich stellte mir Corti als schicken italienischen Organisten mit Schnurrbart vor, der in dem großen leeren Konzertsaal ganz hinten im Kopf meines Vaters Orgel spielte. Doch die Orgel, der Amboß und die Pauke, durch die alle Töne und Lieder der Welt hörbar wurden, waren zerbrochen und ließen sich nicht mehr zusammensetzen. Mein Vater war wie Humpty-Dumpty. Er hatte all seine Noten verloren.

Als Patrick Lyden aus dem Krankenhaus nach Hause kam – er war länger weggewesen als je zuvor –, war er kein schützender Baldachin gegen die stechende Sonne mehr. Er nahm uns Mädchen nicht auf den Arm wie sonst und nannte uns auch nicht mehr seine Three Stooges, seine drei Komiker. Er bewegte sich langsam, und sein Kopf war eine rosafarbene Zwiebel mit ein wenig Flaum. Die Narben auf seinem Schädel sahen aus wie die Nähte auf einem Baseball. Er setzte sich an den Küchentisch, und wir kletterten auf seinen Schoß. Er drückte seine Ohren, winzige Samtflügel, an unseren Mund.

Seine Finger ruhten auf unserem Hals, und er bat uns, ihm unsere Namen zu sagen und ihm etwas vorzusingen. Er schüttelte den Kopf, dann schloß er die Augen und sagte, wir sollten über die Bodendielen aus Holz gehen. Er meinte, er spüre die Dielen unter seinen Füßen vibrieren. Seine Gesten dazu sahen aus wie die eines Schwimmers. Das Wasser stieg immer höher. Er war ein Mann in einem Fluß.

Mein Vater wartete darauf, daß er wieder hören konnte. Wir spürten seine Ungeduld.

Kurz nach seiner Heimkehr sah ich meinen Vater an dem großen Fenster, durch das man das Haus der Jimineys, unserer Nachbarn auf der anderen Seite des Rasens, beobachten konnte. Neben unserem Haus stand ein Vogelhäuschen. Mein Vater pfiff den Vögeln etwas vor, doch dieses Pfeifen, das früher immer so wunderbar gewesen war, klang jetzt schrill wie ein Stuhl, den man zu schnell unter dem Tisch hervorzieht; die Finken und die Eichelhäher flogen erschreckt weg. Da wußte ich, daß er sein Gehör nicht wiedererlangt hatte. Mein Vater stand bewegungslos da, die Hände in den Taschen, stocksteif, auf ewig verdammt. Seine Mission war beendet; auch er wußte nun, was er war: taub, mit neunundzwanzig Jahren. Er lachte.

Wenn er etwas sagte, hörten sich seine Worte verzerrt an, als hätte er einen der Frühjahrsbäche aufgesogen, die in den Lake Puckawasay mündeten. Unsere Gespräche drehten durch wie Räder im Schlamm seiner Silben. Wenn ich mich mit meinem Vater unterhalten wollte, mußte ich jemand anders bitten, die Worte aufzuschreiben, die ich so gern selbst geschrieben hätte. Ich liebte das Alphabet, die Vorstellung, daß sich die Töne, die in der Luft lagen, durch bestimmte Formen festmachen ließen. »Wie hört es sich an, wenn du zuhörst, Dad?« fragte ich ihn. Denn mein Vater hielt oft inne, um zu lauschen, den Kopf in die Richtung geneigt, aus der ein Widerhall ihm einen verlorenen Ton zu versprechen schien. Wir saßen auf der hinteren Treppe. Mabel schrieb meine Frage für ihn auf. Er schüttelte den Kopf, weil er es mir nicht erklären konnte. Seine Ohren nahmen so etwas wie ein mißtönendes Stimmengewirr wahr. Doch später brachte er einmal eine Muschel nach Hause.

»Wenn ihr jemals am Meer gewesen wärt«, sagte mein Vater und reichte uns die Muschel, »würdet ihr den Klang in dieser Muschel wiedererkennen – so klingt die Welt für mich.« Seine Worte waren ein monotones, stockendes Gurgeln. Seine Stimme war eine Welle geworden. Mein Vater hatte also eine Muschel zum Hören und Wellen als Stimme, und meine Mutter hatte eine Frisierkommode mit einem Spiegel, der die ganze Welt sehen konnte. Die Worte zwischen ihnen wurden immer weniger, ihr Band der Vertrautheit löste sich auf. Mein Vater war wie ein Gast, der versuchte, sich zurechtzufinden, unsicher, ob er sich auf dem bequemsten Sessel zurücklehnen oder sich auf die Kante des Ecksofas setzen sollte. Eines Sonntags nach der Kirche verbrachten meine Schwestern, meine Mutter und ich einen unserer trägen Nachmittage vor der Frisierkommode, fädelten Knöpfe zu Ketten auf und zogen unsere hochhackigen Plastikschuhe an, als meine Mutter sich ganz langsam umwandte und fragte: »Wißt ihr eigentlich, was ›Scheidung‹ bedeutet?« Ich war sechs, und ich hatte das Wort noch nie gehört. »Scheidung bedeutet, daß zwei Menschen nicht mehr zusammenleben können«, sagte sie, an mich gewandt. »Zwei verheiratete Menschen. Es bedeutet, daß Daddy nicht mehr bei uns wohnen wird, obwohl er immer euer Vater bleibt.« Ich hatte das Gefühl, daß der Raum seitlich wegkippte.

Um nicht umzufallen, fixierte ich ihren rosenroten Mund und ihre leicht schiefen unteren Zähne. Sie hätte genausogut sagen können: »Scheidung bedeutet, daß du ab heute blau bist. Ab heute wird deine Haut immer blau sein; sie wird nie mehr ihre normale Farbe haben; du wirst dich dran gewöhnen müssen, blau zu sein.« Meine Mutter hatte uns mit ihrem Spiegel verhext. Ich saß auf dem großen, gelben, schalenförmigen Drehstuhl am Fenster. Ich drehte mich immer wieder mit dem Stuhl, stieß ihn mit dem Fuß an. Ich drehte mich auf dem Äquator um die Erde. Die Wände flitzten an mir vorbei. Japan: die Spieldose auf der Frisierkommode meiner Mutter mit der Ballerina in neonrosafarbenem Samt über schwarzem Lack mit Kirschblüten. Als nächstes Mexiko: die Rumbakugeln meiner Mutter. Wisconsin: der Hirsch auf der Vase, der mit loderndem Geweih in ein dichtes, orangefarbenes Ebereschengestrüpp flüchtet. Als hätte ein Feuer sie alle vernichtet und uns drei Mädchen zu Stein erstarrt zurückgelassen – Steinwunder.

Ich kannte keine anderen Kinder, deren Eltern geschieden waren, auch wenn sie einander anbrüllten, was viele Eltern taten. Ich hatte die Nachbarn schon schreien hören: »Hätte ich dich bloß nicht geheiratet, du fette Kuh.« Rücklichter entfernten sich kreischend in die Dunkelheit, und hohe spitze Schreie trieben über den Lärm der Nachtgrillen von den taunassen Wiesen herüber. Doch am Morgen stolperten die Männer blaß wieder nach Hause. Scheidung bedeutete, daß wir uns von den Familien unterschieden, in denen die Väter wieder zurückkamen, ihren alten Platz einnahmen und untätig zusahen, wie sie ihre Jugend verloren.

Wenn zwei Menschen nicht mehr zusammenleben können, hatte meine Mutter gesagt, und die Worte haben mich all die Jahre begleitet. Sie war so viel exotischer und jünger als die anderen Mütter. Ich kannte die Frauen aus unserer Straße, die träge und besonnen waren und Krampfadern hatten. Meine Mutter trug Schuhe Größe 37. Sogar noch nach der Geburt der drei Mädchen hatte sie die Füße einer Prinzessin. Die anderen Mütter entfernten das Fett vom Braten nicht mit einer Zickzackschere wie sie; sie verwandelten für die Blumenschau des Kindergartens auch keine Gurken in Kaninchenköpfe oder schmückten einen Götterspeisering mit echten Veilchen. Ich hätte sie nicht für fünf der besonnenen Mütter in unserer Straße getauscht, Mütter ohne Schmuck und Make-up. Ich verschloß die Ohren, wenn die Nachbarn ihre spitzen Bemerkungen über unseren Haushalt machten, als wäre ich genauso taub wie mein Vater. Was machte es schon, daß manche der Kinder nach der Scheidung nicht mehr mit uns spielen durften. Aber das kam erst später.

Es war heiß im Schlafzimmer. Ich dachte an unsere kleine Straße am Lake Puckawasay, an die Brandung aus losen weißen Kieseln, die sich jedes Frühjahr auf den Asphalt ergoß, an die Kiesel, die hochspritzten, wenn Autos vorbeifuhren und die Steinchen zu Strudeln und Kontinenten feststampften. Auf der kleinen Straße verkauften meine Schwestern und ich Limonade und welke Wildblumen, die wir gepflückt und in Milchtüten gesteckt hatten. »Diese kleine Straße führt zu einer größeren Welt«, sagte meine Mutter, schob das Schlafzimmerfenster hoch und stützte den Kopf in die gewölbten

Hände. Entlang der Straße standen überall Schilder: The Krecklows. The Baumgartners. The Mertzes. Schilder in Form von Fischen oder winzigen Schaufeln, von Herzen oder Segelbooten oder Gabeln und Löffeln, eins nach dem anderen wie Perlen an einem Rosenkranz. Ich hatte vor, berühmt zu werden auf dieser Straße. Ich ging sie gern entlang, sang mit lauter Stimme »God bless America«, in der Hoffnung, daß alle mich hörten.

»Wir werden nichts sein ohne einen Dad«, sagte ich zu meiner Mutter. Das Zimmer und die Straße draußen sahen in der glühenden Hitze aus wie unter Gaze. Der Gedanke daran, keinen Vater mehr zu haben, kam einem freien Fall von diesem Planeten gleich, einem Schwindelgefühl, einer Ahnung von der Ewigkeit. Es gab einen mystischen Vater, einen Vater an einem riesigen Kreuz und meinen eigenen Vater. Ein Loch in meinem Innern riß auf; ich spürte, daß ich auf ein schwarzes Nichts zudriftete. »Wir werden nichts sein ohne einen Dad«, wiederholte ich. Meine Mutter sah mich an, dann betrachtete sie wieder ihr Spiegelbild.

»Nun«, sagte meine Mutter, schürzte den Mund wie frisch geschnittene Rosenknospen und trug Revlons Cherries and Ice auf, »warten wir's ab.«

Später in jenem Sommer zerschnitt meine Mutter ihr fuchsienrotes Satinkleid von ihrem Debütantinnenball, um uns Mädchen für den jährlichen Kostümwettbewerb für den 4. Juli als Miss America auszustaffieren. Dabei erzählte sie uns wieder einmal die Geschichte von ihrer ersten Party: Meine sechs Freundinnen trugen alle Kleider, die einen Ton heller waren als dieses hier. Wir hatten das Gefühl, etwas Besonderes zu sein, weil sie das fuchsienrote Kleid für uns zerschnitt, das sie bei ihrem ersten Ball in der Knights of Columbus Hall getragen hatte.

Selbstverständlich putzte sich unser kleiner Ort für die Feiern zum 4. Juli in allen Technicolor-Farben heraus. Patriotismus war als Hintergrund für den nationalen Optimismus, die damalige religiöse Mode, gefragt. Wir schrieben das Jahr 1959. Die atomaren Alpträume verflüchtigten sich in unserem unwirklich sonnigen kleinen Ort. In unserer Küche ergoß sich der dunkle Satin über den Tisch wie verschütteter Wein. Ich drückte den Stoff gegen meine Wange, fühlte seine Weichheit. Wir ließen uns voller Ehrfurcht die winzigen Stirnbänder überziehen, die sie passend zu den von ihr genähten Steptanzhosen ausgeschnitten hatte, und streckten stolz unsere nackten Bäuche heraus. Meine Mutter klebte mit Glitter die Worte »Miss America« auf drei pinkfarbene Bauchschärpen aus Satin und reichte jeder von uns eine. Dann schwangen wir uns aufs Fahrrad – das Kreppapier flatterte hinter uns im Wind – und fuhren zu dem Sammelpunkt für die Parade. Als erstes kamen immer die Kriegsveteranen, deren Bäuche im Takt zum Stapfen ihrer Stiefel wippten; ihnen folgten die Kinder und die Jungenkorps von der St. Columba's Military Academy. Sie sahen einsam und verlassen und verschwitzt aus unter ihren übergroßen spitzen Hüten und den Serge-Uniformen. Die Jungen taten mir leid, denn sie hatten kein Zuhause und offenbar keine Eltern. Sonst sah man sie in ihrer Uniform am Drugstore Fruchteis lutschen; jetzt schwitzten sie und hoben steif die Füße. Sie marschierten, während meine Schwestern und ich auf unseren Fahrrädern fuhren – in unseren luftigen feinen Kleidern, fest verwurzelt in unserer Identität. Ich streckte meinen Bauch heraus. Miss America, du bist wunderschön. Bei dem Kostümwettbewerb teilte ich mir den ersten Preis, ein Straßdiadem, mit meinen Schwestern. Alle Gewinner wurden auf eine kleine Bühne gebeten, wo sie die Nationalhymne singen durften.

Auch mein Vater war an jenem 4. Juli in der Menschenmenge, das Gesicht rund und glänzend und freundlich. Egal, wie laut ich sang: Er konnte es nicht hören. Aber er klatschte mehr oder minder rhythmisch in die Hände, als könne er es. Es machte mich wütend, wie er so sinnlos in die Luft klatschte.

Ich begriff nicht, was mein Vater durch seine Taubheit verloren hatte. Ich hatte Angst, daß er sich drückte vor den Schwierigkeiten des Lebens, zu denen auch wir Mädchen gehörten. Eine Stimmlehrerin war zu uns nach Hause gekommen und hatte ihm geholfen, die Worte auf seinen Lippen zu formen; sie hatte an ihnen gezogen wie an Gummibändern, seinen Mund zu Es und As und Us geknetet. Wenn meine Eltern später ein ernstes Wort miteinander reden wollten, sprachen sie ganz leise und wölbten die Hände um den Mund, damit wir Kinder die Gummikonsonanten und mäandernden Vokale nicht von ihren Lippen ablesen konnten. Aber ich brauchte meine Mutter und meinen Vater nicht laut reden zu hören, um zu wissen, daß sie wütend aufeinander waren. Das sah ich an der Art, wie meine Mutter die Hand an die Seite ihres Gesichts legte und nervös den Kopf hin und her bewegte.

Ganz unbewußt begannen wir, uns selbst eine Gebärdensprache auszudenken, in der wir uns mit unserem Vater unterhalten konnten. Groß: ausgestreckte Hand. Klein: Daumen und Zeigefinger nah beieinander. Schneller: die Hände nach vorne rollen wie bei einer Walze. Mehr: die rechte Hand auf die Brust. Normalerweise wollten wir nur mehr: mehr Zeit, mehr Eis, mehr von ihm. Jetzt fuhr sein Kombi fast nur noch am Sonntag vor unserem Haus vor, und Sarah begann, ihn unseren Sonntagsvater zu nennen. »Heute kommt der Sonntagsvater«, sagte sie, »wir müssen mit ihm gehen.« Der Sonntagsvater nimmt uns in den Park mit. Der Sonntagsvater geht mit uns in den Zoo, die Bären anschauen.

»Verdammt«, schrie mein Vater jetzt meine Mutter an. Ich glaubte, ihn ganz deutlich zu verstehen, über das leidenschaftliche patriotische Geschrei der Menschenmenge hinweg. Mein Vater spürte plötzlich den martialischen Kick der Menge, den Kick, den er auch als Fallschirmjäger erlebt hatte. Es war, als könne er wieder sprechen, als seien seine Worte endlich getrocknet, als könnten sie wieder für sich selbst stehen. »Scheiße«, sagte er ganz deutlich zu meiner Mutter. »Der Teufel soll dich holen.« Dann wandte er sich ab und ging. Plötzlich waren wir Mädchen Bürgerinnen eines Landes »Gestern« geworden. An jenem Nachmittag, vielleicht auch am nächsten, nahm er uns zu Hause noch ein letztes Mal in die Arme. Die Kisten meines Vaters mit seinen Sachen, dem Werkzeug und dem Angelzeug, die schon längst gepackt waren, zogen zusammen mit ihm an einen anderen Ort. Er schleppte sie vom Keller herauf, hievte sie in den Kofferraum seines Wagens und verschwand. Im Haus blieb nichts zurück von ihm. Der Schmerz breitete sich ringförmig unter meinen Rippen aus. Solche Ringe hatte ich schon an den abgesägten Stümpfen großer Bäume gesehen. Mein Vater selbst hatte mir gezeigt, wie man an ihnen das Alter dieser Bäume ablesen konnte, an den schwarzen Ringen. Wenn ich alt bin und tot, dachte ich, können sie mich aufschneiden und die Ringe an meinen Rippen zählen. Ich wußte, daß jener Tag einen solchen Schattenring hinterlassen würde, groß genug für eine Röntgenaufnahme. Ich wußte es damals, und ich weiß es jetzt.

Nach dem Auszug meines Vaters war meine Mutter frei, wirklich frei. Sie schwebte auf den Wolken der Freiheit. Mein Gott, sang sie tonlos ihrem Spiegelbild zu, ich bin frei. Sie saß am Steuer ihres wasserblau-weißen Chevrolets mit den zahllosen Chromverzierungen, der aussah wie ein Raketenträger, und durchschnitt damit zielsicher die Luft. Unser Wagen schien ihre Energie auszustrahlen. Sie war damals siebenundzwanzig. Sie fuhr uns zu einem der kleinen Seen in der Nähe, die in der Sonne glänzten. Wir Mädchen knieten mit schweißnassem Nacken auf dem Rücksitz und kurbelten das Fenster herunter, um den Kopf hinauszustrecken und uns den Wind durch die Haare wehen zu lassen. Kates rotblonde Mähne wippte in Locken auf und ab; Sarahs Haare bildeten einen blonden, geraden Vorhang. Wogende Weizenfelder huschten an unseren Fenstern vorbei. Die Reifen flogen über die Straße. Wir hielten an einem A & W, um uns Limonade zu kaufen und den Text auf dem Burma-Shave-Werbeschild zu buchstabieren, weil ich gerade lesen lernte: Ben traf Anna, die war ganz weg, er ließ sich 'nen Bart stehn, aus war's mit Anna und Ben. Wir hielten, um Maiskolben zu kaufen, achtzehn Cents das Dutzend; der Preis war der gleiche wie für fünf Liter Benzin. Wir hielten für niemanden, niemanden auf der Welt. Bis wir den Doc kennenlernten. Für ihn hielten wir.

Ich kannte den Doktor vom Sehen. Und ich traf ihn wieder, als wir zu einem Konzert meiner Mutter mit der Menomenee Legion Band gingen. Er spielte dort die erste Klarinette, ziemlich düster, und ging ganz in den

Klängen auf, wie Buddy De Franco. Der Doktor lud die unterschiedlichsten Musiker – De Franco, Clark Terry, Raphael Mendez – ein, zusammen mit der Legion Band zu spielen, und manchmal hatten sie während ihrer Sommertournee ein bißchen Zeit und kamen tatsächlich gern an die Seen. Bilde ich mir das nur ein, oder saß Buddy De Franco wirklich in unserem Wohnzimmer und erzählte mir, er habe seine erste Frau geheiratet, als diese vierzehn war? Ich weiß jedenfalls noch, daß Clark Terry der erste Schwarze war, mit dem ich mich jemals unterhielt. Er schenkte mir eine Fanpostkarte mit seinem Foto darauf, auf die er eine kleine Trompete gezeichnet hatte. »Bleib so süß, wie du bist«, stand darunter. Und ich fragte mich, woher er wußte, daß ich süß war.

Die Legion Band spielte jeden Sonntagabend auf der überdachten Freiluftbühne im City Beach Park des Lac La Jolie in Menomenee. Unsere Mutter war eine der Hauptattraktionen. Mit ihren Pauken war sie das Herzstück der Band. Die Noten schwollen wie tickende Zeitbomben an, bis sie jede einzelne davon in den Märschen von John Philip Sousa mit einem Trommelwirbel zerplatzen ließ. Der Donner kam von ihren Trommelstökken, der Blitz von ihren glänzenden Schulterstücken. Sie war das Crescendo, das sich zu den Sternen erhob. Sie trug wie alle anderen Mitglieder der Band eine Mütze, die aussah wie die eines Polizisten, nachtblau mit goldener Borte. Sie waren alle großartig, aber das Schlagzeug meiner Mutter drückte das ganze Geheimnis der Musik aus, das – da war ich mir sicher – mit einer glorreichen Eroberung zu tun hatte.

Für mich war diese Band der Himmel auf Erden. Die Musik hallte von der Überdachung wider; auf dem See kamen die Boote näher heran. Einmal wurde der Himmel häßlich grün, und schon wenige Minuten später fegte ein Tornado über Lac La Jolie. Die Hälfte der Zuschauer flüchtete. Wir restlichen drängten uns unter der Überdachung zusammen, die sich jeden Augenblick in die Luft erheben konnte. Dann legte sich der Sturm wieder, und meine Mutter wandte sich mit neuer Kraft ihren Pauken zu, die ohne Zweifel das Gewitter heraufbeschworen hatten. Das Konzert war vorbei, wenn Mr. Laufenberg, der junge, attraktive Dirigent, seinen Taktstock gen Himmel erhob, ihn wieder niederlegte und sich vor den Zuhörern verbeugte. Für diese Verbeugung bekam er immer donnernden Applaus. Wir Mädchen rannten hinauf, um die Noten meiner Mutter einzusammeln und ihre Beckenteller, Trommelstöcke, ihren Triangel und die anderen Beschwörungsinstrumente zusammenzupacken. Am faszinierendsten fand ich die roten Rumbakugeln, die eine ganz eigene Autorität zu besitzen schienen.

Eines Abends wurde ich mir des Doktors so bewußt, als sei er gerade vom Himmel heruntergefegt wie der Sturm über Lac La Jolie ein paar Wochen zuvor. Sein Blick und seine Stimme drangen über den Lärm nachtönender Instrumente und zuschnappender Instrumentenkoffer, der wie immer nach dem Konzert herrschte, zu uns Mädchen herüber. Ich begann, die roten Rumbakugeln zu schütteln und Beschwörungsformeln zu murmeln, aber er verschwand nicht. Tagsüber, das wußte ich, arbeitete er in seinem kleinen Krankenhaus in Menomenee, in einer Welt voll Äther und lautlosen weißen Schuhen und Händen, die mit Nadeln und forschenden Geräten in den Körper eindrangen. Er gehörte in seine Klinik, in die ich meine Großmutter, deren Hausarzt er war, manchmal begleitete. Mittlerweile war er auch der Arzt meiner Mutter; ein paar Jahre zuvor hatte er bei der Geburt von Sarah mitgeholfen. Meine Großmutter erzählte mir, daß er nicht mit seiner Familie zusammenlebte, was ihn noch bedrohlicher und mysteriöser machte. Sie sagte sogar, er habe selbst drei kleine Mädchen. Nun, die kannst du behalten, dachte ich.

Tja, und da fuhr der Doktor nun in seinem braunen Cadillac (er hatte jedes Jahr einen neuen) auf der Straße hinter uns her, ganz ohne weißen Kittel, dafür einen Filzhut auf dem Kopf, und winkte unserer Mutter freundlich zu, die ebenfalls nicht die Uniform ihrer Band trug! Hier draußen in den Wäldern und Feldern, auf den tausend kleinen Wegen, auf denen meine Mutter, meine Schwestern und ich immer herumfuhren und uns treiben ließen, wo wir Blaubeeren und wilden Spargel und Gänseblümchen pflückten, hier draußen, wo ich geglaubt hatte, immer sicher zu sein, hier draußen hatte er uns aufgespürt. Wenn wir aus dem Chevrolet unserer Mutter hinausschauten, wirkte dieser großgewachsene, dunkle Doktor wie ein bedrohlicher Fremder, wie der Schwarze Mann. Ich war völlig verwirrt. Vielleicht hatte sich meine Mutter etwas Neues für unsere Impfungen einfallen lassen, und gleich würde er sein Stethoskop und eine Spritze herausholen und sich auf uns stürzen. Vom Chevy oder dem hohen Gras aus beobachteten wir, wie sie sich näherkamen; wir hörten ihr vertrautes Lachen aus dem Cadillac herüberdringen. Ich versuchte mir einen Plan zurechtzulegen, wie wir den Doktor wieder loswerden könnten: einen Komantschenüberfall, einen Sturm, vielleicht auch einen Schlag mit der Rumbakugel gegen seine linke Schläfe. Doch meine Pläne scheiterten an der Tatsache, daß er eine Geheimwaffe besaß, eine echte Kodak-Instamatic-Kamera. Dabei handelte es sich um einen bronzefarbenen Apparat, den ich mit offenem Mund bestaunte. Sobald er ihn in die Hand nahm, kam ich gerannt. Im Blitzlicht der Kodak erstarrte ich fasziniert. Mit dem Apparat konnte man das welkende Veilchen konservieren. Man konnte einen Traum fotografieren, für immer festhalten. Wenn er die Kodak mitnahm, bettelte ich ihn an, daß ich sie halten, die in einer Schachtel eingesperrte Macht der Zeit spüren durfte. Ich sah zu, wie unsere Bilder sich auf dem weißen Papier ausformten; beobachtete den antiseptischen Doktor dabei, wie er unsere Bilder mit Klarlack fixierte, unsere von der Sonne erhellten Körper, bevor sie der Vergessenheit anheimfielen. Als hätte nur ein Chirurg, einzig und allein ein Chirurg, die Macht, unsere Gesichter und Körper auf Papier zu bannen. Ich habe die Kodak-Bilder, die er damals machte, noch immer. Kate und Sarah und ich stehen an der Straße, Gänseblümchenketten um den Hals, händchenhaltend, ein Biedermeiersträußchen aus kleinen Mädchen. Manchmal frage ich mich, ob es anders gewesen wäre, wenn wir Gummi-Tomahawks und Spielzeugpistolen in den Händen gehalten hätten. Wir drei Mädchen sehen auf den Fotos so zahm und schüchtern aus, trotz unserer wilden Herzen. So fügsam, wie eben Kinder. Aber ich muß an die gesetzlose Welt denken, die ich kennengelernt habe, an Granaten und all die anderen Dinge, die Kinder nur halb bewußt in den Händen halten. Bewaffnete Kinder überraschen mich nicht mehr. Kinder sind grausam; sie schrecken vor nichts zurück und machen keine Unterschiede. Kinderhände halten Granaten, die nur sie selbst sehen können.

Der Doktor konnte die Waffen nicht sehen, die ich in

den Händen hielt, aber ich spürte, daß seine Hände irgendwo an meinem Herzen herumtasteten. Sie waren eiskalt. Seine Stimme machte mich benommen, fing mich ein auf eine Art und Weise, die mich an im Bernstein gefangene Ameisen denken ließ. »Dummerchen«, rügte er mich und überschrieb mit roter Tinte die Geschichten in meinem Notizheft – rote Tintenspinnen, die über meine schönen Worte krochen. »Dummerchen«, sagte er, wenn er Kates Schuhe neu band. »Mädchen«, rief er meine Mutter. »Püppchen.« Als reagiere meine Mutter auf Befehle wie Puppen – oder auch Mädchen. Ein Klaps auf den Hintern, und schon liegt Püppchen am Boden. Ich kam mir dumm vor, begann zu stottern, sagte meine Worte in der falschen Reihenfolge auf. Ich, die ich Worte immer geliebt hatte, mußte nun feststellen, daß sie sich an einem Ort befanden, an dem ich sie nicht erreichen konnte. Ich lauschte dem öligen Timbre seiner Stimme, der fernen Fuge vor dem sommerlichen Chaos. Der Timpano-Stimme. »Meinst du, du schaffst das, Mädel? Schau, so mußt du dir die Schuhe binden. Stell dich nicht an wie ein Idiot. Und wenn man aus dem Haus geht, schließt man die Tür hinter sich. Knöpfe macht man so zu.« Seinem kritischen Blick entging nichts. »Willst du das wirklich so machen, Mädel? Sei doch nicht so dumm. Gut. Schön, daß wir uns einig sind.« Ich kam mir doof vor, doof und ziemlich schwer von Begriff.

»Herzchen«, sagte er dann wenig später, und ich zuckte zusammen ob seiner Vertraulichkeit. »Wenn du nicht so schreist, haben wir beide keine Probleme miteinander. Beweis mir, daß du weißt, was Höflichkeit heißt.« Die tiefen Paukentöne meiner Mutter hatten mich in Erregung versetzt, die Stimme jedoch, mit der

der Doktor mich attackierte, schlug ohne Vorwarnung ein. Und plötzlich gaben meine Knie nach, und mein Kopf war ganz leer. Wenn wir mit dem Doktor unterwegs waren, wußte ich nie, ob er mir eine Limonade kaufen oder mich dumm nennen würde – wahrscheinlich tat er beides. Er konnte von einem Augenblick auf den anderen brüllen, so daß ich völlig hilflos und benommen dastand, Tausende von Kilometern entfernt. Ich fühlte mich schuldig, daß ich ihn dazu gebracht hatte, mich so sehr zu hassen. Dann wieder war ich plötzlich erleichtert, weil er mich zu mögen schien. Wir waren Freunde, lächelten, während wir mit dem Tankwart plauderten. Vielleicht waren wir Kumpel, der Doc und ich.

»Was möchtest du, ein Dr. Pepper oder einen Traubensaft?«

»Bitte einen Traubensaft.«

»Gut, dann kriegst du einen Traubensaft, Mädel.«

Und dann ein Blick, als wolle er mich an den Fleischerhaken hängen; meine Wangen wurden warm wie die Limonade in meiner Hand. Ich starrte zum Fenster hinaus, versuchte, mir vorzumachen, daß alles in Ordnung sei, gab mir alle Mühe, mich von mir selbst abzutrennen. Ich hatte keine Worte für diese Gefahr, und meine Mutter spürte sie nicht. Sie war dabei, sich zu verlieben. Ich war gut in der Schule, bekam aber immer die schlechtere Note, weil ich zuviel schwatzte. Die Lehrerin sagte, es fehlte nicht viel, dann redete ich die Farbe von den Wänden. Meine Mutter summte in der Küche vor sich hin und sang die Lieder für ihn, von denen ich gedacht hatte, sie seien einzig und allein für uns.

»Wenn's dir nicht gefällt«, sang sie, »dann geh.«

Ich weiß nicht, welche Phantasien von Harmonie und patriarchalischer Ordnung der Doktor hegte, jedenfalls mischte er sich in unser Leben und unsere Spiele als Ringrichter ein, modelte die Regeln und unsere Stimmen ins Konditional um. Mittlerweile machten der Doktor und meine Mutter kein Hehl mehr aus ihrer Beziehung. Eines Nachts hielt ich es nicht mehr aus, hatte Selbstmitleid, fühlte mich vernachlässigt und ungerecht behandelt. Ich marschierte ins Zimmer meiner Mutter. »Geh heute abend nicht mit dem Doc aus«, versuchte ich meine Mutter im Befehlston des Doktors unter Druck zu setzen. Sie saß an ihrer Frisierkommode und kämmte sich das Haar. Ihre vergoldete Bürste streifte meinen Mund; ich war verblüfft über die weichen Borsten zwischen meinen Zähnen, so sanft wie ein verstohlener Kuß, und genauso überraschend.

»Was hätte ich denn machen sollen?« fragt meine Mutter heute. »Drei kleine Mädchen. Wer konnte schon ahnen, was passieren würde? Er war die Liebe meines Lebens. Ein großer, dunkler, attraktiver Mann.« Und reich. Ich nicke, als sie spricht, aber in meinem Innern spüre ich die alten Waagen und Flaschenzüge, die nur darauf warten, in der Endstellung einzurasten. Das ist mir schon lange klar; bereits als Kind wußte ich, daß der Doktor so etwas wie der Passierschein aus jenem ewigen Kreislauf war, den unsere Mutter so haßte, der uns aber, das ahnte ich, nur ein Stück weiterbringen konnte. Vielleicht sogar nur bis zu den Grenzen unseres kleinen Ortes. Unser Vater war weg und würde nicht wiederkommen. Und ich war unersättlich. Ich wollte Disneyland – dorthin waren meine Mutter und der Doktor schon ein paar Tage nach Sarahs Geburt gefahren –, ich wollte bei der Rose Bowl Parade mitmarschieren.

»Eure Mutter ist im Fernsehen«, sagte Mabel, und Kate und ich suchten auf dem Bildschirm nach dem winzigen Püppchen, das aussah wie sie. Da war sie tatsächlich – zusammen mit dem Doktor und dem Rest der Band marschierte sie bei der Tournament of Roses Parade 1958 in Pasadena mit. Noch bevor sie zusammen waren. Der Doktor trat erst einige Zeit später in unser Leben, von dem er uns einen Teil nahm: unsere Mutter und ihre Sorglosigkeit. Die Augenblicke, die wir mit ihr zusammen vor dem Spiegel verbrachten, hatten jetzt eine Dringlichkeit, der jeder Zauber fehlte. Wenn sie Arm in Arm mit diesem großen, eisigen Menschen zur Tür hinausging, wünschte ich ihr nichts Gutes. Ich war mittlerweile sieben und schrieb Kurzgeschichten, in denen große Männer ganz plötzlich zu Tode kamen, Opfer mysteriöser Unfälle wurden. Felsen stürzten auf sie herab. Motorboote krachten gegen verborgene Sandbänke und versanken. Eine der Figuren in meinen Geschichten wurde von einem tollwütigen Waschbären gebissen und starb. Arzneien verlängerten seine Qualen nur noch. Keiner jedoch fiel von einem Felsen, erholte sich wieder und verkroch sich wortlos in das Schicksal seiner eigenen Ohnmacht, den Verlust seiner Sinne.

In der kurzen Zeit zwischen dem Verschwinden meines Vaters und dem Eintreffen des Doktors waren wir sehr glücklich. Mabel saß in der Küche, wenn wir von der Schule nach Hause kamen, und bestrich Wonder Bread mit Butter, ein besonderer Leckerbissen. Mabel war bei uns, weil meine Mutter, nachdem mein Vater gegangen war, ungefähr ein Jahr lang arbeitete, und zwar gern. Jeden Tag fuhr Mabel uns zu dem Zug an der Milwaukee Road, der Dolores von ihrer Tätigkeit als Anwaltssekretärin nach Hause brachte. Meine Mutter strahlte immer, wenn sie uns sah. Die Luft um sie herum vibrierte und sprühte, wenn sie aus dem Zug sprang, um uns zu begrüßen. Sie zeigte uns die Pakete, die sie in der Mittagspause gekauft hatte, und erklärte uns, wenn wir groß wären, würden wir das auch einmal machen. Ich dachte, es würde immer so bleiben; wir würden ihr dabei zusehen, wie sie aus dem Zug stieg, der in Richtung St. Paul weiterfuhr, und die Aufschriften »Soo Line« und »Blue Earth Minnesota« auf den Güterwagen am Bahnhof lesen. Blue Earth Minnesota. Einen schöneren Namen hatte ich noch nie gehört. Meine Mutter lachte, und meine Großmutter stellte sich dicht neben die Gleise. Der Wind des näherkommenden Zuges drückte die Köpfe der Gänseblümchen zurück, die sich zusammenzogen wie Seeanemonen, wenn die Lokomotive zischend und fauchend zum Stehen kam. Das Ungeheuer spuckte unsere Mutter aus. Sie umarmte uns Mädchen und rief: »Punky und ihre Freunde!« Das war meine Lieblingssendung im Fernsehen. »Punky!«

»Was hättest du gemacht?« sagt meine Mutter und seufzt leise, ein paar Jahrzehnte später. Sie sitzt jetzt auf ihrem Bett, und ich sehe die grauen Haarwurzeln unter dem Henna. Zwanzig Jahre lang hat sie mit gebeugtem Rücken die Last des Kellnertabletts tragen müssen. Eine Maniküre ist heutzutage ein Luxus für sie. Sie sitzt in Mabels Bungalow und schaut hinaus zu den Seerosen auf dem Lake Puckawasay. Mabel ist schon lange tot. Was hättest du gemacht? fragt meine Mutter, und ich weiß keine Antwort. Viele Jahre lang glaubte ich, ich hätte gewußt, was ich an Mutters Stelle getan hätte, aber zu meiner Überraschung habe ich nicht einmal ein Kind großgezogen. Ich weiß lediglich, daß ich mich immer von despotischen Männern angezogen gefühlt habe, von der Art und Weise, wie sie Befehle geben, ihr majestätisches, grausames Verhalten rechtfertigen, während Rauch aus ihren wunderbaren Nüstern quillt wie bei Drachen aus alten Sagen. Ich habe einmal einen Mann geliebt, der meine Hand in eine Flamme hielt, einen anderen, der mich mit einer Zange kniff, und einen weiteren, der mich vergewaltigte und verprügelte. Ein Draufgänger hilft einem, ein gefährliches Leben zu führen; vielleicht werden wir uns nur so darüber bewußt, daß wir überhaupt am Leben sind. Möglicherweise brauchte meine Mutter das. Vielleicht glaubte auch ich das zu brauchen, vor Jahrhunderten, als die Liebe entfacht wurde durch Strenge und das verzweifelte Gefühl der Ohnmacht gegenüber der Macht, wie im Krieg.

Mabel schlug sich auf die Seite des Doktors. Wollte ich denn nicht, daß es meiner Mutter besser ginge? rügte sie mich. Wollte ich das nicht? Die Rumbakugeln bewegten sich im Spiegel, eine Tänzerin tanzte in Japan, ein Hirsch brach aus dem Dickicht und verschwand in der Abenddämmerung. Ja, natürlich. Natürlich wollte ich, daß es ihr besser ginge. Und ich wollte sie begleiten, wohin auch immer. Sogar, wenn das bedeutete, daß wir im Haus des Doktors leben müßten.

Im Sommer, wenn meine Mutter arbeitete, saß Mabel auf den Stufen hinterm Haus und schaute hinaus auf die Farm und die Kühe. Sie mochte den Bauern; er schenkte ihr frischgeschlachtete Hühner. Mabel hatte gerade eins davon in der Hand, sein Kopf hing lose über ihr Knie. Ihre Hände huschten über die versengten Federn, zupften sie heraus, bis ein grauer luftiger Haufen zu ihren Füßen lag und vom Wind aufgewirbelt wurde. Mabel versengte die Hühnerhaut mit Streichhölzern; Schwefeldämpfe stiegen auf. Sie zog an ihrer Lucky Strike.

»Daß du mir nichts Schlechtes über den Doktor sagst.« Die Zigarette meiner Großmutter wippte in meiner Richtung auf und ab; die orangefarbene Glut leuchtete wie ein Notlicht. Sie hatte ein paar Ausdrücke ihres frisch angetrauten Ehemannes aufgeschnappt, der mit rauhem slawischem Akzent sprach. Sie versengte eine weitere Feder. »Er ist gut für deine Mutter, und er ist bestimmt auch gut für dich. Ihr Gören seid wie die Wilden. Für euch bräuchte man einen großen Knüppel mit 'nem Nagel drin. Euer Mundwerk geht ununterbrochen, wie ein Wasserfall. Und außerdem«, sagte sie und spreizte die Knie, so daß das schlaffe Hühnchen verrutschte, »glaubt ihr doch wohl nicht im Ernst, daß eure Mutter noch eine bessere Chance kriegt, oder?«

Ich legte den Kopf an ihre Schulter und sah zu, wie sie das Hühnchen schüttelte. Meine Großmutter redete ziemlich rauh, aber sie krümmte uns nie ein Haar, es sei denn, sie kämmte uns und band ein Schleifchen hinein. Ihre Finger waren so arthritisch, daß sie keine besonders schönen Schleifen band, aber Hühnchen rupfte sie gut; dazu taugten ihre Finger. Sie trug das kahle Hühnchen in die Küche, um ihm die Füße abzuschneiden und die Eier herauszuholen, die es im Bauch hatte. Dann zog Mabel die auberginefarbenen Eingeweide heraus, steckte die Hühnchenfüße in einen Topf, kochte sie, bis sie gelb wurden, und ließ die flüssigen Eier mit einem Löffel ins kochende Wasser gleiten. Sie erklärte – und es stimmte –, daß sie mindestens doppelt so gut schmeckten wie Eier aus dem Laden. Mabels Kochkünste hatten Ähnlichkeit mit Voodoo; ihnen haftete etwas Ursprüngliches an, weil sie alle möglichen Dinge verwendete, die im Garten wuchsen oder aus Louies Fallen stammten. Dinge, die merkwürdig aussahen und miteinander vermischt wurden, während Mabel Beschwörungsformeln murmelte. So war es, unser Leben – ungleiche, widersprüchliche Dinge wurden mit Voodoo-Sprüchen zusammengerührt. Am Ende konnte man kaum noch erkennen, was man verwendet hatte, weil alles verkocht war. Ich saß mit dem sicheren Gefühl in der Küche, daß der Doktor irgendwann einen schlimmen Fehler machen und die Erwachsenen ihn endlich so sehen würden wie ich. Ich trug eine Röntgenbrille: Ich konnte seine Schwächen erkennen.

»Hallo, Mädel«, sagte er schadenfroh. »Ich hab dich erwischt!« Sie werden schon noch sehen, dachte ich. Wir redeten uns kaum jemals mit Namen an. Manchmal sagte er »Mädel« zu mir, aber weil er auch meine Mutter so nannte, haßte ich es. In all den Jahren, die wir mit ihm zusammenlebten, verwendete er meinen Vornamen höchstens ein dutzendmal. Es war fast, als könnten wir uns gegenseitig auslöschen, wenn wir uns nicht beim Namen nannten. Ich hatte das Gefühl, daß die Erde sich immer schneller drehte. Der Doktor wirbelte mich an den Füßen herum und tat so, als wolle er mich fallen lassen. Schneller, da kommt das Gras, berührt mich am Kopf. Und da sind die Schaukel und der Sandkasten, genau dort, wo eigentlich die Wolken sein sollten.

Der Doktor wußte genau, was er tat, das spürte ich. Ein Lächeln spielte um seine Lippen, drang aber nie bis zu seinen Augen vor. Doch wenn er uns besuchte, pfiff er manchmal vor sich hin. Das war das einzig schöne Geräusch, das er von sich gab, ein großartiges, schwebendes, dreiteiliges Pfeifen, ein Urton. Dieser Ton hing in der Luft, spukte im Kopf herum. Ich versuchte, nicht zu vergessen, daß er zumindest die Fähigkeit besaß, einen schönen Ton von sich zu geben. Eine Fähigkeit, die mein Vater verloren hatte.

Mein Vater kam jeden Sonntag. Er holte uns nach der Kirche ab, ging mit uns spazieren, zog uns auf einem Schlitten über die Felder oder begleitete uns, wenn es regnete, zu einer Kegelbahn oder ins Kino. Wir sahen Dutzende von Filmen – *Prinz Eisenherz* und *Zwanzigtausend Meilen unter dem Meer.* Und dann noch *Your Cheatin' Heart* über Hank Williams, mit George Hamilton. Die schönste Stelle war, als sie einander Dichtungsringe an den Finger steckten und ewige Treue versprachen. Mein Vater schuf sich seine Welt neu. Er kümmerte sich um uns, um seine Arbeit, um flüssige Bewegungen, Karten zum Lesenlernen, Mundbewegungen, Zungenbrecher; er hatte noch immer einen Platz im Universum. Er war wieder zu seinen Eltern gezogen. Von Zeit zu Zeit fragte mich seine ältere Schwester, eine ausgesprochen unglückliche Frau, wen ich lieber mochte, den Freund meiner Mutter oder meinen Vater. »Beide gleich gern«, logen Kate und ich, weil wir das Gefühl hatten, daß alle anderen Antworten einen Verrat an unserer Mutter oder an unserem Vater darstellten. Doch Sarah, die mittlerweile vier war, widersprach uns. »Unser Sonntagsvater ist unser richtiger Vater«, sagte sie ganz ruhig. »Er kommt bloß am Sonntag, aber er ist der richtige.« Schon damals nahm Sarah kein Blatt vor den Mund.

Als mein Vater uns eines abends kurz vor Weihnachten nach Hause brachte, draußen war es stockfinster und alles verschneit, stand der Cadillac des Doktors mitten auf unserer Auffahrt. Er war ein Affront, dieser Cadillac. Bis zu jenem Tag war er immer schon lange vor unserer Rückkehr verschwunden gewesen. Mein Vater betrachtete den glänzenden Wagen, taxierte seine Größe. Dann legte er die Hand auf die Motorhaube, wie um sich zu vergewissern, daß er tatsächlich dastand. Oben im Speicher hatte mein Vater uns als Weihnachtsgeschenk eine Puppenküche gebaut. Sie war ein wunderbarer Beweis für sein großes handwerkliches Geschick, aber sie würde sich nie mit dem messen können, wofür der Cadillac stand: ein Ballsaal, den mein Vater nicht betreten durfte. Er blieb einen Augenblick lang stehen, dann dirigierte er uns zur Haustür und riß sie auf. Der Doktor hielt meine Mutter im Arm, als habe er sie soeben eingefangen. Er war in Hut und Mantel und wollte gerade gehen. Alle hielten den Atem an. Das Weihnachtsglockenspiel auf dem Kaminsims funkte in die Stille hinein wie ein Morsecode; das Licht erhellte die verblüfften Gesichter vor uns im Sekundentakt. Meine Mutter und der Doktor – eine fleischgewordene Tatsache.

Über mir entrang sich dem sonst so stummen Mund meines Vaters ein Schrei – ein Feuerwerkskörper in einer klaren, dunklen Nacht: »Waaaaaa machen ie in meinem Hau?« brüllte mein Vater, obwohl er die Antwort wußte. »Wien ie eienlich, we die Hau geau ha? Ich, edamm. Nehmen ie ie inge on meine au!« Der Doktor und meine Mutter zuckten zusammen, ließen einander jedoch nicht los. Mein Vater stürzte ins Zimmer. Um ihn zurückzuhalten, legte der Doktor ihm, der ungefähr einen halben Kopf kleiner war, die Hände auf die Schultern. Wir Mädchen hingen wie erstarrt an den Knien meines Vaters. Irgendwo oben an der Decke schienen Worte zu schäumen.

»Idiot«, sagte der Doktor. »Verschwinden Sie.« Ich

hob den Blick und sah das Gesicht meines Vaters, der verzweifelt versuchte, von den Lippen des Doktors zu lesen. Plötzlich sauste seine Faust gegen die Brust des Eindringlings, der ihn aus seinem eigenen Haus werfen wollte. Er versetzte dem Doktor einen kräftigen Stoß. »Trottel«, sagte dieser, als er ein wenig ins Wanken geriet. Dann versetzte er seinerseits meinem Vater einen Stoß, und mein Vater begann zu stolpern. Alle waren verrückt geworden; alle *flogen*. Meine Mutter nahm Kate und Sarah auf den Arm, und ich schlüpfte hinter die Stores am großen Fenster, von wo aus ich zusah, wie die beiden Männer sich gegenseitig durch den Raum schubsten.

Das Gesicht des Doktors verhärtete sich, veränderte sich aber ansonsten nicht wesentlich. Eine Locke seines ölig-braunen Haars fiel ihm in die Stirn, ein Finger krümmte sich in die Brust meines Vaters. Ich ahnte, wenn er meinem Vater einen Schlag gegen den Kopf versetzte, würde er ihn umbringen. Vermutlich wußte der Doktor das, denn er packte meinen Vater am Kragen, wie ein Kind, und schüttelte ihn. Es war zuviel Körperliches in dem Zimmer, und zuviel Bewegung. Niemand war in der Lage, aufrecht zu gehen oder zu stehen. Meine Mutter rief »Pat, Pat!«. Aber natürlich konnte er sie nicht hören, und seine eigene Stimme klang rissig, abgehackt, wie das Ding-Dong, Ding-Dong des weihnachtlichen Glockenspiels. Mein Vater schien all seine Kraft zu sammeln und stürzte sich mit einem unverständlichen Gurgeln auf den Doktor. Die Brille war ihm von der Nase gerutscht; er taumelte, blind und taub.

Ein paar Minuten lang stieß ihn der Doktor wie einen Sandsack immer wieder zurück. Zwischendurch zog er den Kamelhaarmantel aus, setzte den Filzhut ab und machte kurze Notizen auf seinem Rezeptblock. »Idiot, Versager, Nichts«, murmelte er wütend und steckte die Zettel meinem Vater in die Hemdtasche. Dieser versuchte, sie zu lesen, konnte aber nichts sehen, weil ihm der Schweiß in die Augen lief. Er zerknüllte die Notizen und schleuderte sie dem Doktor ins Gesicht. Da stieß der Doktor noch einmal heftiger zu, und mein Vater landete im Christbaum.

Absturz, er flog in seine stumme Welt aus Farbe und Licht. Der Baum prallte gegen das Fenster; die Kugeln zerfielen zu blauem Staub; die antiken Weihnachtspfauen und die Spielzeugeisenbahn, unser Geschenk vom Vorjahr, die immer unten um den Baum herumfuhr, lagen zerquetscht unter den verrenkten Gliedern meines Vaters. Die feine weiße Puderschicht des Baumes wurde aufgewirbelt und verwandelte uns alle in Figuren einer Schneekugel. Daddy war ein großer Seestern, kaum noch menschlich. Ich blieb hinter dem Vorhang und sah zu. Vielleicht würde mein Vater nie wieder aufstehen und einfach wegschweben; in gewisser Hinsicht tat er das sogar.

Pomadige Haare senkten sich zu meiner Höhle herab, der Doktor beäugte mich. »Alles in Ordnung, Mädel?« Ich zog den Vorhang, meinen Schutzschild, mit einem Ruck vor und roch plötzlich dessen Ausdünstungen von der chemischen Reinigung, das abgestandene Sonnenlicht und die Wollmäuse, eine Welt, die während des Sommers hinter unserem großen Fenster erstanden und wieder vergangen war. Ich hatte einen Kloß im Magen. Mein Haß auf den Doktor, meine Scham und die Demütigung meines Vaters wirbelten in mir hoch wie der feine weiße Puder vom Christbaum. Ich schloß die Augen und war weit, weit weg, ganz allein jenseits des

Regenbogens, in einem Land, wo Kinder unerbittlich gegeneinander kämpften und in Schneefestungen mit Schneemöbeln lebten. Die ganze Welt war rieselnder Schnee. Wir führten Krieg im Schnee, der unser Zuhause war, und ich war die Anführerin.

Als ich die Augen wieder aufschlug, fühlte ich mich um Jahre älter. Ich sah, wie meine Mutter sich mit einem Waschlappen über meinen Vater beugte, wie er aufstand und wieder Patrick war. Verschwommen bekam ich mit, daß Kate, Sarah und meine Mutter weinten, aber die Mädchen waren so weit weg; irgendwo da draußen, in dem Land jenseits des Flurs, klammerten sie sich aneinander. Als mein Vater sich aufsetzte, klebte der feine weiße Puder an seinem nassen Hemd, an seinem Nakken und auf seinem kahlen Kopf. Der Schneemann. Er sah aus, als wolle er etwas sagen, aber er hatte die Fähigkeit zu sprechen verloren; er war stumm. Die Arme meiner Mutter zogen an etwas Unsichtbarem, waren Hebel, die sich hoben und senkten, um die Weltachse wieder einzurenken, die Normalität wiederherzustellen, und sie sagte immer wieder: »Laßt uns alle ein paar Plätzchen essen. Laßt uns alle ein paar Plätzchen essen.« Und der Doktor, die Hände mit grimmigem Gesicht in die Hüften gestemmt, wie ein Mammutbaum mitten im Zimmer. Schließlich beugte er sich vor, als wolle er meinen Vater untersuchen. Der stieß ihn weg, hatte nicht mehr die Kraft wie zuvor. Egal, wie lange mein Vater dasaß, jetzt war unser Zuhause Territorium des Doktors, und alle, die unter diesem Dach lebten, wußten es.

Bevor mein Vater sein Gehör verlor, hatte er mich zu einer Nordlichtschau mitgenommen, die anläßlich einer Tankstelleneröffnung ganz in der Nähe stattfand. Natürlich wußte ich, daß das nicht das echte Nordlicht war, sondern eine spektakuläre Nachahmung der Naturgewalt. Die Lichter spritzten aus gekippten Fässern in den Nachthimmel. Mein Vater erklärte mir mit eifriger Stimme, daß genau solche Scheinwerfer den Himmel nach *ihm* abgesucht hatten, als er zum Fallschirmjäger ausgebildet wurde, und daß er im Rahmen des amerikanischen »Sieges über Japan« in der Dunkelheit zwischen den gekreuzten Lichtkegeln herabgeschwebt war. Ich stellte mir vor, wie er durch den tintenblauen Himmel fiel, eine kleine Gestalt, die tapfer versuchte, den Scheinwerfern auszuweichen, wie sich der Fallschirm öffnete, eine schwebende Krokusblüte, wie er in Japan still und leise auf dem Boden aufkam, die Ohren gespitzt, um das geringste Geräusch des Feindes zu hören. Dann sah ich ihn neben mir, den verzückten Blick auf die gekippten Fässer und die Lichter, die sich daraus ergossen, gerichtet.

Als ich am Valentinstag von der Schule nach Hause kam, zeigte meine Mutter mir den Solitärring an ihrem Finger, den der Doktor ihr geschenkt hatte. Sie hielt ihn vor unserem großen Fenster ins Licht und sagte: »Ich möchte, daß du Daddy zu ihm sagst.« Aber wie konnte ich ihn Daddy nennen! Die Lüge ließ mich nach Luft schnappen: »Ich habe schon einen Daddy. Ich kenne niemanden, der zwei hat. Außerdem ist er nicht mein Daddy.« Daraufhin meinte sie nur, irgendwann würde ich lernen müssen, den Doktor so anzureden. Sie täuschte sich gewaltig.

Sie heirateten Ende Oktober, kurz nach meinem siebten Geburtstag, an einem Abend, der auf tausenderlei Weise kalt war: das Mondlicht, das ein Pyramidenmuster auf die Stufen der Kirche warf, die Blitzlichter der Kameras und die wie kalte Sterne gleißenden Zähne der Erwachsenen. Wir drei Mädchen trugen alle die gleichen Stolen aus weißem Kunstpelz und dazu passende fahlrosafarbene Bauchschärpen. Vielleicht sah das aus, als heirateten wir alle, die ganze Familie. Die Schärpe umschloß meine Taille wie eine Aderpresse. Ich hatte inzwischen gelernt, daß solche Schärpen nur für offizielle Anlässe waren. Und ich hatte noch eine ganze Menge anderer Dinge gelernt. Zum Beispiel hatte ich jetzt eine Ahnung von der Zerbrechlichkeit der Liebe, von ihrer Neigung zu zerbröckeln und zu zerfallen, obwohl sie eigentlich ein Bollwerk sein sollte. Meine Mutter besaß einen Platinring von meinem Vater, auf dem das Wort »ewig« eingraviert war, aber dieses Ewig erwies sich immer wieder als endlich. Betrug knüpfte sich an Betrug, und ich war in diesem Knoten aus Vertrauensbrüchen gefangen, in jenem Platinring, der so eitel die Ewigkeit beschwor. Sarah und Kate und ich hielten einander an den Händen, verschränkten die Finger ineinander, als wollten wir uns für ein Erdbeben rüsten. Wir sahen nach vorne zum Altar, zu jenem unwirklichen Tableau.

Wir schrieben das Jahr 1960. Alle Erwachsenen dachten wohl, daß jetzt alles besser würde, weil das Schlimmste vorbei war. Wahrscheinlich hätte auch ich das gedacht, wenn ich erwachsen gewesen wäre. Zu ihrer Hochzeit trug meine Mutter ein Futteralkleid aus goldfarbenem Brokat, eins der beiden Kleider, die der Doktor aus der Hongkonger Kowloon Road hatte kommen lassen, und dazu ein goldfarbenes Bolerojäckchen. Sie hatte die Haare hochgesteckt und trug goldfarbene Schuhe; sie setzte ihr Laufsteglächeln auf und sah aus wie eine strahlende Königin, eine goldene Königin auf einer Empore. Draußen vor den Kirchenfenstern wurde es dunkel. Meine Mutter wandte sich der Welt zu, überzeugt davon, daß sie einen neuen Anfang machen konnte. Ich hielt die Hände meiner Schwestern fest umklammert; irgendwo in der Ferne glaubte ich, meinen Vater wahrzunehmen. Meine Mutter ging strahlend das Mittelschiff der Kirche entlang. Wir Mädchen waren nicht an ihrer Seite.

Teotihuacán, Mexiko, 1960

Auf den Postkarten aus Mexiko stand, das Land sei wirklich so schön, wie wir es uns erträumt hatten. Dort gebe es Señoritas, die tatsächlich vielfarbige Rüschen trugen und sich die Haare hochsteckten, Pilger, die Kilometer um Kilometer auf den Knien dahinrutschten, während der Staub von ihren Kleidern rieselte, als dampften sie oder ihre Seelen erhöben sich zu Gott. Und, schrieb meine Mutter, das Obst sei so süß, daß man denke, es sei ganz aus Zucker, besonders die Mangos und Papayas. Postkarten, Papierblumen, echte Orchideen auf den Tischen von Acapulco. Ich träumte ihre Reise und ihr Leben nach, wie ich es immer getan hatte. Meine Mutter sah, was sie sehen wollte, in Menschen und in Orten. Der Tonfall der Postkarten, die sie uns aus ihren Flitterwochen schickte, war fröhlich und verliebt. Sicher habe auch ich mich so angehört, wenn ich Menschen und Orte beschrieb, an denen ich mich verliebte. Sie wußte, daß wir Mädchen unglücklich waren über ihre Heirat, aber wahrscheinlich betete sie um ein kleines Wunder, glaubte, uns verändern zu können. Ihr Bedürfnis zu glauben war überlebensgroß – ein Leben, in dem sich entweder der Glaube erfüllte oder das so leer war wie eine nach außen gestülpte Tasche; welches von beidem, konnte man sich selbst aussuchen. Ihr Glaube hätte die Hängenden Gärten der Semiramis anlegen oder Mädchen mit dem Namen Norma Jean einreden können, daß ihre Zukunft im Film liege. Nur außergewöhnliche Menschen haben einen solchen Glauben. Man denke nur an die Zitadellen von Despoten, die Eitelkeiten, die Kriege verursachen, die Hybris von Eroberern. Ein solcher Glaube bringt es mit sich, daß wir das ganze Gewicht unserer Sehnsüchte auf schwache Mauern legen, bis Zeit und Schwerkraft und die Trompeten von Jericho das Gebilde zum Einsturz bringen. Ich war glücklich, heißt es, als ich noch davon träumte, was sein könnte. Ich frage mich, ob ich jemals wieder so glücklich sein werde. Und ich sage: Seien Sie vorsichtig, worum Sie beten, denn meiner Mutter wurde ihr Herzenswunsch erfüllt.

Jetzt hatte ich Beweise dafür, daß Mexiko tatsächlich existierte: Postkarten mit exotischen Briefmarken und Poststempeln – Flitterwochenschätze für uns Mädchen. Wir bekamen runde Rosenholzkästchen, die aussahen wie winzige Hutschachteln und in deren Deckel das Wort »Mexiko« geschnitzt war. Innen rochen sie irgendwie zitronig, nicht wie richtige Zitronen oder Limonen, sondern eher wie verschrumpelte exotische Früchte, die saftig glänzten, wenn man sie aufschnitt. Ich erhielt eine Señorita-Puppe aus Baumwolle mit schwarzen Baumwollzöpfen und Kleidern zum Ausziehen, eine Sammlung riesiger Mohnblumen aus Papier in allen Regenbogenfarben, *pinata burros*, Rumbakugeln und – das war das schönste Geschenk überhaupt – eine schwarze Spitzenmantille sowie einen roten Taftrock mit einem schwarzen Voile-Überstoff, damit ich mich wie Doloros Del Rio verkleiden konnte. Einst glaubte ich, daß es irgendwo jenseits unseres Zuhauses und unserer Vorstellung ein Wunderland gebe. Doch jetzt, da ich jene Beweise, jene Poststempel mit dem Konterfei des Präsidenten López Mateos in den Händen hielt, jene Erinnerungsstücke an die Brust drückte, konnte ich mir Mexiko nicht mehr als einen Zufluchtsort vorstellen, über den ich herrschte. Die Tatsache, daß der Doktor seine Flitterwochen dort verbracht hatte, machte das unmöglich.

»Ich möchte euch sagen, daß Dockie euch genausosehr liebt wie seine eigenen Mädchen«, sagte meine Mutter bei ihrer Rückkehr. Sie meinte damit die Töchter meines Stiefvaters aus seiner ersten Ehe. Was sie sagte, war eine Lüge, aber ich wußte, daß sie selbst es glaubte. *Dockie* nannte sie ihn also. Ich brachte das Wort nicht über die Lippen; für mich war das kein Wort, sondern ein widerlicher Reflex, den ich spürte, wenn er meine Mutter in die Arme nahm und ich auf die Felder und die Straße und das Vogelhäuschen hinaussah, das mittlerweile ganz vereist war, auf das Vogelfutter, das auf dem Schnee lag wie Zimtstaub. Ich wußte, daß er uns nicht liebte, denn egal, was »Liebe« bedeutete: Es konnte kein Ort sein, an dem ein falsches Wort eine Falltür war und ein falscher Schritt Mißachtung bedeutete.

Als der Doktor zu uns zog, hatte ich das Gefühl, als habe sich sogar das Licht in unserem alten, vertrauten Territorium verändert. Seine Kleider hingen im Schrank meiner Mutter, wo früher die Sachen meines Vaters gewesen waren; ich hatte noch nie zuvor so viele Anzüge gesehen. Manchmal rochen sie nach Äther und Desinfektionsmitteln, dann wieder nach Wald und Salzwasser. Bis zum heutigen Tag assoziiere ich Old Spice mit Männlichkeit. Ich schnüffelte an seinen Sachen, wenn ich mich unbeobachtet fühlte, an Revers und Taschen, die gegen die Kleider und Hüte meiner Mutter drückten.

Ich polierte meine Lederschuhe mit seinem elektrischen Schuhputzapparat, auf dem schwarze und rote Pantoffel abgebildet waren, die mich an Kronen auf den Spielkarten mit Herzkönig und Herzdame erinnerten. Seine lederne Arzttasche stand neben unserem Sofa; manchmal lugten Abbildungen des zentralen Nervensystems, des Skeletts oder des Verdauungstrakts heraus. Ich sah sie mir an, wenn er gerade nicht in der Nähe war. Die Bauchspeicheldrüse hatte Ähnlichkeit mit einem schlammigen Tümpel, das Herz mit einem Becken, in dem zahlreiche Flüsse zusammenkamen. Ich betrachtete die Bilder von kranken Organen und dachte über all die Dinge nach, die im Körper schieflaufen konnten.

Unbewußt hatten wir Mädchen begonnen, in Anwesenheit des Doktors unseren Vater zu imitieren. Wenn wir im Haus herumliefen, senkten wir unsere Stimmen zu einem Flüstern; wären wir die schönsten Frauen im Zimmer gewesen, wäre vielleicht alles anders gekommen.

Er schaffte die Haut-gegen-Hemden-Spiele ab, weil es keine Haut ohne Unterhemd darüber gibt, basta! Weil ich es gesagt habe, basta! Und jetzt halt den Mund! Vom Stuhl meines Vaters aus, auf dem ich las, sah ich den Doktor an. Ich reichte ihm mein Buch, *Pippi Langstrumpf*. Einem plötzlichen Impuls folgend, kletterte ich auf seinen Schoß. »Lies mir vor«, sagte ich. Er schob mich mit einer Heftigkeit weg, als hätte ich ihm eine Ohrfeige gegeben. Das Buch fiel auf den Boden, ich stürzte hinterher. Sag mir, daß ich hübsch bin, hätte ich, den Blick auf seine Schuhe, gern gebettelt. Sag mir, daß ich klug bin. Und wenn du es nicht kannst, dann sag mir, daß du es schön findest, wie ich die Teller auf der Arbeitsfläche staple. Sag mir, es gefällt dir, wie ich mit der Schaukel bis zu den Baumwipfeln hochkomme. Sag mir, was du willst, aber bitte sag mir, daß ich existiere. Sein Schweigen war der lauteste Schrei, den ich je gehört hatte; es verstopfte meine Ohren; sein Blick spürte mich auf und richtete mich. Das Lächeln meiner Mutter sagte, sie wisse nichts davon und wolle auch nichts davon wissen. »Wenn der Mann nach Hause kommt«, meinte sie und schlüpfte aus ihrer Radlerhose in ein Kleid, »muß die Frau hübsch aussehen, sich für ihn schminken und ihn willkommen heißen. Schließlich hat er den ganzen Tag andere Frauen um sich gehabt.«

»Kätzchen«, sagte er zu ihr und schnurrte wie eine Raubkatze, »Püppchen« und »Lämmchen«. Dabei betastete er ihren Körper, und mich erfüllte ein Schmerz, für den ich kein Wort hatte. Reihen von Fläschchen standen im Badschränkchen, alle mit der Aufschrift »Kätzchen« oder »Püppchen«. Medizin, sagte meine Mutter. Fläschchen voller Gelassenheit in einem Leben voller Streß. Meine Mutter betonte, wir seien jetzt eine richtige Familie; aber eine richtige Familie hätte viel weniger bewußt gelitten.

Manchmal fuhren wir zusammen mit dem Doktor in dem großen Cadillac hinaus, und ich jauchzte: »Wir sind reich!« Ich war eine Verräterin unter den Verratenen; ich war eine Schwindlerin, und das wußte ich auch, wenn ich in dem schicken Restaurant, in das der Doktor uns zum Essen einlud, in das saftige Filet Mignon biß. Zu Hause jedoch, wenn ich den Rasierbecher des Doktors in unserem Badschränkchen betrachtete, die Stapel weißer, gestärkter Hemden in einer Schublade, seine riesigen Schuhe im Schrank meiner Mutter, überkam mich Trauer, und in mir und um mich herum wurde es wieder ganz still. Natürlich waren noch alle Geräusche da – das

Gurren der Tauben am Vogelhäuschen, das Muhen der Kühe am Morgen, die Autos auf der Straße. Aber ich hörte sie nicht, weil in mir die Angst toste. Ein Schritt konnte auf einem Riß in der Welt landen, ein umgeworfenes Glas konnte eine Apokalypse auslösen. Schartige Worte schlichen sich in unser Leben – *Schwein, Idiot, Mädel* und *Trottel.* Ich begann, Sarah herumzukommandieren und »Schwein« und »Idiot« zu ihr zu sagen, wenn ich mich unbeobachtet fühlte, weil sie sich nicht wehren konnte. Ich wurde ein kleiner Tyrann. Ich quälte Sarah, zog sie nackt aus und schlug sie, bis sie Striemen hatte auf ihren winzigen, rosafarbenen Pobacken. Sie weinte, sagte aber meiner Mutter nichts.

Unsere Ohnmacht vermischte sich mit einer neuen Angst, die in der Luft lag. Die Schweinebucht stand für Versagen und die Kraft des Atoms, die uns alle implodieren lassen würde. Tödliche Atome tanzten in den Wollmäusen. Ich hatte keine Schwierigkeiten zu begreifen, daß sich Atomkerne, der Kern einer jeglichen Lebensform, egal, wie elementar, spalten und in die Luft jagen ließen. Hatte man nicht meine Schwestern und mich von unserem alten Leben abgespalten? Auf dem Höhepunkt der Kubakrise nahm der Doktor meine Mutter zu einem Medizinerkongreß nach Miami mit. Wir zitterten in den Garderobenschränken unserer Schule, wenn wir den Atomalarm übten. Präsident Kennedy hielt eine Ansprache im Radio. Meine Mutter würde in Atome zerfallen. Angst kroch heran, dann war sie da. Garderobenschränke wurden zu Särgen. Die ganze mir bekannte Welt konnte vernichtet werden, und dabei war ich erst in der dritten Klasse.

Eines Nachts, kurz nach der Rückkehr meiner Mutter und des Doktors aus den Flitterwochen, wachte Sarah, die gerade vier Jahre alt war, aus einem ihrer häufigen Alpträume auf, tastete sich zum Bett meiner Mutter und kuschelte sich, wie sie es immer getan hatte, am Fußende zusammen. Dabei berührte sie die Zehen des Doktors, die – daran erinnert sie sich noch mehr als dreißig Jahre später – eiskalt waren. Er stieß sie mit den Füßen auf den Boden, packte sie und zerrte sie in ihr Zimmer zurück. Dann stemmte er sich gegen die Tür. Die Nachttischlampe mit den winzigen blauen Sternen nahm er ihr weg, weil nur Babys im Dunkeln weinen. Sarah hämmerte mit ihren kleinen Fäusten von innen gegen die Tür und blökte dabei wie ein Lämmchen. Kate und ich, die eng umschlungen im oberen Schlafzimmer lagen, hörten sie weinen.

Die Dunkelheit. In der Erinnerung an meine Jugend ist sie wie ein Feind. Einmal biß mich ein Hund, als ich bei einer Freundin spielte. Es war bloß ein kleiner Dakkel, eine Hündin namens Queenie, wir sagten »Wienerhund« zu ihr. Der Biß war nicht der Rede wert. Queenie haßte Kinder. Sie stürzte sich auf mich, obwohl ich nur dastand, und biß mich in die Kniekehle. Ich ging auf der sonnigen Straße nach Hause; das Blut lief mir das Bein hinunter, aber ich hatte keine Angst. Ich kam mir tapfer vor, weil ich Queenies Biß überstanden hatte. Doch als ich fiebernd im Bett lag, rief meine Mutter den Doktor. Und dann stand er vor mir, in seinem riesigen gestärkten weißen Arztkittel, größer als Gott. Er konnte mich heilen oder umbringen. Ich hatte meiner Mutter gesagt, ich würde lieber riskieren, einen Wundstarrkrampf oder Tollwut zu bekommen, als mir eine Spritze geben zu lassen. Ich schwieg, als der Doktor eine lange Nadel aus seiner Tasche holte und sie mir in den Hintern drückte, nachdem meine Mutter mein Nachthemd hochgeschoben hatte.

Später dann lauerten in der Dunkelheit immer Hunde, die ihre Zähne in meinem Körper vergraben wollten, unterm Bett auf mich. Schwarze Hunde, ungefähr kniehoch. Ich hörte und sah sie, diese schnüffelnden Bestien. Und ganz deutlich hörte ich das Zuschnappen ihrer Kiefer, ein Geräusch, das irgendwo zwischen Bett und Tür seinen Ursprung hatte. Das Zimmer meiner Mutter war Welten entfernt. Queenie kam näher und näher, und Kate und ich, wir schrien. Ein Gesicht in der Tür. Ein Monsterschatten im Lichtkegel. »Wenn ich noch einen Mucks höre, nehme ich die Nachttischlampe mit.« Eine Axt, die neben uns zitterte, wie in einem Märchen, in dem die Stimme eines Holzfällers die Vergangenheit mit einem Schlag von der Gegenwart abtrennt.

Also unterhielten Kate und ich uns nachts und oft auch tagsüber flüsternd, wie Partisanen in unserem eigenen Land, die sich mit Hilfe von Codes verständigten. Wir lernten eine geheime Sprache der Verteidigung und die Verschlagenheit von Menschen, die ein besetztes Gebiet bewohnen. Wir begannen, uns Labyrinthe und Flure und Fluchtwege auszudenken, die von den Phantasiegestalten aus meinen Geschichten bevölkert wurden, vom Stamm der Schneekinder und von Pegasus, dem geflügelten Pferd. Von meinem Sonntagsvater. In die Kammern meiner Phantasie legte ich all die Dinge, die ich auch in einen Atombunker mitgenommen hätte. Meine Schwestern und ich konnten dort leben, dachte ich; wir hatten Proviant für fünfzig Jahre. Manchmal frage ich mich, ob meine Mutter genau das getan hat – ob sie sich ihren eigenen Bunker gegen die Auslöschung gebaut hat, aber sie schüttelt den Kopf. An den Wahnsinn kann sie sich kaum noch erinnern, aber das eisige Timbre des Doktors ist uns allen im Gedächtnis geblieben.

Ich war verblüfft über all die neuen Regeln. Man durfte nicht vergessen, die Zahnpastatube wieder ordentlich zuzuschrauben, und sie auch nicht in der Mitte drücken. Wenn man das vergaß, füllte sich die Luft mit elektrischer Spannung. Schließlich war man vorgewarnt. Die Dinge hatten ihren Platz. Vielleicht glaubte mein Stiefvater wie manche chinesische Geomantiker, daß Dinge, die nicht an ihren angestammten Platz zurückgestellt wurden, Furien entfesselten. Vielleicht würde sich die Zahnpasta blau und lebendig aus der unverschlossenen Tube herausschlängeln wie eine Kobra. »Ich hab's genau gesehen, Mädel«, sagte mein Stiefvater dann so giftig, daß ich seine Zähne schon fast in meinem Körper spürte. »Weißt du, was sich auf Mädel reimt, Mädel? Blödel.«

Die Regel mit dem Flaschenverschluß war fast genauso unangenehm. Sarah, Kate und ich liebten es, mit schmutzigen Füßen vom Garten vor dem Haus zur Seitentür, dann durchs Wohnzimmer, durch die Küche und schließlich durch die hintere Tür wieder hinaus auf die Wiesen zu rennen. Dabei brüllten wir, so laut wir konnten, aber noch lauter, wenn der Doktor weg war; wir jagten einander, liefen hinaus auf die Wiese, verschwanden, kamen wieder herein. Knall. Knall. Knall. Wir schoben einen Stuhl zum Kühlschrank, machten die Tür auf, nahmen einen Schluck aus der Limonadenflasche, ließen sie offen stehen, rannten durch die hintere Tür hinaus. Knall. Knall. Knall. Wir waren wilde, schmutzige Kinder.

Meine Mutter und meine Großmutter waren sich einig, daß Kate und ich Rangen, richtige kleine Affen, waren. Wir rannten den ganzen Tag mit den Jungen unserer Straße herum, versuchten, genauso hart zu sein wie sie, fuhren mit unseren Rädern über kleine Schanzen und sprangen von Bäumen. Meine Knie und Ellbogen waren fast den ganzen Sommer über aufgeschlagen. Aber der Schmerz machte Kate und mir nichts aus, wenn wir nur mit den Jungen spielen konnten. Sarah allerdings haßte sie, weil sie so laut und grob waren. Also packten wir Sarah und rannten ins Haus, um Limonade zu trinken. Oft ließen wir die Flasche dann unverschlossen im Kühlschrank stehen, so daß die Cola – mein Stiefvater liebte Cola, er trank abends immer eine ganze Sechserpackung leer – nach einer gewissen Zeit abgestanden war, was ihn fuchsteufelswild machte. Doch ich trotzte ihm. Ich wollte etwas gegen die beklemmende Atmosphäre tun, die uns umgab. Am liebsten hätte ich mit kühler blauer Zahnpasta die Wand des Badezimmers beschmiert, aber ich wußte, daß ich mit sieben Jahren zu alt für so etwas Infantiles war; liebend gern hätte ich das Waschbecken mit Pepsi gefüllt und hundert Schraubverschlüsse auf der klebrig-braunen See schwimmen lassen wie die Seerosen auf Lake Puckawasay.

Meine Mutter glaubte an Märchen. Auch sie war ein kleines Mädchen. Sie war zerbrechlicher als wir, die überhaupt nicht zerbrechlich waren. Sie sang in der Küche, summte für ihn die Lieder, die sie uns immer vorgesungen hatte: »Easter Parade« und »Red River Valley«. Sie forderte uns Mädchen auf mitzusingen. Wieder einmal hatte ich den Text vergessen. Ich war so geistesabwesend geworden, daß meine Mutter mir alle wichtigen Dinge an die Jacke steckte oder nähte. Ich verlor Brillen,

Bücher, Puppen, Hausaufgaben und Geld. Ich war eine Hexe; alle Dinge, die man mir gab, lösten sich in Luft auf. Aber ich solle mir keine Sorgen machen, sagte meine Mutter. »Vielleicht bist du ja ein großes Genie wie Albert Einstein, und wir wissen es nur noch nicht. Er begreift, wie das Universum funktioniert, aber es heißt, er vergißt manchmal, wo er wohnt. Eines Abends, als er nach Hause wollte, fand er nicht mehr hin. Also rief er im Labor an und fragte: Wissen Sie, wo Dr. Einstein wohnt? Bitte erzählen Sie niemandem davon – ich bin Dr. Einstein.«

Auch ich begann zu vergessen, wo ich lebte, in welcher Zeit, in welchem Land, in welcher Straße. Mein eigentliches Leben spielte sich an einem Ort voller tanzender Mädchen und Indianer und Pferde ab. Nach der Fernsehsendung *Westlich von Santa Fé* wollte ich in einer Wüstenstadt mit Beifußfeldern und eherner Moral leben, schmutzige Dinge machen, damit ich genauso verdreckt und schwielig würde wie die Jungen, mit einem Gewehr schießen lernen und einen Kirschkuchen backen wie das Mädchen in dem Lied »Billy Boy«. Und wenn *Make Room for Daddy* mit Danny Thomas im Fernsehen lief, wollte ich mit Uncle Tonoose nach Hause gehen. Kate und ich hätten uns am liebsten in Uncle Tonooses Arme gestürzt, überzeugt davon, daß sie Schutz boten. Meine Mutter sagte, allmählich werde meine Phantasie zum Problem. Jetzt redete ich nicht nur im Unterricht, sondern bekam auch noch schlechte Noten, weil ich nicht richtig aufpaßte, aber ich hatte keine Ahnung, wie ich das abstellen sollte. Dann versuchte ich, mich mit guten Taten einzuschmeicheln: Ich schrieb Gedichte für die Muttertagskarten der anderen Kinder oder brachte meinen Schwestern das Motto der Pfadfinder bei. Ich hatte Mitleid mit den Leuten in der Sendung *Queen for a Day*, zum Beispiel mit der Ausländerin, die schüchtern sagte, sie wünsche sich ein Wörterbuch, um ihr Englisch zu verbessern, aber eine Kenmore-Waschmaschine bekam. Kate und Sarah und ich spielten alle Rollen aus *Queen for a Day* nach. Wir trugen unsere Straßdiademe und taten so, als seien die beiden Holzgriffe unseres Springseils zwei Mikrofone.

Meine geheimen Zauberbücher waren schwarz und rot gebunden. Ich hatte mehrere davon, in die ich Geschichten über unglückliche Menschen und Familien schrieb, zum Beispiel die von Lulu, der häßlichsten Muschel am ganzen Strand, die keine Freunde hatte. Mit ihrem schiefen, dicklippigen Mund war es nur gut, daß sie so klein war, aber dieser Mund war nur ihre Art, mit der Welt umzugehen. Und dann war da noch Broken Candy Cane, die abgebrochene Zuckerstange voller Buckel und Höcker, die niemals im Sack des Weihnachtsmannes landete. Die anderen Zuckerstangen zerschlugen sie in tausend Splitter, als sie verzweifelt versuchte, auf den Rentierschlitten aufzuspringen. Doch der Weihnachtsmann hatte Mitleid mit ihr, klebte sie mit Zucker wieder zusammen und brachte sie ein paar kranken Kindern mit. Vom Schlitten des Weihnachtsmannes aus sah sie die ganze Welt und lernte unzählige andere Zuckerstangen kennen, denen es genauso ging wie ihr selbst. Ich machte Löcher in die Seiten, auf denen meine besten Geschichten standen, sammelte sie in einer großen, schwarzen Mappe, die durch rote Stahlklammern zusammengehalten wurde, und nannte das Ganze »Mein berühmtes Buch«.

Eines Tages fand ich das »Berühmte Buch« aufgeschlagen im Wohnzimmer. Rote Tintenkorrekturen in

Druckbuchstaben – die Schrift des Doktors – krochen über die Seiten. Der Doktor war die Geschichten durchgegangen und hatte die Grammatikfehler verbessert. Die Rechtschreibung war richtig, aber er hatte die Zeiten und Pronomen korrigiert. In einer Geschichte ging es um ein kleines Mädchen, das sich unter einem Holzstapel versteckte, weil sein Stiefvater, ein Hexenmeister, es in den Ofen stecken wollte. Doch die Kleine hatte sich mit Vögeln angefreundet, und die flatterten um ihren Stiefvater herum und scheuchten ihn zu der Stelle, an der sie eine Falle aus spitzen Zahnbürsten aufgestellt hatte. Er stürzte auf eine und starb, während sie sich neben ihn setzte, Pepsi trank und die Schraubverschlüsse über die Schulter warf.

Jetzt weiß er's, dachte ich. Seine Finger haben meine Seiten berührt, er weiß nun, wie sehr ich ihn hasse. Ich fühlte mich nackt. Ich nahm das »Berühmte Buch« mit nach oben und versteckte es unter meinem Kissen. An jenem Abend beobachtete ich ihn im Wohnzimmer. Er war groß und dunkel und attraktiv. Er benutzte sein Diktiergerät, diktierte Briefe an seine Krankenschwestern, Sekretärinnen, Pharmalieferanten, Patienten und Arztkollegen. Er schien mit der ganzen Welt zu sprechen. Er redete alle Krankenschwestern mit »liebe« an. Mir schenkte er keine Beachtung, weil ich erst sieben war und nur achtundfünfzig Pfund wog. Aber ich wußte, daß ich mich eines Tages rächen würde, daß ich an ihn herankommen würde, auch wenn ihm das nicht recht war, daß ich ihn dazu bringen würde, Notiz von mir zu nehmen. Daß ich ihn zwingen würde, mich nie zu vergessen.

Es passierte eines Morgens am Waschbecken, als ich mir vor der Schule die Zähne putzte. Am Waschbecken verfiel ich oft in Trance, wie auf Geheiß eines Hypnotiseurs. Das Waschbecken war weiß und glänzend, die Chromhähne ragten unzüchtig über das weiße Becken. Seine Faust sauste so schnell in meinen Nacken, daß meine Lippen auf das Waschbecken auftrafen, bevor ich die Zahnpasta ausspucken konnte. Eine rote Träne löste sich aus meinem Mund und vermischte sich warm und salzig mit der Zahnpasta. »Was bist du blöde«, sagte er. Ich spuckte das Zeug aus, schraubte den Deckel auf die Tube und ließ das Wasser aus dem Waschbecken. In meinem Kopf verschwand die Vergangenheit. In diesem Land gab es Fäuste. Sie sausten von hinten auf mich nieder, wie vereiste Schneebälle, willkürlich, unvorhersehbar. Sie trafen mich in den Nacken, wo sie keinen blauen Fleck hinterließen, ohne Worte, höchstens einmal ein »Idiot«. Oder eine Hand, die sich wie ein Schraubstock um meinen Kopf legte, mir das Kinn auf die Brust drückte, die Daumen hinter meinen pochenden Ohren. Er war Osteologe. Er packte mich an beiden Seiten des Halses, drehte ihn mit einem Ruck zuerst nach rechts, dann nach links. Der Schmerz war wie eine Schlinge, eine Aderpresse, ein Hundebiß in den Kopf. Vielleicht heute morgen, vielleicht heute abend, vielleicht nur die Drohung, nicht mehr. Mach das noch einmal, sagte ich stumm. Mach das noch einmal. Er konnte mir nicht widerstehen, da war ich mir sicher. Endlich hatten wir eine Beziehung miteinander. Ein Schlag. Das Hinnehmen eines Schlages. Eine Symmetrie, er und ich zusammen.

Eines Morgens, nachdem die Faust des Doktors mich wieder einmal erwischt hatte – allein im Bad –, ging ich zur Frisierkommode meiner Mutter, um mir meine geschwollene Lippe anzusehen. Ich zog den samtbezogenen Hocker zu dem halbmondförmigen Spiegel. Ach, dachte ich, wo sind mein Parfüm und mein Schmuck? Wo sind die Señoritas und die Cowgirls und die Menomenees in den Wäldern und stillen Dörfern, und meine Mutter? Was kann ich ihr heute über die Schule erzählen? Ich probierte Hüte auf, nahm Lippenstifte in die Hand, drückte auf den Parfümzerstäuber. Erst vor kurzem habe ich begriffen, daß nicht alle Männer den Schmerz als Teil der Liebe sehen, daß nicht alle glauben, die schlimmsten Schläge knüpften so etwas wie ein Band, das stärker ist als jede normale Liebe. Meine Mutter würde nie von den Schlägen des Doktors erfahren, vielleicht tat sie auch so, als wisse sie nichts davon. Wir können nicht zugeben, was wir nicht ertragen. Meine Mutter liebte ihn, das wußte ich, denn ihre Augen strahlten wie die Sonne vor einer Finsternis. Außerdem kam es mir nach einer Weile fast normal vor, in einem besetzten Land mit unsichtbaren Schlössern und Schlüsseln zu leben. Aber ich war wild entschlossen, die Sprache der Flucht zu lernen. Ich habe schon auf Niemandsland zwischen den Soldaten und Waffen gegnerischer Armeen gestanden, zwischen den Scheinwerfern und den Panzern, den Arabern und den Juden, und habe zugesehen, wie in der Dizengoff Street in Tel Aviv Beine und Arme in Leichensäcken verstaut wurden. Teile des Bombenschützen unter den Bombenopfern. Schrecken über Schrecken, wie vertraut sie mir doch geworden sind; wie sie einander nähren, Hasser und Gehaßter.

Am Ende des Schuljahres zogen wir in das Haus des Doktors in Menomenee, Wisconsin, einen Ort, der sich kaum dreizehn Kilometer entfernt von unserem kleinen Dorf am Lake Puckawasay befand, aber viel größer war. Das Haus des Doktors hätte eigentlich himmlisch sein müssen für uns mit seinen riesigen Glaswänden, durch die man Lac La Jolie sehen konnte, mit seinen weißen Lederstühlen und dem Springbrunnen im Garten. In der Nacht hörte ich den Brunnen von meinem Zimmer aus, meinem eigenen Zimmer. Jetzt teilten sich Kate und Sarah ein Zimmer. Das Haus des Doktors war verführerisch – auch wir ließen uns verführen. Ich dachte, welches Glück ich doch hatte, in einem so luxuriösen Haus zu wohnen und *Der Zauberer von Oz* mit dem neuen Fernseher des Doktors in Farbe sehen zu können. Man hatte mir erzählt, daß Judy Garland in dem Film ein blaues Kleid trug, doch das stimmte nicht: Es war gelb, und die kleinen Munchkins waren blau. Als ich in dem riesigen Wohnzimmer des Doktors saß, das so groß war wie unser ganzes Haus früher, wußte ich, daß wir reich waren. Wir hatten es geschafft, oder besser: meine Mutter hatte es geschafft, und wir hatten sie begleitet, sogar hierher.

»Fährst du nicht gern schnell?« fragte meine Großmutter. Es war der Sommer nach der Hochzeit meiner Mutter. Wir rasten in Mabels altem Buick-Coupé durch den Wald zwischen Menomenee und dem kleinen Ort, in dem wir zusammen mit meinem Vater gelebt hatten. Mabel wohnte immer noch in unserer alten Straße ohne Gehsteige, die entlang des Lake Puckawasay verlief. Wir nahmen gerade die S-Kurven vor Wagner's Hospital, das, so meinte meine Großmutter, eine Klapsmühle war, und dann die zwischen Upper Ipesong und dem unteren Ipesong Lake. Die Straße verlief in Schleifen zwischen den Sumpfpflanzen und den dahinter verborgenen großartigen Häusern aus dem letzten Jahrhundert. Eine Sirene verfolgte uns. Mabel trat aufs Gas. Erst als sie dreiundfünfzig war, hatte Louie meiner Großmutter das Autofahren beigebracht – so lange mußte sie warten, um herauszufinden, daß sie der geborene Bleifuß war.

»Scheiße!« brüllte meine Großmutter. »Verdammte Scheiße, das sind die Bullen!« Es war nur Randy, ein junger Polizist um die Zwanzig, von dem Mabel oft angehalten wurde. Ihr nahezu wöchentliches Rendezvous sehe ich heute als eine Art Übereinkunft. Manchmal gab er ihr einen Strafzettel; manchmal ließ er sie einfach weiterfahren. Eigentlich hatte er keinen Spaß daran, alten Damen Strafzettel auszustellen, aber Mabel erwischte er gern. Was für ein süßer Kerl.

»Wir sehen uns wieder, Mrs. P.«, sagte er. Seine Zähne und Schultern waren gerade wie Stahlträger. »Wissen Sie, Mrs. P., es gibt eigentlich nur zwei Sorten von Leuten, die ich in den S-Kurven aufschreibe: Teenager und Sie. Haben Sie schon mal überlegt, was Sie Ihrer Enkelin für ein Beispiel geben, Mrs. P.?«

»Ich verstehe, was Sie meinen, Randy«, sagte sie. »Aber heute sind wir sehr in Eile. Legen Sie doch mal die Hand auf die Stirn meiner Enkelin. Sie hat Fieber. Vor ungefähr 'ner Stunde hat sie sich übergeben. Ich weiß nicht, warum, aber es könnte sein, daß sie was von dem Zeug getrunken hat, das Louie offen im Keller rumstehen läßt. Ich muß sie ins Northland Hospital fahren, in die Notaufnahme.«

Sofort wurde Randy ausgesprochen fürsorglich. »Ich begleite Sie, Mrs. P.«

Ich hätte Randy auf der Stelle heiraten wollen dafür. Meinetwegen hätte er sogar meine Großmutter festnehmen können.

»Das ist wirklich nett von Ihnen, Randy, aber ich

glaube, das würde ihr nur angst machen. Sie wissen schon: die Sirene und so. Schließlich will ich nicht, daß sie mir hier den Wagen vollkotzt.«

»Dann fahren Sie mal lieber nicht schneller als fünfundsiebzig, ja? Versprochen?«

»Klar.«

Und schon waren wir weg.

Mabel sah mich aus den Augenwinkeln an. Die Sonne spiegelte sich in ihrer Brille. »Ich soll was aus dem Keller getrunken haben?« fragte ich. »Meinst du vielleicht irgendein Lösungsmittel oder was? Ich bin acht Jahre alt! Wieso sollte ich so was Dummes machen? Wie konntest du ihn nur so anlügen?«

»Weißt du«, sagte meine Großmutter, »manchmal mußt du ein bißchen locker mit der Wahrheit umgehen. Was er nicht weiß, macht ihn nicht heiß. Meinst du denn, der hätte mich sonst laufenlassen? Solche Typen warten doch bloß drauf, Leute wir mir 'nen Strafzettel zu verpassen. Leute wie ich sorgen dafür, daß der 'ne Beschäftigung hat; sonst müßte der doch unten im Revier sitzen und Detektivheftchen lesen. Glaub mir: Wenn für den anderen genug Platz im Graben ist, ist auch für mich genug Platz zum Überholen. Ich hasse diese verdammten Straßenverkehrsregeln. Die sind für Trottel wie Louie. Was ist dir lieber – 'n Eis oder 'n Strafzettel? Ich kann mein Geld auch der Polizei in den Rachen schmeißen.«

»Ich möchte ein Eis im Scottie«, lenkte ich ein. Das Scottie war unser Drive-in. Ich wollte Schokostreusel auf meinem Eis und eine Waffel, und ich wußte: es bestand keine Gefahr, daß mein Wunsch nicht erfüllt würde.

»Gut«, sagte sie glucksend, als habe sie tatsächlich daran gedacht, mir kein Eis zu spendieren. »Wie gesagt: Was er nicht weiß, macht ihn nicht heiß. Ich muß aufpassen, daß ich mir nicht zu viele Strafzettel einfange, sonst kriegt Opa Louie 'nen Anfall.« Dann wurde sie wieder ernst. »Wenn du das deiner Mutter erzählst, ziehe ich dir die Haut ab wie ein Indianer.«

»Das möchte ich mal erleben«, sagte ich und sah hinaus auf die Maisfelder, während wir uns Menomenee näherten. Die Stiele warfen Schatten auf den Boden zwischen den Pflanzenreihen; in den Lichtungen zwischen den Kiefern waren Sonnenflecken. Das Wagenfenster zerteilte den Horizont in gleichmäßige Rechtecke. Wir konnten alles haben, was wir wollten, und es wäre immer noch etwas übrig. Wenn ich mit Mabel zusammen war, konnte mir nichts passieren. Nicht einmal dann, wenn sie früh zu Bett gegangen war, die Ginflasche auf dem Nachttisch, den Waschlappen auf dem Gesicht. Oma ist wieder krank; sag niemandem was davon.

Wir alle brauchten Lügen: meine Großmutter, meine Mutter, wir Mädchen. Aber wir betrachteten sie nicht als Lügen. Wir sahen sie eher als Geschichten, als raffinierte Phantasiegespinste der Sehnsucht, als Märchen, die uns das Leben erst möglich machten. Ganz gelogen kann's nicht sein, wenn man selbst dran glaubt, so argumentierten wir, und die Wahrheit ist eine bunte Fahne – manchmal ist sie lang und flattert im Wind, dann wieder verheddert sie sich am Mast. Meine Großmutter liebte es, meiner Mutter Lügen zu erzählen, und meine Mutter wußte das auch. Meine Großmutter belog die Polizisten, die ihr Strafzettel verpassen wollten, und sie log die Nachbarn an, wenn es um meine schulischen Leistungen ging. Sie log, wie andere Leute Fotos machten, um sich an bestimmte Dinge zu erinnern. Ereignisse gehörten meiner Großmutter erst, wenn sie sie ausgeschmückt hatte; für sie waren diese Lügen real. Ihre Geschichten waren tröstlich, und jetzt, da ich erwachsen bin, weiß ich das Gefühl moralischer Sicherheit zu schätzen, das unseren Geschichten zugrunde lag.

Unten am Lake Puckawasay schnitt Louie die Köpfe seiner größten Fische ab und nagelte sie an einen riesigen Pfosten, der gleich neben dem schartigen Tisch stand, auf dem er die Fische entschuppte und ausnahm. Das stank furchtbar. Zuerst waren es zehn Köpfe, dann zwanzig, dann dreißig und schließlich noch mehr. Ihre Gräten bleichten aus, waren irgendwann silbern. Man konnte den Himmel durch die weit aufgerissenen Mäuler der Fische sehen. Die Mücken kamen in Schwärmen, flogen durch die Köpfe hindurch, so daß der obere Teil des Pfostens sich zu bewegen schien; Maul auf Maul, Gräte auf Gräte. Wenn ich hinaufsah, dachte ich, das ist unser Totempfahl; er schützt uns vor allem Übel.

Die Heirat meiner Mutter hatte zwei gute Seiten: Erstens, daß wir in der riesigen Wohnung über der Klinik des Doktors lebten, nur durch eine Straße von Lac La Jolie getrennt, in einer Gegend, in der es Kinder unseres Alters gab. Zweitens, daß wir reisten. Wir fuhren immer in Richtung Westen, in die Badlands und die Rockies, einen silberfarbenen Avion-Camper hinter unserem neuen Cadillac-Seville-Kabrio. Wenn wir auf einen Knopf am Armaturenbrett drückten, faltete sich das Segeltuchdach so ordentlich in den Wagen wie ein Seidenhemd. Wenn das Dach erst mal verstaut war, hockten wir drei Mädchen uns mit unseren Cowboyhüten hinten auf die Rücksitze, während meine Mutter vorne beim Doktor saß. Wir atmeten den Duft des neuen Leders ein. Seltsame Tiere bevölkerten die Landschaft: zweiköpfige Kälber, Flöhe in Mariachi-Kleidung, gehörnte Kaninchen. Sie beherrschten die Souvenirläden entlang der Straßen. Für mich war das der Beweis, daß nicht nur ich eine blühende Phantasie hatte. Die bizarre Menagerie kündete von der Unwirklichkeit unserer Abenteuer im Westen. Die Tatsache, daß wir die Wasserscheide überquert hatten, hatte uns älter gemacht.

Wenn der Cadillac nach Westen fuhr, holperte der Campinganhänger hinter uns her. Meine Mutter saß auf dem Vordersitz wie Rita Hayworth. Ihre schwarze Spitzenmantille flatterte im Wind; sie war eine Göttin mit Sonnenbrille. Wir wählten die trägeren Abschnitte der Route 41 und 66, vorbei an Imbißbuden und Lokalen, die es heute fast alle nicht mehr gibt. Früher schienen keine Gefahren entlang der Straßen zu lauern. Irgendwo in Nebraska erzählte uns die Kellnerin in einem winzigen Café, daß Marilyn Monroe gestorben sei.

Das Café befand sich hinter einem Mobil-Schild, vor einem geflügelten Pegasus, der sich über alten Benzintanks erhob. Wir drückten eine Mückenschutztür auf, um das kleine, dunkle Lokal zu betreten. »Sie haben Marilyn Monroe in ihrem Schlafzimmer gefunden«, sagte die Kellnerin. »Soweit ich weiß, ist sie an ihrem eigenen Erbrochenen erstickt.«

»Das kann nicht sein«, sagte meine Mutter. Sie wurde bleich unter ihrer Coppertone-Bräune. »Das ist nicht möglich.«

Ein Strudel tat sich auf vor meiner Mutter. Marilyn Monroe war wie ein Zauber, Marilyn Monroe hatte alles, Marilyn Monroe war aus dem Nichts gekommen. Sie hatte es als Objekt der Begierde (eine Pirouette, Mädchen, eine Pirouette) ganz nach oben geschafft, einfach, weil sie wunderschön war und Bescheid wußte. Meine Mutter, nur ein paar Jahre jünger als die Monroe, saß auf dem Caféhocker, ihre Beine, die in Kniehosen steckten, baumelten herunter. Ich sah ihre lackierten Zehennägel in den Sandalen. Mich faszinierte die Tatsache, daß sie an beiden Füßen Hammerzehen hatte. Sie steckte die Strähnen, die aus ihrer hochgetürmten Frisur hingen, unter ihr Haarnetz. Sie war erst zweiunddreißig Jahre alt, und keine Frau ihres Alters, die sie kannte, war je von eigener Hand gestorben, schon gar nicht eine so bezaubernde Frau wie die Göttin Marilyn. Ich sah ihre Schultern beben, als sie in ihrem Blaubeerkuchen herumstocherte. »Ich kann das nicht glauben«, sagte sie und gab Sarah einen Bissen Kuchen ab. Die Kompaßnadel in ihrem Innern begann sich wie wild zu drehen. »Ich kann's nicht glauben, daß sie Selbstmord begangen hat. Wahrscheinlich ist sie ermordet worden. Irgend jemand hat ihr was in den Drink getan, weil alle sie beneideten.« Ihr ganzes Leben lang hatte Dolores von Mabel gehört, sie habe nur deshalb so wenige Freunde, weil sie so schön sei. Meine Mutter hatte sich mit der Isolation des Filmstars identifiziert, keine echten Freunde gehabt, ihre Verletzlichkeit zur Schau getragen. Sie besaß Schönheit und den kindlichen Glauben an deren rettende Macht. Ihre Schönheit war der Lichtschein, dem wir in der Nacht folgen konnten, egal, wie lange diese Nacht dauerte. Jetzt schien sie erschüttert von der Ahnung, daß Schönheit allein keinen ausreichenden Schutz bot in der Welt des Fleisches.

Die Kellnerin beugte sich über den Resopaltresen, auf den ein Gast mit dem Bleistift eine Straßenkarte gezeichnet hatte. »Das sagen die Leute in Hollywood auch alle«, flüsterte sie. »Die waren alle neidisch auf sie. Sie haben sie um die Ecke gebracht, weil sie reich und berühmt war und sich nicht um ihre Meinung geschert hat.« Meine Mutter aß ihren Kuchen auf, wischte Sarah die Blaubeerreste vom Mund, schob ihr Haarnetz zurecht und schminkte sich die Lippen. Ich wußte genau, was sie dachte. Sie würde nicht bei einem Autounfall sterben. Sie hatte auf diese lange Reise gesetzt, ihre Ziele jenseits der Grenzen unseres kleinen Ortes gesteckt. Sie sah hinaus auf den verwaschen gelben Horizont von Nebraska, als sei er eine Schnur, an der sie ziehen und der sie irgendwohin folgen könne. Ich zeichnete die Bleistiftkarte auf dem Tresen mit dem Finger nach, ein kleines Stück Nirgendwo, eine Straße, ungefähr so groß wie die Linien meiner Handfläche. Meine Straße.

Wenn es mir gelang, meine Angst vor dem Doktor beiseite zu schieben, was mir draußen im Freien am leichtesten fiel, war für mich das Wichtigste an diesen Reisen in Richtung Westen das Gefühl, etwas Neues zu erforschen. Ich sehnte mich nach einem Planwagen und einer Karte unter dem Arm, nach der aufgezeichneten Topographie eines Berggipfels, einer Tundra, nach der Baumgrenze, Goldsuchern in den Sierras; ich hätte lieber einen tapfereren Feind als meinen Stiefvater gehabt, zum Beispiel einen Puma oder einen Banditen. Welche heroischen Taten wären mir in der Vergangenheit vergönnt gewesen; beispielsweise hätte ich eine Mannschaft auf der Suche nach Wasser in einer trockenen Schlucht anführen können. Mir gefiel das Bild der Wasserscheide, die das Wasser teilte wie damals Moses das Rote Meer, als er das jüdische Volk in Sicherheit brachte. Ich war fasziniert von der Gesetzlosen Belle Starr, vom Rätsel der Ballade »Face on the Barroom Floor«, von den Geistern am Little Big Horn, von den Badlands und all den anderen Cowboy-Vorposten, an denen wir haltmachten, denn der Doktor war genauso begeistert vom Wilden

Westen wie ich. Wenn er doch nur ein bißchen mehr wie Ben Cartwright gewesen wäre – sein heroischster Cowboy-Paterfamilias – und weniger wie sein anderer Liebling John Wayne. Unser Haus in Menomenee wimmelte von Kuhhäuten und Ochsenkopflampen, von Planwagenradlampen und Bronzefiguren sich aufbäumender Pferde, von seilumfaßten Darstellungen der Indianerkriege und Viehzusammentrieben von Frederic Remington, das eine oder andere Gemälde war sogar ein Original. Dazu kamen Sandgemälde von unseren Reisen in den Westen und zwei gekreuzte Pistolen auf Samt. Und Pferde – laufende, bockende, beschlagene, einzeln oder im Gespann. Ich liebte Pferde. Es ist ein großes Geschenk, wenn man als kleines Mädchen Pferde reiten kann, und obwohl es Jahre dauern sollte, bis ich mir mein eigenes Pferd kaufte, verdanke ich ein bißchen von dieser Liebe – den Schweiß und Gestank und die ungezügelte Bewegungsfreiheit, die Pferde mit sich bringen, den beißenden Geruch von Pferdedung – dem Doktor. Zwar gab er uns Gelegenheit zu reiten, aber er selbst war zu unbeholfen, um den Kontakt mit Pferden so sehr zu genießen, wie er es eigentlich gewollt hätte. Die Leute gaben ihm die lebhaften Tiere zum Reiten, weil er so kräftig war. Aber einem Menschen, der nie gelernt hat, mit Tieren umzugehen, fällt es schwer, ein bockendes Pferd zu beherrschen oder sich keine Gedanken darüber zu machen, was mit seiner Wirbelsäule passiert. Am Ende konnten wir Mädchen reiten und er nicht, aber ich glaube, er war glücklich da draußen auf der Ebene. Vielleicht, so sagte er meiner Mutter, würde er eine Pistole kaufen – für den Fall, daß wir in unserem Campingwagen jemals Probleme mit Indianern bekämen. Vielleicht würde er eine Rothaut in die ewigen

Jagdgründe befördern. Zum Glück kam er nie in die Verlegenheit, so etwas zu tun.

Nachts stellte mein Stiefvater den Anhänger auf einem Campingplatz oder irgendwo an der Straße ab, und je weiter wir nach Westen kamen, desto besser gefiel es mir. Kakteen krümmten sich am Straßenrand, in einer Landschaft, die soviel feindlicher war als die grünen Felder Wisconsins. In Neumexiko krabbelten große Käfer auf dem Boden vor unserem Campingwagen herum, der in der Nacht aussah wie ein schimmernder Zeppelin oder ein Raumschiff. Meine Familie war in dieser silbernen Zigarre wie eine Familie von Außerirdischen; Dolores kochte und machte die Laternen an; der Doktor saß am Tisch und trank Pepsi. Ich ging zwischen niedrigen Beifußgewächsen und Kakteen hindurch und suchte mir einen Felsen zum Sitzen, der noch warm war vom Tag, während die Wüste rund um mich herum abkühlte. Von einem kleinen Vorgebirge aus sah ich zurück. Ich liebte es, meine Familie in ihrem kleinen Universum zu sehen, ohne selbst bei ihr zu sein. Meine Mutter, Kate und Sarah wirkten aus der Ferne wie Engel, der Doktor nicht. Sogar durch die Fenster des Anhängers hindurch spürte ich seine nur vorübergehend gebannte Macht. Der Basalt unter mir fühlte sich warm und sicher an. Ich hatte eine Mission dort draußen – ein Steintagebuch. Das war meine große Erfindung, meine Dokumentation, die ich jeden Sommer bei unseren Reisen in den Westen ergänzte. An dem Tag, an dem Marilyn Monroe starb, fand ich einen Rosenquarz. Ein Stück Katzengold aus den Badlands erinnerte mich an meine Eheringe – das heißt, an die Ringe, die ich als die meinen erachtete: die meiner Mutter und meiner Großmutter, die meine Mutter sorgfältig in ihrem Schmuckkästchen aufbewahrte.

Dazu kam ein Klumpen Asphalt von damals, als der Doktor gezwungen war, am Pikes Peak den Anhänger Haarnadelkurven entlangzuquälen, nachdem er ein Warnschild vor einem niedrigen Tunnel übersehen hatte. Ich schloß die Augen und stellte mir den Käferrücken des Avion-Campingwagens vor, den erstarrten Doktor am Steuer des Cadillac, wie er in dem silbernen Zylinder ins Tal tauchte, ein menschlicher Schreckensgott. In dem Steintagebuch befanden sich auch ein Malachit, den mir ein Mann in einem Park geschenkt hatte, sowie ein Tigerauge, das mir Glück bringen sollte, aus dem Corn Palace in Mitchell, South Dakota, und ebenfalls aus dem Corn Palace ein leuchtendroter Achat, den ich an einem Kettchen tragen konnte. Dazu ein Leopardenjaspis von einem Stand an einer Straße in Wyoming, eine kleine Geode aus einem Buffalo-Bill-Laden mit mehr Wildlederfransen als ein ganzes Indianerdorf. Die Steine waren meine Stücke der geschmolzenen Welt, und ich sammelte sie, so wie andere Menschen auch, weil ich ihnen Zauberkräfte zuschrieb, diesen Knochen der Welt unter unseren nackten Füßen. Natürlich sammelte ich die Steine auch, um mit ihnen vor meinen Freunden anzugeben, besonders vor meinen beiden besten Freundinnen, aber sie hatten auch einen Zweck, den nur ich kannte. Eines Nachts in der Wüste, als ich in meiner Segeltuchkoje schlief, hörte ich den Doktor von unten etwas sagen. Furcht kroch meinen Körper entlang wie ein Kerosinfeuer, kalte und heiße Nadelstiche, eine Ahnung von der bevorstehenden Auslöschung.

»Nichtmetallische Substanzen«, hörte ich ihn flüstern. Ich hatte keine Ahnung, was er meinte, und doch wußte ich es genau: Brüste, Oberschenkel, Bauch. Er meinte die weichen, rosafarbenen Fleischfalten unter den Kleidern der Erwachsenen. Er lag zusammen mit meiner Mutter in dem Einzelbett unter mir, wo normalerweise Sarah schlief. Vielleicht war meine Mutter in der Koje eingedöst.

»Wieder eine nichtmetallische Substanz«, sagte der Doktor, und seine Stimme tönte zur Seite hin, löste den Sauerstoff aus der Luft, hinterließ ein stickiges Miasma. Ich war verblüfft über seinen flehenden, schmeichelnden Ton und dachte an meine Steine und einen schmutzigen Türkis und einen Opal in meiner Sammlung. Der Türkis stand für die Tänze der alten Felsenbewohner von Mesa Verde mit den Griffen und Höhlen hoch über dem Canyon. Der Opal war mein Geburtsstein, aus einem Stück Schiefer vom Oglala-Sioux-Reservat. Ich stellte mir vor, wie ich mit Feldspat und Eisenspänen Funken schlagen könnte. Dann hörte ich, wie meine Mutter und der Doktor sich erhoben und an meinem Kopf vorbei in die winzige, schuhschachtelgroße Toilette am anderen Ende des Anhängers gingen.

Der Mond in jener Nacht war ein Stein. Ich konnte ihn von den Fenstern aus sehen: ein Lincoln-Penny, zerquetscht von einem vorbeifahrenden Cadillac Seville. Ich betrachtete den Mond und lauschte, wie die Kojoten in den Hügeln heulten, während der Anhänger am hinteren Ende ächzte. Die Steine, die ich hatte, waren kaum größer als Murmeln, aber am nächsten Tag entdeckte ich in einem mexikanischen Steinladen einen riesigen Blutjaspis. Dieser urzeitliche, rotbraun-grün geäderte Kegel von fast zwanzig Zentimeter Höhe war so glatt poliert, daß die Lebensadern, die einmal durch ihn verlaufen waren, sein Plasma und Herz, wie auf einer medizinischen Skizze sichtbar wurden; entfernt erinnerte auch seine Form daran.

»Den Stein will ich«, sagte ich zu meiner Mutter. »Den brauche ich.«

Grüne Ströme in dem dunkelroten Sandstein, Goldflecken schwebten darin wie erstarrter Höhlenstaub. Die Pfade von Trilobiten und Insekten durchkreuzten den Stein, das Blut der Mayas, des Volkes der Maispflanzer und rituellen Opfer. Der Jaspis war Dolch und Prisma dieser alten Welt. Meine Mutter und ich betrachteten ihn in der Vitrine in dem schäbigen Laden, während wir unsere feuchte, salzige Haut vor einem Ventilator kühlten. Das Blut pochte in meinem Kopf.

»Ich brauche den Stein«, sagte ich zu meiner Mutter. »Bitte, bitte, kauf ihn mir.«

»Packen Sie ihn ein«, sagte der Doktor hinter mir.

Er kaufte ihn mir. Das war eine jener großzügigen Gesten, die unweigerlich und bedauerlicherweise immer wieder fehlschlugen, weil er sie nicht aufrichtig meinte. Einen Augenblick lang wurde so etwas wie ein Gleichgewicht hergestellt, aber nur einen Augenblick lang. Er gab mir meine Waffe, den Davidsstein gegen Goliath. Meine erste Erfahrung mit solider Ironie. Als wir wieder daheim waren, stellte ich den Blutjaspis auf ein Bord über meinem Kissen, so daß ich ihn vom Bett jederzeit erreichen konnte. Er hatte einen Griff, eine Wölbung, die aussah wie ein angespannter Muskel. Als der Doktor in einer Sommernacht wütend über irgendein kleines Vergehen mein Zimmer betrat, vertrieb ihn der Stein, da war ich mir ganz sicher. Ich stellte ihn mir in seinem Schädel vor, und er wandte sich ab und ging. Ein mythischer Zauber gegen meine mythischen Ängste. Am nächsten Nachmittag nahm ich den Stein mit hinaus und schleuderte ihn gegen einen Baum, aber nichts passierte. Er war völlig wirkungslos, es sei denn, ich hielt ihn in der Hand. Dann fühlte ich mich wie ein David, ruhig und doch leidenschaftlich. Heute frage ich mich, ob das nicht die Mentalität des Killers ausmacht, dessen Herz kaum schneller schlägt, wenn er sein Opfer erlegt, kühl und aufrichtig, akribisch und bestialisch. Aber ich sah ihn ja nie kommen.

Meine Freundin Becker – wir Mädchen machten es den Jungen aus der fünften Klasse nach, die einander beim Nachnamen riefen – feierte ihren elften Geburtstag mit einer Kostümparty. Beckers Mutter war die Gruppenführerin der Pfadfinderinnen; Feste in ihrem Haus waren immer laut und wild, überall lagen unfertige Bastelsachen herum, und das Chaos erhöhte sich im allgemeinen noch durch ein paar jaulende Köter. Ich dachte, mit meinem Carmen-Miranda-Kostüm wäre ich die exotischste Pfadfinderin. Endlich war ich groß genug für den Rock aus rotem Taft, die weiße Spitzenbluse meiner Mutter und die schwarze Spitzenmantille; dazu trug ich silberne Kreolen und die roten Rumbakugeln.

Als meine Mutter und ich schon unterwegs zum Wagen waren, rief der Doktor mich noch einmal in die Küche, wo er etwas aß, bevor er es sich vor dem Fernseher bequem machen wollte, um ein Spiel der Green Bay Packers anzusehen. Das ließ er sich nie entgehen. »Probier mal den Kavier hier«, sagte er, wieder mit diesem Hammerblick. Er lächelte; er wußte, daß ich Fisch haßte. Und Kaviar war jenseits meines Vorstellungsvermögens. Ich starrte ihn ungerührt an, versuchte, mich weit, weit wegzudenken, die Arme stumm verschränkt. Ich sah ihn an und er mich, und er kaute mit ausdruckslosem Gesicht weiter. Dann stürzte er sich plötzlich mit seinem ganzen riesigen Körper auf mich. Mit der einen

Hand hielt er mir den Mund auf, mit der anderen stopfte er mir den Kaviar auf dem Ritz-Cracker hinein und hielt mir dann den Mund zu.

»Iß das Zeug, du Dummkopf«, sagte er mit ruhiger Stimme, während er meinen Hals mit einem Ruck hin und her drehte. »Du hast den Geschmackssinn eines Babys. Nur Idioten und Bauern essen wie du. Nun versuch mal, richtig zu schmecken, wenn du dich schon für so clever hältst.« Er hielt mir die Hand vor den Mund, damit ich schlucken mußte. Ich begann zu würgen, konnte nur noch durch die Nase atmen. Er ließ mich los. Wie blind rannte ich ins Bad, wo ich kaum noch die Stimme meiner Mutter von unten hörte, und erbrach mich.

Den Geruch bekamen wir nie wieder aus dem Rock heraus. Ich ging schließlich zu Beckers Party in einem von Dolores' alten Schwangerschaftskleidern, einem weißen Ding mit riesigen purpurfarbenen Stiefmütterchen, das mir bis zu den Knöcheln reichte, dazu große Plastikblumenketten und Sommersandalen.

Wenn ich mich später daran erinnerte, wischte ich mir die Lippen mit der Hand ab und verzog den Mund über den bitteren Geschmack, der geblieben war.

»Widerling«, sagte ich. »Widerling« nannte ich ihn hinter seinem Rücken. Ich fand den Namen perfekt. Wie ausgespiener Schleim. Widerling. Wie sehr mußte das ihn und meine Mutter verletzen, wenn meine Schwestern und ich den Namen flüsterten. Er war ein Tyrann, und ich hatte einen Tyrannennamen für ihn gefunden. Fast ein Jahrzehnt später, als meine Mutter und er sich scheiden ließen, erklärte der Doktor dem Richter: »Sie nennen mich Widerling.« Wenn ich mir vorstelle, wie er im Gerichtssaal saß und dieses Wort aussprach, erfüllen mich Bedauern und Scham.

»Du hast Manieren wie ein Schwein«, sagt der Doktor vor allen anderen beim Abendessen zu mir. Dann hält er seinen Teller über den meinen, als wolle er ihn darauf fallen lassen. Meine Schwestern starren ihn an. Meine Mutter läßt den Kopf hängen. – Wieder einmal ein Essen, bei dem der Frieden so plötzlich zerstört wird, als habe gerade ein Heckenschütze durchs Fenster geschossen. Der Doktor marschiert aus dem Zimmer; er distanziert sich von uns und zieht sich in sein Büro unten in der Klinik zurück, von wo er – den Teller Essen, den meine Mutter ihm pflichtbewußt gebracht hat, vor sich – heimlich seine Freundin in einem anderen Bundesstaat anruft.

Bald beginnt die Schule wieder, ich komme in die siebte Klasse. Meine Mutter geht in ihr Zimmer, das große Schlafzimmer mit Blick auf Lac La Jolie. Sie rollt sich auf ihrem Sessel zusammen, ein kleines Mädchen wie ich. Sie schaut hinaus auf den See, und die Tränen laufen ihr die Wangen herunter. Sie sieht mich an. Herbst liegt in der Luft.

»Ich habe das Gefühl, versagt zu haben«, sagt meine Mutter. Ich erwidere ihren Blick ohne Tränen, den Gefallen tue ich ihr nicht. Sie ist wunderschön, Mitte Dreißig. Wir wissen beide, daß sie versagt hat, aber was kann man da schon machen? Gar nichts. Irgendwo in einem fernen Tempel zerreißt ein Schleier, und ich höre das Rufen der Nachbarskinder, die einander im Strahl der Leuchtkäfer auf dem Rasen jagen. Ich höre die roten Rumbakugeln; es ist alles so lange her. Meine Mutter weint und weint, während es draußen dunkel wird. Ich grüble über meinem Blutjaspis, halte ihn in der Hand. Das ist meine Art, sie zu kritisieren, wenn sie schwach gewesen ist: Dann bin ich bewegungslos und schimmernd wie ein Stein. Als sie erschöpft ist vom Weinen und meiner Weigerung, mitzuweinen, sagt sie meinen Schwestern, sie sollen eine Stunde lang brav sein. Dann gehen wir beide ganz allein zu Scottie, um ein Eis zu essen. Wir fahren am Ufer der kleinen Seen entlang, zwei Mädchen, die ziemlich schnell nirgendwohin fahren. Im Dunkeln sitzen wir dann vor Scottie im Wagen, lauschen, die Knie dicht beieinander, auf die Beatles, die »Michelle, ma belle« singen, und lecken an unserem Eis.

In jenem Sommer erreichten wir schließlich Mexiko. Ich hatte zusammen mit meiner Mutter Kleider für die Reise genäht. Zwar hatte ich mich in die Ferne verliebt, aber dieses Gefühl bedeutete für mich nicht, lebendig und frei zu werden. Eines Abends beobachtete ich meine Mutter in Puerto Vallarta dabei, wie sie in einem wasserblauen Cocktailkleid mit einer Borte aus dazu passenden Straußenfedern in den Armen eines mexikanischen Osteologen tanzte. Wir befanden uns auf einer Medizinerkonferenz und konnten tagsüber tun und lassen, was wir wollten, während der Doktor Vorträge besuchte. Abends gab es Veranstaltungen in einer Hacienda, die auf einer Seite zum Meer hin offen war. Ava Gardner hatte gerade zusammen mit Richard Burton einen phantastischen Film mit dem Titel *Die Nacht des Leguan* gemacht, über den ganz Puerto Vallarta sprach. An diesem Strand in San Ysidro hatte sie mit ihren Boys lasziv in der Brandung getanzt. Alle taten so, als sei sie noch immer da draußen und schwinge die nassen Hüften.

Beim Abendessen saß der mexikanische Arzt, der zusammen mit meiner Mutter den Walzer getanzt hatte, neben mir und bot mir Red Snapper frisch aus dem Meer an. Als ich ihm meine Abneigung erklärte, berührte er meine Hand und sagte: Keine Angst, Fisch ist nicht giftig. Und plötzlich aß ich Fisch. Ich schluckte ihn völlig verblüfft hinunter. Nach jedem Bissen nahm ich einen Schluck Cola und sprach das Wort mit spanischem Akzent aus: Co-co-co-LAH. Der mexikanische Arzt lächelte.

In einem riesigen gemieteten Buick fuhr der Doktor mit uns ins Landesinnere nach Mexico City. Endlich sah ich mit eigenen Augen die riesige Kathedrale, die mir meine Mutter nach den Flitterwochen beschrieben hatte. Sie erhob sich in luftige Höhen wie ein Berg, und im Innern roch sie nach Weihrauch und Leid. Ich war gerührt von *los milagros*, den Tausenden winziger Silberarme und Silberbeine, die in die Wände gedrückt worden waren, um an die wunderbare Heilung der Kranken zu erinnern. Sie glänzten dumpf in der Dunkelheit und waren so anrührend wie die Hände, die sie dorthin gebracht hatten. Am liebsten hätte ich mein eigenes *milagro*, vielleicht ein winziges silbernes *corazón*, in die Wand gepreßt.

Einen oder zwei Tage später gingen wir einen der breiten Boulevards der Stadt entlang, wo überall Weihnachtssterne und Strelizien wucherten. Hinter gesprenkelten Mauern mit zerbrochenen Glasscheiben verbargen sich geheime, entzückende Gärten. Wieder einen oder zwei Tage später begleitete der Doktor uns zu Fuß und blieb mit mir in einem Park stehen, wo ein Blumenverkäufer einen riesigen Strauß gelber und rosafarbener Rosenblüten, die aussahen wie das Muster auf meinem Kleid, im Arm hielt. Der Doktor gab dem Mann ein paar Pesos – eine der lebhaftesten Gesten, die ich je bei ihm gesehen habe – und reichte mir mit einem Grummeln die Blumen. Ich hatte den ganzen Sommer über, während ich auf der hinteren Treppe Blaubeeren aß, Spanisch aus einem Buch mit dem Titel *Español por los Niños* gelernt: »*Gracias por las rosas*«, und der Doktor schien sich zu freuen. Vielleicht war das sein schlechtes Gewissen. Vielleicht hatte er die feinen Risse in meiner Mutter bemerkt, die uns Mädchen nicht aufgefallen waren und die schon ein paar Monate später breiter werden sollten. Wir gingen zusammen den Boulevard entlang; ich hielt den Blick auf eine riesige Werbung geheftet, die am Rande der Stadt flackerte – *Naranja Crush* –, doch eigentlich roch ich nur die Rosen. Ihr Geruch war nur ein bißchen weniger widerlich als die Tatsache, daß er sie für mich gekauft hatte.

Einen oder zwei Tage später verlief ich mich in den Aztekenpyramiden in Teotihuacán, etwa fünfundsiebzig Kilometer nördlich von Mexico City. Das war teils Absicht, teils nicht. Teotihuacán war eine uralte, verlassene Stadt, die die Azteken lange nach deren Aufgabe im siebten Jahrhundert eingenommen hatten. Jetzt wimmelte es dort von Männern und Frauen, die *piñons* und Wacholderbeeren, Kakteenfrüchte und aufgeplatzte Limonen voller Fliegen an Touristen verkauften. Wir waren mit einer Gruppe von Arztfrauen unterwegs. Wir hörten Miguel zu, unserem Führer, der uns erklärte, daß der Turm vor uns Mondpyramide genannt wurde und es ungefähr einen Kilometer entfernt, am anderen Ende der breiten Straße der Toten, die Sonnenpyramide gab. Überall wirbelte Staub auf und legte einen Schleier über die Pyramiden und unsere Gesichter. Die Azteken, erklärte Miguel gerade, hatten faszinierende Götter. Da war zum Beispiel Tlaloc, der Regengott mit den hervortretenden Augen und den Fängen, die ihn aussehen ließen wie einen Panther, sowie Chalchiuhtlicue, seine Gefährtin, die Göttin der Seen und Flüsse, die eine Jadeschürze trug. Auch in den Felsen rund um uns herum seien Götter, sagte Miguel. Aber ich konnte sie kaum erkennen, die Götter, die wie gefiederte Schlangen dargestellt waren und Blitze schleuderten, aus denen Jadesteine sprühten. Teotihuacán war ein Paradies aus Stein. Ich fragte meine Mutter, ob ich auf die Mondpyramide klettern dürfe, und sie nickte geistesabwesend. Ich wußte ganz genau, daß Miguel und seine Erläuterungen ihre ganze Aufmerksamkeit in Anspruch nahmen. Die Mondpyramide war eine graue Pyramide, so hoch, daß sie in die tiefer hängenden Wolken reichte.

Eidechsen huschten davon, als ich hinaufkletterte. Die Stufen zu den großen Terrassen waren ziemlich hoch. Ich sah hinunter auf die Ebene, jenen Geburtsort der Götter, die ungefähr zwanzig Kilometer im Quadrat war – Pyramiden und Gruften und Ruinen, ausgerichtet nach dem Lauf der Gestirne. Ich stellte mir vor, wie ein Mädchen meines Alters vielleicht vor Tausenden von Jahren diese Stufen hinaufgeklettert war, und plötzlich wurde mir bewußt, daß die Kleine sie nicht wieder heruntergekommen wäre, denn sie wäre ein rituelles Blutopfer gewesen. Ganz Teotihuacán lag vor mir ausgebreitet, als ich das Plateau auf dem Gipfel erreichte, und immer noch befand sich ein riesiger Steinaltar über mir. Ich sah hinunter auf die winzigen Menschen da unten, und ich wußte, daß meine Mutter sich größte Sorgen über mein Verschwinden machen würde.

Ich blieb ziemlich lange auf dem Gipfel der Mondpyramide sitzen und fragte mich, wie es wohl wäre, wenn ein als Kondor oder Panther verkleideter Priester mich packen und versuchen würde, mich auf seinen Altar zu werfen. Ich stellte mir vor, was ich tun würde, um das Unheil abzuwehren. Ich überlegte, ob die als Opfer auserkorenen Mädchen Angst hatten oder zu benommen waren, um sich zu fürchten, ob sie Federkleider trugen oder überhaupt nichts. Ich glaubte, ich würde in einem Beet aus gelben und rosafarbenen Rosen landen, wenn ich in diesem Augenblick von der Mondpyramide spränge, tot und doch nicht tot. Ich würde sofort in die alte Geschichte eintauchen, eine unbekannte Sprache sprechen. Ich hatte das Gefühl, überallhin zu können. Aber da täuschte ich mich, denn ich mußte erst noch lernen, daß ich meiner Mutter niemals an die Orte ihrer Phantasie folgen konnte, daß ich niemals vom Gipfel eines Tempels fliegen und durch die Macht der Vision wieder hinaufgetragen werden könnte.

Als ich schließlich hinunter und auf die Straße der Toten kam, landete ich in einem Strom aus Männern und Frauen, die spanisch murmelten – das fand ich beruhigend. Jungen versuchten, mir Postkarten und Limonade zu verkaufen, und ich wußte, daß ich eigentlich hätte Angst haben sollen. Ungefähr eine halbe Stunde lang lief ich ziellos dahin, schnupperte den Schweiß der Menge und die Kochdünste, spürte, wie der feine Staub des mexikanischen Windes an meiner Haut scheuerte. Es war schön, zwölf Jahre alt zu sein und in einer solchen Menge unterzutauchen. Es war schön, am Leben zu sein. Schließlich sah ich meine Mutter zusammen mit Miguel die große Plaza der Stadt entlanghasten – Miguel lächelte besorgt, aber meine Mutter war eine Furie, ganz ähnlich den Göttern um uns herum. Es hätte nur noch ein Blitz auf ihrem Kopf gefehlt. Sie gab mir eine Ohrfeige und zerrte mich an der Hand zurück in den klimatisierten Bus, wo die anderen Damen schon warteten.

Sie würden sich zum Mittagessen verspäten; deshalb sahen sie mich böse an. Wer konnte ihnen das schon verdenken? Miguel, der erst in Teotihuacán zu unserer Gruppe gestoßen war, erbot sich, mich mit seinem Wagen, einem schmutzigen Nash Rabler, zurückzubringen, und schon bald fuhren wir weit vor dem Bus her. Er sang »La Cucaracha, la Cucaracha«, ein Lied, das ich in der Schule gelernt hatte, und sagte, ich solle mir keine Sorgen machen, denn er könne fliegen mit seinem Wagen, und die Damen würden ihr Mittagessen bekommen und mir vergeben. Eigentlich hätte ich mich nicht von der Gruppe entfernen sollen, aber nun sei es eben passiert. Ob mir die Mondpyramide denn gefallen habe?

Ich lächelte zurück. Ich wußte nicht so recht, wie ich das, was ich dort oben empfunden hatte, in Worte fassen sollte. Daß die Welt da unten an den Fundamenten der Pyramide geleckt hatte wie Wellen. Daß ich die Macht hatte, sie in Gesellschaft elementarer Götter zurückzulassen, die in der Lage waren, Jadetropfen herabzuregnen und Blut zu vergießen, damit Mais wuchs. Und wenn ich jetzt zurückdenke, glaube ich, daß ich damals von meiner Mutter am Grunde eines tiefen grünen Brunnens zu träumen begann, in den ich hinabtauchte, um sie zu retten, ohne sie je zu erreichen oder zu wissen, was sie wußte.

Dann kam der Herbst des folgenden Jahres und mit ihm ihre Vision.

Jagdsaison in Wisconsin

Wir waren uns sehr nahe, meine Großmutter und ich. Wie liebten wir den Geruch von Benzin, verbranntem Gummi, Sumpfwasser und billige Liebesromane. Vielleicht spornen alle Großmütter und Enkelinnen einander an, sich selbst zu erfinden. »Ich lebe durch dich«, erklärte Mabel mir, als ich zwölf wurde – das machte mir angst, faszinierte mich aber auch. Also beschloß ich, mir doppelt soviel Mühe zu geben mit meinem Leben, doppelt soviel Energie einzusetzen, vielleicht auch dreimal soviel, wenn nötig. Ich habe sie in meinem Gedächtnis gespeichert – ihre sumpfgrüne Brille, ihre bequemen Treter, ihre fleckige Schürze und die eselsohrige Postkarte, auf die sie mit runden Buchstaben ihr Dillgurkenrezept notierte. Aus solchen Eindrücken besteht meine kleine Schatzkammer von Mabel – meine winzige Kammer mit ihren Wundern. Ich bewahre sie in einer Holzschachtel auf, die letzten Talismane, die sie genauso zum Leben erwecken wie die Flüche, die meine Mutter und später auch mich so verlegen machten. »Ach, Louie«, sagte Mabel, wenn er sie wieder einmal provoziert hatte, »pinkel doch in den Wind.« Und manchmal tat Louie das abends auch, von der hinteren Veranda aus, wenn er glaubte, wir Mädchen beobachteten ihn nicht – ein zarter Sprühregen, der auf den Flieder herniederging. »Mein Gott«, blaffte er sie oft an. »Steck deine Titten doch in die Wäschemangel.« Bei ihnen ging es rauh zu, aber es herrschte nie eine eisige Atmosphäre. Ihr hitziges Temperament zischte durch die Luft wie eine freiliegende Stromleitung, an der Fliegen verbrutzelten. Die Worte, die sie miteinander wechselten, flatterten herum wie die alten Sachen, die sie trugen, bis sie ihnen in Fetzen von den sonnengebräunten Leibern hingen. Diese Worte trösteten mich, vor ihnen brauchte ich keine Angst zu haben oder davor, daß die Sprache eines Tages aufhören könnte.

Mabels und Louies Leben am Lake Puckawasay war mit seiner bewußten Orientierung an den Jahreszeiten – als müßten auch die Jahreszeiten innerhalb des menschlichen Erfahrungshorizonts, der sie sichtbar machte oder verschwinden ließ, existieren – eine Zuflucht für mich. Ich liebte dieses Haus so sehr, daß ich meinte, dort ginge die Sonne auf. Und nachts ergoß sich der Mond in Wellen über den Lake Puckawasay und zur hinteren Tür des kleinen Hauses. Mabel und Louie machten im Winter Fondant und Fleischgelee – sie nannten das *silts* –; er murmelte dabei auf tschechisch über seinen Töpfen mit Kakao und klarem, geronnenem Schweinefett und stellte dann beides zum Hartwerden hinaus auf die Terrasse. Im Frühling stießen meine Großeltern einander fröhlich in die Rippen, wenn sie die Ostereier mit Zwiebel- und Rübenschalen färbten und sie dann in Körbe aus Sumpfgras legten, die Louie und die alten Männer geflochten hatten. Meine Mutter fand es widerlich, daß Louie und Mabel im Sommer an gebratenen Eichhörnchenknochen nagten. Immer waren sie hinter irgendeinem Tier her und fuchtelten uns Mädchen mit einem blitzenden Messer vor der Nase herum. Später dann landete das Fleisch im Topf oder in der Räucherkammer oder im Salzfaß. Sie aßen Kaninchen, Eichhörnchen, Karpfen, Wild, Waschbären, Schildkröten sowie die meisten Vögel am See, ausgenommen natürlich Reiher. Sie aßen einfach alle wilden Tiere, die Louie fing. Ich saß an Mabels Eßtisch, obwohl ich selten wußte, woher das Fleisch in der Suppe stammte. »Das ist Schildkröte«, sagte Mabel eines Tages zu mir. »Du magst keine Schildkröte? Wir hätten auch Bleßhuhn.«

Es verstand sich von selbst, daß ich das Vertrauen meiner Großmutter genoß, daß ich die Flüche, die ich dort gehört hatte, nicht vor Dritten wiederholen würde. Ich durfte sogar die verbotenen Groschenhefte unter dem Doppelbett in Mabels Zimmer hervorholen. Das war ganz besonders aufregend für mich, denn meine Mutter mochte es nicht, wenn meine Großmutter sie las. Für Dolores waren das billige Heftchen mit Sensationsgeschichten von gequälten Ehefrauen, die von ihren Männern mit hinterhältigen Blondinen betrogen wurden. Ich erinnere mich noch an eine Stelle, an der eine Haushälterin sagt: »Ihr Mann hat angerufen. Er möchte, daß Sie Ihr rotes Kleid anziehen. Aber verbergen Sie diesmal den Ausschnitt nicht mit einem Halstuch.« Wahrscheinlich, so dachte ich, trug sie ein Cowboy-Tuch, was vermutlich nicht die richtige Wahl für eine Cocktailparty war. Mabel schlug ihre *True-Romance*-Hefte für gewöhnlich selbstvergessen wie Lana Turner auf und legte ihre Füße samt Sandalen auf den Tisch, während ich mir die Marsianer-Ausstattung der kugelförmigen Brüste, die neckischen Babydolls und die Quasten auf den Zeichnungen von Frederick's of Hollywood auf der Rückseite einer jeden Ausgabe ansah. »Mitternachtsluder«, stand da. »Coco-kett. Fransenphantasie.« Mabel weinte laut beim Lesen, doch wenn Dolores zurückkam, lagen die Heftchen, wellig vom Schweiß und der Feuchtigkeit des Sees, längst wieder unterm Bett. Und einen Augenblick lang wiegte ich mich in dem Gefühl, daß die Welt da draußen genauso zu fassen war wie ein Stück von Mabels zuckersüßem rotem Rhabarberkuchen, den ich förmlich schmecken konnte, wenn ich Mabel sah, wie sie sich mit dem Handrücken den Mund abwischte.

Ich glaubte, daß wir ehrlich miteinander umgingen in jenem Haus, aber natürlich täuschte ich mich da in unterschiedlicher Hinsicht – Mabel wäre nicht der Vorstand unseres Matriarchats gewesen, wenn es sich anders verhalten hätte. Mabel hatte ein Geheimnis, das im Rahmen ihrer Vorstellungen über das Wesen von Opfern Sakramentcharakter hatte. Wie alle Sakramente brachte es uns die Ewigkeit ein Stück näher; vielleicht erzeugte es in meiner Großmutter jene merkwürdige Passivität, die es ihr ermöglichte, sowohl ihr Schicksal als auch meine Mutter zu ertragen.

Mabels Vater hieß Red Taylor und stammte aus einem fernen, schiefergrauen, kalten Keltenland. England war seine letzte Anlaufstelle gewesen. Niemand wußte, von wo er aufgebrochen war, weil er es niemandem sagte – vielleicht in Nordirland oder im Norden Englands. Red begann erst zu leben, als er den Fuß auf amerikanischen Boden setzte. Als Kind dachte Mabel, daß ihr Papa in jener fernen Vergangenheit, in »diesem verdammten Land«, wie er es bezeichnete, jemanden umgebracht hatte. Er haßte alles Englische. Er entlud die Güterwaggons an dem Dock neben den Gleisen in Pewaukee; seine Kollegen nannten ihn Red wegen seiner Haare, die aussahen wie ein glutrotes Brandzeichen, und wegen seines Jähzorns, der sich beim geringsten Anlaß entzündete. Als ich ihn kennenlernte, war er schon so alt und inkontinent, daß Mabel Plastiklaken über die Sessel legen mußte. Aber trotzdem liebte sie ihn abgöttisch.

Als Red im besten Mannesalter war, war Mabel zwölf. Ich sehe uns als Schwestern im Geiste. Beide ersannen wir in dem Alter häusliche Rituale gegen das Chaos. Mabel hatte sieben jüngere Brüder und Schwestern, und ihre Mutter war vollauf beschäftigt mit den vielen Kindern; also erlaubte sie Mabel, nach der vierten Klasse von der Schule zu gehen und für die Familie zu schuften. Eines Tages arbeitete Red unten am Rangierbahnhof. Wahrscheinlich war er betrunken; bestimmt fluchte er. Jedenfalls versetzte er den Kupplungen der beiden Waggons, die er aneinanderhängen sollte, einen Tritt. Vermutlich sah er sie wie rollende Särge auf sich zukommen. Sie drückten ihn aufs Gleis und schnitten ihm den Fuß ab. In seiner Vorstellung lag dieser Fuß immer dort auf den Gleisen und erinnerte ihn daran, daß er nicht mehr vollständig war.

Danach verwendete Red eine Holzprothese und kroch auf den Knien herum, und Mabel nahm den Bierkrug morgens mit in die Kneipe und kam nach dem Mittagessen wieder. Am Nachmittag und vor dem Abendessen kam sie noch einmal nach Hause, um den Kindern zu sagen, daß sie sich zurechtmachen, sich anziehen, ihre Aufgaben erledigen sollten. Irgendwie hatte sie das Klavierspielen gelernt, und sie spielte und gab sogar Stunden, sagte sie und hielt dabei ihre Hand hoch, die mittlerweile so verkrüppelt war von der Gicht, daß sie aussah wie eine Babyhand, die nach einer Rassel greift. Sie spielte, wenn Red so sturzbesoffen war, daß er sie nicht hörte, spielte, wenn er wieder mal Jesus und Maria und alle Heiligen verfluchte. Mabel behielt zwei Gerüche in Erinnerung: Der eine war der Geruch von

Reds innerem Exil. Jeden Tag wischte sie sein Zimmer mit Bleichmitteln, ein Zimmer getränkt mit seinem Erbrochenen und seinem Urin – und noch schlimmer: das Haus befleckt von seinem Unwissen. Der andere war der Sommerduft, den der Abend sogar in eine heruntergekommene Eisenbahnerhütte bringt, in der so ziemlich alles fehlt.

Wenn Mabel am Abend frei hatte, legte sie sich mit dem Nachbarsjungen unter die Geißblattbüsche in einem überwucherten Garten, wo die Blütenblätter der Pfingstrosen über den Boden taumelten, ein paradiesischer Hain, kaum zwanzig Meter vom Schlafzimmer ihres Vaters entfernt. In diesem Garten verlor sie ihre Wut. Hier hatte sie keinen ätzenden Gestank mehr in der Nase. Ich könnte mir vorstellen, daß der Nachbarsjunge lakenweiße Haut und Haare hatte, die sich in ihren Mund kuschelten, daß sie im erlösenden Trost der Dunkelheit und seines Fleisches ein Glück empfand, das keiner von uns auf Dauer behalten darf.

Als die Nachbarn sich den Mund über Mabels Schwangerschaft zu zerreißen begannen, zog sie sich ins Innere des Hauses zurück, in ihr Elend. Pa Taylor wurde, angestachelt durch den örtlichen Pfarrer, nüchtern, und eines Morgens bestiegen Mabel und er mit einem Baby im Korb den Zug an der Milwaukee Road nach Chicago. Mabel sah das Baby nie wieder. Es war ein Mädchen. Mabel war vierzehn und hatte ihm den Namen Beatrice gegeben. Ich stellte mir dieses Baby vor, als sei es einen mäandernden Fluß hinuntergetrieben, wie Moses im Weidenkorb, und als sei Mabels Vater gekommen, um es mitten in der Nacht zu stehlen.

Das Baby, das da in die Zeit entlassen wurde, hatte nur einen Augenblick lang einem vierzehnjährigen Mädchen gehört, das im Alter von fünfzig immer noch an jedem Wochentag den Lokomotiven auf genau jenem Gleis entgegensah. Wir holten meine Mutter immer nur ungefähr eineinhalb Kilometer von der Stelle entfernt ab, an der Pa Taylor den Zug bestiegen hatte. Falls Mabel unter den aussteigenden Passagieren nicht Dolores, sondern das Gesicht einer anderen Frau suchte, falls sie deswegen schaute und sich mit den Füßen einstemmte, bis das Dröhnen des Zuges ihr ganzes Leben ausfüllte, dann habe ich es nie erfahren.

»Manchmal hat Mabel gesagt«, erklärte mir meine Mutter nach Mabels Tod, »daß man über jeden Schmerz hinwegkommen kann. Daß man einen Fehler machen kann und nicht sterben muß. Einmal, hat sie gesagt, hat sie einen Fehler gemacht und gedacht, ihr Leben sei vorbei.« Und manchmal, wenn sie krank war, zeichnete Dolores Bilder von Phantomfrauen, die ihre richtige Mutter hätten sein können, und verfluchte Mabel und versah sie mit den Stigmata der Rechtschaffenheit. Mabel hatte ein Baby gehabt. Mabel hatte einmal ein Problem gehabt. Wenn ich jetzt an meine Großmutter denke, fällt mir ein, daß all diejenigen, die sie liebte, eines Tages verschwanden. Mabel lernte schon früh die Endlichkeit der sterblichen Liebe, aber dennoch bewiesen Mabel und Dolores zusammen folgendes: Man kann es überleben, wenn das Herz in tausend Stücke bricht, und selbst wenn der einst geliebte Feind die Stücke deines Herzens auf einer Lanze aufspießt, stirbst du davon nicht. Sie fuchteln dir mit ihren Lanzen vor dem Gesicht herum und murmeln »Ha!« und versetzen dir Stiche. Aber du stirbst nicht. Du überlebst sogar den Verlust deines Kindes, obwohl das der schlimmste Verlust ist, den ich mir vorstellen kann.

Das erste, was Mabel und Dolores zusammen überlebten, war der Tod von Ray, dem verlorenen Ehemann und verschwundenen Vater. Ich habe meinen Großvater Ray nie kennengelernt. Die Ereignisse seines Lebens, die mir immer rasend schnell und voller Bewunderung erzählt wurden, spielten sich vor meiner Geburt ab. Wenn sie die Erinnerung an Ray heraufbeschworen, sagten sie, wie groß er gewesen war, wie stark, daß er welliges, goldbraunes Haar gehabt hatte und breite Schultern. Er konnte singen und Witze erzählen. Er hatte Muskeln wie ein Lastenträger – genau das war er ja auch. Mabel, verschwitzt, fettig, Teig an den Händen und Eichhörnchenblut an der Schürze, leuchtete wie eine Grubenlampe und sagte: »Ray hat mich behandelt wie eine Königin.« Und tatsächlich: Er hatte die junge Frau mit der unsicheren Vergangenheit geheiratet und seiner Familie gesagt, sie solle sich zum Teufel scheren. Er hatte einfach einem anderen Jungen im Park gesagt: »Heute bring ich sie nach Hause, Ruben.« Und in den folgenden vierzig Jahren waren sie unzertrennlich gewesen. Ray war autoritär und duldete keinen Widerspruch. Er gehörte den Christian Scientists an und glaubte, nur Gott könne heilen, nur Gott bekräftige das Fleisch, und dafür mußten seine Kinder leiden. Außerdem glaubte er an die Stille, und nur wenn er sich an sie wandte, durfte Dolores mit ihm sprechen.

»Sein Motto war: Kinder sollte man sehen, aber nicht hören«, erzählte meine Mutter uns vor ihrer Frisierkommode, und wir Mädchen kreischten ungläubig. Wir versuchten uns vorzustellen, daß *uns* jemand den Mund stopfte, und ahnten nicht, wie bald sich die Stille auch über unser Leben senken würde. Dolores mußte unsichtbar sein, wenn ihr Vater zu Hause war. »Er wollte einfach meine Stimme, mein Plappern, nicht hören. Er wollte überhaupt keinen Unsinn hören. Wenn er Besuch hatte, rief er mich, damit ich einen kleinen Tanz vorführte oder ein Lied vorsang und mich dann auf seinen Schoß setzte. Er hat mich nie geschlagen, obwohl er mir oft damit drohte.« Doch ihr Bruder Ray junior konnte sagen, was er wollte, und durfte bei den Erwachsenen sitzen.

Da meine Mutter damals wie ein Kind auf einer verwunschenen Insel der Stille lebte, begann sie zu tagträumen. Die Wortlosigkeit durchzog das Haus wie Rauch. Manchmal, wenn Mabel es ihr erlaubte, an ihrem Kindertisch die Düsternis aufzulockern, flüsterte Dolores Billy und Junior, ihren besten Freunden, die ihr Gesellschaft leisteten, wenn sie mit niemandem sonst reden konnte, ihre geheimen Pläne zu. Niemand außer ihr konnte Billy und Junior sehen, aber sie hatten unzählige Kostüme, die meine Mutter in ihrer Phantasie für sie nähte, und sie sahen jeden Tag fabelhaft aus, sogar, wenn sie sie wie Mädchen anzog, was sie manchmal zum Spaß tat. Eines Frühsommerabends, als Dolores und Junior sieben und Billy fünf waren, wollten sie noch einmal zum Spielen hinaus, bevor es dunkel wurde, aber sie hatten ihre Teller noch nicht leer gegessen. Das bedeutete, daß sie weiter auf ihrem Stuhl sitzen bleiben mußten, solange sie sich stur stellten. Normalerweise waren sie ganz folgsam. »Aber an jenem Abend«, erinnerte sich Dolores, »gab meine Mutter uns aufgewärmten Fisch und aufgewärmten Haferbrei zu essen – das Schlimmste überhaupt. Ray und Mabel aßen selbst davon, aber ich brachte keinen Bissen herunter.« Also preßten Billy und Junior solidarisch die Lippen zusammen und verschränkten die Arme. Die Sonne ging unter, und die Gefangenen der Küche saßen immer noch da. Meine Mutter erzählte Junior von einer Überraschungsparty für Billy, der viel schüchterner als sie beide war, aber ein ausgesprochen gutmütiges Kind. Schon bald döste Billy am Tisch ein. Nicht viel später nickte auch Junior ein, und Dolores wollte sie ins Bett stecken, aber natürlich konnte sie die Erwachsenen im anderen Zimmer nicht bitten, sie zu erlösen, es sei denn, sie aß ihren aufgewärmten Flußbarsch. Also saß sie einfach weiter am Tisch und sah zu, wie draußen auf der Straße die Laternen angingen – das war so ähnlich wie bei Kindern auf dem Lande, die verfolgten, wie der Mond am Himmel erschien. Das war der längste Tag ihres Lebens. Irgendwann schlief auch sie ein, und als sie aufwachte, sah sie, daß Mabel ins Bett gegangen war und Vater in den Paisleystoff seines Sessels im Wohnzimmer hineinschnarchte. Dolores schlich sich auf Zehenspitzen hinein und band ihm die Schnürsenkel zusammen. Dann malte sie ihm die Fingernägel mit ihrem purpurfarbenen Nagellack so bunt an wie die funkelnden Lichter draußen auf der Straße. Ihr Vater mußte furchtbar lachen, als er aufwachte.

Sie konnte sich nicht erinnern, jemals wieder etwas gegen seinen Willen getan zu haben. Sie gab ihre Träume von höherer Bildung auf und begann statt dessen einen Tag nach ihrem High-School-Abschluß in einer Bäckerei zu arbeiten. Schließlich heiratete sie Patrick Lyden. Weil ihr Vater es wünschte. Als ich Mitte der achtziger Jahre an einem eiskalten Wintertag zu Hause in Chicago war, trafen zwei große braune Umschläge ein. Der eine stammte von meiner Mutter. Und was für ein Zufall: Der andere kam von meinem Vater. Die beiden hatten seit mehr als zwanzig Jahren kaum ein Wort miteinander gesprochen.

Und die Umschläge enthielten exakt das gleiche: Seiten mit ihrer Lebensgeschichte, große und kleinere Offenbarungen über sich selbst. Warum sie plötzlich beschlossen hatten, ihre Geschichte aufzuschreiben, und warum zur gleichen Zeit, war mir nicht klar; wahrscheinlich war das so etwas wie ein Memento mori – vergiß nicht, daß du sterblich bist. Meine Mutter schrieb mir anläßlich ihres achtundfünfzigsten Geburtstages. In den Erinnerungen meines Vaters – er war in La Crosse aufgewachsen – überwogen seine Erfahrungen als Fallschirmjäger in Japan und seine Jagderlebnisse in Wisconsin. Meine Mutter hatte einen langen Brief über ihre geistige Gesundheit beigelegt, so etwas wie eine Verteidigung ihres früheren und jetzigen Ich. Über ihre Kindheit schrieb sie nur eine einzige Seite, die mit folgendem Satz begann und endete: »Mein Vater sagte immer: ›Kinder soll man sehen, aber nicht hören.‹«

Am Abend des 2. August 1950, kurz bevor Dolores im Alter von zwanzig Jahren heiraten sollte, rief Ray Mabel mit den Worten: »Komm, laß uns runter in die Kneipe gehen.« Dolores blieb zu Hause. Sie rüschte ihre handgenähte Aussteuer. Ray und Mabel gingen hinauf zur Straße. Es war eine warme, samtige Nacht in Milwaukee, und wahrscheinlich stand der Mond am Himmel und goß sein Perlenlicht über die Gehsteige. Sie gingen Hand in Hand, zwei Menschen mittleren Alters. Mabel sagte, sie habe sich in jener Nacht so jung und lebendig und albern gefühlt wie damals als Teenager, als sie dieselben Häuserreihen entlangmarschiert waren; und sie habe gedacht, daß sie ihn noch genauso liebe wie an dem Tag, an dem sie ihn kennenlernte.

Ray und Mabel betraten Gaynor's gemeinsam. Aufgrund der Beschreibungen, die ich in Zeitungen gelesen habe, stelle ich mir die Kneipe dunkel, aber gemütlich vor. Es gibt dort eine rotkarierte Tapete und ein Schild für Schlitz-Bier, das aussieht wie ein kleiner Planet über dem Tresen. Unter diesem Planeten steht Ray junior, der Barkeeper. Er ist siebenundzwanzig, ein schicksalsträchtiges Alter, meint meine Mutter, das Alter, in dem eine Frau am schönsten ist, was wohl bedeutet, daß ein Mann gleichen Alters am empfänglichsten für weibliche Reize ist. Ray junior ist sogar noch attraktiver als sein Vater – er hat die roten Haare und die tiefbraunen, sanften Augen von Pa Taylor geerbt. Nur seine Haut ist merkwürdig kalkweiß, teigig; das ist die Blässe, die die unbehandelten Attacken von rheumatischem Fieber in seiner Jugend hinterlassen haben. Gott heilt, nicht der Mensch. Ray junior ist in seinem Leben noch bei keinem Arzt gewesen. Sein Puls ist unregelmäßig, und um ihn in den Griff zu bekommen, nimmt er oft mit zitternden Händen einen Drink. Manche sagen, Ray junior lebe dort, wo er arbeite. Aber allzu schlimm ist es noch nicht. Es ist etwas Unfertiges an Ray junior, und deshalb besteht noch Hoffnung.

Der Vater bewunderte den Sohn, und der Sohn bewunderte den Vater im Gaynor's, wo die Stimmen der Gäste – Trinkwetten, Lachen und Flüche – sich tagtäglich vermischten. Der saure Hefegeruch aus den Brauereien von Milwaukee, die nach der Hopfenfermentierung am Nachmittag feuchte gelbe Wolken in die Luft bliesen, vermengte sich jetzt in der Kneipe mit dem von Desinfektionsmitteln, die Ray beim Putzen großzügig verteilt hatte. An den Wänden hingen die üblichen Erinnerungsstücke: Wettscheine von Arlington Park und den 1949er World Series – Yankees gegen Dodgers – sowie ein Foto von Ray in einem Augenblick des Triumphs. Er zückt gerade einen Royal Flush in einem Pokerturnier. Ein Barhocker gehörte Ray, Ray allein, das wußten alle.

Im Gaynor's hatte Ray seine Bewunderer und Anhänger, Männer, die für ihn so etwas wie eine Bruderschaft bildeten. Er nickte seinem Freund Dietrich, einem Anstreicher, und Tetzlaff, einem Steinmetz, zu. »Mein kleiner Bruder war auf der High-School, und jetzt ist er sich zu gut für mich, der Dummkopf. Zu gut für einen Mann wie mich. Aber ich verdiene mir meinen Lebensunterhalt mit meiner Hände Arbeit, wie mein Junge hier. Der zapft euch Jungs das Bier, und ihr solltet nicht vergessen, wem ihr das zu verdanken habt.« Er breitete grinsend die Arme aus. »Meine beiden Hände«, sagte er und gab Mabel einen Klaps aufs Hinterteil. »Ray«, sagte sie mürrisch und kniff ihn unter seiner Jacke ziemlich fest zurück. Schließlich glaubte Ray daran, und auch die Gäste glaubten daran, und der Beweis befand sich am Ende seiner Arme. Rays Hände waren riesig und ledern. Sie hatten mitten im Winter Lastwagen entladen, Anthrazit in Brennöfen geschaufelt, seinen Verpächtern gezeigt, wer der Boß war. Seine Fäuste ballten sich oder öffneten sich ziemlich schnell – je nachdem, welche Laune er hatte. Sie konnten sich auch drohend gegen Frau oder Tochter erheben, und die Frauen um Mabel herum respektierten sie genauso wie sie selbst, die ihr Glas frisch gezapftes Bier in seine Richtung hob. Als ein Fremder eintrat, der sich nicht an diesem Toast beteiligte, dessen Hände nicht so aussahen, als könnten sie jemals die herkulischen Aufgaben bewältigen, durch die Ray für frische Blutwurst auf ihrem Abendbrottisch sorgte, fiel das außer Mabel niemandem auf.

Er war ein schlanker junger Mann, viel zu zierlich für Gaynor's, ein Spieler, kein Arbeiter, das war deutlich an seinem Mantel und der Art und Weise zu sehen, wie er die Arme auf Hüfthöhe gebeugt hielt, als wolle er Seidenstrümpfe aus der Tasche ziehen. Irgendwie waren seine Schultern schief unter seiner Haifischlederjacke. Die Stimmen der anderen Männer schienen an ihm abzuprallen – er war ein unscheinbarer Fremder in ihrer Mitte. Die Gäste erzählten sich alte Geschichten.

»Klar ist Wally ein Schwindler, aber das wissen wir doch, oder? Dem würde ich nicht über den Weg trauen. Wenn das Großmaul mal wegguckt, gehe ich die Karten durch, und ich schwöre beim Grab meiner Mutter: Wenn die gezinkt sind, kriegt er's mit mir zu tun.«

»Habt ihr schon gehört, daß der kleine Kovack mit der Bartz-Witwe ins Bett ist?«

»Na, der hat's ihr sicher besser besorgt als der alte Bartz.«

»Hallelujah, ruhe in Frieden, Bartz.«

»Hier rüber, das ist ein Überfall«, sagte plötzlich jemand, fast schon singend, und erst da drehten sich die Männer um und sahen, was Mabel sah: einen weißen Filzhut mit fahlen Augen darunter – einen katzenhaft wirkenden Mann mit zweifarbigen Schuhen und einem 32er Revolver in der Hand. Die Schlitz-Welt glühte und drehte sich so unmerklich, daß niemand merkte: mit einer Umdrehung hatte der Zufall sie überrundet. Schließlich schrieb man das Jahr 1955, und die Gäste waren eher daran gewöhnt, Befehle vom Chef, vom Ausbilder beim Militär oder auch von ihren Ehefrauen entgegenzunehmen als von einem kleinen, unscheinbaren Jungen, egal ob bewaffnet oder nicht.

»Ich habe gesagt: ›Hier rüber!‹« brüllte der zitternde

Filzhut und fuchtelte mit der Waffe herum, als die anderen einen Schritt an die Wand zurückwichen. »Brieftaschen raus, einer nach dem andern, auf den Tresen. Kasse auf!« kreischte er. Er war nicht aus der Gegend. Er stammte von einem fernen, unvorstellbaren Planeten. Irv Dietrichs Frau beschloß, ihn als Menschen wahrzunehmen. Sie warf ihm ihre Handtasche hin, dann flogen ein paar Brieftaschen auf den Tresen wie tote Karpfen in ein Faß. Mabels Geldbeutel prallte von der glänzenden Mahagonifläche ab und fiel auf den Boden. Als Ray junior die Kasse aufmachen wollte, erwachte Ray senior aus seiner Erstarrung und versuchte, den bewaffneten Mann zu provozieren.

»He, Kumpel, du denkst, das hier ist Geld? Das ist Spielgeld, du Schwuchtel. Vielleicht bist du ja im Kopf genauso fix wie mit den Füßen?«

Der Mann mit der Waffe drehte abrupt den Kopf, woraufhin Ray ihm den Arm wegschlug, so daß er nicht an die Kasse herankonnte, aus der Ray junior gerade das Geld herausholen wollte. Dann packte Ray den Mann mit der Waffe. Ihre Finger verkrallten sich wie bei einem Pas de deux in Zeitlupe, zwei Menschen, gefangen in einem Windstoß. Ray war so viel größer als der Mann mit der Waffe, ganz sicher würde er den Kerl zermalmen. Die anderen Gäste brüllten: »Pack ihn, Ray, pack ihn«, »Nimm ihm die Knarre weg«. Doch plötzlich erfüllte ein Donner den Raum und schlug ein Loch in die Welt. Ray senior schnellte hoch – der Schuß hatte ihn mitten ins Herz getroffen. Der Mörder blinzelte kurz in die Dunkelheit, dann flüchtete er in die Welt der Killer. Mabel schleuderte einen Stuhl hinter ihm her, aber das drehte das Rad der Zeit nicht zurück. Ray war von nun an so etwas wie ein Held. Sein Sohn stand regungslos da; er starrte seinen Vater und seine Mutter benommen an. »Mein Gott«, schrie Mabel, doch Gott zog es vor, nichts für Ray zu tun, jedenfalls nicht in dieser Welt: Im Moment seiner größten Entschlossenheit war Rays Blick erstarrt; eine dicke schwarze Linie zog sich rund um seine Iris.

Ach, Ray, wie genial von dir, so zu sterben. Du, der du nie älter wurdest als fünfzig, der du nie eine Schwäche zugabst; du, dessen Nachfahren dich liebten oder auch nicht. Niemand hat je deinen Platz eingenommen.

Unter der riesigen Schlagzeile »Kneipenmord in der Stadtmitte«, »Frau und Sohn werden Zeuge, wie Gast Raubüberfall vereitelt. Täter entkommt«, erschienen später Fotos in der Zeitung, die ein oder zwei Stunden nach dem Überfall aufgenommen worden waren. Ich habe sie vor mir: Auf dem einen sitzen Mabel und Dolores nebeneinander, die Arme umeinander gelegt; Kummer im Gesicht, als hätte ihnen jemand einen Schlag versetzt. Ray junior ist so bleich, daß man meinen könnte, jemand habe versucht, ihn auszuradieren. Auf einem anderen Foto ist der Kneipenboden zu sehen. Ray ist schon weg; um die Blutflecken herum wurden weiße Konturen gezeichnet, dicke gewundene Linien; die Beine sind gespreizt, die Hände hochgerissen. Sie erinnern mich an die Großen Seen, deren Finger tief nach Amerika hineinreichen. Der Platz, den Ray einmal eingenommen hat, ist leer. Im Lauf der Jahre werden meine Mutter und meine Großmutter diese leere Fläche ausmalen, Schicht für Schicht Farbe auftragen. Sie müssen sich darüber einig sein, daß Ray ein guter Mensch war, denn sie brauchen ein kompaktes Bild, an dem sie die Geschichte eines Mannes aufhängen können, der es eines Nachts mit dem Schicksal aufgenommen hat. Neben den Konturen auf dem Boden, die Ray umreißen, neben dem Bild, das Mabel und Dolores im nachhinein malen, verblassen alle anderen Männer. Kein Mann kann diesem Ehemann und Vater, den sie liebten und dem sie vertrauten, das Wasser reichen.

Kaum zwei Monate später, im September, schritt meine Mutter zusammen mit meinem Vater das Mittelschiff der Kirche hinunter. Die Einladungen waren bereits vor dem Mord verschickt worden. Ray junior starb kurze Zeit danach.

Sie fanden die Mörder – es steckten zwei hinter dem Überfall – und ließen sie laufen. Philip und Virginia Jaeger. Ich habe ein Foto von ihnen. Philip ist ein fünfundzwanzigjähriger Exsoldat, klein und zierlich und hat schon ein paar Jahre in San Quentin hinter sich. Virginia hat wegen bewaffneten Raubüberfalls im Missouri State Prison eingesessen. Sie ist zehn Jahre älter als Philip und um einiges größer als er. Sie ist eine »gutaussehende Frau um die fünfunddreißig«, die ein – wie es das *Milwaukee Journal* ausdrückt – »kariertes Cowboyhemd, eine Bolo-Krawatte und Stiefel trägt«. Angespornt von den täglichen Schlagzeilen haben die Beamten von Milwaukee sie in Texas aufgespürt und ihnen eine ganze Reihe von Tankstellen- und Kneipenüberfällen auf dem Weg dorthin nachgewiesen. Der Fall scheint eine klare Sache zu sein, aber vier Zeugen in Milwaukee sind nicht in der Lage, Philip zu identifizieren. Der Hut, der in der Kneipe zurückgelassen wurde, paßt ihm nicht. Niemand versucht, ihn Virginia aufzusetzen.

Daß sie schuld ist, diese Virginia, deren Lächeln auf dem Foto mir irgendwie bekannt vorkommt, ist meine Theorie. Ich denke an die Königin von Saba; ich sehe

Virginia an. Das *Milwaukee Journal* berichtet, daß sie mit den Beamten über das Essen in Texas scherzt, über das Motorrad, das sie und Philip sich zusammen gekauft haben, über die Landschaften, die sie gesehen hat. Die Beamten sprechen sie höflich mit »Ma'am« an. Ich spüre, wie sie sie um den Finger wickelt. Einer von ihnen wird später dreißig Jahre lang Polizeipräsident von Milwaukee sein. Ich sehe Virginias Augen und höre sie reden, höre sie sagen: Hey, Phil, laß uns 'ne kleine Spritztour machen. Mir kommt es so vor, als seien Philip und Virginia Leute, die ihre Gestalt und ihr Geschlecht ändern können, wie es ihnen paßt; denen es gefällt, sich zu verändern, zu rauben und zu töten. Den Beamten von Milwaukee schlüpft da ein Pärchen durch die Finger, dessen unklare Verbindung wie Quecksilber ist. Dieser Mann und diese Frau sind womöglich das sexuelle Double des jeweils anderen, und du weißt nicht, wen du siehst, wenn du sie anschaust. Vielleicht ist Virginia einfach in Philips Jacke geschlüpft, hat sich den Hut aufgesetzt und gesagt: Moment mal, das mach ich selber. So etwas würde sich die Königin von Saba ausdenken.

Wenn meine Mutter Wahnvorstellungen hat, mimt sie manchmal die Gefährliche, bevor sie tatsächlich gefährlich wird. Und sie, die normalerweise so lebhaft und feminin ist, verliert dann merkwürdigerweise jegliche Vorstellung von den Geschlechtern. Genau wie Virginia, deren katzenhafte Geschmeidigkeit, deren sexuelle Zweideutigkeit tödlich ist.

Ich weiß nicht, ob Philip Jaeger und seine Gefährtin Ray vor fast fünfzig Jahren tatsächlich ermordeten. Ich kann es nicht beweisen, aber ich glaube es. Wenn Virginia die Mörderin ist, die meiner Mutter keine Ruhe läßt, könnte ich diese Schurkin sogar verstehen – sie entflieht den Gesetzen des Menschen und der Natur und ruft andere herbei, die ihr zu Willen sind. Sie trägt einen weißen Filzhut und metzelt Unschuldige nieder. Und sie weiß mehr als jeder Gast von Gaynor's, daß das Gefühl einer Ordnung in der Welt in Gefahr geraten kann, weil wir nie genau das sind, was wir meinen zu sein. Die Verrückten und die Kriegsmüden wissen das; wir anderen bemühen uns nach Kräften, diesem Wissen aus dem Weg zu gehen. Auch ich möchte ihm entfliehen. Ich denke an die Verkleidungen, die wir im Alltag tragen, und dann glaube ich, daß Virginia und die Vergangenheit meine Mutter, wenn sie ihre Wahnvorstellungen hat, in den gewundenen Konturen des Todes auf dem Boden einer Kneipe gefangenhalten.

Kind der Zeit

Als ich vierzehn war, spielte die Religion in unserer Familie eine ziemlich große Rolle – nicht nur bei meiner Mutter. Ich liebte das Abendmahl, mir gefiel der Gedanke, auf einem Stück von Jesus Christus herumzukauen. Seine Macht verringerte sich keineswegs, wenn die Hostie zwischen den Zähnen knirschte und der Wein in die Kehle rann. Dieses Stammesritual rüstete mich; der gefallene Kamerad, dessen Fleisch mir das Leben ermöglichte. Ich wollte sehen, wer die Woche über Ungerührtheit geheuchelt hatte, bis am Sonntagmorgen die dunklen Wasser des Verdrängens an den Füßen der Gemeinde zu lecken begannen. In der Kirche konnten wir alle ein bißchen verrückt sein. In der Kirche konnten wir alle so tun, als wären wir gut und würden ewig leben. Besonders liebte ich die Vorstellung vom Zeugnisablegen und vom Verkünden des Evangeliums. Meine Teenagergruppe fuhr nach Milwaukee, um den Prediger David Wilkerson zu hören, der uns durch die Berührung der Stirn segnete, wenn wir auf die Bühne kamen. Er erzählte von all den jugendlichen Kriminellen in New York, die er retten wollte, und daß er eigens dazu aus Oklahoma gekommen sei; in der Bronx hätten ihm dann allerdings Jugendliche die Radkappen seines Kombi gestohlen. Seine Taten waren in seinem Buch mit dem Titel *Das Kreuz und die Messerhelden* nachzulesen, das im

Foyer auslag. Wow, New York! Eine Stadt voller jugendlicher Krimineller, Sharks und Jets. Ich ging in Milwaukee auf die Bühne, damit alle kriminellen New Yorker gerettet würden, und natürlich auch ich. Wofür eigentlich? Wer konnte das schon wissen. Vielleicht für die Reinheit, die Ordnung, das vollkommene Reich des Jenseits. Ich hatte von einem katholischen Vater gehört, der wegen der Liberalisierungstendenzen des zweiten vatikanischen Konzils mit seiner ganzen Familie zurück nach Irland ging. Das gefiel mir, denn sie gingen wenigstens irgendwohin. Pastor Nordstrom hatte mittlerweile Gitarrenmusik in die Gottesdienste integriert, lebhafte Rhythmen für protestantische Herzen, gespielt von Hippies, die »Sag mir, wo die Blumen sind« sangen. Was auch immer in der Welt schiefging, was auch immer sich nicht mit unseren Wertvorstellungen in Menomenee vereinbaren ließ, und egal, wie sehr ich während der Woche gelogen hatte – in der Dr. Martin Luther Church wurde ich durch das saubere, sonnige Abendmahl wieder reingewaschen. »Die Liebe«, predigte Pastor Nordstrom, »ist wunderbar einfach und einfach wunderbar«, und er selbst war der beste Beweis dafür. Pastor Nordstroms Leben war zweifelsohne wunderbar einfach, und deshalb haßte man ihn. Und dennoch veränderte sich das Leben. Auch wenn man sich nicht aus Menomenee hinausbewegte, spürte und hörte man es. Wir bekamen Tonsplitter, hektische Elegien mit, als es in weit entfernten Städten zu Krawallen kam, die Nachbarsjungen sich die Haare schulterlang wachsen ließen und der Glaube immer brüchiger wurde. Junge Männer, auch aus unserem Ort, mußten in den Vietnamkrieg, und die Frauen in Menomenee heirateten barfuß, in Kleidern aus Musselin. Sterblichkeit nahm die Gestalt eines Atompilzes am Horizont an, und von den Müttern meiner Freundinnen beschlossen einige, bevor sie vierzig wurden, es mit dem Hippieleben zu versuchen. Sie kauften sich Beatles-Alben wie zum Beispiel *Norwegian Wood*, eine Platte, die Leonard Bernstein – wir nannten ihn »Stine« – empfohlen hatte, wackelten mit dem Kopf wie die kleinen Nickhunde auf dem Armaturenbrett der Autos, wiegten sich im Takt der Musik des Rock 'n' Roll-Senders von Milwaukee, während sie die Kinder aus der Nachbarschaft herumchauffierten, und klopften dazu mit dem Ehering gegen das Lenkrad. In Chicago wurde der Grant Park belagert; Hippies, nur ein paar Jahre älter als ich, gingen auf die Barrikaden; Bürgermeister Richard J. Daley sagte: »Aufgabe der Polizei ist es, für Ordnung zu sorgen« und »Schießt, um zu töten«; die Schwarzen Panther Fred Hampton und Mark Clark starben in einem Hinterhalt der Polizei. Meine Mutter blieb von der Außenwelt Gott sei Dank unberührt. Sie tat nie so, als gehöre sie zu den Hippies. Sie war konservativ. Mir wäre es wahrscheinlich höchst peinlich gewesen, wenn sie wie die anderen Mütter gewesen wäre, die zu Nancy Sinatras »These Boots Are Made vor Walkin'« zu grooven versuchten. Meine Mutter war gegen persönliche Umwälzungen in ihrem Alltag, und wenn sie krank war, hatte sie einen so eigenen Stil, daß im Vergleich dazu die Allüren der anderen Frauen ziemlich lächerlich wirkten. Ich mochte die Beatles zwar, aber meine wahre Leidenschaft galt Cowboy-Balladen voller Schießereien. Ich liebte Marty Robbins und die westtexanische Stadt El Paso sowie eine mexikanische Gruppe namens Sandpipers, die »Guantamera« sang, ein Lied, in dem eine Frau von einem Mann aus dem Land der Palmen geliebt wird. *Yo soy hombre sincero*. Auch ich brauchte einen *hombre sincero* – einen ehrlichen Mann –, aber davon gab es wohl nicht allzu viele. In der Zwischenzeit lauschte ich auf das, was die Außenwelt zu sagen hatte. Die Berichte klangen ungefähr so hektisch und wirr, als hörte ich nachts auf Kurzwelle Radio *Venceremos* aus Havanna. Der Doktor sprach in den wenigen Augenblicken, in denen er in meiner Erinnerung die Außenwelt wahrnahm, von seiner Angst vor Nelson Rockefeller und der *Trilateral Commission* und der jüdischen Weltherrschaft. Ich konnte seinen Gedanken nicht folgen. Die einzige jüdische Familie im Ort besaß ein wunderbares altes Sommerhaus und obendrein noch den örtlichen Spielzeugladen, veranstaltete tolle Mah-Jongg-Partys für Kinder und hatte die besten Festwagen in der Halloween-Parade von Menomenee, zum Beispiel einen riesigen beweglichen Holzschuh auf einem Lieferwagen. Die Handelman-Kinder winkten von diesem Schuh herab, und später spielten wir alle im Hinterhof in dem zweistöckigen Festwagen. Das war allerdings noch bevor die Handelmans den Versuch, sich zu assimilieren, aufgaben und ihre Kinder in ein jüdisches Internat in Milwaukee schickten, so daß wir sie nie mehr zu Gesicht bekamen.

Ich begann ein Leben auf zwei Ebenen, das die ganze High-School-Zeit hindurch andauerte. Meine miniberockte Fassade wollte, was alle anderen Mädchen auch wollten – Jungen und gute Noten, die Bewunderung meiner Freundinnen, die Hauptrolle in der Theateraufführung der Schule … und ein paar dieser Wünsche erfüllten sich tatsächlich. In meinem Innern jedoch fühlte ich mich immer merkwürdig gelangweilt und rastlos. Ich hatte schreckliche Angst davor, nicht akzeptiert zu werden, und fühlte mich nicht wohl, wenn ich akzeptiert wurde. Ich war auf der Durchreise: An einem Tag dachte ich, ich würde nie in Menomenee bleiben, am nächsten konnte ich mir nicht mehr vorstellen, den Ort je zu verlassen. Ich machte bei den Cheerleaders mit, war stolz darauf und kam mir gleichzeitig lächerlich vor. Die Welt blieb draußen, ich erahnte sie, aber wir waren hier in Menomenee, wo das Feuerwerk jedes Jahr nach dem gleichen Schema ablief; man konnte die Uhr danach stellen: Auf Pailletten folgte so etwas wie ein wiederholter Düsenknall, darauf die Niagarafälle, die sich von einem Seil herunter ergossen, darauf die mit Schwefel in den Himmel gebrannte amerikanische Flagge. Ich haßte diese Gleichförmigkeit, fand aber auch Trost darin, obwohl mir klar war, daß zwischen diesem Trost und Konformität kein allzugroßer Unterschied bestand. Die Welt da draußen hatte unzählige Seiten, und ich wollte sie alle lesen. Die Selbstbefriedigung lernte ich durch Mary McCarthys *Die Clique* kennen, außerehelichen Sex durch Elia Kazans *Das Arrangement.* Als meine Mutter die Bücher fand, stellte sie die Bibliothekarin zur Rede. Meine Mutter war in Ordnung; sie wirkte gesund, obwohl in ihrer Ehe Eiseskälte herrschte. Allerdings unterschied sich diese Ehe darin nicht sonderlich von der vieler anderer Leute in unserem Ort. Aber irgendwie spürte ich, daß meine Mutter isolierter war, als die anderen Mütter es je sein konnten, denn die hatten nicht ihre Phantasie. Außerdem war sie nicht gerade gesellig. Einesteils lag das daran, daß sie zu Hause zuviel zu tun hatte, anderenteils fiel es ihr schwer, anderen Leuten ihre Probleme mitzuteilen, auch wenn sie selbst sie erkannte. Sie unterschied sich von den Golfspielerinnen und Damen, die Wohltätigkeitsveranstaltungen organisierten, nicht nur durch ihre Jugend und Schönheit, sondern auch durch ihre merkwürdige Schüchternheit, die sie oft kaschierte, indem sie sich in Positur warf. Sie konnte keine Geschichten über die Uni erzählen, und niemand fragte sie je nach ihren Klinikaufenthalten. Selbst wenn jemand es getan hätte, hätte meine Mutter gelächelt und gesagt, alles sei wunderbar gewesen. Oder genauer gesagt: Sie wollte daran glauben, daß es so war.

Ich wußte, daß meine Schwestern und ich aufwuchsen wie Autoscooter, bei denen die Bremsen nicht immer funktionierten; die ganze Zeit drehten wir uns im Kreis und stießen gegen die Bande, so daß niemand uns folgen konnte. Irgendwie war das gar nicht so schlecht, weil diese Erfahrungen uns in gefährlichen Situationen schützen würden. Und ich hatte meine Bücher, ganze Stapel davon, sie lagen neben meinem Bett. Manchmal fuhr ich in die Bibliothek und las dort – stundenlang, bis ich das Gefühl hatte, ein völlig anderer Mensch zu sein als zuvor. In Büchern konnte man verschwinden; man konnte dafür sorgen, daß das alte Ich nicht mehr wiederkehrte. Die Bibliothek von Menomenee hatte Flügelfenster und lag wie eine Mühle zwischen zwei Seen. Egal, wo man saß: Wenn man den Blick von seinem Buch hob, sah man entweder auf den Lac La Jolie oder auf den Belle Lac. Im Keller der Bibliothek gab es auch einen ganzen Schatz angeschimmelter, zu Bündeln geschnürter *National-Geographics*-Hefte. Diese modrigen Seiten waren die Welt meiner Neugier, ferne Länder unter Staub, der Geruch von Leinen. Im zweiten Stock des Gebäudes befand sich ein Museum mit einäugigen Tieren, die Zyklopenschreie ausstießen, und vergessenen Körben mit alten Tonscherben und Pfeilspitzen von den Menomenee, Fox, Blackhawk, Chippewa und Winnbago-Indianern. Die Bibliothek war ein vollkommener

Tempel, der von geflügelten Greifen bewacht wurde. Diese vom Alter geschwärzten Greife hatten einmal vor einem alten Hotel in Menomenee gestanden, wo angeblich Abraham Lincoln untergekommen war. Dann wurde das Hotel in ein Kloster für wunderschöne alte Nonnen umgewandelt, die nun zwischen den weißen Säulen vor dem Gebäude schwebten. Ich fuhr mit meinem Fahrrad zwischen den Säulen hindurch und dachte, sie würden genausolange stehen wie das Parthenon. Doch in den Sechzigern, einer Phase religiösen Umdenkens in den Staaten, wurde das Kloster abgerissen; damals machte sich ein ekstatischer Hunger nach architektonischer Zerstörung bemerkbar, an dem auch Menomenee teilhatte. Die Greife landeten vor der alten Bibliothek, doch auch die verschwand bald. Zerstörung wurde zur Religion des Ortes, zur prahlerischen Seite der Bürgertugend. Die Vernichtung von Feldern und Farmen führte zu so etwas Effizientem und Nichtssagendem wie weißer Baumwollunterwäsche. Alle schrulligen Dinge – die alte Bibliothek mit den Sprossenfenstern und Giebeln, die vorsintflutliche Fischzucht, das bröckelige große Hotel, die alte Straße am See, die Villen, die Brücke zwischen La Jolie und Belle Lac und sogar die Seen selbst –, die ich liebte, waren bedroht. Menomenee zeigte seinen Reizen die kalte Schulter. Ein paar von den Farmern wurden Immobilienhändler und fuhren fortan mit glänzenden Buicks, nicht mehr mit zerbeulten Pickup-Trucks herum. Alles, um Steuern zu sparen. Menomenee rückte der Geschichte auf den Pelz.

In der alten Bibliothek faßte ich den Entschluß, wegzulaufen. Ich stellte mir vor, wie ich mir eine Glatze schnitt, eine dunkle Sonnenbrille besorgte und mir einen Jungennamen zulegte. Gus – ein Name, gerade richtig für die Highways. Ich dachte, wenn ich aussähe wie ein Junge, würde ich mit dem Greyhound-Bus ein ziemliches Stück weit kommen, bevor irgend jemand merkte, daß ich ein Mädchen war. Ich würde nach Red Cloud, Nebraska, gehen, wo, so schrieb Willa Cather in ihrem Tagebuch, »unsere Armut so viel stärker war als unsere Wünsche«. Den Plan für meine Flucht hatte ich aus einem Bibliotheksbuch über eine vierzehnjährige Ausreißerin. Leider gab das Buch nur wenige Tips, wie sie sich finanziell über Wasser hielt. Ihre List schien hauptsächlich deshalb zu funktionieren, weil niemand ihre Verkleidung in Frage stellte. Außerdem besaß sie offenbar mehr Savoir-faire, als ich mir jemals hätte träumen lassen, vorausgesetzt natürlich, ich hätte damals schon die Bedeutung des Wortes gekannt. Ausreißer, das waren Holly Golightly, Huck Finn und Jim, Toby Tyler. Ich wußte, daß die Sache mit dem Weglaufen nur ein Hirngespinst war, aber trotzdem begann ich das Geld zu sparen, das ich fürs Babysitten und die Kirche bekam. Eines Sonntags, als ich im Kirchenchor sang, wo ich hin und wieder eine Solopartie übernehmen durfte, stand der Kollektenkorb unbeaufsichtigt in Pastor Nordstroms Büro. Ich nahm mir ungefähr dreißig Dollar und wartete darauf, daß mich ein Blitz in die Hölle befördern würde. Ich hatte das Gefühl, mehr Anspruch auf die Kollekte des Tages zu haben als alle anderen – auch als Jesus Christus, der mich sicher verstehen und mir das Geld lassen würde; dennoch war mir unbehaglich zumute, als ich die Beute in meinen winzigen Büstenhalter steckte.

Ich erklärte Mabel, falls ich eines Tages verschwinden würde, solle sie sich keine Sorgen machen, ich wäre dann in den Badlands und würde auf dem Pferd Zäune überprüfen oder kleinen Kindern das Lesen und Schreiben beibringen, bevor ich mich bei den Navajo, meinem Volk, niederließe. Doch noch während ich diese Fluchtpläne schmiedete, wurden sie zum Klischee. Was war, wenn jemand mich aufspürte, oder noch schlimmer: wenn ich weich würde, meine Großmutter anrief und sie bat, mich zu holen? Ich wollte cool sein wie Kate. Sie war bei den Cheerleaders und Turnerin. Aber ich war nicht cool, ich hatte keine Ahnung, wie man cool wurde – offenbar konnte man das nicht lernen.

Ohne es zu merken, war ich hohl geworden, vielleicht sogar zornig; ausgehöhlt von dem statischen Lebensgefühl des Mittleren Westens. Noch fast zwanzig Jahre später empfand ich jenes Gefühl in ähnlichen kleinen Orten, wenn ich von einer Farm zur nächsten fahren mußte, um etwas über ruinöse Schulden oder gescheiterte Träume herauszufinden, von jungen Leuten, die ihre Farmen aufgegeben hatten, um in die Stadt zu gehen und niemals zurückzukommen. Die wenigen Farmerfamilien, die ich mochte, hingen an ihrer Scholle und wurden dennoch von einer Schuldenflut weggeschwemmt. Das waren spartanische Familien, die nie viel mehr aßen als Kartoffeln mit Corned beef und Zitronengötterspeise. Die Alten verloren ihre Höfe, wurden Hausmeister, wenn sie noch arbeiten konnten, und Einsiedler, wenn sie es nicht mehr konnten. Das heißt, diejenigen, die Glück hatten. In cincm Ort in Iowa, in den ich einmal kam, war ein hochverschuldeter Farmer verrückt geworden und hatte seine Frau, seinen Nachbarn und den für ihn zuständigen Bankangestellten erschossen, bevor er die Schrotflinte gegen sich selbst richtete. Er mußte ein zweites Mal abdrücken, weil er nach dem ersten Schuß noch nicht tot war. Das Leben war nicht mehr das, was es früher gewesen war.

In meiner Teenagerzeit teilte ich den religiösen Eifer mit den Leuten vom Land. Ich suchte in der Bibel nach Passagen, die mein simpelstes Gefühl ausdrückten: meinen Haß. Ich hegte den kindlichen Wunsch, daß sie mir Kraft geben würden. In meinem Kopf hatte ich so etwas wie eine Plakette, in die ich alle schlimmen Taten des Doktors einmeißelte. Ich trage sie noch immer mit mir herum. Doch mittlerweile sind darauf auch andere Dinge verzeichnet: der Selbstmordattentäter, der 1994 in Tel Aviv dreiundzwanzig Menschen mit einem Bombenanschlag tötete, der rauchgeschwärzte Bunker in Bagdad, in dem 1991 durch einen amerikanischen Flugkörper irakische Kinder umkamen. Ich habe abgerissene Füße, die explodierte Plastikpuppe eines Kindes gesehen. Die Familie eines protestantischen Grundbesitzers in der Nähe von Belfast hat mir erzählt, wie langsam »unser Michael« starb, Michael, der wußte, daß eine Bombe ihm Arme und Beine weggerissen hatte. Und immer wenn ich dem Haß begegne, ist der Doktor dabei. Ich spüre, wie er von seinem Sessel aufsteht, wie seine Faust sich drohend erhebt, während ich auf einer Washingtoner Dinner Party Small talk mache, wie ein Knebel hinter mir lauert, während ich ganz ruhig ins Radiomikrofon spreche. Er ist mit dabei am Grenzübergang, in der schleimigen Stimme eines selbstgerechten Fanatikers. Mein Pulsschlag wird kaum schneller, wenn ich an den Doktor denke, aber ich kann seine Stimme immer hören.

Einmal, bei einer Luftfahrtschau auf dem Land, vergaß ich meine spezielle Gesichtslotion, die mir der Dermatologe nach einer Behandlung gegen Akne mit Trokkeneis und ultravioletten Strahlen verschrieben hatte. Der Arzt hatte meiner Mutter und mir gesagt, meine Haut solle nicht der Sonne ausgesetzt werden. Aber der

Doktor wollte die Schau sehen, und meine Mutter hatte immer noch die sinnlose Hoffnung, daß wir eine richtige Familie sein könnten. So eine Luftfahrtschau galt als Familienereignis. Sie fand nur drei Stunden von Menomenee entfernt statt. Es war ein heißer Tag Anfang September. Auf den riesigen Feldern, wo die Flugzeuge abhoben und landeten, war nirgends Schatten. Am liebsten wäre ich wieder nach Hause gefahren, aber da ich einen Hut hatte, wollte der Doktor nichts davon hören. Immer wieder flüchtete ich mich vor der Sonne in den Wagen, doch die Hitze trieb mich heraus. Schließlich versuchte ich, unter dem Vordach eines Limonadenstands Schutz zu suchen. Wir machten uns erst bei Sonnenaufgang auf den Heimweg; meine Augen waren zugeschwollen, nässende Blasen übersäten mein Gesicht. Ich hatte nur noch einen Gedanken: das Fläschchen mit der Lotion im Arzneimittelschränkchen.

»Beeil dich doch«, flehte meine Mutter den Doktor an.

Aber er beeilte sich nicht, und als wir endlich Menomenee erreichten, waren meine Mutter und ich völlig panisch. Ich rannte ins Haus und riß die Tür des Arzneimittelschränkchens auf, dabei fiel das Fläschchen ins Waschbecken und zerbrach. Ich schrie nach meiner Mutter, obwohl sie hinter mir stand, und wir holten die klebrigen Scherben aus dem Becken und legten sie in ein Sieb. Die gerettete Lotion reichte gerade für ein kleines Wattebäuschchen.

»Morgen früh holen wir Nachschub in der Apotheke«, versprach mir meine Mutter. »Ich rufe den Arzt an.« Dabei wußten wir beide, daß der Doktor das Rezept hätte ausstellen können. Wahrscheinlich hatte er sogar irgendeine Salbe unten in seiner Klinik. Bevor ich an jenem Abend ins Bett ging, schaute ich dem Doktor ins Gesicht. Ich trug seinen Haß auf mich stolz wie eine Medaille.

Veränderungen sind unausweichlich; sie entringen dem Unbekannten das Bekannte, reißen die Welt aus der Achse. Das Farmhaus wird von der Flut weggetragen. Der Farmer drückt ab. Die Mutter schreit, der Pickup-Truck rollt in den See, und schließlich, eines Abends, wandte der Doktor sich an mich. Das war so selten, daß ich sofort das Gefühl hatte, als seien wir die Kundschafter zweier gegnerischer Armeen, die auf einem fremden Schlachtfeld Position bezogen. Er sah mir direkt in die Augen, provozierte mich. Ich spürte, wie ich eine dicke Zunge bekam.

»Wo ist die Zeitung?« fragte er mit der Stimme eines Gefängniswärters, doch es war nicht zu leugnen: Er hatte mit mir gesprochen. Er hatte meine Anwesenheit bestätigt. Das verschaffte mir ein Triumphgefühl und machte mir gleichzeitig angst. Von nun an würde er mit mir reden müssen; endlich war er weich geworden. Die Zeitung war in meinem Zimmer, ich hatte vergessen, sie wieder ins Wohnzimmer zu legen, und damit gegen eine unausgesprochene Regel verstoßen. Ich sah meine Chance.

»In meinem Zimmer«, sagte ich.

»Hol sie«, forderte er mit eisiger Stimme.

Ich holte die Zeitung so langsam wie möglich.

»Falte sie«, wies er mich an.

Ich faltete sie. Nicht besonders ordentlich.

»Falte sie ordentlicher.«

»Du meinst, damit sie so aussieht, als hätte ich sie nicht angerührt?« fragte ich. Plötzlich wurde mir ein bißchen schwindlig; ich lachte erleichtert. Die Absurdität unserer gemeinsamen Jahre schien sich zu Worten zu formen, zu Worten, von denen ich nie gedacht hatte, daß ich den Mut besitzen würde, sie auszusprechen. Ich hatte es satt, mir von ihm angst machen zu lassen.

»Deine Zeitung? Soll ich sie so falten, daß sie wie ein Flugzeug aussieht oder wie ein Hut, den du aufsetzen kannst? Wie Yankee Doodle Dandy! Soll ich sie so falten?« Ich zerriß die Zeitung. Ich fauchte ihm die Worte entgegen, kleine Murmeln aus meiner Steinschleuder, direkt in seine Augen.

Er beugte sich vor, packte mich am Hals und riß meinen Kopf mit einem Ruck herum. Seine Hände waren wie ein Kragen um meinen Hals; er zerrte mich in den Flur. Ich hatte das Gefühl, als lösten sich meine Haare von meiner Kopfhaut, als berührten meine Füße den Boden nicht mehr. Pinkfarbene Lichter flogen vorbei, alte Träume und schnappende Hunde. Dann plötzlich waren wir in meinem Zimmer, der Doktor und ich; die Tagesdecke wie eine Lagune, mein Blutjaspis auf dem Felsvorsprung darüber. Ich packe den Stein – er war mein Dolch. Vergeblich holte ich mehrmals nach ihm aus. Schließlich ließ ich den Stein schwer atmend fallen.

»Du Riesentrampel«, keuchte ich und biß ihn, so daß er wenigstens eine Hand von meinem Hals löste. Zu einem schlimmeren Schimpfwort konnte ich mich nicht durchringen. Ich sah ihm in die haßerfüllten Augen und stieß ihm das Knie in den Unterleib. Aber seinen Kopf, der zu weit über mir war, konnte ich nicht erreichen. Den Blutjaspis wollte ich darauf hinuntersausen lassen, sein Gehirn verspritzen wie eine Hohepriesterin. Da packte er mich an den Haaren, hob mich vom Boden hoch, und plötzlich raste die Wand auf mich zu. Ich hörte Kate kreischen: »Hör auf, hör auf, du bringst sie um!« Wahrscheinlich, so dachte ich, würde er es zumindest versuchen. Er warf mich aufs Bett. Dabei stieß er mit der Faust alle Sachen von dem Bord über dem Bett herunter, und von irgendwo hörte ich meine Mutter flehen: »Bitte, bitte, bitte.«

Er wandte sich schnaufend von mir ab und schlenderte aus meinem Zimmer hinaus, ein Zimmer, das ohne ihn so viel leerer war. Ich wollte, daß er zurückkam; ich wollte die Sache zu Ende bringen. Beim Hinausgehen stieß er meine Mutter gegen die Wand. Ich war immer noch ausgesprochen lebendig. Ich rannte an meiner Mutter vorbei, die in Kates Armen weinte, und stolperte benommen ins Bad. Ich verriegelte die Tür und schälte mich aus meinen Kleidern. Dann legte ich mich in die Dusche, bis sich eine Pfütze unter meinem Kopf bildete, das Wasser ein kühlender Regen auf meinem Gesicht. Ich dachte an die Königin von Saba und an Quetzal-Federn und fragte mich, warum ich sie so viele Jahre nicht gesehen hatte. Nach ein paar Minuten merkte ich, daß der Doktor mir den Kiefer ausgerenkt hatte, ich bekam den Mund nicht mehr zu. Als ich den Finger in die Backe steckte, war auf der linken Seite, dort, wo eigentlich meine Wange hätte sein sollen, ein Hohlraum. Der Doktor hatte mir mit Daumen und Zeigefinger den Kieferknochen herausgedrückt. Als Osteologe wußte er wahrscheinlich, wie leicht es war, jemandem den Kiefer auszurenken. Einen kurzen Augenblick lang spielte ich mit dem Gedanken, hinauszugehen und ihn mir wieder einrenken zu lassen. Aber dann überlegte ich es mir anders. Ich trat aus der Dusche, packte den herabhängenden Unterkiefer mit beiden Händen und schob ihn, den Blick auf den Spiegel geheftet, mit einem Ruck nach rechts oben. Ich hörte ein Knacken, dann konnte ich den Mund wieder öffnen und schließen. Das Knacken ist geblieben. Wenn ich den Mund schließe, spüre ich, wie der Kiefer sich ein wenig seitwärts bewegt, bevor er einrastet. Einmal hat mir ein Kieferorthopäde angeboten, das Problem dauerhaft zu beheben, doch dazu müßte er mir den Kiefer brechen und verdrahten. Wenn er es nicht täte, würde ich später einmal, sobald der Knorpel abgenutzt wäre, eine schmerzhafte Arthritis bekommen. – Etwas, was mich noch im Alter an den Doktor erinnern würde. Wenn ich das Knacken in meinem Kiefer höre, lösen sich aus einem Meer von Träumen alte Erinnerungen. In meinem Kiefer spüre ich mein Steintagebuch, meine Fossilien und den Ort, an dem er mich schließlich wahrnahm. Ich lege die Hand auf meinen Kiefer und spüre die glatte Oberfläche meines Blutjaspis. Falls der Doktor meinen zweiten Vornamen nie erfragte, falls er niemals erfuhr, was ich mochte oder las oder träumte, falls ihm meine Haarfarbe oder meine Stimme nie auffielen, falls ich für ihn niemals existierte – und ich bin mir sicher, daß ich das in seinen Augen nie tat –, dann brauchte ich nur den Mund zu öffnen, und schon erinnere ich mich wieder, daß ich auch damals existierte. Dieses Knacken in meinem Kiefer ist das Gegenteil von Liebe, aber es ist dort, wo eigentlich die Liebe sein sollte. Noch Jahre später meinte ich, daß Gewalttätigkeit und Liebe zusammengehörten. Schläge schockierten mich immer, aber sie erinnerten mich auch an etwas, daran, wie sehr der Schläger im tiefsten Innern von Begierde verzehrt wird. Das begriff ich, weil meine Begierde, meine Rachegelüste mich mit vierzehn fast aufgefressen hätten.

Nach jenem Abend sah der Doktor mich und Kate und Sarah und letztlich auch meine Mutter nie wieder an. Wir gingen uns aus dem Weg und vermieden es sogar, Blickkontakt aufzunehmen. Meine Mutter mußte dem Doktor die Mahlzeiten nach oben bringen, wo er sie allein in seinem Büro essen konnte. Sie lebte in einem Schwebezustand, hängte Weihnachtsschmuck auf, nahm ihn ab, hängte ihn wieder auf und nahm ihn ab. Als Kate Tabletten schluckte, unzählige, und ins Krankenhaus gebracht wurde, hob der Doktor den Blick nicht vom *Milwaukee Journal.* »Meine Tochter hat versucht, Selbstmord zu begehen«, sagte meine Mutter mit leisen Worten. Sie klangen wie Fliegen in einem Glas, aber der Doktor hörte ihr nicht zu.

Er hörte ihr auch nicht zu, als sie begann, lauter, in geheimen Rhythmen, zu sprechen. Nur ich konnte meine Mutter hören und Töne erkennen, die Teil ihrer privaten Mythen waren. Das Zerbröckeln ihres realen Lebens machte sie vorübergehend kühn. Sie marschierte in ihrem Nachthemd durch den Garten hinterm Haus und verstreute die Seiten eines Wörterbuches, das sie in ihrem Notizheft angelegt hatte. Endlich brachte sie den Mut auf, den Doktor zu fragen: »Bist du glücklich?« Nein, sagte er, er sei nicht glücklich. Meine Mutter entdeckte das Foto einer anderen Frau. Der Doktor hatte ein paralleles Leben in einem parallelen Universum, mit einer Parallelfrau in einem fernen Bundesstaat. Eine Parallelfamilie. Deine Kinder, erklärte er meiner Mutter, sind Giftnattern, deine Liebe ist Gift. Endlich war das Drama vorbei. Er verließ sie, oder besser gesagt: wir mußten das Haus des Doktors verlassen und kehrten zu den Maisfeldern zurück. Wieder kam es zur Scheidung – jenes blaue, schneidende Wort, das die Welt in zwei Teile spaltete, obwohl meine Mutter gehofft hatte, daß sie nie wieder damit zu tun haben würde.

Um das Geld für unseren Lebensunterhalt zu verdienen, zog meine Mutter Kellnerinnenschuhe an. Im Depot-Restaurant trug sie die Uniform eines Minizug-Schaffners. Der Job gefiel ihr, sie bemutterte ihre Gäste. Sie hatte immer mindestens zwei Jobs. Nachts arbeitete sie mit einem Dirndl bekleidet in einem deutschen Restaurant. Als sie vierzig wurde, war ich siebzehn und besuchte das College. Die Monate vergingen, aus Winter wurde Frühling, dann Sommer und wieder Herbst. Eines Tages verwandelten sich die Gäste in Banditen mit weißen Filzhüten, die meine Mutter mit Röntgenstrahlen oder einer Armbrust umbringen wollten. Und die Telefonleitung knisterte, und Mabel weinte, und ich verstand nur die Worte: »Kannste nicht kommen, Jack, kannste nicht kommen?«

Ich habe den Doktor ein einziges Mal besucht, zwanzig Jahre später. Er war ein gebrochener Mann, und dafür, daß er einmal ein kleines Vermögen besessen hatte, beinahe arm. Ich fuhr zu seiner neuen Eigentumswohnung am Lac La Jolie, die sich merkwürdigerweise an der Stelle befand, an der das Kloster vor vielen Jahren abgerissen worden war. Der Blumengarten, einer der Orte, an denen ich mich immer versteckt hatte, gehörte nun ihm. Jetzt mußte der Doktor sich verstecken, zusammen mit seinem Fernsehapparat, in einem Zimmer ohne Blick auf La Jolie und die Segelschiffe. Seine neue Ehefrau, die Frau aus dem anderen Bundesstaat, haßte ihn. Sie zog ihm das wenige Geld, das er noch hatte, aus der Tasche, und dafür wiederum haßte er sie. Er brauchte eine Gehhilfe, weil er einen schweren Herzinfarkt gehabt hatte. Bitte besuch ihn nicht, hatte meine Mutter mich angefleht. Sie wollte ihre Erinnerungen schützen, immer noch, nach all den Jahren.

Der Doktor sah mich nicht an, als ich hereinkam, und er sah mich nicht an, als ich mit ihm sprach. Er lag da, starrte den Bildschirm an, aß Zuckerplätzchen. Er nahm meine Anwesenheit zwar wahr, wandte sich jedoch sofort wieder dem Fernseher zu und bat mich, ihm die Tüte mit den Keksen zu reichen. Mit der Tüte lockte ich ihn ins Wohnzimmer, von wo aus La Jolie zu sehen war, vorbei an all den alten Cowboy-Bildern, die jetzt an den Wänden hingen. Ich zwang ihn, sich näher an den See zu setzen, ins Tageslicht, in die Welt. Ich erzählte ihm von den Schlaglichtern meines Lebens, von der Landkarte, die ich mir selbst erschaffen hatte. Doch er schenkte dem, was ich zu sagen hatte, keine Beachtung.

»Heirate lieber bald«, sagte er, »falls du ein Kind willst.« Mein Mund öffnete sich knackend zu einem Lächeln, und ich sagte: »Früher hast du mich immer geschlagen, weißt du noch? Jahrelang, meistens, wenn ich nicht damit rechnete, und immer in den Nacken. Irgendwann hast du sogar versucht, mich umzubringen. Erinnerst du dich noch? Du hast meinen Kopf gegen die Wand geknallt, immer wieder.«

»Nein, meine Liebe, das habe ich nie getan«, sagte er. Ich sah ihn an: Er war ein alter Mann mit bemerkenswert dichtem, glänzendbraunem Haar, keine einzige graue Strähne, dabei war er schon über Siebzig.

»Wir haben einmal versucht, uns gegenseitig umzubringen«, sagte ich. »Du wolltest damals, daß ich sterbe.« Sein glühender Blick ruhte auf mir. Ich hatte nichts zu verlieren, jetzt konnte er mir nichts mehr antun. »Ich wollte dich auch umbringen.«

»Nein«, sagte er. »Das wollte ich nicht. Ich habe nie jemanden geschlagen. Du täuschst dich.« Plötzlich änderte er die Taktik. »Weißt du, nach meinen Herzproblemen kann ich mich an viele Dinge nicht mehr erinnern.« Und dann: »Ich bin zu streng mit allen gewesen.« Er sah mich mit durchdringendem Blick an. Der alte, eisige Wind. »Meinst du nicht, daß auch du an einigen Problemen schuld warst?«

»Ich glaube nicht, daß Kinder in der Lage sind, eine solche Verantwortung zu übernehmen«, wandte ich ein. Ich war ganz ruhig. Ich wußte, daß er sich erinnerte. Ich spürte, daß er sich an alles erinnerte, diese Erinnerungen um sich herum aufschichtete wie Ziegelsteine.

Er schnaubte. Er hätte meine Mutter nie verlassen sollen; das sei ein Fehler gewesen. Er fragte, ob ich ihn wieder besuchen käme. Seine Welt war das Fernsehzimmer, sein Wagen, die Orte, die er mit seiner Gehhilfe erreichen konnte. Meine Mutter bediente ihn, wenn er allein zum Mittagessen oder zusammen mit seiner neuen Frau, der Frau, derentwegen er meine Mutter verlassen hatte, am Abend ins Restaurant kam. Sie war freundlich zu ihnen, bediente sie sofort; wenn der Doktor allein da war, war sie besonders nett zu ihm. Man vermutete nicht, daß sie sich einmal Hals über Kopf in ihn verliebt hatte, daß die beiden einmal verheiratet gewesen waren. So, wie sie sich immer wieder Entschuldigungen für ihn ausdachte, ahnte man nicht, in welcher Hölle sie damals gelebt hatte.

Ich verabschiedete mich mit dem Gefühl von dem Doktor, etwas nicht zu Ende gebracht zu haben. Ich wußte, daß ich ihn nie wiedersehen würde. Lange Zeit saß ich am Ufer vom Lac La Jolie – bis ich wieder das Mädchen von damals war.

Die Hand meiner Mutter wölbte sich wie eine Biskuitporzellantasse; Jesus Christus erschien ihr, groß und weiß, in jener Stadt der Dunkelheit. Sie sagte: Ich bin die Königin von Saba, und ich schenke jeder meiner Töchter ein Land. Dir, Jack, Mesopotamien.

Ich nehme das Geschenk an.

Unterwegs

Als ich ungefähr neunzehn war und meine Mutter zweiundvierzig, dachten wir beide, daß wir uns in der Mitte unseres Lebens befanden. Für mich war es die Mitte, weil ich mir ein richtiges Leben nach vierzig nicht vorstellen konnte. Ich glaubte, wenn ich erst einmal so alt wäre, hätten mich Ehe und Kinder verschlissen und ich würde mich krumm und gramgebeugt nur noch bis zu meinem Tod dahinschleppen. Diese Vorstellung spukte ausgerechnet zu einem Zeitpunkt in mir, als meine Mutter, deren Kinder beinahe erwachsen und deren Ehen zerbrochen waren, eine neue Mappe mit Fotos von sich für Modelagenturen zusammenstellte. Diese Mappe existiert heute noch. Sie ist voll von Hochglanzfotos, die aussehen wie Werbebroschüren für Ferienunterkünfte in Camp Dolores. Die Frau auf den Bildern sieht zehn Jahre jünger aus, als sie tatsächlich ist; das ist so etwas wie ein Taschenspielertrick der Familie, die Folge überbordender Genetik und unserer Weigerung, anzuerkennen, was Zeit bedeutet. Die unterschiedlichen Posen: hinter dem Steuer einer Yacht, die Schirmmütze auf glänzenden, zu Kumuluswolken hochgesteckten Haaren; ihr Kopf hoch erhoben, während das Karussell, auf dem sie fährt, ihre Arme wie Zeiger herumwirbelt. Auf einem anderen Foto ist sie ein Milchmädchen mit schwarzem Dirndl und roter Schürze; sie sitzt auf einer Schaukel. Da ist meine Mutter zweiundvierzig. Sie ist immer noch jung. Das Grinsen auf ihren Lippen scheint zu fragen: »Ist das Leben nicht wunderbar?« Sie ist wild entschlossen, in die Zukunft zu schwingen, hüpfen oder huschen, als gebe es die Klinikaufenthalte und die Ehen Nummer eins und zwei nicht. Und wenn das bedeutete, daß man die Vergangenheit ein wenig hinbiegen mußte, nun, wer konnte das besser als jemand, der sich ohnehin ständig neu erschuf? »Frau ersinnt eigene Lebensgeschichte«, könnte die Schlagzeile lauten. Am Abend bevor ich mein Studium auf dem College beginnen wollte, nahm meine Mutter mich beiseite. »Ich habe dein Geld fürs College nicht mehr«, sagte sie. »Ich habe es ihm für ein Boot geliehen, und jetzt will er's mir nicht mehr zurückgeben.«

Also ging ich ohne Geld auf die Valparaiso University in Valparaiso, Indiana, verbrachte allerdings ein Semester im ersten Studienjahr in Cambridge, England. Dort wohnte ich in der Huntingdon Road 26, einem verwinkelten Haus voller durchhängender Böden und Treppen, die nach drei Stufen entweder auf einem Treppenabsatz oder vor einem Einzelzimmer endeten. Jeden Morgen gegen sechs stellte der Milchmann mit kirschrotem Gesicht scheppernd vier Flaschen Milch vor die Tür. Dann gingen in der Straße die Lichter eines nach dem anderen an. Von den Außenbezirken rumpelten Lastwagen über die Brücken zum Marktzentrum. Ich öffnete die Tür und holte die Post herein; die Art und Weise, wie der neue Tag begann, beruhigte mich: Briefe, Zeitungen und Milchflaschen mit einem Fettrand im Flaschenhals – der Aluminiumverschluß wölbte sich hoch, als wollte sich gleich etwas Schlüpfriges daraus ergießen. Nummer 26 roch nach Mentholkissen und verknitterter Wäsche und nach dem Zigarettenqualm der dort wohnenden amerikanischen Studenten. Bei den meisten von ihnen würde dieser Aufenthalt im Ausland praktisch keine Spuren hinterlassen. Nummer 26 erinnerte mich an Mabel. In einem Brief hatte ich ihr geschrieben, sie könne sich Cambridge wie die Fischzucht von Waushara vorstellen. Sie antwortete, sie könne sich nicht vorstellen, daß ich so weit weg sei, Fischzucht hin oder her. In Cambridge, in der Huntingdon Road 26, fiel die Post zwei- oder dreimal täglich klappernd durch einen Schlitz – wie Pokerchips, die aus ihrem Leben in meins schepperten. Und ich dachte, wenn meine Mutter ein Stück Papier in zwei Hälften zerrisse und die eine Hälfte in ihrer Hand bliebe, würde die andere ihren Weg garantiert irgendwie zu mir finden.

Das, was ich in Cambridge studierte – die Dichter der Romantik, die Literatur zwischen den Weltkriegen, Virginia Woolf, D. H. Lawrence und E. M. Forster, sowie die englische Literatur der fünfziger Jahre –, war für mich weniger wichtig als die Tatsache, daß ich mich überhaupt in England befand. Um der amerikanischen Welt der anderen Studenten zu entkommen, fuhr ich nachmittags mit dem Fahrrad in der Stadt herum, an der Rückseite der Colleges oder an Gärten vorbei, wo sich im Frühling die Krokusse in purpurfarbenen Lachen über die Flußufer ergossen. Ich hielt zum Abendgottesdienst in St. John's an und lauschte, wie sich Knabensoprane in himmlische Höhen erhoben, oder ich flirtete mit englischen Jungen, deren Väter ihre Pubrechnungen im College Drinking Establishment beglichen.

Baxter, unser Kunstprofessor, hatte einen vorzeitig

weiß gewordenen Haarschopf wie Andy Warhol, und sein Jungengesicht sah immer ein bißchen erstaunt aus. Er kam mit unzähligen Kunstbüchern unterm Arm an und legte sie unter einen Overhead-Projektor. Wir saßen im Dunkeln, und er warf Bilder von Cézanne, Manet und Picasso an die Wand. Baxters Singsang huschte herum wie Forellen in einem Bach; seine Stimme umspülte die Äpfel und Badenden und Gärten auf den Bildern. Wenn er zu reden aufhörte und das Licht wieder anmachte, saßen ein paar von uns ganz benommen da. Die anderen amerikanischen Studenten dösten auf dem abgetretenen Perserteppich, auf dem farbenprächtige Pfauen stolz ihr Rad schlugen, friedlich vor sich hin. Das, so dachte ich, ist Sicherheit.

Auf dem Markt von Cambridge kaufte ich mir für fünf Pfund ein Kleid mit Korsett und langen Ärmeln, wie es die Frauen im neunzehnten Jahrhundert, die immer wieder in Ohnmacht fielen, getragen hatten. Dazu erwarb ich für teures Geld – und in der Absicht, das Ding zurückzubringen – einen cremefarbenen viktorianischen Seidenhut mit pfirsichfarbenen Organza-Rosen und Orangenblüten an der Krempe. So hoffte ich, die Liebe festzuhalten, denn ich war verlobt. Mein Verlobter, ein Jurastudent, besuchte die Schule in Indiana. Ich bat einen der harmlosen englischen Jungen, mich in diesem Kleid bei Tagesanbruch am Cam zu fotografieren, übers Wasser gebeugt wie eine Dryade oder Najade, die zwischen Festland und Nebel schwebt und die Welt der Sterblichen mit der der Unsterblichen verbindet. Wie Dolores versuchte ich, wenigstens in meiner Phantasie das zu bewahren, was ich im wirklichen Leben nicht halten konnte. Später erfuhr ich aus einem Brief seines Zimmergenossen, daß mein Verlobter mich betrog. Der Brief erreichte mich am ersten

Tag einer Frankreichreise. Tränenüberströmt überquerte ich den Ärmelkanal. Und seltsam: Als ich meine Hand bei der Abfahrt von Calais nach Paris betrachtete, bemerkte ich plötzlich die leere Fassung, in der sich einmal der feurige Opal meines Verlobungsringes befunden hatte. Den Opal hatte Dolores mir und meinem Verlobten geschenkt. Dieser Ring mit der leeren Fassung war einer jener vollkommenen, symbolischen Momente, die es im Leben manchmal gibt.

In den Semesterferien arbeitete ich als Kellnerin in »The Old Bridge«, einem nahegelegenen Hotel, das an der Ouse, in Huntingdon, lag. Damals heuerten britische Hotels, ebenso wie Hotels anderswo, gern amerikanische, chilenische oder holländische Studenten – also junge, willige und halbwegs angenehme Leute – an, die dann den Gästen Rinderlende und Sahnedesserts auf Silbertabletts servierten. Ich liebte das »Old Bridge«. Manchmal schoben wir abends die Möbel beiseite und tanzten zu amerikanischen Songs oder gingen in Uniform zum Hauptgebäude hinüber. Die nichtenglischen Hilfskräfte wurden angewiesen, so wenig wie möglich zu sprechen. Ein winziger Kellner, Jad, stammte aus Beirut, dem Paris des Nahen Ostens, wie er mir erklärte, und seine Frau Vicky, die Plateausohlen trug, um wenigstens einszweiundfünfzig zu werden, kam aus Spanien. Als ich eines Abends das Licht in meinem Schlafzimmer einschaltete, fand ich dort meinen amerikanischen Exverlobten vor. Das war ein Schock; und der Tumult, der darauf folgte, sein Flehen und seine Gewalttätigkeiten, bevor er am frühen Morgen wieder verschwand, waren ein Alptraum. Einige Zeit später stand ich an der Ouse; ich sah in den Fluß und dachte an Ophelia und ihren nassen Tod. Ich sah Bienenwaben im Licht, übereinandergeblendete Bilder eines Gartens. Ich sehnte mich nach Schlaf. Irgendwann saß ich dann beim dortigen Arzt, der laut »Nachwuchs!« kreischte und kurz darauf telefonisch die Frage seiner Frau beantwortete, was er zum Abendessen wolle. Ich beobachtete seine Hand, die so groß war wie ein Boxhandschuh und den schwarzen Hörer hielt, während ich spürte, daß der Boden unter mir nachgab. Ich hatte eine Freundin, Mary Jane Snook. Sie war ein paar Jahre älter als ich und hatte rabenschwarzes Haar und eine Adlernase. Sie arbeitete im »Old Bridge« als Barkeeperin, konnte rasend schnell Gläser polieren und besaß eine Weltgewandtheit und ein Gefühl der Sicherheit, die mich ihres Namens wegen, der so sehr nach einem Kinderlied klang, erstaunten. Ihre Mutter war Sozialarbeiterin in der Entbindungsstation der Cambridge-Klinik, und sie arrangierte alles für mich, weil ich gesagt hatte – das meinte ich ernst –, daß ich mich lieber in der Ouse ertränken würde, als das Kind meines Exverlobten zur Welt zu bringen.

Eines Abends waren die letzten Stunden in Cambridge gekommen. Mary Jane und ich schnitten Blumen im Garten ab und schenkten sie einander in der Absicht, Freunde fürs Leben zu bleiben. Als das Flugzeug sich in die Lüfte erhob, glaubte ich, es kaum ertragen zu können, wieder nach Amerika zurückzukehren. Ich wollte in Cambridge bleiben, wo mir die Straßen wie meine eigenen Adern vorkamen, der Fluß wie Balsam, die Sprache wie eine Melodie. Der Pilot sagte durch, daß Gerald Ford soeben Präsident der Vereinigten Staaten geworden sei. Ich hatte die Watergate-Affäre praktisch verpaßt. Ich lehnte mich in den Sitz zurück und stellte mir vor, wie die Flüsse Cam und Ouse irgendwo unter mir durch weite Sumpfgebiete mäanderten. Ich mußte an die Verfolgten denken, von denen uns Baxter einmal erzählt hatte, die Gesetzlosen und Außenseiter, die sich im Moor vor den Häschern des Königs versteckten. Die Fens, hatte er gesagt, schützten schon seit Jahrhunderten die Geheimnisse derer, die sich dort verbargen; ich hatte das Gefühl, daß ich diesen Geheimnissen noch ein weiteres hinzugefügt hatte.

RODEO TRAIL, AUS EINEM MÖBLIERTEN ZIMMER IN POLYXENY KOULIOPOLOUS' HAUS, FALL RIVER, MASSACHUSETTS, JUNI 1975

Liebe Mutter,
ich denke an Dich hier auf dem Rodeo Trail. Wer hätte gedacht, daß es so werden würde – billige Motels und möblierte Zimmer. Nein, es stimmt nicht: Das hatte ich erwartet – worauf ich allerdings nicht vorbereitet war, waren die Häßlichkeit alles Billigen, die Geschmacklosigkeit des Sperrholzes, die Aschenbecher auf plumpen Stühlen, der beißende Gestank von Erbrochenem in den Waschbecken. Um all dem zu entfliehen, habe ich mir eine kleine Pension gesucht. Die Wirtin ist Griechin, sie heißt Polyxeny Kouliopolous und ist über Siebzig, das genaue Ebenbild von Mabel. Wir pflücken Rosenblätter, die sie zu Marmelade verarbeitet. Manchmal verbrennt sie sich dabei die Hände; dann erhitzt sie eine Schönheitscreme. Am Sonntagnachmittag tanzt sie auf der Veranda im Slip zu griechischen Liebesliedern, in denen Liebhaber verschwinden und nie wiederkehren. Ihr Schlüpfer mit den vergilbten Spitzenbesätzen und den gekringelten Rosetten ihrer borstigen Haare er-

innert mich an eine uralte Hochzeitstorte in einem Schaufenster. Ohne sie würde ich verrückt werden.

Vielleicht hätte ich nicht weglaufen und mich unmittelbar nach dem Uni-Abschluß auf den Rodeo Trail begeben sollen, aber andererseits: warum nicht? Ich dachte: Da ist ein Traum, und da ist ein Fotoapparat, also halt drauf. Ein Fotoessay über die Rodeoreiter und alle, die von ihnen beeinflußt werden. Vielleicht könnte ich ja die Bilder an das *Life*-Magazin oder eine Fotozeitschrift verkaufen. Ein Lasso, das auf den Hörnern landet – *winner takes all.* Vielleicht werde ich ja eine journalistische Sensation! Die Hälfte der Rodeoteilnehmer wird von der Polizei gesucht, und gegen die andere Hälfte hat man nur noch keine Anzeige erstattet. Die Männer haben verkniffene Gesichter, fragwürdige Absichten und einen IQ, der niedriger ist als der Benzinstand in ihrem Tank. Jedenfalls ist dieser Ort, Fall River, Massachusetts, bekannt für die Axtmörderin Lizzie Borden, die im letzten Jahrhundert hier lebte und ihre Eltern zerhäckselte wie Karotten! Kannst Du Dir das vorstellen? Sie ist sogar ungeschoren davongekommen, weil sie sie für verrückt gehalten haben. Aber komm mir ja nicht auf dumme Ideen! War nur ein Scherz. Liebe Grüße an Mabel.

Bis bald,
JLL

Zwanzig Jahre sind seitdem vergangen; das war ein irrsinniger Impuls gewesen damals; ich gab ihm nicht vollständig nach. Manchmal veränderte sich nichts. Ich schreibe dieses Buch in einem gemieteten Haus in einer anderen Stadt in einem anderen Land, das ich kaum kannte, bevor ich hier eintraf. Ich kam aus einem Ort ein bißchen nördlich der kanadischen Grenze, als ich vor Jahren die Stadt, in der ich das College besucht hatte, verließ, um mich dem Rodeo anzuschließen. Ich folgte damals dem Versprechen, daß kein Morgen dem nächsten gleichen würde. Das Diamond S Rodeo war ein reisendes Geheimnis; die Chancen, einen Sinn darin zu finden, waren dort ungefähr so groß wie in einer Schießbude. Niemand fragte, woher man kam, und niemand erwartete, daß man in der nächsten Stadt noch mit von der Partie sein würde. Das Leben war intensiv und zerbrechlich und wechselhaft, wie nur ein Leben mit Schaustellern es sein kann; es brachte Finten und Tricks mit sich, Whiskey und unterschiedliche Bettgenossen. Ich war die einzige einundzwanzigjährige Frau dort, aber ich war auch die einzige, deren Mutter hin und wieder eine Welt bewohnte, die noch viel verrückter war als die des Rodeos. Hier unter den Männern, Pferden, Schwindlern, Taschendieben und Prostituierten konnte ich meiner Phantasie freien Lauf lassen. Die Pferde gehörten mir, die Straße gehörte mir, und die Straße liebte mich. Sie brachte mich in die Ferne; ich lauschte immer auf Motorengeräusche irgendwo unter dem wolkenlosen blauen Himmel.

Ich wußte nicht, daß die Rodeomanager Mary und Gordon bereits in Valparaiso ein Auge auf mich geworfen hatten. Sie waren ein merkwürdiges Pärchen. Sie stammte aus Birmingham, Alabama, war groß, hatte grobe, lederne Haut und ebenso grobe Manieren. Gordon kam aus Schottland, ein unscheinbarer kleiner Mann, der letztlich nur durch seinen Akzent auffiel. Man konnte ihn kaum verstehen. Wenn man Mary mit einem Wolfshund verglich, war Gordon so etwas wie ein Terrier. Beide mochten fünfunddreißig, aber auch schon fünfzig sein; niemand wußte das oder fragte danach. Sie scharten Menschen um sich, die schwächer als sie selbst waren – zum Beispiel mich –, und fanden Leute, die telefonisch Karten verkaufen konnten. Der Erlös, so behaupteten sie, ginge weitestgehend an die wohltätige Organisation, die die Rodeotruppe in die Stadt geholt hatte. Action! Männer und Pferde! Diese Organisation verdiente, wenn sie Glück hatte, fünfundzwanzig Dollar; der Rest der Einnahmen ging an das Diamond S und dort hauptsächlich wieder an Mary und Gordon, die im ganzen Land nach gutgläubigen Leuten suchten, die sie ausplündern konnten. Ihr Angebot, sie zu begleiten, erschien mir nach meinem Collegeabschluß wie eine Freikarte für eine nationale Freakshow; außerdem hatte ich kein Geld für ein Busticket nach Menomenee. Der Frühling meines letzten Studienjahres war ein Alptraum gewesen. Ich haßte es, wieder in Indiana zu sein. Dann verlor ich meinen Job als Kellnerin und konnte keinen anderen mehr finden. In den vergangenen Monaten hatte ich mich praktisch nur von Kuchen ernährt und halbnackt Modell gesessen für einen christlichen »Kunstfotografen«, der ansonsten Sponsoren für die Universität suchte. Dann endlich kam die Rodeoshow in die Stadt, für die meine Freunde und ich von einer Telefonzentrale aus, die sie über einer Bank eingerichtet hatten, Tickets verkauften. Ich brauchte nicht nur unbedingt Geld, ich wollte auch eine reisende Journalistin sein. Ich konnte es nicht erwarten. Ich brauchte das Rodeo.

Ich muß zugeben, daß wir die Leichtgläubigkeit der Leute ausnutzten, indem wir ihnen »im Namen der armen Kinder, die sich sonst keine dramatische Wiedergabe eines solchen echten Wild-West-Rodeos in Ihrer Stadt ansehen könnten«, Karten andrehten. Unsere Stimmen am Telefon klangen so süß, als gieße man Sahne über Bananen. Wer uns das abkaufte? Im allgemeinen Dummköpfe. Gutmütige Dummköpfe von Massachusetts bis West Virginia. Ältere Damen antworteten auf unsere Lügen mit Geld und kleinen Briefen wie dem folgenden: »Ich bin achtundsiebzig Jahre alt und habe ein künstliches Hüftgelenk. Manchmal habe ich Angst, daß ich eines Tages Katzenfutter essen muß, aber trotzdem lege ich vier Dollar bei, damit ein behindertes Kind in meinem Namen das Rodeo besuchen kann. Matilda Tutweiler.«

Ich hätte das Handtuch werfen sollen, tat es aber nicht. Ich war zu stolz, nach Hause zu fahren, wo alle meinten, das Rodeo sei ein böser Fluch, eine Verklärung des Chaos. Immerhin konnte ich meinen Arbeitgebern aus dem Weg gehen, indem ich mich bei alten Damen wie Polyxeny Kouliopolous einquartierte, während Mary und Gordon in heruntergekommenen Motels am Stadtrand wohnten. Am 4. Juli stürzte sich Mary zusammen mit einem riesigen Becher voller Gin in den netten kleinen Swimmingpool eines Motels. Ihr Gesicht klatschte zuerst ins Wasser. Sie sah aus wie ein ausgebreitetes Laken. Gordon sprang hinterher. *»Barmy, aide kin go bild arrude 'er«*, rief er dabei, was soviel hieß wie: »Ohne sie würde ich verrückt!«

Um den beiden zu entkommen, reiste ich einmal nicht vorneweg, sondern blieb bei den Rodeoleuten. Kurze Zeit war ich das Mädchen, das den Kerlen die Sachen brachte – Flaggen, Fackeln, Lassos, Gewehre –, während die Pferde Kunststücke vorführten, die sie im Schlaf beherrschten. Die Pferde waren genausowenig wild wie die Cowboys echt, aber das Ganze war Sabaperfekt, ein Land der Phantasie in weiter Ferne. Auf der

Flucht vor dem Gesetz, vor Gott, Ehefrauen, Steuern, Renten und allen anderen Formen der menschlichen Verantwortung hatte das Rodeo in vielerlei Hinsicht einen schlechten Ruf. In puncto Verantwortungslosigkeit war es unschlagbar. Man mußte sich für nichts entschuldigen. Man mußte mit seinen Fehlern nie länger als einen Tag in derselben Stadt leben. Man machte Kinder glücklich, brachte Frauen zum Träumen und vermittelte alten Leuten mit künstlichen Hüftgelenken das Gefühl, daß sie der Menschheit halfen. Wenn ich mich nicht gerade für das, was ich machte, schämte, fotografierte ich und träumte davon, diese Bilder bei einer Zeitschrift einzureichen. Doch nach einer Weile hörte ich damit auf. Ich wußte, daß ich sonst mit den Beweisen für meinen tagtäglichen Verrat leben müßte, und das einzige Zeugnis, das ich davon wollte, war meine Erinnerung. Ich hatte erlebt, wie meine Mutter das getan hatte – das schien der Dreh- und Angelpunkt der Kunst zu sein. Sie träumte eingebildete Anfänge und exotische Folgen. Ich blinzelte, und plötzlich war ich an einem Ort namens Nitro in West Virginia. Für mich war Nitro das Ende des Rodeo Trail, so etwas wie eine leibhaftige, sprengstoffgeladene Allegorie. Der Ort war gut für die Unschuld, falls es so etwas überhaupt noch gab. Alles konnte vergehen; eine junge Frau wie ich würde entkommen.

5. JULI 1975, WASHINGTON, D.C.,
AUF DEM WEG NACH NITRO, WEST VIRGINIA

Liebe Mutter,
dieser Brief ist eine Lüge.
Du kannst Dir gar nicht vorstellen, wieviel Spaß ich habe! Ich verdiene mir eine goldene Nase, und die

Rodeoleute sind wie eine große, glückliche Familie – das erinnert mich sehr an letztes Jahr in England. Alle helfen allen – die Orte auszunehmen, in die wir kommen. War bloß ein Scherz! Hast Du schon mal gesehen, wie jemand ein Schloß knackt? Kein Safeknacker, nein, ich meine mit einem Schraubenzieher und einem Stemmeisen. Aber es wird allmählich besser. Polyxeny hat mich zu einem Kalamatiano-Tanz mitgenommen, und ich habe einen griechischen Studenten vom Amherst College kennengelernt, der wahrscheinlich ein brillanter Kopf ist. Warum habe ich dieses College nicht besucht? *Ich kann Dir sagen, daß ich mehr Mumm und Hirn habe als der, aber es ist schon erstaunlich, wie die Leute fünfzig Kilo schwere einundzwanzigjährige Mädchen aus Wisconsin unterschätzen. Schau Dir bloß mal Georgia O'Keefe an.* Was gibt's sonst noch – was hast Du am 4. Juli gemacht? Eigentlich hätte ich nach Washington, zur Mall, fahren sollen, um mir das Feuerwerk anzusehen, um mitzuerleben, wie eine Stadt aus Zuckerwatte unter einer bunten Zuckerschicht schmilzt, aber meine neue Arbeitgeberin ist betrunken in einen Motel-Pool gefallen. Ach ja, außerdem habe ich mir einen Wagen gekauft, einen East Anglia von British Ford mit dem Lenkrad auf der linken Seite, den ich Nelleybelle getauft habe. Er hat 800 Dollar gekostet. Der ist mein Glücksbringer. *Tja, Mutter, ich frage mich immer noch, warum ich nicht die Stelle dieses Studenten einnehme. Er hat mich zu einer Party mitgenommen, ist aber dann mit einer viel älteren Schriftstellerin namens Erica Jong weggegangen. Die hat sich für eine ziemlich heiße Biene gehalten.*

Alles Liebe,
Jacki

11. JULI 1975, MEIN GOTT, IST DAS HEISS HIER!
MENOMENEE, WISCONSIN

Liebe Jacki,
was ich am 4. Juli gemacht habe? Natürlich bin ich bei einer Parade mitmarschiert. War toll; meine Handgelenke waren Golfeisen; die Töne hörten sich an wie aus einem Faß. Die Menge hat getobt, als hätte sie einen Preis gewonnen. Ich werde zusammen mit der Legion Band in Mukwonago wieder Schlagzeug spielen. Vor dem Feuerwerk hat ein Crash-Car-Rennen mit lauter komischen alten Kisten stattgefunden. Außerdem habe ich bei einem Froschhüpf-Wettbewerb gewettet und zugesehen, wie ein Hund kastriert wurde. Ich mache mir ein bißchen Sorgen um Deine Schwester – sie hat ihren Namen geändert und heißt jetzt Ka. Auf dem Bauch trägt sie eine Sonnentätowierung, die aussieht wie ein Schrumpfkopf. Sie läuft splitterfasernackt in dieser Kommune in den Wäldern von Oregon herum und hat mir gesagt, daß sie sich einen Blattgürtel gemacht hat. Klingt das nicht schrecklich? Deine Schwester Sarah möchte nach dem College Jura studieren. Ich habe ihr gesagt, daß sie das machen soll! Ich versuche, einen neuen Job zu finden. Die Kellnerei in dem Hotel laugt mich so aus, daß ich mich hinterher fühle wie geschmolzene Butter. Ich möchte einen Arzt fragen, ob ich das Thorazine absetzen kann. Was meinst Du?

Alles Liebe,
Deine quicklebendige Mutter

11. AUGUST 1975, ELLA'S BOARDING HOUSE, NO. 7, NITRO, WEST VIRGINIA

Liebe Mabel,
ich hab kurze Zeit als Handlangerin für die Rodeoreiter gearbeitet. Das hat mich wenigstens ein paar Tage lang über die Runden gebracht. Ich hab lieber mit diesen Spielzeugcowboys und -indianern zu tun als mit den Leuten in den Städten, durch die wir kommen. Sie reiten selbst dann, wenn kein Geld zu machen ist, aber zumindest wissen sie, daß sie verrückt sind, egal, ob mit oder ohne Pferd. Nicht wie der Bürgermeister in einer Stadt in New England, der mir einen Zehner gab und sagte, ich solle es mir doch im Bikini bequem machen, während er auf seinem Liegestuhl Eis aß. Ich habe den Zehner vor seiner Nase in tausend Stücke zerrissen. Die Nichtsnutze, mit denen ich unterwegs bin – sie haben O-Beine vom Reiten und einen verzogenen Mund vom Jim Beam –, sind wahrscheinlich zu k.o. für solche Sachen. Da ritt ich schon lieber in einem paillettenbesetzten Cowboy-Kostüm mit einem fransenbesetzten Bolero und einem dazu passenden Rock und einer Flagge in der Hand rund um die Arena – vermutlich hätte das Pferd das auch ohne mich geschafft. Aber nicht so wie auf den Postern aus den Vierzigern, auf denen Frauen auf Pferderücken stehen und in Arabesque- und Fandango-Posen über Cadillacs springen. Später trabte ich – ich meine, das Pferd – hinaus, und dann holte ich für Mr. Buddy ein Lasso, das ist der Mann, der die Rindernummer macht. Dabei versuchte ich, Elmo, dem Bullenreiter aus Oklahoma, aus dem Weg zu gehen. Der ist nämlich total verrückt und bleckt

die Zähne. Er ist ungefähr fünfundzwanzig. Keiner von den Jungs sieht so aus, wie eine Mutter sich ihren Schwiegersohn vorstellt, aber einer oder zwei versuchen wenigstens, ordentlich zu reden. Ich weiß nicht so recht, Mabel. Meinst Du, ich sollte heimkommen?

Alles Liebe,
Jacki

PS: Die Antwort weiß ich schon.
Du denkst doch die ganze Zeit,
ich soll nach Hause kommen, stimmt's?
Aber ich kann nicht.
Noch nicht.

Der Fraternal Order of Police sponserte das Rodeo in Nitro, einem Kaff mit ein paar tausend Seelen. Einer von den Polizisten freundete sich mit mir an. Tiller war der jüngere Brüder unseres Polizeikontaktmannes Earl Mulles. Mulles sah sich zu viele Filme über Polizisten aus den Südstaaten an. Er hatte einen Bauch wie Rod Steiger in *In der Hitze der Nacht*, aber mehr Ähnlichkeiten gab es nicht zwischen den beiden. Doch er war nicht dumm. Eines Abends saß ich in meiner Wohnung in Nitro und las einen Artikel in *Harper's Bazaar*, in dem es um die Oberflächlichkeit der Gefühle in meiner Generation ging, um »den Verlust der Liebe bei den jungen Leuten, die sehr wenig von der Liebe erwarten und oft noch weniger bekommen, als sie erwarten«. Ich dachte über das nach, was ich gerade gelesen hatte. Ich erwartete fast nichts von der Liebe. Außerdem fragte ich mich, ob irgend jemand sonst in einem 80-Kilometer-Radius von Nitro *Harper's Bazaar* las. Ich schaute unten im »Rebel

Yell« vorbei, der nächsten Kneipe, deren Neonschilder pinkfarben leuchteten. Mitten auf dem Gehsteig stand Earl Mulles und starrte hinauf zu meiner Wohnung.

Wahrscheinlich war Earl Mulles nicht viel über Dreißig, aber mir erschien er älter, weil er stämmig war und von der Sonne und den Bars in Nitro ein ziemlich rotes Gesicht hatte. Manchmal ahmte er Tiller nach, ging seitwärts wie ein Krebs und kratzte sich, völlig verblüfft über einfache Aufgaben, den Kopf. Dazu grinste er breit und ölig in der glühenden Hitze. Darüber konnte Tiller sich furchtbar aufregen. Warum müssen uns Leute, die uns am nächsten stehen, weh tun? Auch mir war Tillers Verträumtheit aufgefallen, und ich hatte ihn schützen wollen. Dieses Gefühl, ihn schützen zu müssen, verstärkte sich noch, wenn Mulles mich von seinem Streifenwagen aus beobachtete, wenn er an meiner Wohnung vorbeifuhr oder in die Telefonzentrale kam oder sich in das Café setzte, wo ich zusammen mit Tiller Saucensandwiches aß. Die Schatten waren in Nitro so schleimig wie Schlamm, wie die Überreste einer in diesem Ort durchaus vorstellbaren Schwefel-Kohle-Reaktion.

KA, DER NAME DER FREUDE! BITTERROOT FARMS, IN DER NÄHE VON HOOD RIVER, OREGON

Liebes Schwesterherz,
Du klingst gestreßt. Ich glaube, Du brauchst ein bißchen göttliches Licht, das ist die Quelle aller Inspiration und allen Begreifens. Du kannst Gott nackt näherkommen, aber wenn das da unten bei Dir in der Öffentlichkeit nicht so gut geht, solltest Du es erst

mal im Haus versuchen. Offenbare die Wahrheit! Setze Dich mit Deinen Dämonen auseinander! Ich muß zu einem Treffen, ich leite die Spirituelle Gruppe.

Alles Liebe,
Ka

Earl Mulles hatte mir ans Herz gelegt, eine schrecklich fette Frau namens Cordelia Judge für den Telefondienst anzuheuern. Diese Cordelia meinte, Mulles sei ein harter Kerl, einer »der härter durchgreift als die anderen Männer in dieser Gegend«. Ich spürte, wie mir ein heißer Wind unter den Rock blies; ein heißer, entschlossener Wind. Vielleicht war Cordelia Mulles etwas schuldig. Vielleicht waren alle Leute, die ich für die Telefonzentrale angeheuert hatte, Mulles, möglicherweise auch der Polizei von Nitro, etwas schuldig. Sie beobachteten mich. Nicht nachdenken, sagte ich mir. Ich konnte es mir nicht leisten, Mulles gegenüber auszurasten.

Mulles' Streifenwagen tauchte zu allen Tages- und Nachtzeiten vor meinem Haus auf, und allmählich fragte ich mich, ob er vorhatte, es mit einem Seil einzuspinnen. Also sah ich zu, daß Tiller ständig in meiner Nähe war. Ich kochte für ihn, machte seine Wäsche und ließ ihn sogar einen alten Sandsack am hinteren Eingang aufhängen, an dem er seine elenden Karatetritte trainieren konnte. Tiller schlief in seinem Lieferwagen vor meinem Haus, am Morgen holte ich ihn dann auf einen Kaffee herein, und er konnte sich in meinem Bad frischmachen. Ich spielte die Brüder gegeneinander aus. Es machte mir nicht viel aus, wenn sich die Leute in jenem karamellweichen August den Mund über uns zerrissen. Ob Tiller meine Angst vor seinem Bruder spürte oder sich lediglich wie ein kleiner Hund nach Wärme sehnte, war mir nicht so ganz klar. Jedenfalls war ich froh, daß er da war.

20. AUGUST 1975, LAKE PUCKAWASAY, WISCONSIN, HIER WIMMELT'S VON OCHSENFRÖSCHEN, SO GROSS, DASS MAN SIE BRATEN KANN!

Liebste Jack,
was sind das bloß für Leute, mit denen Du Dich da unten abgibst? Mein Gott, wenn ich an die denke, kriege ich eine Gänsehaut. Es ist ein Wunder, daß Ihr – ich meine Dich und Deine Mutter – mich noch nicht ins Grab gebracht habt. Heute habe ich Schweinskopfsülze gemacht. Mein Gott, stinkt die! Elsie von nebenan hat sich beschwert, daß sie von dem Gestank kotzen muß. Die soll sich nicht so haben! Macht selber immer nur Zeug zum Aufwärmen. Deine Mutter und ich veranstalten nächste Woche einen Flohmarkt. Da werde ich auch versuchen, die Perücke zu verkaufen, die sie mir gekauft hat. Ich habe genug von der Scheiße. Ich sehe aus, als sollte ich bei Lawrence Welk Klavier spielen. Ich wünschte, ich könnte es. Deine Mutter sucht immer nach Männern, mit denen sie was unternehmen kann. Sie ist eine Weile mit Roger, diesem Anwalt aus Milwaukee, gegangen, aber der war ziemlich dämlich. Ich habe ihr schon soundsooft vorgeschlagen, daß wir gemeinsam was unternehmen können, aber sie sagt bloß: »Mabel, du bist nicht mein Typ.« Heute ist es höllisch heiß hier. Gerade habe ich den Ventilator angestellt und die Türen zugemacht. Puh! Der Gestank wird schon irgendwann verschwinden. Unsere Nachbarin

Elsie kriecht auf Händen und Knien im Garten herum und sucht mit einem winzigen Teelöffel nach Unkraut. Du weißt ja, daß sie ihren Rasen hegt und pflegt wie eine Petit-point-Stickerei. Am liebsten würde ich rübergehen und den Fuß auf ihren fetten Arsch setzen. Da hast du fünf Dollar, würde ich sagen; kauf dir was Hübsches dafür. Mein verdammter Hals tut mir wieder weh.

Alles Liebe,
Mabel

Nach ein paar Wochen Katz-und-Maus-Spiel mit Mulles ging er zum Angriff über. Als ich eines Tages nach Hause kam, saß er auf dem gesprenkelten Sofa in meiner Wohnung in Nitro, und das Dämmerlicht, das durch die Jalousien drang, warf ein Mosaikmuster auf den Boden rund um ihn herum. Er trank Bier aus meinem Kühlschrank, und ich wußte, jetzt hatte er mich. Er konnte sich Zeit lassen.

»Ich hab deinen kleinen Schoßhund weggeschickt«, sagte er. Damit meinte er Tiller. »Apropos Schoßhund: Hast ihn ein bißchen an der Nase rumgeführt, stimmt's? Ich hab dafür gesorgt, daß er rüber nach St. Andrews fährt, da brennt so 'n Reifenhaufen auf 'nem Schrottplatz. Dort muß er den Leuten von der Feuerwehr helfen. Könnte zwei, drei Tage dauern. Da haben wir endlich Gelegenheit, ungestört ein bißchen Zeit miteinander zu verbringen.«

Ich sagte nichts. Wenn er sich von der Stelle rührte, würde ich schreien und ihm das Gesicht zerkratzen. Aber das hatte er vorhergesehen.

»Brauchst du 'nen Mann?« Sein Mund sah aus wie ein

Stück rohe Leber, und in den Winkeln sammelte sich Speichel.

»Nein«, antwortete ich.

»Bald wirst du da ein bißchen anders denken«, sagte er ganz ruhig. Dann erhob er sich und strich das Muster glatt, das sein Schlagstock in die Sofadecke gedrückt hatte.

»Ich werde dich nicht anbetteln. Ich mach dir 'nen Vorschlag: Du kannst mir auf halbem Weg entgegenkommen. Wenn nicht, hast du dir das selber zuzuschreiben. Du kannst es dir aussuchen. So ein Rodeogör wie du hängt doch mit allem möglichen Gesindel rum. Die haben immer die Hände in anderer Leute Taschen. Irgendwann machst du schon 'nen Fehler. Könnte sein, daß ich mit 'nem Haftbefehl anrücken muß, weil ich Drogen in deiner Wohnung gefunden habe. Dann müßte ich dich einbuchten. Wäre 'ne ganz schöne Scheiße, und ziemlich teuer. Schließlich seid ihr alle ja auf Einladung des Fraternal Order of Police hier. Da müssen wir doch ein bißchen aufpassen, oder?«

Dann holte er ein Tütchen mit weißem Pulver (Koks, Babypuder, Salz?) aus seiner Tasche und hielt es zwischen Daumen und Zeigefinger hoch wie eine tote Maus. Dabei sah er ziemlich zufrieden aus. Dann steckte er es wieder ein. Ich hatte nie mehr als ein bißchen Marihuana genommen. Ich hatte schreckliche Angst vor Drogen, es erschien mir nicht sonderlich attraktiv, den Verstand zu verlieren.

»Vielleicht würdest du dich da irgendwie rauswinden, aber das kann ich mir eigentlich nicht vorstellen. Weißt du, ich kenn alle Richter hier in der Gegend. Ich könnte dafür sorgen, daß die 'ne ziemlich hohe Kaution ansetzen. Ich glaube, du brauchst doch 'nen Mann.«

Er trat einen Schritt auf mich zu, das Gesicht tiefrot, nahm seinen Schlagstock und tippte damit gegen die Wand neben meinem Kopf. Er tippte auf einen Punkt neben meinem Ohr, über meinem Kopf, neben meinem anderen Ohr. Sein Lächeln wirkte eitrig. Er beugte sich vor und sah mir in die Augen. Ich erstarrte.

»Mir gefällt die Sache schon«, sagte er. Dann verschwand er aus meiner Wohnung wie ein Käfer ins Loch. »Bis morgen abend.«

»Raus hier«, sagte ich, aber wahrscheinlich klang ich genauso kleinlaut, wie ich mich fühlte. Wieder saß ich in der Scheiße.

Wenn ich uns jetzt betrachte, die Königin von Saba und die Tochter des Rodeos, sehe ich die Gefahren, mit denen Mutter und Tochter unbewußt flirteten, wie Kokotten, die vor den Truppen im Feld auftreten. Wir beschworen das Unheil herauf. Daß wir nicht in der Lage waren, uns zu schützen, hatte mit unserem Hang zur Verletzung der eigenen Person zu tun, mit unserer Naivität und unserem blinden Vertrauen. Die Königin von Saba focht ihre Kämpfe mit einem unsichtbaren Krummschwert aus; sie drehte es in den Händen wie eine Schlangenbeschwörerin vor einer gebannten Menge. Ich bin immer schon prosaischer und wanderlustiger gewesen als sie. Als Earl Mulles wegfuhr, hatte ich genug vom Wandern, und außerdem hatte ich ziemliche Angst. Doch obwohl oder vielleicht auch weil Nitros korrupter Bulle sich selbst für sehr durchtrieben hielt, hatte ich das Gefühl, daß ich ihn überlisten konnte. Ich war nicht nur verzweifelt, denn schließlich hatte ich schon mehr Fluchten erlebt als ein Polizist sie sich jemals erträumen konnte. Mulles träumte von der Eroberung, da war ich mir sicher, träumte von seinem Unterleib aus, aber meine Träume waren spitzschnabelige Kupferfalken, die auf tückischen Luftströmen dahinsegelten.

Ich werde diese Nacht nie vergessen. Ich war ein Skelett auf einem an die Wand geschobenen Stuhl und spürte, wie mein Atem Rauhreif auf meinen Rippen bildete. Ich konnte mich nicht bewegen, wartete darauf, daß mein Herz aufhörte zu schlagen, darauf, daß die Phantome sich aufreihten und Sprechrollen übernahmen. Hast du denn geglaubt, rief die Königin von Saba in meinem Kopf, daß du immun bist? Daß du triumphieren würdest, wo ich gelitten habe? Ich wartete auf ein Wunder, und tatsächlich, da war es: in der Morgendämmerung Tillers stolpernde Schritte auf der Treppe. Er kam ins Zimmer gesprungen, roch wie ein angebrannter Topflappen.

»Ich bin wieder da«, sagte er. »Die brauchen mich nicht mehr. Die kriegen das Feuer wahrscheinlich in 'nem Monat noch nicht gelöscht, aber sie haben sich bei mir bedankt. Da ist mir eingefallen: Heute abend kommt doch das Rodeo, oder? Das wollte ich jeden Abend anschauen.«

»Tiller«, krächzte ich, »willst du 'nen Kaffee?« Nach einer Nacht der Lähmung begann ich zu schwitzen. Mulles war korrupt, und er wollte, daß ich ihm die Beute aushändigte, meinen Körper! An wen sollte ich mich mit einer Beschwerde gegen ihn wenden? Ich hatte kein Vertrauen in die örtlichen Ordnungsmächte. Wer würde für mich bürgen? Und wenn ich mich sofort aus Nitro verkrümelte, hatte ich mit Ärger von Diamond S zu rechnen, ganz zu schweigen von den Leuten in der Telefonzentrale, die laut schreiend ihren letzten Lohn einfordern würden. Die Cowboys waren bereits in der

Stadt, um sich auf das abendliche Rodeo-Spektakel vorzubereiten. Gordon und Mary sollten am Nachmittag eintreffen. Ich mußte noch mindestens eine Woche bleiben. Wenn du dich in die Unterwelt des Rodeos begibst, können dir auch Dinge widerfahren, die mit der Unterwelt zu tun haben! Also entscheide dich, heute abend! Die Königin von Saba, die mit ihren Speeren hinter ihrem Schild hervordrohte. Sie würde es mit jedem aufnehmen, würde kein Blatt vor den Mund nehmen, Daumenschrauben anlegen. War sie nicht von den Sheriffs verhaftet worden, hatte sie sie nicht angespuckt, ihnen vor Gericht und im Streifenwagen nicht mutig in die Augen geblickt und ihnen erklärt, ihre Gesichter sähen aus wie alte Socken? Und sie hatte recht. Wenn man Erbsenbrei in einen alten Nylonstrumpf gab, das Ganze in Form drückte und dann noch schwarze Knöpfe als Augen annähte, hatte man Mulles' Wangen, und auch sonst war die Ähnlichkeit verblüffend.

Noch an jenem Morgen überreichte ich Mulles einen Rendezvous-Brief; am liebsten hätte ich ihn mit Arsen geschrieben. Mulles hing über seinem Streifenwagen wie ein Sandsack auf einem Deich. König der Lüsternheit. Dann ging ich in meine Wohnung und packte meine Sachen so vorsichtig, als habe ich es mit Nitroglycerin zu tun. Schließlich trafen Mary und Gordon in der Stadt ein, um die Einnahmen für den Abend einzusammeln. Tagsüber trieb ich mich bei der Zeltstadt der Rodeoleute herum und setzte mich auf den frisch errichteten Korral. Ich hakte die Füße in die Seilleisten ein und lauschte dem aufgesetzten Wagemut und den Straßensprüchen der jungen Kerle und der etwas älteren Cowboys. Die Pferde wurden ausgeladen. Sie sahen so einsam und verlassen aus, als sollten sie zu einer französischen Delikatesse verarbeitet werden und nicht eine Wild-West-Show in Nitro aufführen. Ich werde euch nie wiedersehen, dachte ich, während ich den Männern ins Gesicht schaute. Ich hatte jedem einzelnen von ihnen einen Spielkartennamen gegeben – der Herzbube, der Pikkönig. Dann kam ein Mann namens Buford zu mir und sagte, er wolle sich mit mir über etwas unterhalten. Wahrscheinlich, so dachte ich, sollte ich ihm einen Drink spendieren.

»Ich möchte bloß was sagen«, erklärte er mir und spuckte aus. Seine Wangen waren mit Narben übersät wie die Schale einer Honigmelone; jetzt blähte er sie und stieß die Luft wieder aus. »Du hast so 'ne putzige Stimme«, sagte er. »Ich hab noch nie so 'ne putzige Stimme gehört. Bist du Engländerin?«

Die Nacht senkte sich herab; der Mond war eine Grubenlampe, die jemand über Nitro aufgehängt hatte, als wolle er uns die Ausgänge zeigen. Familien, Opas, Omas und Kinder jeden Alters kamen zum Rodeo. Dafür hatten sie sich sogar vom Fernseher losgerissen. Ich ging durch die Menge, sah die Blicke der Kinder aus dem Behindertenheim (zwei Dutzend Kinder waren anwesend, ein paar hundert Tickets hatte man verkauft), die ihren Wohltätigkeits-John-Waynes zujubelten, andere kamen aus dem Lungensanatorium, ein paar Legastheniker aus der Leseschule; dazu noch einige kleine schwarze Kinder, die dem Tagespflegeprogramm des Bezirks angehörten. Dann war da noch eine Frau, der ich immer wieder in Nitro begegnete. An ihrem Hals und ihrem ganzen Körper wucherten samtige Tumoren. Cordelia Judge, die eine pinkfarbene Stretchhose trug und wie ein kleines Luftschiff aussah, blieb kurz bei mir stehen. »Hallo, Chefin«, polterte sie, »das geht doch in

Ordnung mit unserem Geld morgen früh, oder?« Du weißt es doch, Cordelia, dachte ich. Schließlich hatte ich die Schecks ausgestellt und in der Telefonzentrale deponiert, damit sie am nächsten Morgen jemand dort finden würde.

Dann begann das Rodeo. Buford, Merlin und eine Frau mit harten Gesichtszügen, die ich nicht erkannte – sie brachte heute den Männern die Sachen –, trabten auf den Pferden Yankee Doodle, Pop Star und Spunky im Kreis herum. Die Namen hatten die Vierbeiner von Kindern bekommen, die sie eine Weile gern gehabt hatten, bevor sie sie an die Traumfabrik weitergaben. Das Diamond S kaufte sie billig ein. Die Pferde gingen im Kreis herum; dazu die Umtata-Musik: Das Ganze wirkte wie ein Karussell, das sich bis in alle Ewigkeit drehen würde.

»Wir sehen uns um zehn«, hatte ich dem Polizisten geschrieben, den ich auf der anderen Seite der Arena durch den Sägemehlstaub schlurfen sah. »There's a yellow rose in Texas«, dröhnte es aus den Lautsprechern, »that I'm going to see.« In der Arena trampelte der Bulle Elmo fast nieder. Die Rodeo-Fans bekamen genau das, was sie sehen wollten. Mary und Gordon erwarteten, daß ich am nächsten Morgen die Abrechnung machte. Während ich die Zuckerwattestengel auf dem Boden anstarrte, schlug mein Herz immer heftiger; dann ging ich zum Parkplatz und fuhr zu meiner Wohnung. Ich betrat sie von hinten, ohne Licht zu machen. Es war fast zehn Uhr. Totenstille. Meine Nase war voller Staub; ich schwitzte unter den Armen. Ich ließ einen Ziegel, den ich auf der Straße gefunden hatte, in einen Strumpf gleiten und wartete auf Mulles. Unten konnte ich das »Rebel Yell« sehen, das hell erleuchtet war wie ein Kino. Punkt zehn hörte ich ein Klirren und sah, daß ein Barhocker durch das Fenster des Lokals flog. Und drinnen – drinnen schwang Tiller mit irrem Blick ein Billardqueue über dem Kopf. Er hielt einen Moment inne und sah zu meinem dunklen Fenster hoch. Hatte ich seinen Namen gerufen? Dann schleuderte er das Queue gegen den Spiegel hinterm Tresen und zerbrach das Glas.

»Ich schlag die Kneipe kurz und klein«, brüllte Tiller; die anderen Männer brüllten zurück: »Das machst du nicht« oder »Der gehört mir« und gingen auf Tiller los. Schon bald flogen Fäuste gegen Gürtelschnallen und Männerkinne. Die Kerle da unten tanzten im Neonlicht eng umschlungen eine Bierbauchpolka, taumelnde Partner, die einander auf die Stiefel trampelten. Plötzlich tönte völlig aus dem Takt eine Sirene herauf. Eins, zwei, drei Streifenwagen, alles, was Nitro zu bieten hatte, wurde gleichzeitig magnetisch von der Bar angezogen. Earl Mulles stieg keuchend aus seinem Auto und sah mit gespenstischem Blick zu meiner Wohnung hoch. Schlaues Kerlchen, dieser Mulles. Vielleicht erriet er sogar, was ich getan hatte, aber was konnte er schon machen? Einfach weggehen? Tiller würde seinen Anteil an dem Geld bekommen, das Joe der Barkeeper von der Versicherung erhielt, und dem hatte ich dreihundert Dollar zugesteckt, mit der Auflage allerdings, daß er Tiller fünfzig davon abgab. Und Tiller würde ihnen nicht sagen können, wohin ich verschwunden war, weil ich ihm nie erzählt hatte, woher ich kam.

Ich hatte keine Zeit, über mein altes Leben nachzudenken. *»Die junge Generation von heute erwartet sich nur sehr wenig von der Liebe und bekommt noch weniger, als sie erwartet.«* Eine junge Frau mit wachsweichen Knien und bebendem Atem stieß ihre Koffer die Treppe hinunter, hastete in den pechschwarzen Hof und versteckte sich in ihrem Wagen Nelleybelle. Ohne Scheinwerfer und Motor einzuschalten, rollte sie den Hügel hinunter und wurde fortan nicht mehr gesehen. Sie fuhr in südlicher Richtung, weil sie meinte, im Norden würde vielleicht jemand nach ihr suchen. Dann kam die Morgendämmerung – gelb und faulig, als hätte jemand ein Ei in ein Bierglas geschlagen und es darin vergessen. Als die Sonne aufging, spürte ich, daß auch mein Verstand wieder zu funktionieren begann. Ich lenkte den Wagen an den Straßenrand, um einer jungen Frau in meinem Alter dabei zuzusehen, wie sie nasse Wäsche auf die Leine hängte. Ganz friedlich. Hinter ihr befand sich ein Scheunentor voller Tabakgarben. Die junge Frau hängte eine Quiltdecke mit einem Namensmuster auf – Blockhütte, Ehering, Rose auf Sharon oder so etwas –, dann ein Stirnband und ein türkisfarbenes Clownshemd. Ich kannte die Augen, die so blau waren wie die Farbe von spritzender Seifenlauge. Wie sah Tillers Gesicht jetzt wohl aus? Ich versuchte, nicht an ein faules Ei zu denken, nicht an einen zerknautschten Baseball, nicht an vergammelte Milch im Kühlschrank.

Ich stieg wieder in den Wagen. Eine Stunde später hörte ich ein häßliches Zischen; der hintere Reifen war geplatzt, ein billiges, altes Ding, das mir ein mißratener Sohn von Nitro angedreht hatte. Ungefähr hundertfünfzig Kilometer weiter passierte das gleiche mit dem zweiten Hinterreifen. Beide Male wartete ich stundenlang, bis Hilfe kam, und versuchte dabei, Virginia Woolfs *Die Fahrt hinaus* zu lesen. Schon bald hatte ich nicht einmal mehr fünfzig Dollar übrig – das war gerade mal das Benzingeld, das ich im Büstenhalter versteckte und mir genau einteilen mußte. An einer Tankstelle spritzte ich mir Wasser ins Gesicht. Meine Haare fühlten sich strohig an, und meine

Stirn war mit Staub und Motorenöl verschmiert. Das Auto hatte keine Klimaanlage; die Sonne brannte erbarmungslos nieder. Kurz vor meinem zweiundzwanzigsten Geburtstag war ich auf dem Weg zurück zum Mittelschichtsleben, auf dem Weg zu meiner Mutter und zu meiner Chance, doch noch eine journalistische Sensation zu werden. Ich hatte vor, Zwischenstation bei einer Freundin zu machen, die irgendwo außerhalb von Chicago wohnte. Valerie war eine unbekümmerte junge Frau, die ich noch aus meiner Zeit in Cambridge kannte. Wir würden uns schütteln wie Hunde, die aus dem Wasser kommen, und alle Ereignisse des Sommers würden von uns abfallen. Wir würden Bier trinken, die leeren Flaschen über die Schulter werfen, uns über Männer unterhalten und uns gegenseitig daran erinnern, daß wir auf ewig jung und hübsch blieben. Aber ich kannte Chicago nicht; die Namen der Vororte klangen einer wie der andere unbekannt für mich. Ich verfuhr mich, sobald ich von der Interstate herunter war und in die spaghettiförmigen Umgehungsstraßen einbog. Ich hatte seit achtundvierzig Stunden nicht mehr geschlafen. Ich kam an einem Streifenwagen vorbei, aber einen Polizisten würde ich auf keinen Fall nach dem Weg fragen. Also lenkte ich den Wagen von der Straße, um mich in den Vororten nach der Adresse meiner Freundin zu erkundigen.

»Passen Sie auf die Ampeln auf«, sagte ein gelangweilter schwarzer Tankwart um zwei Uhr morgens und biß dabei ein Stück Wurst ab. Er hatte keine Lust zu reden, aber sein Blick sagte: Weißes Mädel, hier bist du verloren. Ich war in Maywood, Illinois. Aber wo war Maywood, Illinois? Ich folgte seinem Rat und konzentrierte mich auf die Ampeln, auf das Rodeo und auf Tillers Gesicht, das in meiner Erinnerung mittlerweile zu einem widerwärtigen Schatten geworden war. Und ich sah weder das Stoppschild noch den Wagen, der Vorfahrt hatte. Ich spürte nur, daß ein gewaltiger Stoß meine Nelleybelle erschütterte. Der Wagen wirbelte wie das Innere eines Kaleidoskops. Ich zog den Kopf ein, als ich sah, wie ein Telefonmast auf mich zukam; die Erschütterung war wie ein Erdbeben. Dann war alles dunkel und naß. Ich konnte absolut nichts mehr sehen, dafür aber alles hören.

Mein Gott, ich bin blind.

Hände, die irgendwie mir gehörten, tasteten über meine Augen, aber nein, ich war nicht blind – Blut schwappte mir in die Augen wie aus einem gekippten Schlachteimer. Der Eimer war mein Kopf; ein tiefer Schnitt zog einen zweiten Scheitel auf meiner Stirn. Eine herausstehende Speiche des Lenkrads hatte mir die Kopfhaut aufgerissen, die Windschutzscheibe war verschwunden, der Rücksitz zerfetzt. Ein christliches Begräbnis für Nelleybelle auf dem Highway. Der andere Fahrer war unverletzt. Ich legte den Kopf in den Nacken, während ich auf den Notarzt wartete, den ich schon hörte. *Gerechtigkeit und Strafe für all die bösen Dinge, die du diesen Sommer angestellt hast.*

Ein paar Tage später kam ich in Menomenee an. Als ich von der Notaufnahme in Illinois aus anrief, warnte Mabel mich vor: »So schlimm ist es nicht. Sie kauft bloß Sumpfland in Florida und gibt den guten Schmuck zu den Sachen für den Flohmarkt. Die Leute rufen mich an und sagen mir, ich soll kommen, weil sie ein Halstuch oder ein Vogelhäuschen hat mitgehen lassen. Sie schreibt grad ein neues Testament, und in dem kriege ich nichts, das kann ich dir jetzt schon sagen.«

Es war Herbst. Jahrelang leitete das Mondlicht des Herbstes Dolores' rapiden Sturz aus der Realität ein. Fast jeden September kam die Königin von Saba im Triumphzug aus den Sommerferien zurück, bereit, zuzuschlagen. Ich verließ das Krankenhaus und die Wohnung meiner Freundin mit bandagiertem Kopf und blutdurchtränkter Jacke, die Haare schaurig abgeschabt; zwanzig Stiche auf der Kopfhaut, ein Gesicht, das Ähnlichkeit mit einer Landkarte hatte. »Du lieber Himmel! Hast du dich geprügelt oder bist du überfahren worden?« In gewisser Hinsicht hatte ich das Gefühl, daß mich die Entscheidungen meines Lebens tatsächlich überrollt hatten.

Willkommen zu Hause. Mabel legte mich in Dolores' Bett, brachte mir heiße Hühnerbrühe, und ich döste ein. Stunden später hörte ich unten Dolores von einer Verabredung nach Hause kommen, ein bißchen keuchend, aber wohl nicht verwirrt. Sie hatte Billard gespielt. Allerdings erzählte sie so was wie, sie wolle dem Mann, mit dem sie ausgegangen war, Crêpes Suzettes machen und gleichzeitig Cancan tanzen, und dann, nach einem Trapezakt im Zimmer, Rosensirup kochen. Ich erwachte vollends. Es war nach ein Uhr morgens. Meine Mutter kam die Treppe herauf; als sie die Tür öffnete, stand sie im Rampenlicht wie eine Debütantin.

»Schau dir meinen Verband an«, sagte ich und deutete auf meinen Kopf.

»Ist ja widerlich. Möchtest du Dean kennenlernen, den Mann, mit dem ich aus war?«

»Nein«, sagte ich und drehte mich weg. Am Morgen würde ich es noch einmal versuchen. *Ich wünschte, ich könnte dir von Tiller erzählen. Wahrscheinlich hängt ihm das Gehirn jetzt wie eine Truthahnfüllung auf dem Hemd. Am liebsten würde ich ihm mein Stirnband anlegen, ihm ein Wiegenlied singen, seine Stirn kühlen. Aber natürlich werde ich ihn nie wiedersehen.* Meine Wunde verheilte. Doch der Zustand meiner Mutter verbesserte sich vorerst nicht.

Ein paar Wochen später fuhr ich mit Dolores zum Reiten in den Wald gleich in unserer Nähe. Ich wußte, daß ich mit dem Feuer spielte, denn sie war wieder krank. Sie hatte versucht, mitten in einer Parade, die im Nachbarort stattfand, bei den Trommlern mitzumarschieren, und ich hatte schon alles für eine Einweisung in die Klinik vorbereitet. Es war lächerlich, mit ihr im Wald zu reiten, denn sie wußte ja nicht mal, wo sie sich befand. Aber das war mir egal. Ich hatte genug von ihrer Krankheit. Ich wollte meine Mutter zurück. Ich wollte einen Ausflug machen, weil es Oktober war, weil wir im Oktober immer meinen Geburtstag gefeiert hatten, weil es Herbst war. Der ganze Wald starb einen opernhaften Tod. Das Licht spiegelte sich wie in altem Messing; der Gerberstrauch war ein gerüschtes Federkleid; die lavendelfarbenen wilden Astern zerfielen.

Wir zogen neonorangefarbene Westen zum Schutz gegen die Kleinwildjäger an und sattelten und zäumten unsere Pferde. Ich war sicher, daß ihr das guttun würde; sie käme an die frische Luft, hätte Bewegung, könnte den Schweiß der Pferde riechen und die wilden Truthähne im Unterholz sehen. Alle Heilkräfte der Natur würden zusammenwirken. Ich reinigte die Hufe der Pferde, bürstete die Kletten mit Babyöl und einem grobzahnigen Kamm aus ihren Mähnen; ungeduldig säuberte ich ihren schmutzigen Rücken mit den Fingern und ließ die Hände über die Muskeln an ihren Hinterläufen gleiten. Dann zurrte ich die Sattelgurte fester, kämmte den Pferden die Stirnlocken aus und besprühte sie mit Fliegenspray. Endlich waren die Königin von Saba und ich bereit, in den Wald zu reiten.

Sie sprach von einem Rennpferd, das sie kaufen wollte, ihrer Meinung nach eine solide Investition. Da sie aufgrund ihrer neuen Firma unermeßliche Reichtümer besaß oder damit rechnete, eine Gruppe nicht näher bezeichneter Investoren für sich zu gewinnen, hatte sie keine Probleme, sich so ein Pferd zu leisten. Stell dir nur mal das Geld vor, schwärmte sie, die Partys, die Sieger!

»Ja, Mom«, sagte ich. »Aber du hast kein Geld für ein Rennpferd. Du hast ja nicht mal Geld für ein Steckenpferd.«

Meine Mutter starrte den Horizont an, ohne meinem dummen Scherz Beachtung zu schenken; sie ritt würdevoll dahin, wie es ihrer einflußreichen Stellung gebührte. Die Königin von Saba in der Wüste. Nichts außer dem Klang des pfeifenden Windes in den Kiefern. Diese Wege von Wisconsin kannte ich wie meine Westentasche – früher waren sie eine Postkutschenstrecke, heute sind sie mit Brombeergestrüpp überwuchert. Die Nachkommen der ersten Siedler arbeiteten wahrscheinlich in der örtlichen Autowaschanlage oder als Versicherungsvertreter. Die Kalksteinzäune, die aus den Felsen der Moräne geschlagen worden waren, ragten aus den Feldern wie Knochen. In der Ferne glaubte ich einen aufflatternden Fasan oder den im Wind wehenden Schleier einer Frau zu entdecken. Die Königin von Saba wischte mit ihrem Schleier an Dolores' Gesicht vorbei, und Dolores spornte ihr Pferd in dem sicheren Wissen an, daß sie die Zukunft erhaschen konnte. Plötzlich war die Königin von Saba verschwunden, und ich nahm nur noch das Dröhnen der Hufe wahr.

Meine Mutter war zum Zeitpunkt dieses Ausritts vierundvierzig Jahre alt. Sie schlug auf ihr Pferd ein wie eine Amazone in der Schlacht. Das kastanienbraune Haar flatterte um ihren Kopf. Hätte sie doch nur einen Brustpanzer und ein Kettenhemd gehabt. Über ihr Pferd gebeugt, als stecke ein Pfeil in ihrem Rücken, flüchtete sie wie vor einer Bande Westgoten. »Lauf«, brüllte sie ihren armen alten Houston an, »lauf!« Der ahnte wohl, daß er eine Besessene auf seinem Rücken trug, und galoppierte tatsächlich los – das alte Cowboy-Pferd erinnerte sich vielleicht an frühere Viehtriebe.

Mein polnischer Araberhengst Shadow scheute nervös und blieb dann wie angewurzelt stehen. Ich schlug mit den Zügeln auf ihn ein, doch er ließ sich nur ein paar Schritte vorwärts treiben. Er hatte keinerlei Lust, einer Verrückten nachzujagen, einer marodierenden Minerva, die mit dem Tod flirtete. Damit wollte Shadow nichts zu tun haben.

Von einer nahegelegenen Ranch kam ein Cowboy über die Felder herübergeritten. Ich kannte ihn – ein einsilbiger, knochiger Farmersjunge in einem zerfetzten Unterhemd. Dicker Kautabak blähte seine Backen. Als er an mir vorbeigaloppierte, dachte er bestimmt: Diese Weiber sind ja so was von dämlich. Er holte Dolores ein und packte ihre Zügel. Was für ein verdammt fähiger Cowboy. Shadow bäumte sich auf. Seine Hufe schlugen gegen Zweige, und ich fiel herunter. Ich hob den Blick. Der Cowboy starrte auf den leeren Sattel von Dolores' Pferd, während sie dastand und kreischte: »Du hast mir den Pokal verdorben! Ich hätte zwanzigtausend Dollar gewonnen, du Arschloch! Dich zeige ich an!« Dann stapfte sie davon.

Der Cowboy sah mich verwirrt an. Er konnte mit

Tieren sprechen, verstand ihre Bedürfnisse, wußte, was sie tröstete und heilte. Heu, Getreide, Luzerne, Hufeisen, das war sein Vokabular. Der Tabaksaft tropfte ihm aus dem Mund. »Ist sie verrückt oder was?« fragte er.

»Sie hat nicht alle Tassen im Schrank. Sie ist meine Mutter«, antwortete ich.

Ich ließ meine Mutter ziehen; mein Ziel war die Königin von Saba. Da draußen zwischen den dunklen Kiefern waren Bogenschützen auf der Jagd nach Waldhühnern und Wachteln. Vielleicht erwischte sie einer von ihnen. Ich hoffte, daß er sie direkt zwischen die Augen träfe, so daß ich den Tanz der Salome aufführen könnte. Ich würde *ihren* Kopf auf *mein* Tablett legen. Obwohl es mir peinlich war, folgte ich ihr und rief: »Mutter, vergiß nicht, daß Jäger unterwegs sind!« Doch ich bekam nur Schweigen als Antwort. Soll sie doch durch den Wald stapfen und sich verlaufen. Dann hole ich eben den Sheriff, der wird sie vor Einbruch der Dunkelheit wieder nach Hause bringen. Nach etwas mehr als einer Stunde ging ich zurück. Der Wagen war nicht mehr da. An der Hütte, in der das Sattel- und Zaumzeug aufbewahrt wurde, fand ich einen Zettel für den Cowboy, der uns gerettet hatte.

»Ich habe deinen Hund Lucy, du Arschloch«, stand darauf in aufgeblähter Handschrift, »wenn du den wiedersehen willst, mußt du zehntausend Dollar rausrükken. Und einen Schuldschein.«

Ich seufzte und stellte mir vor, wie sie versucht hatte, Lucy wegzulocken, einen freundlichen alten Hund, der vermutlich gerade schwanzwedelnd auf einen Hundekeks aus Dolores' Hand wartete. Sie liebte Tiere.

Im gleichen Herbst erwähnte eine enge Freundin von mir, ihre Mutter habe von einem ihrer Meinung nach idealen Job für mich gehört – Reisen und Schreiben und Fotografieren. Trotz allem war mir die Lust am Reisen noch immer nicht vergangen. Ja, dachte ich, wahrscheinlich wäre das wirklich der richtige Job für mich. Das Büro war in Chicago; es handelte sich um eine Arbeit bei einer Reisezeitschrift. Als ich dort anrief, erklärte mir die Chefin zu meinem Erstaunen, die Zeitschrift suche eine Redaktionsassistentin, und sie würde sich freuen, mich kennenzulernen. Ich war ganz aus dem Häuschen, doch an dem Tag, als ich nach Chicago fahren wollte, nahm Dolores meinen Wagen, um sich auf geheime Mission zu begeben, also mußte ich meinen Termin verschieben. Als sie wieder zurückkam, gelang es Kate und mir, sie in eine Klinik zu bringen. Diesmal ließ sie sich freiwillig aufnehmen; ich hoffte, daß sie lange genug bleiben würde und ich mich in der Zwischenzeit um den Job kümmern könnte.

Ich habe mich schon oft gefragt, ob Einsamkeit tödlich ist. Mittlerweile glaube ich, daß dem wohl so ist. In jenem Winter, meinem ersten in Chicago, wurde Dolores von einer Vision beherrscht, von der sie nicht lassen konnte. Es war um die Zeit, als der Doktor wieder heiratete. Dolores ließ zwei Bluttests machen, kaufte sich ein Kleid und Blumen und arrangierte alles mit der Kirche. Pastor Nordstrom beschrieb sie ihren Bräutigam als groß und dunkel, aber als er sie nach weiteren Einzelheiten wie seinem Namen, seinem Beruf und seinem Wohnort fragte, konnte sie ihm keine Antwort geben. Zu Hause legte sie eine Valentinskarte mit einem echten Pfeil auf Sarahs Kissen. Schließlich brach sie zusammen. Doch da lebte ich schon in Chicago.

Travelgo war eine Zeitschrift für Reisebüros, und meine Teilzeitbeschäftigung, so erklärte man mir schon bald, hatte fürs erste nichts mit Reisen und Schreiben und Fotografieren zu tun, wie wir es in meinem Einstellungsgespräch besprochen hatten. Statt dessen bestand meine Tätigkeit in sich ständig wiederholenden Berechnungen, die ich haßte und nicht richtig beherrschte: Buchführung über Werbeanzeigen, Wörterzählen in maschinengeschriebenen Texten, telefonische Information über Seitenpreise, alles Dinge also, die mich unendlich langweilten. Aber ich bekam achtzig Dollar die Woche dafür, genug, um in die Stadt zu ziehen und eine Wohngemeinschaft zu gründen. Nach mehreren Monaten erhielt ich schließlich den Auftrag, über den Stapellauf eines griechischen Kreuzfahrtschiffs mit dem Namen *Stella Solaris* in Galveston, Texas, zu berichten. Die Sache hatte einen aufregenden Aspekt: Ich brauchte ein Abendkleid, es war mein erstes. Wie üblich hatte ich kein Geld, aber Sarah war eine begabte Schneiderin, und sie nähte mir nach einem Schnittmuster der *Vogue* ein beigefarbenes Crêpekleid mit einem in den Siebzigern modernen Schlüssellochausschnitt. Obwohl es ein bißchen einem Unterrock ähnelte, sah es gut aus, vor allem, wenn ich Eyeliner und blauen Lidschatten trug. Das Kleid hatte im Nacken ein straßbesetztes Bändchen, das die ganze Konstruktion zusammenhielt. Ich fühlte mich wie Loretta Young in der alten *Loretta Young Show*, wenn sie die riesige Treppe hinunterschwebte. Die silberfarbenen Schuhe mit Plateausohlen hatte ich für zehn Dollar in einem Secondhandladen gekauft. Außerdem nannte ich ein Flugticket und einen Platz an einem Gästetisch unter dem Kapitänspodium auf der *Stella Solaris* mein eigen. Eine Limousine holte mich vom Flughafen ab. Ja! Jetzt gehörte ich zu den professionellen Reisenden und Schreibenden; ich lernte Leute vom *Houston Chronicle* und von *Associated Press* kennen, und ich dachte: Ich schaff das. Wahrscheinlich halten sie mich für älter, vielleicht für siebenundzwanzig. Inzwischen fühle ich mich auf Kreuzfahrtschiffen beengt, doch damals war ich vor Freude ganz aus dem Häuschen, auf einem solchen Schiff sein zu können und noch dazu Geld dafür zu bekommen. Beim Essen am ersten Abend war der Kapitän charmant, meine Reporterkollegen witzig und mitteilsam, der Wein gratis und das Silber echt. Ich genoß es. Meine Kollegen beeindruckten mich mit ihrem Wissen darüber, wo man in Quito die besten Zigarren erwerben oder wie man eine Fahrt nach Yucatán organisieren konnte. Dabei war es mir völlig egal, daß die meisten von ihnen fast ausschließlich an vollkommen sichere Zielorte reisten. Doch plötzlich riß das straßbesetzte Bändchen, und das beigefarbene Crêpekleid glitt mir in den Schoß wie bei einem Striptease. Ich war nackt. Es gab keinerlei Fluchtmöglichkeit. Ich blieb sitzen, zog das Kleid hoch und hielt es über meine nackten Brüste. Ich wäre am liebsten im Erdboden versunken. Laß dir was einfallen, Jack! Schließlich sagte ich trocken: »Das passiert mir immer wieder.«

Ein Mann, ich glaube, es war der Reporter der Houstoner Zeitung, sagte: »O mein Gott« und sprang auf, um mir seine Jacke zu geben. Dabei stieß er eine Flasche Rotwein um. Wahrscheinlich wurde daraufhin alles mögliche geredet, aber ich hörte nur Geraune, und plötzlich wurde es dunkel im Raum. Vermutlich, so dachte ich, hatte Gott meine Gebete erhört und mich tatsächlich im Erdboden versinken lassen. Doch dann marschierten vierzig Kellner in Zweierreihen mit Platten voll flambierten Desserts auf den Schultern aus der riesigen Kombüse der *Stella Solaris*. Ich packte die Jacke des Reporters und mein Kleid, das mir inzwischen bis zu den Hüften herunterhing, und machte mich auf meinen silbernen Schuhen aus dem Staub. Es war, als versuchte ich, mich durch eine Garderobe zu wühlen. Ich hatte die Tür fast erreicht, als das Licht wieder anging. Irgend jemand kicherte neben mir. Schluchzend sperrte ich mich in meiner Kabine ein, in dem Glauben, daß meine Zukunft zu Ende sei. Doch dann mußte ich an Dolores denken, die immer wieder aufgestanden war, auch wenn ihre Psyche in einem Raum voller Leute, die sie unter Umständen nicht einmal leiden konnten, völlig entblößt war. Also zog ich den limonengrünen Paisley-Hosenanzug an, den ich mir für einen Schulball der High-School genäht hatte, und ging wieder hinauf. Die Reporterinnen hatten Mitleid mit mir; eine setzte sich zu mir. Ich dachte, um mich zu trösten.

»Das muß ganz schön schlimm für Sie gewesen sein«, sagte sie. »Wenn ich Sie wäre, würde ich mich auf der Stelle umbringen.«

Travelgo feuerte mich ein paar Monate später. Zu diesem Zeitpunkt jedoch machte ich mir kaum noch etwas aus dem Zwischenfall mit dem Kleid. Ich war für den Verlust von ein paar tausend Dollar verantwortlich, weil es mir nicht gelungen war, genügend Anzeigen für die späteren Ausgaben zu akquirieren. Als die Herausgeberin mir kündigte, trug sie ein Peter-Pan-Kostüm, und wir teilten gerade Zeitschriften auf einer Reisebörse aus. Sie haben keine Zukunft in diesem Geschäft, meinte sie.

Im Radio geht es nicht um Werbung, jedenfalls nicht im öffentlich-rechtlichen, sondern ums Sprechen, ums Geschichtenerzählen. Das begriff ich erst ziemlich spät.

Ich war gerade vierundzwanzig, als ich bei WIND-Radio in Chicago anfing. In einem meiner Grundkurse in Journalistik hatte mich eine Studentin gebeten, sie für eine Tätigkeit beim Radio zu empfehlen. Der Chef sagte, er sei auf der Suche nach jemandem, der bereits einmal Taxifahrer gewesen war; dieser Jemand müsse Verkehrsinformationen fürs Radio sammeln. »Das hab ich schon mal gemacht«, log ich prompt. Ich kriegte den Job, und der Mann, der mich anheuerte, erzählte mir später, er habe gewußt, daß ich log, aber ich hätte irgendwie nett geklungen, und er habe mich kennenlernen wollen. Also verfaßte ich schon bald Verkehrsmeldungen folgenden Inhalts: »Dichter Verkehr auf dem Dan Ryan Expressway zwischen 79th und 103rd.« Einmal beschrieb ich die Verkehrslage als völliges Chaos und einen Unfall wie einen Zusammenprall auf der Rollschuhbahn, da strich der Redakteur alles mit dickem, rotem Stift durch und meinte, wahrscheinlich würde ich mich in der Nachrichtenabteilung wohler fühlen. Wir verfaßten unsere Berichte in der Nacht und in den frühen Morgenstunden. Nicht selten betranken wir uns und schleuderten die Fakten hinaus wie Baseballs.

An dem Tag, als ich das erste Mal in einer eigenen Radioshow zu hören war, kurz vor Weihnachten 1980, verschwand meine Mutter. Mir wurde klar, daß das Radio mich seit jeher begleitet hatte, wie die zahllosen Stimmen in meinem Kopf. Ich glaubte, in Zungen sprechen zu können wie die Königin von Saba. Ich konnte die Rolle der Träumenden oder auch die der Verdammten übernehmen. Ich konnte die Stimme der Frau wählen, die meine Mutter sein wollte, die selbstbewußte, die zuversichtliche Stimme. Wenn meine Mutter in der Lage war, die Königin von Saba oder Marie Antoinette oder

Dolores Gimbels, Leiterin und Managerin von *Kreative Wiedergeburt* zu sein, weshalb sollte ich mir nicht auch ein Alter ego zulegen – Zelda Thorne?

Zelda Thorne. Ich dachte mir ihren Namen an jenem ersten Abend auf Sendung aus, insgeheim, und jahrelang übernahm sie alle schweren Aufgaben für mich. Das kleine Mädchen in mir war eine Versagerin. Ihm riß das straßbesetzte Bändchen am Kleid, es war zu schüchtern, zu dumm und hörte ständig die Stimme seines Stiefvaters. Du bist dämlich, Mädel. Du bist ein Idiot. Aber Zelda Thorne konnte alles sagen und tun. Schließlich hatte auch die Frau von F. Scott Fitzgerald Zelda geheißen, und die war manisch-depressiv gewesen. Verrückte kennen keine Grenzen. Sie können wildfremden Menschen ihre geheimsten Gedanken entlocken. Fragen zu stellen ist gleichbedeutend mit der Erlaubnis, in die Welt eines anderen einzudringen, egal, wie verrückt dieser andere ist. Würden Sie nicht mit Zelda Thorne sprechen wollen? Mit der kühnen, geistreichen Zelda Thorne. Ich dachte an die Königin von Saba. Ich dachte darüber nach, wie es ist, in die Nacht hineinzusprechen, in das Herz der Finsternis zu reisen und inmitten all der Verstellung nach Wahrheitssplittern zu suchen. Ich dachte darüber nach, wie aus Betrügereien mit der Zeit Fakten wurden und wie wir uns mittels der Sprache selbst erfanden. Wenn ich im Radio sprach, war ich unsichtbar, verborgen hinter dem Haremsschirm; ich sprach zu der Stimme im Kopf meiner Hörer. Im Radio wurde ich, wie die Königin von Saba, zur Stimme der Menschen, von denen ich erzählte – ich wurde der verlorene Farmer, der sterbende Kriegsverletzte, der geistreiche Lebenskünstler. Phantasie und Stimme – mehr ist nicht nötig.

Eines Tages, ich war gerade sechsundzwanzig, öffnete sich mir das Tor zu *National Public Radio* und damit zur Welt. Von da an hatten all die Stimmen, die mir keine Ruhe ließen, eine Heimat im Äther. Die Königin von Saba sagte zu mir: »Geh. Die Welt steht dir offen.« Mein Leben im Radio war wie eine Reise zu den Ursprüngen.

Mabels Währung bestand aus gebackenem Flußbarschfilet, Schweinskopfsülze, Fünfdollarscheinen – die sie sich von ihrer Rente absparte und für ihre herumziehenden Enkel in Umschläge steckte – und aus eisgekühltem Blatz. Die süßen Sachen, die sie einem schenkte, waren klebrig, wenn man sie in der Hand hielt. Ihre Pennys waren die Knöpfe aus der Knopfschachtel, ihre Juwelen die Hühnchenknochen, die sie für Notzeiten auf dem Fenstersims trocknete. Mabel gab den Samen von Usambaraveilchen in leere Milchtüten, wässerte den schimmligen Matsch, aus dem nie etwas sproß, versteckte Zigarettenkippen in Handtuchstapeln und ihre Ginflaschen zwischen den Bootskissen unter dem Wespennest auf der Veranda. Rastlos, wie sie war, setzte sie ihre Regenhaube auf und schlüpfte in ihren »guten« Stoffmantel, der zwanzig Jahre zuvor an Dolores toll ausgesehen hatte – Zebrastreifen in Orange und Schwarz. An der grauhaarigen Mabel hing er wie ein Zirkuszelt. Dann ging sie über die glitschigen Straßen hinaus zu ihrem Chevrolet. Wenn Dolores krank war, schlich Mabel ihr auf den Straßen von Menomenee hinterher, eine brabbelnde alte Tigerin auf der Jagd. Gebeugt und den Mantelsaum schlampig über ihren Tretern, schlurfte sie vorwärts, als kämpfe sie ständig gegen den Wind. Was sie in gewisser Hinsicht auch tat. Mabel trat dem Leben mit gemurmelten Flüchen entgegen. Ihrer Ansicht nach war es nichts, worüber man in Ruhe nachdenken sollte. Man stürzte sich einfach hinein.

Ich betrachtete das Haus meiner Großmutter als das meine. Ich brachte Freunde aus der Stadt mit, die auf der Veranda biwakierten, in Tops und ausgesprochen kurzen Shorts auf dem Land herumliefen und inmitten der Würmer und Moskitos miteinander schliefen oder in die Wälder ritten. Wir fuhren mit dem Boot auf den See und erschlugen Fliegenschwärme mit Baseballschlägern. Eines Sommers hob ich im Morgengrauen verblüfft den Blick von der Veranda, wo ich mich gerade unter den windgeblähten Laken hatte verführen lassen, und entdeckte Mabels Gesicht hinter dem Fenster. Wahrscheinlich fühlte sie sich an die Lust ihrer Jugend erinnert.

»Wenn ich zwanzig Jahre jünger wäre, würde ich mich an dich ranmachen«, erklärte sie einem kahlköpfigen New Yorker Freund von mir kokett.

»Wenn du zwanzig Jahre jünger wärst, wärst du immer noch zwanzig Jahre älter als er«, lachte ich.

Elan – das verband uns alle: Großmutter, Mutter und Tochter. Mabel versuchte auf ihre eigene Weise, die Nervenzusammenbrüche von Dolores zu ergründen, herauszufinden, wer ihr die wunderschöne Tochter genommen und ihr diesen phantasierenden Wechselbalg untergeschoben hatte, der nach seinen Monstereltern schrie. Doch am Ende schaffte Mabel es nicht. Sie vergaß ihre Fragen, goß sich immer ein bißchen zuviel Gin ins Glas, fiel vom Stuhl, kam zu dem Schluß, daß ich eine bessere Detektivin abgeben würde und sie eine bessere Berichterstatterin der Dinge, wie sie sie sah. Sie war dem Laster der Übertreibung verfallen und vermischte Unwahrheit und Phantasie. Realität und Lüge gingen nahtlos ineinander über, wenn Mabel etwas erzählte.

Dann wieder war die Realität einfach nicht wichtig und landete zusammen mit den Tellern in der Spüle. Mabel brach sich die Hüfte, aber wer wußte schon Genaueres? Dolores sagte ihr, sie solle still sein und mit dem Gezeter aufhören; sie würde schon dafür sorgen, daß sie ihr Abendessen bekam und Ted Macks *Amateur Hour* sehen konnte. Halt den Mund, Ma. Mabel hatte sich tatsächlich die Hüfte gebrochen, aber keiner von uns glaubte ihr.

Einmal erklärte Dolores ihr: »Du bist nicht meine richtige Mutter.« Dann holte sie ein ganzes Heft voller Notizen über eine imaginäre Familie hervor, angeführt von ihrer »leiblichen Mutter«, ihrer Tante Martha, die einem ausgesprochen langweiligen Zweig der Familie entstammte. »Meine richtige Mutter war eine gottesfürchtige Frau namens Martha, wie die Tante von Jesus«, sagte meine Mutter zu ihrer Mutter. »Ganz anders als du.«

Mabel zeterte körperlich, schrill, beschwörend, fluchend gegen das Leben, weil sie ahnte, daß man das Beste daraus machen mußte – unter ihren Händen wurde aus Tierfett Seife, und aus Gummistiefeln wurden Schuhe. Schneid den Gummi zurecht, und näh ihn wieder zusammen. Improvisiere, bedeck die Fenster mit Wachspapier, wenn du keine Plastikfolie hast, verwende das Plastik noch einmal, nachdem du es mit Wasser abgewaschen hast, lagere den Speck in Blechdosen – nicht in denen, die sind für die Würmer. Gib mir den Fettbürzel, wenn du ihn nicht ißt; die leckersten Teile darf man doch nicht wegschmeißen. »Weißt du, warum ich keine Falten habe?« fragte sie mich einmal in vertraulichem Tonfall – sie hatte tatsächlich fast keine. »Weil ich seit meinem sechzehnten Lebensjahr Noxema und Wasser benutze.« Ich konnte mir nicht vorstellen, daß es irgendein Produkt schon so lange gab.

»Wenn du die Kühlschranktür nicht sofort zumachst, kriegst du die Schaufel auf den Kopf. Erst ist mir schrecklich heiß, und dann friere ich mich wieder zu Tode. Das Alter ist Scheiße. Werd ja nicht alt. Mein Gott, mein Hals fühlt sich an, wie wenn dein Gaul mir 'nen Tritt versetzt hätte. Kommst du wohl aus dem Klo? Ich mach mir gleich in die Hose.« Dann wieder, wenn sie ins Haus gerannt kam: »Mach die Klotür auf, ich muß dringend!«

»Ma, du hast ein schmutziges Mundwerk«, sagte Dolores dann pikiert, und zu mir meinte sie: »Als mein Vater noch am Leben war, hat sie nicht so geredet.«

»Besser ein schmutziges Mundwerk als so eingebildet sein, daß man sich den Arsch nur noch mit Seidentaschentüchern abwischt«, fauchte meine Großmutter zurück. Doch jeden Hieb von Mabel parierte Dolores geschickt. Mein Gott, diese besseren Mütter! Mary Baker Eddy zum Beispiel, die Gründerin der Christian Scientist Church, oder Martha, die Tante von Jesus, oder ganze Stammbäume, in denen mächtige Mafioso-Väter sich um die kleine Dolores kümmerten, ihr Ponys schenkten und sie verwöhnten. Manchmal, wenn es Dolores nicht gutging, schimpfte sie und machte Mabel für ihre verpaßten Gelegenheiten und ihre zerschlagenen Hoffnungen verantwortlich und kritisierte ihre Lebenseinstellung, die Tatsache, daß sie an Knochen lutschte, schwitzte und sich Lumpen um den Kopf wand. Doch die meiste Zeit herrschte zwischen den beiden, egal, was sonst passierte, eine Loyalität, die sie eng zusammenschweißte.

»Sie haßt mich«, sagte Mabel.

»Sie haßt mich«, sagte Dolores.

»Was für eine Zicke.«
»Sie säuft.«
»Sie lügt.«
»Aber sie hatte Mumm. Ziemlich viel sogar«, erinnerte sich Dolores. »Das muß man ihr lassen.«

Mabel starb ganz allein, mitten in der Nacht, mitten in einem Traum. In einem Traum, in dem sie aus dem Haus flüchtete und der Königin von Saba auf einem leuchtenden Pfad über den See folgte. Sie bemerkte kaum, daß sie die wippenden Seerosen unter ihren Füßen zerquetschte. Ihre Stimme war kräftig und voll wie die eines Ochsenfrosches, und genauso regelmäßig. Mabel schied mit derselben Energie aus dem Leben, mit der sie es begonnen hatte. »Ich weiß, wie man stirbt«, sagte sie wahrscheinlich zu sich selbst. »Ist gar nicht schwer!« Man muß nur das unsichtbare Band der Energie zerreißen, das uns an der Erde festhält, das Trommeln des Herzens stoppen. Mabel ging mit dem Wunsch in die Ewigkeit ein, sie könnte ihren Körper noch ein zweites Mal nutzen, die alte Haut glätten und mit etwas Gutem von neuem beginnen. Und wenn nicht, nun, dann sollte man sie als Dünger über Nachbars Tomaten streuen. Sie wollte ihren Kindern keinen Haufen alter Knochen hinterlassen, der zu nichts mehr taugte und für teures Geld begraben werden mußte.

Kate und meine Mutter riefen mich in Chicago an. Kate sprach in ihrem üblichen Stakkato, das sich anhörte, als wolle sie die Worte wieder verschlucken, sobald sie heraus waren: »Mabel war gestern am Telefon. Sie hat gesagt, sie hat die Sanitäter angerufen, weil sie nicht richtig atmen konnte. Ich wollte zu ihr, weil ich ihr ein paar Marihuana-Plätzchen gemacht hatte und ihr einen Kupferarmreif gegen die Arthritis geben wollte, aber sie hat gesagt, ich soll daheim bleiben, sie ist müde. Aber eigentlich war sie gar nicht müde, sondern lag im Sterben.«

»Genau«, mischte sich Dolores in das Gespräch ein. »Ich hab sie gestern abend dreimal angerufen, aber sie ist nie rangegangen. Da hab ich gewußt, daß sie tot ist.«

»Also ist Dolores am Morgen rüber.«

»Ich hab mir gedacht: Was können wir schon machen, wenn sie sowieso tot ist? Sie wiederbeleben? Schließlich war sie vierundachtzig!«

»Dolores hat sie gleich hinter der Tür gefunden. Sie war im Mantel, als wollte sie mit dem Wagen weg.« Aber man hatte ihr den Führerschein sechs Monate zuvor abgenommen, weil sie mit fast hundert Sachen an einer Schule vorbeigesaust war. Das hatten die Polizisten nicht mehr witzig gefunden. Mabel war am Boden zerstört gewesen und hatte immer schon an ihrem Briefkasten vorne an der Straße auf uns gewartet, wenn wir sie abholten, weil sie keine Zeit verlieren wollte.

Mabel hatte immer gesagt: »Wenn ich sterbe, bekommt Sarah die Bücherregale, die Lampen und die Kiste hier mit den Sachen drin. Kate kriegt meine Rezepte. Jack kann die alten Bücher haben. Willst du sie jetzt schon?«

»Soll ich das Sofa, auf dem du sitzt, gleich nehmen, oder brauchst du das noch? Vielleicht möchtest du ja lieber auf dem Boden sitzen?«

»Wenn ich tot bin, dann gebt um Himmels willen das Geld, das ihr sowieso nicht habt, nicht für ein tolles Begräbnis aus. Da würde sowieso niemand kommen. Steht nicht rum und jammert. Ich will keine Priester oder irgendwelche andren Typen von der Kirche. Sagt einfach bloß ein Gebet oder so was.«

»Mach dir mal keine Gedanken«, sagten wir dann. »Wir stellen dich zusammen mit den alten Zeitungen raus vor die Tür. Wir schleudern dich in einer roten Decke rauf zu 'ner Baumspitze, wie's die Menomenee früher gemacht haben in Puckawasay. Zuerst wirst du ein Kokon und dann ein Schmetterling mit scharlachroten Augen auf den Flügeln. Du wirst ewig leben. Du wirst länger leben als ich. Du bist einfach zu stur zum Sterben, Mabel.«

»Also hab ich beim Bestattungsinstitut angerufen, und als dann so 'n Typ kam, wollte der gleich über Geld reden«, regte sich meine Mutter auf. »Was für ein Schwein. Will sie in 'nen Sarg stecken und mir dafür zweitausend Eier abknöpfen! Hat auch noch den Nerv zu sagen: ›Schließlich brauchen meine Kinder auch Schuhe!‹ Tja, da hab ich gesagt: ›Aber meine Mutter wird die verdammten Schuhe von Ihren Kindern nicht finanzieren!‹ Ich hab mich an der Haustür mit ihm gestritten, wo ich sie gefunden habe. Mabel lag immer noch da. Irgendwie sah das nicht anständig aus, also hab ich ihr den Rock runtergezogen, sie gegen die untersten Stufen von der Treppe gelehnt und sie mit einer Quiltdecke zugedeckt. Hat ganz hübsch ausgesehen.«

Mabel, die hinausschaut auf den See. Ich sitze im Boot, Mabel, und winke dir zu. Die Königin von Saba ist nur ein Hauch von Porzellan auf dem Wasser.

»Tja, dann haben wir bei den Behörden angerufen und uns erkundigt, was man in so einem Fall macht. Die haben uns gesagt, wir sollen sie selber in ein Bestattungsinstitut bringen und einfach nur die Sterbeurkunde unterschreiben«, sagte meine Mutter triumphierend. »Und weißt du, was das kostet? Fünfzig Dollar! Die verlangen nicht mal Steuern. Mehr hab ich dann tatsächlich nicht zahlen müssen! ›Sie Schwindler‹, hab ich also dem Mann an der Tür gesagt, der gerade dabei war, Mabel einzuladen. ›Rücken Sie sofort die Leiche wieder raus! Meine Mutter fährt sowieso lieber mit mir als mit Ihnen!‹«

»Dann haben wir sie in eine Decke gewickelt und in einem Karton vom Bestattungsinstitut in den Kombi getragen«, sagte Kate. »Und Mom hat gesagt: ›Ich wette, Mabel hat einen Mordsspaß!‹«

»Weißt du, ich bin nämlich ordentlich aufs Gaspedal gestiegen, um ihr 'ne Freude zu machen. Nicht wie bei 'ner Beerdigung, nein, das war alles viel rasanter. Ich weiß, daß sie glücklich war dabei. Ich weiß auch, daß sie stolz auf mich wäre. Sie hat schließlich immer gesagt: ›Gib kein Geld aus, das du nicht hast, Dolores.‹ Zwanzig Dollar monatlich, und das die nächsten zwei Jahre lang, dafür kann ich mir die Einäscherung grade so leisten.«

»Als wir zu dem Tor am Wisconsin Memorial gefahren sind«, sagte Kate, »haben die Leute große Augen gekriegt, weil wir Mabel in dem Karton hatten. Wahrscheinlich chauffieren nicht viele Frauen ihre eigene Oma so zur Beerdigung. Aber weißt du, uns hat's Spaß gemacht. So haben wir Mabel wenigstens bis ganz zum Schluß begleiten können, stimmt's, Dolores? Sozusagen auf ihrem allerletzten Weg.«

»Ich hab ihre Urne in die Wand da draußen gestellt«, sagte meine Mutter. Sie hatte Mabel nicht neben ihrem geliebten Ray begraben lassen. »War mir zu teuer. Außerdem ist's jetzt sowieso aus und vorbei.«

Ich hätte mir gewünscht, daß sie Mabels Asche über dem Lake Puckawasay ausstreute.

Wie viele Jahre sind es nun, daß ich immer wieder die Hand nach dem Telefonhörer ausstrecke, um Mabel anzurufen – fünf, zehn? Doch Mabel antwortet mir nicht mehr. Ich würde meiner Großmutter gerne erzählen: »Mein Gott, du glaubst es nicht, was sie heute wieder angestellt hat. Erst hat sie das kleine Kreuz aus Louies Zimmer genommen und es an den Totempfahl genagelt; und dann wollte sie einen Scheck über fünftausend Dollar für einen wohltätigen Zweck ausstellen. Du solltest das Negligé sehen, das sie sich gekauft hat! Ich hab's anprobiert und dann wieder zurückgebracht. Sie hat schon wieder einen Welpen geklaut. Ich hab mich wieder mal von 'nem Mann getrennt. Kate hat das Tarot gelegt, für dich kam die Sonnenkarte raus. Die ist die beste! Wir legen das Tarot immer für dich mit, Mabel, schließlich versuchen wir, auf dem laufenden zu bleiben. Kate hat ein bißchen Marihuana für deine Arthritis aufgehoben und mischt jetzt einen neuen Trank aus chinesischen Kräutern. Schau, da ist dein Fußpuder von Woolworth. Den habe ich hier zusammen mit deinen anderen Sachen in dem Karton. Deine Figurine, dein Foto von Ray an eurem fünfundzwanzigsten Hochzeitstag, kurz bevor er niedergeschossen wurde; gleich neben Sarahs Babyarmband – jetzt ist sie Anwältin; ist das zu fassen? – und die tollen High-School-Zeugnisse von Dolores. Was machen denn die Eichhörnchensteaks in deinem Tiefkühlfach? Mein Gott, schmeiß das Zeug endlich weg. Ruf mich nächste Woche Donnerstag um sieben Uhr früh in Keokuk, Iowa, im Holiday Inn an. Es geht wieder um so eine Farmgeschichte. Hast du je an dein kleines rothaariges Baby gedacht, das dein Vater mit dem Zug fortgebracht hat? Hast du im Tod an die Toten gedacht und an die, die du verloren hast, Mabel?

Oder hast du an die Lebenden gedacht? Denkst du an uns?

Ich schließe die Augen. Die Erinnerung an dich ist wie ein Mullverband auf einer Wunde.

Mesopotamien, Karthago und Theben

Wahnvorstellungen sind eine feine Sache. Sie halten Moleküle in der Schwebe, locken das Leben zu einem fernen, schimmernden Punkt. Vielleicht zu den dornigen Himmelspforten, wenn der Wahn groß genug ist. Oder auch nur zu der Ruhe am Ende des Tages, wenn der Wahn kleiner ist. Ich krame in meinen Kartons herum, atemlos, benommen, hole Briefe und Aufzeichnungen, Tagebücher und Dokumente heraus, die ich alle 1988 mit Farben gekennzeichnet und geordnet habe – das war das Jahr, in dem meine Mutter begann, ihre Geschichte neu zu schreiben. Das Jahr, in dem sie zu dem Schluß kam, daß alles Sinn ergeben sollte. Nein, von Kranksein keine Spur. Hier ist der Brief vom 27. Januar, ihrem Geburtstag, ein Testament für die Leidenschaft ihres Lebens. Eine Frau bearbeitet ihr Leben und schafft sich eine neue Geschichte.

»Ich fordere das Recht, manchmal ein bißchen verrückter zu sein, wie alle anderen auch. Meine Probleme waren auf Drogen zurückzuführen. Das ahnte ich. Die Fragen von Euch Kindern, die Ihr manchmal über mein Verhalten gestellt habt, sind die schlimmste Beleidigung überhaupt! Ihr hattet alle Angst, daß es wieder passieren würde!«

Ich habe jeden Tag und jede Stunde Angst; diese Angst ist ein Metronom, das ganz hinten auf dem Regal vor sich hin tickt. Sicher, es ist jetzt acht Jahre her, daß der Stellvertreter des Sheriffs und die dicke Oberschwester meine Mutter ins Sanatorium brachten. Und wie bereitwillig ich den Wahn meiner Mutter einer bizarren Persiflage ihrer Erinnerungen zuschrieb: Der Weihnachtsbaum wippt, und von einem der mittleren Äste hängt ein Slip. Meine Mutter legt den Kopf, auf dem ein süßes kleines Hütchen mit der Aufschrift »Thorazine« sitzt, schräg; sie lauscht auf die murmelnden Stimmen hinter der Bühne. Meine wirre Erinnerung vermischt Träume mit Fakten. Im Lauf der Jahre haben sich die Geschichten anderer Leute, die ich auf meinen endlosen Reisen fürs Radio erfahren habe, hineingeschlichen. Ich bin zu einer Vertrauten von Menschen in Gewahrsam geworden. Das Eingesperrtsein in all seinen Formen fasziniert mich. Der junge Insasse von Marion, der den ganzen Tag schwitzend dasitzt, splitternackt, und aus einer Zahnbürste einen Schlüssel feilt, der in seinen Hintern oder seinen Mund oder sein Nasenloch paßt. Er wird entkommen, ganz sicher. Er denkt Tag und Nacht an nichts anderes. Er wird den Wärter niederstechen und über die Mauer klettern, über den Stacheldraht, sagt er, zu all den Farben da draußen, die er verpaßt. Seine Arme sind hinter seinem Rücken zusammengekettet; er wischt sich die schwitzende Stirn an den Knien ab. Er wird entkommen und mich mitnehmen, und wenn ich ihn verlassen habe, setze ich mich in mein Auto und träume, daß meine Katze Tealillie so groß ist wie mein Pferd Shadow und daß sie durch die Felder draußen vor dem Gefängnis auf den Wagen zurennt, zum Fenster hochspringt und gegen das Glas prallt. Oder der Sechzehnjährige in Kalispell, Montana, der glaubt, er sei der nächste Messias. Entkommen, sagt er, ich muß entkommen, und in seiner Phantasie geht er unter den Büschen dahin, winkt einem vorbeifahrenden Wagen, und schon ist er weg. Doch in Wahrheit knallt er mit dem Kopf gegen die Wand, bis er tot ist. Ich lausche ihren Geschichten, rücke mein Mikrofon zurecht und atme die Luft, die sie atmen. Ich spüre, was sie sich für ihr Leben vorstellen, etwas Größeres, frei sein wie ein Drachen in der Luft. Die Phantasie ist ihr Segen, der Wahn ihr Herr, aber der Glaube bröckelt und verrät seine Anhänger. Dann gibt es keine Farben mehr, denen man nachjagen kann. In jeder Geschichte hinter Mauern steckt eine Freiheitsphantasie. Warum auch nicht? Schließlich habe ich meinen eigenen Wahn von Flucht und Freiheit.

Die Wahnvorstellungen meiner Mutter sind Geschichtsklitterungen, ihre ultimative Flucht. 1988 ersetzte sie ihre Gegenwart durch eine neue Vergangenheit, in der keine zwanzig Jahre der Unterredungen mit Engeln und Erzengeln mehr vorkamen. Sie war leidenschaftlich und eigensinnig und entschlossen. Sie zerriß einfach die Rechnungen der Bezirksnervenklinik, die schließlich gerichtlich gegen sie vorgehen wollte. »Was«, schrieb sie, »soll ich dafür zahlen, daß ich in Ketten gelegt und gezwungen wurde, meine Notdurft auf dem Boden zu verrichten, dafür, daß ich Mahlzeiten zu mir nehmen mußte, die man mir durch einen Spalt unter der Tür durchschob wie einer Kriminellen? Daß man mich nötigte, Thorazine zu schlucken und mir Beruhigungsmittel injizieren zu lassen? Eigentlich müßte *ich Sie* bitten, mir etwas zu zahlen, um die Schande, die Furcht und die Folter aus meinem Leben zu löschen! Ich biete Ihnen an, Sie nicht zu verklagen. Aber was das Geld angeht: Von mir werden Sie keinen Cent sehen!« In Wahrheit hatte sie schon Tausende gezahlt, denn sie hatte einen Anwalt angeheuert, der ihr dabei helfen sollte, sich »zu wehren« und ihren »guten Namen wiederherzustellen«. Die Klinik schrieb zurück, sie »stelle falsche Behauptungen auf, die lediglich ihre Verwirrung verstärkten und eine weitere Behandlung verhinderten«.

Wir werden ja sehen, wer nachgibt, sagte meine Mutter. Sie hatte wieder einmal Geburtstag und marschierte in die Zukunft wie ein Kreuzritter. Sie war jetzt achtundfünfzig und sammelte die Bruchstücke dessen, was sie für ihre wahre Geschichte hielt, um ihr Leben neu zu schreiben, das mit dem Satz »Kinder sollte man sehen, aber nicht hören« begann und endete. Ihre Anwaltsrechnungen zwangen sie, zahlreiche Doppelschichten im Restaurant zu arbeiten, die schwersten Tablette auf ihre Schulter zu hieven. Ihre Füße schwollen an, und sie bekam einen scheußlichen Husten, den sie nicht mehr loswurde. Am Abend war sie erschöpft und schlief vollbekleidet auf dem Boden des Wohnzimmers ein. Sie investierte Hunderte von Stunden und das ganze Geld, das sie verdiente, in ihr neues Ich. »HIER GEHT'S NICHT UM GELD!« erklärte sie mir in schrägen Großbuchstaben. »Falls ich vor der Verhandlung sterbe, möchte ich, daß der Fall weitergeführt wird! Ich werde weiter für die Diskreditierung dieser Einrichtung kämpfen!« Der Brief meiner Mutter sprühte vor Vitalität. Ich stellte mir vor, wie sie dieses Traktat an ein Eichentor nagelte – ein neuer Luther.

Dann bin ich plötzlich vierunddreißig Jahre alt, genauso alt wie meine Mutter, als sie zum ersten Mal krank wurde. Sie neigt den Kopf zu meinem herunter. Ich warte und lausche, während ich im Spiegel die Lippen und Augen als die meinen zu erkennen versuche. Ob ich verrückt werde? Die Stimmen, die ich höre, sind ein fernes Lispeln der Erinnerung: Mabel, die in ihrer Küche flucht: »Jesus, sagt kein Wort. Kriegt den Mund nicht auf!« Dolores, die singt: »I love you a bushel and a peck.« Der Wind jammert, und ich höre, wie der See den schweren Dialog unseres früheren Ich wispert. Die einzige Stimme, die ich ganz klar vernehme, ist die meiner Mutter. Du hast mir Unrecht getan, sagt sie. Du hast mich verraten. Und – das überrascht mich selbst – sie hat recht.

Sie ist nie verrückt gewesen. Sie war gestreßt, sie war überfordert, sie wurde mißhandelt und bekam nicht genug Liebe. Und der Doktor gab dem »kleinen Püppchen«, das in den Sechzigern noch nicht genug Rückgrat gehabt hatte, bewußt falsche Medikamente. Meine Mutter schrieb: »Er hat mir Ritalin gegen Narkolepsie gegeben, und ich wußte nicht, was das war. Ich habe den Begriff im Wörterbuch nachgeschlagen. Dort hieß es: ›Narkolepsie: unkontrollierbares Schlafbedürfnis‹. Vom Ritalin schwollen meine Hände und Füße so sehr an, daß ich von Zimmer zu Zimmer kriechen mußte, um die Kinder ins Bett zu bringen. Und er sagte, es sei Rheuma! Er gab mir Indomet zur Muskellockerung! Und dann Cogentinol, Haldol und Lyogen.« (»Indomet«, schrieb ein angesehener Arzt, den meine Mutter überredet hatte, einen Brief zu ihren Gunsten beizulegen, »verursacht Wahnvorstellungen und Halluzinationen.«) »Und was ist mit meinem Exmann, der den Prozeß dieser ganzen ungerechtfertigten Einkerkerungen in Gang setzte? Er hat meinen Kindern Tritte versetzt, daß sie durchs ganze Zimmer flogen. Er hat sie an den Haaren gezogen und gegen die Wand geschleudert und ihren Hund gequält. Er hat ungeheuren psychischen Druck auf uns alle ausgeübt.«

Meine Mutter fuhr in ihrem offenen Brief an ihre Kinder fort: »Ich habe beschlossen, Euch Mädchen um etwas zu bitten, das Ihr mir vielleicht nicht geben könnt. Heute vor acht Jahren wurde ich aus dem Menomenee County Hospital entlassen. Ich will, daß Ihr mich begreift. Bisher habe ich Euch nur Teilinformationen gegeben, in der Hoffnung, daß Ihr mich von selbst verstehen würdet, aber das habt Ihr nicht. Ich bin nicht verrückt; ich bin es nie gewesen!«

Niemals verrückt gewesen. Du bist nie verrückt gewesen. Und ich habe das alles nie erlebt. Nun, dann werfen wir doch einfach all die alten Sachen über Bord und besorgen uns ein paar neue im Supermarkt. Wir hätten da ein hübsches kleines Leben, wollen Sie das mal anprobieren? Sie können es umtauschen, wenn's nicht paßt. Von nun an sind Sie eine Hausfrau und Heldin, die von einem Doktor-Ehemann mit hohen Erwartungen und Medikamenten ins Unglück gestürzt wurde. Von nun an werde ich frei sein vom Makel deines Wahnsinns. Medikamente, erkläre ich meinen Freunden in bestimmtem Tonfall. Fehldiagnose. Unfähige Trottel. Dolores nackt und angekettet in einer Grube. Löwen und Tiger und Bären. Die Königin von Saba, nicht größer als ein Babyzahn, den ich um den Hals tragen kann, eine Reliquie des Wahns. Meine Mutter ist nie krank gewesen. Monatelang habe ich versucht, mir einzureden, daß ich das wirklich glaube, während Dolores zu ihrem Anwalt geht wie zu ihrem Erlöser. Er legt seine Hand auf die ihre, wenn sie Tee trinken. Er sagt, er wird sie erhöhen und immer bei ihr sein. Und ich warte, wir alle warten, während die Königin von Saba lächelt.

Der Juli des Jahres 1988 entfaltete sich wie bunte Stoffballen in der Luft, üppig und greifbar. Meine Freunde und ich flohen aus der heißen Stadt. Wir sollten meine Mutter eines Samstagabends zu den Heritage Days abholen, einem Volksfest, das in unserer kleinen Stadt anläßlich der Feierlichkeiten zum 4. Juli veranstaltet wird. Letztlich war das nur ein neuer Name für den gleichen Rummel, auf dem Kate und Sarah und ich damals Miss America wurden. Nach Mabels Tod war meine Mutter in Mabels kleines Haus gezogen. Sie hatte die Überreste von jahrzehntelangen Jagden, Sommern und Angelpartien weggekarrt, die Außentoilette abgerissen und die winzigen gefrorenen Eichhörnchensteaks in den Müll geworfen. Zack, da war er, der Abfallhaufen von Mabel und Louie, deren Geister nun über dem Lake Puckawasay schwebten. Tja, und dann hatte Dolores wahre Wunder vollbracht – sie isolierte den Bungalow und verwandelte den Speicher in ein luftiges Boudoir mit Bad; sie belegte den Boden der Veranda mit Mittelmeerfliesen und baute Mansarden- und Erkerfenster mit Blick auf den Lake Puckawasay und seine Seerosen ein. »Kommt doch mit«, sagte ich zu meinen Freunden. »Wasserschi fahren! Reiten! Entspannung pur! Lernt meine Mutter kennen!«

Doch als wir ankamen, war das ganze Haus bis auf ein einziges Fenster, hinter dem ich glaubte den Schein einer Kerze zu erkennen, dunkel. »Das ist ganz normal«, log ich fröhlich, als ich die Lichter einschaltete und meine Freunde bat, sich hinzusetzen und ein kaltes Bier zu nehmen, den üblichen Willkommenstrunk von Mabel. Ich entdeckte ein Wörterbuch, das meine Mutter hatte offen herumliegen lassen, und sah, daß sie die unterschiedlichsten Wörter mit pinkfarbenem Marker angestrichen hatte. »Durst?« fragte ich lächelnd.

»Mom?« rief ich mit flauem Magen nach oben. Keine Antwort. »Bin gleich wieder da«, sagte ich immer noch lächelnd zu meinen Freunden. »Wahrscheinlich macht sie sich zurecht.« Ich schaltete das Licht im Treppenhaus ein und ging hinauf zum Zimmer meiner Mutter. »Mom?« Ich leckte mir nervös die Lippen.

»Hey, Mom, was ist denn los? Hältst du gerade eine Séance?« O wie ich hoffte, daß dem nicht so war.

Meine Mutter saß strahlend vor dem Spiegel, der von einer kleinen Kerze beleuchtet wurde. Sie malte sich gerade einen Leberfleck ins Gesicht und sprühte dann Parfüm in die dicke Luft.

»Hallo«, sagte sie, ohne mich anzusehen. »Riech mal! Heißt ›Entzücken‹! Wie findest du's?«

Ich fand, daß sie eine Königin war mit ihrem grellgeschminkten Gesicht unter der Marie-Antoinette-Perücke – sie war die Königin ihres Schicksals. Doch als sie eine Pirouette drehte, den Kerzenleuchter in der Hand, sah ich, daß es ihre eigenen Haare waren, die sie in zahllose kleine Wellen gelegt hatte. Wahrscheinlich hatte sie Stunden dazu gebraucht. Eine Locke wippte auf ihre Schulter wie ein langer Hermelinschwanz. »Gefällt's dir?« fragte sie. »Sexy, was?« Dann rauschte sie vor mir die Treppe hinunter.

Tja, und hier war sie nun, meine Mutter, meine einzigartige Mutter!

Sie lächelte unter ihrer Maske. Meine Gäste standen mit offenem Mund da. Dolores war ganz Frisur und Spitzenrosetten; ihre Rundungen hatte sie in ein schwarzes Bustier mit Strumpfbändern gestopft, die über einem transparenten fliederfarbenen Miederhöschen baumelten. Eine Strumpfhose sorgte dafür, daß sie nicht wirklich nackt herumlief. Doch die Andeutung war nicht zu übersehen. Verlegen schaute ich mich nach einem Mantel für sie um. Auf ihrer Wange prangte ein kleeblattgroßer Schönheitsfleck.

»Willkommen«, sagte meine Mutter mit kehliger Stimme. »Na, seid ihr bereit für die Heritage Days?«

»Mom übertreibt manchmal ein bißchen mit ihren Kostümen«, sagte ich zu meinen Freunden.

»He, seid ihr bereit für die Heritage Days?« wiederholte sie.

»Zieh dir was an«, brüllte ich meine Mutter an. »Sofort!«

Sie zwinkerte mir verschwörerisch zu. »Willkommen zu meiner Party. Möchte jemand einen Snack? Achtet nicht auf Jacki, die ist ziemlich prüde. Alex« – sie kannte ihn schon seit Jahren –, »möchtest du mein Begleiter sein, bis Mr. Alfred, der berühmte Brauereibesitzer aus Milwaukee, kommt? Du bist ein richtiger Gentleman.« Alex ist eine alte Flamme von mir; er war damals bei Sarahs Hochzeit mein Begleiter. Als alter Freund wußte er um die früheren Ausfälle meiner Mutter. Aber die Betonung hatte bis dahin immer auf dem Wörtchen »früher« gelegen. Alex merkte, daß etwas nicht in Ordnung war.

»Aber gern, Dolores«, sagte er höflich und verneigte sich dabei. Die kahle Stelle auf seinem Kopf glänzte pinkfarben wie ein kleiner Heiligenschein.

Ich rannte im Haus herum und schaute in alle Schränke, um einen Bademantel oder ein großes Handtuch zu finden. Sollte ich etwa die Chenille-Tagesdecke vom Bett ziehen und meine Mutter hineinrollen, als habe sie Feuer gefangen? Ich rief meinen Freunden zu, sie sollten sich hinsetzen und eine Cola trinken. Aber wem machte ich etwas vor? Alle waren sprachlos und lachten hysterisch. Ich hätte einen ganzen Krug Jim Beam vertragen können.

»Für wen hältst du dich?« fauchte ich meine Mutter in der Küche an, während mein Freund, der sich inzwischen ein bißchen gefangen hatte, ihr seine Jacke anbot. Er und meine Mutter konnten einander ausgesprochen gut leiden. Wir gingen schon eine ganze Weile miteinander; als Herausgeber eines großen Männermagazins war er bestens mit den Entwicklungen in Sachen Damenunterwäsche vertraut und womöglich nicht ganz unschuldig am Auftritt meiner Mutter. »Pssst. Wer bist du?« zischte ich meine Mutter noch einmal an. »Kitty aus *Rauchende Colts*?«

»Sie sollen Kuchen essen«, flüsterte meine Mutter und klimperte mit ihren falschen Wimpern. »Ich möchte zu den Heritage Days. Benjamin«, sagte sie dann zu meinem Freund und wackelte mit dem Busen vor seiner Nase herum, »wie sehe ich aus?«

»Meiner Ansicht nach bist du ein bißchen zu luftig angezogen, Dolores«, antwortete er mit seinem nasalen Harvard-Akzent. (Ich hatte mich wegen seiner Schlagfertigkeit in ihn verliebt.)

»Ziehst du dir jetzt endlich was über?« herrschte ich meine Mutter an. »Sonst gehst du mir nicht zu den Heritage Days! Du siehst ja aus wie ein billiges Flittchen!«

»Nein«, sagte meine Mutter, »ich glaube nicht, daß ich das tun werde. Bloß weil du so ein Trara machst. Schließlich bist du nicht die Königin der Heritage Days, sondern ich.« Dabei marschierte sie langsam in der Küche auf und ab, vorbei an dem Schild mit der Aufschrift »Der Herr segne dieses Haus« und dem Keramikschwan mit den Papierservietten und der alten Schnurdose auf dem Bord, an ganz normalen Dingen aus der

Vergangenheit. Dann tat sie so, als wolle sie eine Marie-Antoinette-Locke zu einem Zopf flechten. »Ich habe den ganzen Tag gebraucht, mich zurechtzumachen«, sagte meine Mutter und unterdrückte geziert ein kleines Gähnen, das irgendwie fröhlich um ihre Lippen spielte. »Dabei habe ich nicht mal ein Hausmädchen oder eine Putzfrau, die mir da oben in meiner Dachkammer behilflich sein könnte. Also nimm mich zu der Party mit oder verschwinde von hier. Sonst muß ich dich nämlich ins Verlies oder in die eiserne Jungfrau stecken und dir den Kopf abhacken. Also, los geht's zu den Heritage Days! Ich habe mich dort mit Alfred verabredet; wir werden Rumba tanzen. Denen zeigen wir, was 'ne Harke ist.«

Ich streifte ihr eine langärmlige Bluse über das Bustier und das durchsichtige Mieder und knöpfte ihr die Bluse zu wie einem Kind. Die Strumpfbänder an ihren Oberschenkeln waren nun kaum noch zu sehen. Ich mußte lachen. Denn lieber würde ich sie mit ihrem Bustier und ihrer Hemdbluse mitnehmen, als sie zu Hause bei ihren Kerzen lassen. Wahrscheinlich würden die Bewohner unseres kleinen Ortes – der Metzger und der Bäcker – sie aus ihrem Wahn wachrütteln. Ich war erleichtert. Etwas Zwanghaftes in mir wollte die Königin der Heritage Days in Aktion sehen. Auf der Fahrt von Chicago nach Hause hatte ich mir immer wieder gesagt: »Sie ist nie krank gewesen; sie ist ihr ganzes Leben lang nicht krank gewesen.« Fünf Monate lang hatte ich sie in ihren Versuchen, die Vergangenheit neu zu schaffen, unterstützt und jeden Beleg für ihren Wahn als unzulässigen Beweis, als Fehler, falsche Erinnerung oder hysterische kollektive Neurose erklärt. Ich hatte die Göttinnen und Mütter mit Diademen auf den Locken aus dem Pantheon meiner Erinnerung vertrieben. Es war so wichtig für mich, daß sie die Rolle der normalen Mutter, der ungerecht behandelten Mutter, der ausgeglichenen Mutter, der guten Mutter spielte.

Und nun setzte ich dieses kleine, verrückte Gespenst in unseren Wagen und fragte mich, ob Marie Antoinette sich zusammen mit der Nacht verflüchtigen oder monatelang bei uns bleiben würde. Solange, bis wir sie vielleicht einsperrten und den Schlüssel wegwarfen. Insgeheim formulierte ich schon den Brief: »Sehr geehrte Damen und Herren vom Menomenee County Mental Hospital, meine Mutter ist in der irrigen Überzeugung, niemals psychisch krank gewesen zu sein, gerichtlich gegen Sie vorgegangen. Leider jedoch deuten Ereignisse der jüngeren Vergangenheit darauf hin, daß Sie recht hatten. Bitte kommen Sie und holen Sie sie ab!« Doch statt dessen fuhren wir zu dem Karneval, auf dem ich im Alter von fünf Jahren Miss America geworden war. Wie sicher ich mich fühlte, als wir uns auf den Weg machten, einen Weg der Posen. Meine Mutter und ich im Kampf gegen Windmühlen. Doña Quijote und Señorita Sancha Pansa unterwegs in der Estremadura. Als ich mir eingeredet hatte, daß sie immer ganz normal gewesen war, hatte ich mich gefühlt wie eine Ketzerin. Plötzlich war die Vergangenheit leer gewesen; ich hatte jegliche Vorstellung von Oz, der Sargassosee, von Byzanz und anderen mythischen Orten verloren. Das war langweilig und steril und versprach eine ebenso langweilige und sterile Zukunft. Doch jetzt war die Königin von Saba, unsere Madonna in Fetischbemalung, unsere Derwischmutter, zurückgekehrt.

Wir setzten uns in einem der Festzelte an einen Tisch und schirmten meine Mutter so gut wie möglich ab, damit sie nicht allzuviel Kontakt mit den anderen Menschen bekam. Merkwürdigerweise fiel sie in der Dunkelheit gar nicht so auf. Es war eher, als nehme man zusammen mit einem Medium Platz, das Verbindung mit einer anderen Welt aufgenommen hatte. Meine Mutter kommentierte irgendwelche Streiche imaginärer Akteure, die nur sie sah. »Unwirklich«, sagte sie. »Siehst du die Frau dort mit der großen roten Nase?« Aber da war nirgends eine Frau mit einer großen roten Nase. Sie sagte uns, wir sollten ihr Limonade und Maiskolben und Bratwurst bringen. Sie bestand darauf, mit Alex zu tanzen, und er – dafür werde ich ihm ewig dankbar sein – reichte ihr seinen Arm und legte zusammen mit ihr einen Cowboy-Walzer aufs Parkett; er war ein großartiger Tänzer. Ein paar Leute schauten sich nach ihnen um, allerdings nicht so viele, wie ich befürchtet hatte – und auch Alex' Blick wirkte nicht verzweifelt, obwohl er zu sagen schien: »Hilfe, ich glaube, ich bin in einem Fellini-Film gelandet.« Alex senkte die hohe Stirn zu Dolores' Locken herunter. Ich sah, wie sich ihre Lippen im Gespräch mit ihm bewegten, und hörte ihre Ausführungen: »Rosa ist sehr, sehr wichtig. Meine Babys waren rosafarben. Sie sind es immer noch.« Sie hatte die Augen beim Sprechen geschlossen, um sich besser zu konzentrieren. »Natürlich ist Rosa auch ein Blutderivat, und wenn man Rosa auf den Boden verschüttet oder ein Flitterwochennegligé auf den Boden fallen läßt, dann kriegt man's nur schwer wieder raus.« Meine Mutter hatte einmal ein solches Nachthemd besessen und es jahrelang in ihrer Zedernholztruhe aufbewahrt.

Sie wollte auf Alfred warten und mit ihm tanzen, als die Cowboy-Band wieder zu spielen begann. Alfred hatte ihr schon unzählige Male das Herz gebrochen, weil er nicht auftauchte. Trotzdem würde er ja in einer Kürbiskutsche vorfahren, mit Weste und einem schräg auf dem Kopf sitzenden Hut – ein Froschkönig, der sich erst am Morgen verwandelt hatte. Im Lake Puckawasay gab es jede Menge Frösche.

»Ich will nicht gehen«, sagte meine Mutter und stemmte sich mit ihren winzigen Prinzessinnenfüßen ein. »Nein, ich werde nicht gehen. Mir gefällt's hier; du willst mir nur den Spaß verderben.«

»Na schön«, sagte ich und starrte sie an wie eine Fremde. »Dann mußt du eben zu Fuß heimgehen, ist mir auch egal.« Ich stellte mir vor, wie sie auf der Landstraße zu ihrem hübschen Bungalow bummelte, wie sich die Absätze ihrer Silbersandalen in die Kiesel bohrten und ihre Strumpfbänder unter ihrer Hemdbluse schnippten, während dunkle Autos an ihr vorbeifuhren, die in ihren Augen aussahen wie Raumschiffe auf der Suche nach menschlichen Wesen.

Also fuhren wir ohne sie zum nächsten Drive-in. Während ich mir ein Eis mit Schokostreuseln bestellte, dachte ich daran, wie meine Mutter und mein Vater uns vor so vielen Jahren hierher gebracht hatten, wie Kate und Sarah und ich auf das Dach des Wagens geklettert waren und unsere Sachen dort oben gegessen hatten. Niemandem hatte es etwas ausgemacht, daß Ketchup und Sodawasser auf die Fenster tropften. Aber das war ganz am Anfang gewesen, bevor alles so wurde, wie es jetzt war. Ich sah sie vor mir, wie sie nach Hause stökkelte – eine Ausreißerin vom Hof Ludwig XVI. Sollte sie doch das Haus abbrennen und dabei mit ihren kleinen Strumpfbändern klimpern, als seien sie die Währung ihres Reiches.

Eine Woche später, in einer privaten Nervenklinik in Milwaukee. Die Finger ineinander verschränkt, formten Kate, Sarah und ich einen kleinen Kreis um meine Mutter. Wir fingen eine Nixe. Ganz langsam bewegten wir uns, wie Tänzer. Ringel, ringel, Reihe. »Ich mache mir Sorgen um dich«, sagte Kate mit ernster Stimme. Sind der Kinder dreie. »Ich mache mir auch Sorgen um dich«, sagte Sarah. »Ich auch. Ich mache mir ebenfalls Sorgen um dich!« fügte ich hinzu. Allerdings mache ich mir Sorgen um dich. Am liebsten hätte ich dir die Strumpfbandhalter um den Hals geschlungen und dich wie Mrs. Rochester aus *Jane Eyre* in den Speicher gesteckt, während wir das Haus anzündeten. Doch meine Mutter blieb ungerührt; sie schenkte uns keine Beachtung, als hätte sie uns noch nie im Leben gesehen. Tat so, als feile sie sich die Nägel, hob sie sogar hoch, um zu sehen, ob sie Halbmond- oder Tränenform hatten.

Den ganzen Nachmittag war Dolores bei einem Psychiater gewesen; wir hatten sie nämlich hereingelegt. Sie meinte, wir würden sie zum Mittagessen einladen, doch wir hatten sie einfach in diese private Nervenklinik gebracht. Als sie das merkte, streckte sie uns die Zunge heraus und schnitt Grimassen. Sie war ganz in Weiß gekleidet, trug einen weißen Sarong mit Bändern, die sich um ihre Schultern rankten wie Lianen, dazu eine große künstliche Gardenie im Haar, weiße Strümpfe und Sandalen. Eine gottgesandte Missionarin. In der Hand hielt sie Mary Baker Eddys Gebetbuch *Science and Health*. Von der einen Hüfte schwang ein Kruzifix, von der anderen ein Jerusalem-Kreuz.

Einmal hatten wir sie für einen oder zwei Tage aus den Augen verloren, als sie draußen am Billy Mitchell Field in Milwaukee campierte. Irgendwie war es ihr gelungen – wir haben nie herausgefunden, wie –, ohne Kreditkarte genug Geld aufzutreiben, um zu Sarahs Grillfest nach Denver zu fliegen.

»Hallo«, hatte sie Sarah und ihre erstaunten Gäste begrüßt. »Ich bin Dolores, die Partymama von Sarah. Wißt ihr, daß Mrs. Mary Baker Eddy lehrt, man soll das Böse gegen das Gute eintauschen? Die Naturwissenschaften sind ein Segen. Ich gebe einen Kurs über die Bedeutung von Farben und Stimmungen. Wenn ihr niedergeschlagen seid, lautet das Motto: ›Think Pink.‹« Sarah und ihr Mann hatten sie drei Tage lang beherbergt. Damit meine Mutter in der Nacht nicht verschwinden konnte, hatte Sarahs Mann vor der Haustür geschlafen.

Doch nun war sie dort, wo sie hingehörte. Sarah hatte sie mittels einer kleinen Bestechung von Denver nach Wisconsin zu diesem Psychiater gelockt. »Natürlich ist das alles für meine Mädchen ein bißchen merkwürdig«, erklärte meine Mutter bei dem Termin, den Blick gen Himmel gerichtet. Der Psychiater machte sich Notizen. »Ich habe meinen Mädchen so viele Dinge nicht erzählt über meine Vergangenheit. Ich bin eine gebrandmarkte Frau. Sie kennen die Terrorismusbekämpfung nicht wie ich. Ich habe schon Wanzen in der Seife gefunden. Wissen Sie, mein früherer Ehemann hat geheime medizinische Experimente mit mir durchgeführt. Aber jetzt gehöre ich der Christian Scientist Church an. Man muß das Böse gegen die Liebe eintauschen. Wenn Sie mir Medikamente verschreiben würden, müßte ich Ihnen sagen, daß das gegen meine religiösen Grundsätze verstößt.« Dabei schlug sie das Buch *Science and Health* von Mary Baker Eddy auf. Vertreibe den, der Böses tut, und heile dich selbst!

Völlig verrückt.

Kurz bevor die Tür sich hinter uns verschloß, sah der Psychiater, der fünftausend Dollar in bar verlangte, um meine Mutter einzuweisen, wie ihr Gesicht in sich zusammenfiel. »Sie ist manisch-depressiv«, sagte der Arzt, ein Österreicher. »Allerdings scheint bei ihr der manische Teil des Zyklus zu überwiegen. Das ist sehr selten. Sie ist grundsätzlich bipolar, aber die Depressionen sind sehr, sehr kurz bei ihr. Ihr geht sozusagen erst die Luft aus, wenn sie zusammenbricht.« Ich beobachtete meine Mutter auf dem Flur, wie sie sich Notizen in ihrem *Science and Health* machte. Nach einer Krankheitsgeschichte von mehr als zwanzig Jahren hörte ich dieses Wort im Zusammenhang mit Dolores zum ersten Mal. Zwei Pole: Nord und Süd. Andere Worte hatte ich in bezug auf Dolores schon gehört: paranoid, schizophren, Wahnvorstellungen, Neurasthenie, höchstwahrscheinlich selbstmordgefährdet. In einem Bericht von 1966 steht Nervenzusammenbruch, in einem Krankenblatt von 1979 hysterische Neurose. »Zustand der Patientin verbesserte sich durch Behandlung.« Ach nein, einfach durch's Reden? Der Arzt muß ein Zauberer gewesen sein. Aber »bipolar«, das war mir neu.

Ich muß an einen Maibaum denken. Ich war damals sieben, die Maikönigin in unserem kleinen Ort. Ich trug ein Krönchen aus Aluminiumfolie auf dem Kopf. Die anderen Kinder lachten mich aus und nannten mich »Queenie«, und ich wickelte mich in die im Wind flatternden bunten Bänder. Aber daran durfte ich jetzt nicht denken. Ich mußte an Geld und an die verschlossene Tür des Psychiaters hinter uns denken. Ich mußte daran denken, daß meine Mutter nicht versichert war. Ob ich die Sache über meine Visa-Card abrechnen könnte? Meine Mutter hatte in wachsender Panik ihre Kranken-

und Lebensversicherungen gekündigt, ihr gesamtes Vermögen, Aktien und andere Wertpapiere, zu Geld gemacht. Wie eine Zauberin auf einer Party hielt sie plötzlich einen Scheck hoch. »Fünftausend Dollar für die Mary Baker Eddy Health and Science Mother Church in Boston.« (Den Scheck zerriß ich persönlich.) Dann wieder verschenkte sie ihren Wagen und sagte: »Ich weiß gar nicht mehr, wem ich zuerst spenden soll.« Das Geld, das sie durch die Scheidung bekommen hatte, war längst ausgegeben. Als nächstes kam möglicherweise das Haus dran. Zwar gehörte ihr Mabels Haus, aber sie hatte ein kleines Vermögen für die Renovierungsarbeiten ausgegeben, und die Bank, bei der sie dafür einen Kredit aufgenommen hatte, drohte, sie vor Gericht zu bringen. Dann wäre sie obdachlos. Dann würde sie bei mir landen! Ich brauchte unbedingt diese fünftausend Dollar. Welcher meiner Bekannten hatte soviel Geld? Ich rief den Doktor an – einfach so. Ohne nachzudenken, völlig durchgedreht. Sie waren nun seit sechzehn Jahren geschieden, und ich hatte seit zwanzig Jahren nicht mehr mit ihm gesprochen. Es war so etwas wie ein stillschweigendes Abkommen. Seine Stimme am Telefon klang wie heißes Wasser, das sich über Eis ergießt. Ich spürte ein Knacken in meinem Kiefergelenk. Während ich sprach, sah ich, wie meine Mutter an einem Kopierer herumspielte und etwas aus *Science and Health* kopierte. Ich erklärte dem Doktor die Situation und bettelte um Geld. Seine Stimme klang in meinem Ohr wie Sirup, der alle Fluchtwege verklebte. Unser beider Stimmen – ein paar Minuten lang. Der Schweiß tropfte mir das Gesicht herunter. »Tja«, sagte er, »ich hab das Geld nicht.« Es war verrückt, daß ich ihn gefragt hatte, daß ich überhaupt mit ihm gesprochen, ihm unsere Verletzlichkeit offenbart hatte. Als ich auflegte, waren meine Handflächen schweißnaß; die Zunge lag mir wie Blei im Mund, und ich hatte das Gefühl, völlig verdreckt zu sein.

Dann plötzlich hörte ich etwas auf dem Flur – es klang wie ein Kind, das in die Pause saust. Dolores versuchte zu entkommen. Sie entdeckte ein Essenstablett, nahm eine Banane weg und warf sie in meine Richtung. Bingo! brüllte sie, dabei hatte sie mich weit verfehlt. Sie rannte weiter, hüpfte fast. Dabei schwangen die kleinen Kreuze an ihren Hüften. Meine Mutter brüllte: »Ich hasse diesen Ort. Mein Gott, ist das scheußlich hier. Die Menschen hier drin sind so was von scheußlich, die haben sicher den Scheußlichkeitswettbewerb gewonnen. Und dieser Psychiater! Warum habt ihr mich zu diesem Nazi gebracht?«

Sie tänzelte dahin, ich folgte ihr in Zeitlupe. Wo steckten nur all die Pfleger, die so ein Problem schnell und sauber lösen konnten? Meine Mutter riß eine Broschüre vom Schwarzen Brett und fuchtelte mir damit vor der Nase herum. »Wie man mit psychiatrischen Krankheiten umgeht«, stand darauf. Ich legte sie geistesabwesend wieder zurück. Dolores sprintete durch die leere Cafeteria, zum seitlichen Ausgang hinaus und auf den Parkplatz, wo glücklicherweise gerade Kate und Sarah um die Ecke bogen. Und dort bildeten wir auch den Kreis um sie, damit sie nicht weglaufen konnte. »Ich mache mir Sorgen um dich«, spornte Kate uns an, die wir nicht wie sie den größten Teil unseres Erwachsenenlebens in einer Zwölfstufengruppe für Behinderte verbracht hatten. Sie starrte uns vorwurfsvoll an.

»Wir machen uns Sorgen um dich«, sagte nun auch Sarah, die Anwältin, pflichtschuldig und mit leiser Stimme. Aber schon nach zehn Minuten hatte sie so genug von dem Ganzen, daß sie per Anhalter nach Hause fahren wollte. Schließlich war sie einunddreißig Jahre alt und selbst Mutter.

»Ich mache mir auch Sorgen um dich, Mom«, sagte ich endlich. »Warum singst du nicht ›Over by the Window and We'll All Help You Out‹?« Ein alter Scherz meiner Mutter wie »Du willst zehn häßliche Pfund verlieren? Dann schneid dir den Kopf ab.«

»Ringel, ringel, Reihe«, sang jetzt Dolores und klatschte gegen unsere Hände. »Den letzten fressen die Hunde. Hey, bleib du doch hier in der verdammten Klinik, wenn du sie so toll findest. Ja, gute Idee. Stecken wir Jacki in die Klinik. Die sollen ihren Kopf untersuchen! Wollen doch mal sehen, ob was anderes drin ist als alte Zeitungen! Vielleicht ein altes Rattennest! Hey, wißt ihr eigentlich schon, daß sie bei 'ner Engelmacherin gewesen ist? Woher sollen wir wissen, daß sie das nicht noch ein paarmal gemacht hat?« Die Bäume begannen sich an mir vorbeizubewegen wie schwere Bühnenrequisiten. »Wer zuerst am Wagen ist!« rief Dolores aus und kniff Sarah in die Hand.

»Scheiße. Verdammt, Mom, hör auf damit.« Sarah wollte weg. »Verflucht noch mal, ich mache mir Sorgen um dich!« Sie ging zu ihrem Wagen.

Wir ließen meine Mutter los. Die Königin von Saba hatte diese Runde gewonnen. Mit großer Geste schüttelte sie ihre Autoschlüssel aus der Handtasche und rückte ihre weiße Sonnenbrille zurecht. In ihren Winkeln funkelten weiße Edelsteine. Unser Bild spiegelte sich in den Gläsern. Sarah war mittlerweile schon ein ganzes Stück die Straße hinuntergegangen und weigerte sich einzusteigen. Hey, Sarah, rief ich, komm zurück! Meine Mutter hatte die Schlüssel, und das war gefährlich, aber ich brachte sie dazu, stehenzubleiben und Sarah einsteigen zu lassen. Ganz ruhig fuhr sie nach Hause, schaute dabei zum Fenster hinaus, als wolle sie auf einer Safari Gazellen ansehen und als seien wir Wasserträger, die sie für die Reise angeheuert hatte.

Als wir eine halbe Stunde später zu Hause ankamen, stürzte meine Mutter vor uns ins Haus und verschloß die Tür. Da standen wir nun. Jesus, Maria und Josef. Natürlich hatten wir einen Schlüssel, aber keinen Mut. Meine Schwestern und ich trollten hinunter zum Pier. Dabei kamen wir uns vor wie sehr, sehr alte, müde, fette Elfen. Miet-Elfen – genau das waren wir. Wir traten bei Kinderfesten und vor Irrenanstaltsinsassen auf. Die Sonne warf ihre Radarstrahlen aufs Dach; der Wetterhahn sandte schimmernde Signale vom Mars. »Einen großen Manhattan«, sagte ich dem Barkeeper in meinem Kopf. »Einen doppelten. Whiskey, ein bißchen Wermut und einen Schuß Bitterlikör.« Ein großer blauer Reiher schwebte herunter auf den Pier, eine güldene Ikone mit einem von der Sonne versilberten Fisch im Schnabel. Der Reiher besuchte meine Mutter oft zusammen mit einem Paar »magischer Otter«. Der Reiher existierte tatsächlich, die Otter gab es nicht. Eine Weile saßen wir Schwestern nachdenklich in der Abendsonne. Plötzlich öffnete meine Mutter die Tür, klebte einen Zettel daran und knallte sie wieder zu, als seien wir immer noch hinter ihr her. Ich rannte über den ausgetrockneten Rasen hinauf, um den Zettel zu holen.

»Hallo!« ____________________

»Mein Name ist« ____________

Einladung zu einem zwanglosen Picknick auf meinem Deck! Tut mir leid, aber im Augenblick kann ich keine anderen Termine bieten, weil ich damit beschäftigt bin, mein NEUES GESCHÄFT aufzubauen!!!

Ein früherer Freund?
Kreative Wiedergeburt, 16 Uhr 30

Später aßen wir zusammen mit der Königin von Saba zu Abend, Schweinekoteletts auf Rhabarberblättern und Pampelmusen; die Henkel der Kaffeetassen, aus denen wir tranken, waren mit Flitter, Bändern und Kreppapier umwickelt. Unsere Stimmen verhallten in der Nacht. Hin und wieder übertönte das Kichern meiner Mutter unsere Klagen, und sie rief aus: »Unwirklich! Mädchen, das hier ist einfach unwirklich!« Ihre Stimme war so laut, daß man sie wahrscheinlich auf der anderen Seite des Lake Puckawasay hören konnte.

In ihrem normalen Leben schuftete meine Mutter als Kellnerin, aber wenn sie einen manischen Schub hatte, war sie eine Geschäftsfrau und gehörte zum Jetset oder war eine Prinzessin mit ständig wachsendem Reich. Und das, obwohl ihr tatsächliches Vermögen immer mehr schrumpfte. Sie ersetzte es einfach durch Geld, das sie mit Hilfe ihres Meisterdesigners namens Gott verdiente. Sie hatte sich zwei Geschäftszweige ausgedacht, die beide in ihrem normalen Leben wurzelten. Den ersten nannte sie *Kreative Wiedergeburt durch Design*; dabei handelte es sich um ein Inneneinrichtungsunternehmen. Der andere hieß *Déjà Vu Gourmet-Speisen. Ein Unternehmen der Kreativen Wiedergeburt*. Ich erfuhr zufällig davon, als ich eines Tages zu Hause anrief und eine kühle Sekretärinnenstimme mich fragte: »An welche Abteilung von *Déjà Vu Speisen* soll ich Sie weiterverbinden?« Déjà Vu. Ich hatte das alles schon einmal erlebt, auch ihre völlige Abhängigkeit vom Meisterdesigner namens Gott. Der würde übrigens auch alle Rechnungen für sie begleichen. Wenn sie etwas brauchte, bekam sie es. Einen Wagen, ein Handy, eine Sekretärin, die sich in die Küche setzte und so tat, als gebe es mehr als einen Telefonanschluß im Haus. Klar, warum nicht? *Déjà Vu Speisen* war ein Familienunternehmen. Während ihrer kurzen Reise nach Colorado zu Sarah hatte sie für die Jahreskonferenz der *Déjà-Vu*-Geschäftsleitung einen Raum in Breckenridge gemietet. Das fanden wir erst heraus, als die Rechnung dafür kam. Unsere Aufgabe bestand hauptsächlich darin, Kekse zu backen und für Dolores Gourmet-Butter herzustellen. Meine Mutter schickte jeder von uns ihre Broschüre zu. Sie hatte eine Golden-Guernsey-Kuh auf den Umschlag gezeichnet, die wie ein hyperaktives Gnu mit langen Wimpern aussah. Das Maskottchen von *Déjà Vu* war ein freches Milchmädchen (gibt es überhaupt andere?) mit Schottenmütze und Sprechblase, in der stand: »Ich bin eine *Déjà-Vu*-Mamsell.« Allerdings. Eines Tages marschierte meine Mutter in das echte Büro der Golden-Guernsey-Dairies in Wausau, Wisconsin, und legte dem Manager ihre Geschäftspläne auf rosafarbenem Millimeterpapier vor. »Wenn Sie mir Milch liefern, beliefere ich Sie mit Gourmet-Butter«, erklärte die Geschäftsführerin von *Kreative Wiedergeburt durch Design. Ein Unternehmen der Déjà Vu Gourmet-Speisen.* Dabei schlug sie selbstbewußt ihre in einem pfefferminz-rosafarbenen Hosenanzug steckenden Beine übereinander. »Abgemacht«, sagte Mr. Golden Guernsey. Tat er das wirklich? Ich weiß es nicht. Allerdings weiß ich, daß Dolores rund um die Uhr arbeitete, sobald sie wieder zu Hause war. Die Sekretärin, die sie angeheuert hatte, eine ziemlich langsame Frau namens Evelyn, tippte zwei Wochen lang Lieferscheine an potentielle und imaginäre Kunden. Als Angehörige der Unternehmensleitung erhielten wir Schwestern mit der Post fast täglich *Déjà-Vu*-Rezepte und Handzettel. Meine Mutter beschriftete Hunderte von Visitenkarten mit der Hand, entwarf kleine Kisten, Verpackungsmaterial, Kalender und Versandformulare. Ich persönlich fand die Rezepte meiner Mutter fabelhaft.

> KOKOSNUSSBUTTER
> 100 g beste Butter aus Wisconsin, natürlich von Golden Guernsey!
> eine halbe Tasse Clover-Bear-Honig
> 30 g Kokosaroma
> eine frisch geraspelte Kokosnuß
> Miteinander vermischen – Sie werden gar nicht genug davon kriegen können!
> Guten Appetit!

Außerdem dachte sie sich noch einige andere Sachen aus: Süße Zitronenbutter und Himbeerblütenbutter (»auf Bananenbrot«, notierte meine Mutter auf eine handgeschriebene Speisekarte), Landkräuter-, Aprikosen-, Mandelbutter und Butter mit schwarzen Pfefferkörnern – die übrigens köstlich war. Einige Kreationen benannte sie nach uns: »Sarahs Erdnußbutterblumen«, »Kates Buttermilchhappen«, »Jackis Überraschung«. (Potentielle Kunden konnten sich von allen Sorten ein Muster zuschikken lassen, nur nicht von der letzten – schließlich handelte es sich um eine Überraschung.) Dazu kamen Walnußscheite, Knackige Ingwerkekse, Himbeerherzen, Datteldiamanten und Mabels Sülze (eine Fleischsülze, die sich eigentlich nur an Leute verkaufen ließ, die vor 1915 in Böhmen geboren waren). Doch mein absolutes Lieblingsrezept hieß »Thornys Rache«, benannt nach der Katze meiner Mutter, der sie in jenem Sommer bei ihrer Suche in Wörterbüchern einen anderen Namen gegeben hatte, weil sie ja an einer »neuen Sprache« arbeitete. Sie rief einen meiner Freunde von NPR an, um ihm davon zu erzählen. »Du kannst dir die neue Sprache, die ich gerade erfinde, gar nicht vorstellen«, sagte sie. »Mit der könntest du auf Sendung gehen!« Jedenfalls war »Thornys Rache« eine Butter voller geheimer Cajun-Rezepte. An einen der kleinen Behälter hängte meine Mutter ein Etikett mit der Aufschrift »Essen Sie, bis Sie platzen!«

Und *Kreative Wiedergeburt – Déjà Vu Speisen* hatte Erfolg! Meine Mutter marschierte zu einem Toyota-Händler in Menomenee und legte ihm ihre Visitenkarte von *Kreative Wiedergeburt* mit der Aufschrift »Wir schaffen das richtige Ambiente für Ihren Lebensstil« vor. Mit einem feuerwehrroten Toyota Supra mit Weißwandreifen, Spoiler und Turbomotor kam sie wieder heraus, ganz aus dem Häuschen vor Freude. »Evelyn!« rief sie ihrer Sekretärin zu. »Hier ist wieder ein Brief von Richter MacGill. Der möchte, daß ich dem Menomenee County Mental Hospital ungefähr eine Milliarde Dollar zahle.« »Judge Meant Daze«, schrieb sie auf einen Zettel, den sie seiner Rechnung beilegte. »Schicken Sie ihm Waren im Wert von zweitausend Dollar gegen Lieferschein und ein Designer-Sweatshirt. Hier ist eine Rechnung von meinem Anwalt. Der will ständig Geld! Schicken Sie ihm für fünfhundert Dollar ›Thornys Rache‹ und ›Jackis Überraschung‹ gegen Lieferschein. Und vielleicht noch ein bißchen Zitronenbutter dazu.« Und so weiter. Sie schickten ihr eine Rechnung, und sie revanchierte sich mit einem

Lieferschein – die Bank, der Anwalt und die schäbigen Makler, die Ärzte, das Menomenee Hospital, später das Inkassobüro mit seinen Drohbriefen, der Autohändler, die Kaufhäuser und örtlichen Geschäftsleute, schließlich sogar ihr Zahnarzt. Obwohl Evelyn, wie gesagt, nicht so helle war, merkte sie doch nach ein paar Wochen, was los war, kündigte und schickte meiner Mutter hoffnungsfroh eine weitere Rechnung. Meine Mutter sandte ihr daraufhin ihrerseits eine Rechnung, einen Schuldschein über »Knackige Ingwerkekse« sowie einen Gutschein für andere hausgemachte Spezialitäten. Sie konnte keine Zeit für Rechnungen vergeuden – schließlich hatte sie tausend Dinge zu erledigen! Die verschiedenen Buttersorten wurden in handgemachten Behältern geliefert, die Kekse in verzierten Dosen. Sie würde es schaffen; sie würde ein Imperium aufbauen, ein Unternehmen. Sie würde alle Geschäfte mit leckeren Sachen beliefern, die sie sich selbst ausgedacht hatte; sie würde eine Selfmadewoman werden, eine Spezies, über die man im *Money*-Magazin las, und es wäre ein Familienbetrieb. Wir würden alle zur Verpackung passende Kleidung tragen, Mary Baker Eddy würde die Geschäftsleitung übernehmen, und Alfred würde endlich erscheinen und sie zum Gründungsball für *Déjà Vu* im Pfister Hotel begleiten.

Wir Schwestern sahen Dolores mit großen Augen an, wie sie das Geld mit vollen Händen ausgab. Schon bald drohte ihr der Bankrott, aber irgendwie schaffte sie es immer wieder, Kredite zu bekommen. Eines Samstags schaute ich bei meiner Mutter vorbei und traf sie in der Küche an, umgeben von pyramidenförmig aufgebauten purpurfarbenen Kaffeetassen. Sie lächelte mich an. Auf jede Tasse hatte sie geschmackvoll ihr Motto eingravieren lassen. »Denk an mich«, stand auf den kleinen Tassen. »Denk an mich, denk an mich, denk an mich.« Fünfhundertmal. »Denk an mich.«

Ach, Mutter, als ob wir je an etwas anderes denken könnten.

In der sommerlichen Dürre des Jahres 1988 schrumpelte der Mississippi unterhalb von Cairo, Illinois, zusammen wie ein Wurm in der Sonne. Die Trockenheit und die Hitze bleichten alles Grün in Wisconsin zu einer verblaßten Daguerreotypie.

Die Farmer schürzten die Lippen, machten ihre Ernteversicherung geltend und schlachteten ihre Rinder. Die Rasenflächen sahen aus wie Pfeifentabak. Ein großer blauer Reiher hüpfte vorsichtig im Schlamm des Lake Puckawasay herum. In ihrem Reservat oben im Norden führten die Menomenee-Häuptlinge einen Regentanz auf, einen *wasase.* Sie hüllten ihre Körper in die noch feuchten Häute und Panzer sterbender Schlangen und Schildkröten. Die östliche Hälfte der Nation dürstete nach Wasser, und die Farmer fingen an zu fluchen.

Ich flog nach Mississippi, um einen Artikel über Schleppkähne zu recherchieren, die am südlichen Ende des Flusses festsaßen, einer nach dem anderen, kilometerweit, außerhalb von Greenville. Mein Toningenieur und ich trafen uns mit dem Cajun-Schleppkahnkapitän Tom von der *Smokey Joe.* Tom, der Salonlöwe unter den Kapitänen, fuhr uns den schlammigen Fluß entlang und ließ dabei in voller Lautstärke »Proud Mary« von Ike und Tina Turner laufen. Der Mississippi rankte sich zaghaft um unseren Bug. Wir rollten dahin, den Fluß entlang, die Lautsprecher eingeschaltet; und wir lauschten auf das Flußleben. Dann stiegen wir um auf ein anderes Boot, die *Dread Jadwin*, einen großen Schwimmbagger der Küstenwache, der aussah wie ein Dampfschiff der Vorkriegszeit. Der Toningenieur und ich aßen hausgemachten Schinken in einem altmodischen Atrium, und ich versuchte unterdessen, den Louisiana-Bayou-Akzent des Kapitäns der *Dread Jadwin* zu verstehen, der noch stärker war als der von Tom: »This heah bigaloo than ya'll kinsee. Hae mose red bees and rise!« Soweit ich das beurteilen konnte, wollte er uns etwas übers Essen mitteilen.

Die Hitze und die träge Zeit klebten an unseren Körpern. Die *Dread Jadwin* trieb zitternd eine tiefe Rinne in das Flußbett. Gegen Mitternacht dann schlüpften die gefangenen Schleppkähne und Hausboote eins nach dem anderen hinaus – Perlen, die von einer Kette glitten –, und jedes davon gab beim Vorbeifahren seinen Namen an die Küstenwache durch. *Echo Prince. Smokey Joe. Arabella.* Ich saß am Ufer des Mississippi und winkte unseren Freunden zu. Dabei fielen mir die »Denk an mich«-Tassen meiner Mutter ein. Wie schon so oft an Orten, die sie selbst nie gesehen hat.

Die Königin von Saba ist immer an meiner Seite. Wenn ich Hamas-Schützen dabei beobachte, wie sie bei einer aggressionsgeladenen Massenkundgebung in Gaza in die Luft schießen; wenn ich auf amerikanische Geiseln starre, die in einem palmenbestandenen Hof mit goldenen und blauen Mosaiken in Bagdad bedrückt um einen Swimmingpool herumsitzen; wenn ich halbverhüllt im Elburs-Gebirge über Teheran an Frühlingsmohn vorbeiklettere, dann *denke ich an sie.* Sie kann alles tun, überall hingehen, jeder sein. Und sie muß nicht einmal von zu Hause wegfahren, um das zu tun. Ich frage mich, wer von uns beiden eigentlich das größere Chamäleon ist.

In jenem Sommer verschwanden ganze Tage in ihren Wahnvorstellungen. Zum Beispiel die Sache mit dem Clown. Das Bild war peinlich kitschig und hätte eigentlich auf schwarzen Samt aufgezogen gehört. Der Clown hatte mandarinenfarbene Haare, schmale Lippen, weiße, eiförmige Ovale um die Augen und kleine Kleeblätter, die an Irland erinnern sollten. Das Bild hatte mir ein Insasse des nach Ansicht des Federal Bureau of Prisons härtesten Gefängnisses der Vereinigten Staaten geschickt. (Eine ganze Menge staatliche Gefängnisse streiten sich um diese zweifelhafte Ehre.) Ich hatte 1986 einen Bericht über das United States Penitentiary in Marion, Illinois, den damaligen Nachfolger von Alcatraz, geschrieben. In Marion waren die Haftbedingungen unter höchst fragwürdigen Umständen systematisch verschärft worden, bis es zu Aufständen kam und die Insassen im schlimmsten Trakt durchdrehten und zwei Wärter ermordeten. Dann verloren die Wärter ihrerseits die Kontrolle und vergewaltigten Gefangene mit Schlagstöcken, schlugen ihnen die Zähne ein und verprügelten Leute, die bereits mit Fußeisen festgekettet waren. Der Presse hatte man die Vorgänge über einen Monat lang verschwiegen, damit die Verletzungen heilen konnten. Schließlich verurteilte Amnesty International das Gefängnis als einzige solche Einrichtung in den Vereinigten Staaten. Daraufhin verbrachten fast alle Gefangenen dreiundzwanzig Stunden täglich in Zellen, in denen sie jeweils nur einen Schritt in die eine und drei Schritte in die andere Richtung machen konnten. Ein Wärter erklärte mir, ohne mit der Wimper zu zucken, der Leiter des Bureau of Prisons in Washington habe gesagt, in Marion halte man »alle Bestien, Krebszellen«, unter Verschluß, denn »wenn man die nicht unter Kontrolle hat, breiten sie sich aus.«

»Und – nennen Sie sie auch Krebszellen?« fragte ich.

»Na ja, das sage ich ihnen natürlich nicht ins Gesicht«, stotterte er.

Nachdem die Sache an die Öffentlichkeit gedrungen war, schrieben mir viele der »Krebszellen« noch Jahre später, und einer von ihnen, ein Bankräuber und angeblicher Anführer der Aryan Brotherhood, schickte mir das Clown-Bild. Ich ging gerade auf der Veranda von Dolores meine Post durch und wickelte das Bild aus, während meine Mutter neben mir auf ihrem Notizblock herumkritzelte.

Sie nahm das Clown-Bild in die Hand und sah es sich mit schrägem Blick genau an. »Dieser Clown«, sagte sie schließlich, »spricht zu mir!«

»Tatsächlich?« fragte ich. »Was sagt er denn?« Ich spitzte die Ohren.

»Er sagt mir, daß er eine Botschaft von Gott für mich hat.« Ihre Augen glänzten. Aber Gott hatte in jenem Sommer so viele Botschaften für Dolores, daß die Vermittlung blockierte. Sie verschwand hinaus in die Nacht. Erst ein paar Tage später erfuhren wir, daß sie nach Marion gereist war. Wie meine Mutter es geschafft hatte, mit dem Toyota Supra über siebenhundert Kilometer weit nach Illinois zu fahren, wenn sie sich kaum auf einen Gedanken konzentrieren konnte, ist mir schleierhaft. Marion befindet sich in einer einsamen Ecke der Staaten, in einem durch die Bundespolizei geschützten Sumpf unweit der Grenze zu Kentucky. Selbst wenn man weiß, wo man suchen muß, ist es noch ein ganzes Stück weit weg, in einem der dunklen Winkel, wo wir unser menschliches Versagen verstecken. Doch irgendwie gelang es Dolores, die ja ihre eigenen Erfahrungen mit dem Gefangensein hatte, die winzigen Schilder zu finden, die so etwas wie einen Hänsel-und-Gretel-Weg zu dem Gefängnis bilden. Der Wald dort ist so voller Unterholz und Moos, daß man ihn in »Der Große Böse Wald« umbenennen sollte. Meine Mutter, die Rächerin der Unterdrückten, betätigte die Gegensprechanlage am Tor, stellte sich als Tochter eines Mafia-Bosses mit dem schönen Namen »Big Tuna« – »Der große Thunfisch« – vor und wurde nicht hineingelassen. Später erzählte sie mir, daß sie ganz allein gewesen wäre in dem Sumpf, wenn ihr nicht ein Hubschrauber ungefähr noch fünfzehn Kilometer weit gefolgt wäre. Es würde mich nicht wundern, wenn die Sache mit dem Hubschrauber stimmt.

Bald darauf stellte ich fest, daß der mutmaßliche Anführer der Aryan Brotherhood, der mir das Clown-Bild geschickt hatte, nun meiner Mutter zärtliche Liebesbriefe schrieb. Meine Mutter erwiderte sie mit Briefen über Zauberotter, blaue Reiher und Gewitter, die ihre Katze Thorny erschreckten. Wahrscheinlich hielt er das für einen Code. Dieser Mann, der seit seinem achtzehnten Lebensjahr im Gefängnis saß, hatte sich eingeredet, daß ich mich als eine andere ausgab, um ihm meine Liebe zu gestehen. Und daß ich ihm nun unter anderem Namen schrieb – unter dem meiner Mutter. Diese Sehnsucht machte mich sprachlos, denn seine größte Leidenschaft war der Wunsch, wieder frei zu sein.

»Tut mir leid, aber Sie schreiben nicht an mich«, antwortete ich sofort, als ich begriffen hatte, was da vor sich ging. »Sie schreiben an meine Mutter, an meine reale Mutter. Sie ist nicht ganz richtig im Kopf. Sie dachte, sie könnte Sie aus dem Gefängnis holen. Ich weiß, es klingt merkwürdig, aber auch hier draußen ist die Welt manchmal verrückt.« Er entschuldigte sich wortreich und schickte meiner Mutter vier Rosensetzlinge – Rosa Mundi, Empress Josephine, Gloire de Dijon und Noisettes. Jeder in einem anderen Farbton. »Rosa«, hatte meine Mutter in jenem Sommer geschrieben, »ist die Farbe der Erneuerung, und Weiß … das ist ein Ausdruck der Reinheit und der furchtlosen Kraft.« Sie pflanzte die Setzlinge neben dem Weg zu ihrem Haus ein, und sie blühten üppig und bunt, bis ein Eissturm im folgenden Frühjahr sie niedermähte. Von dem Gefangenen in Marion hörten wir nie wieder etwas. Es könnte gut sein, daß er immer noch dort ist, in jener anderen Welt, halb begraben in der Dunkelheit einer Zelle.

Dies war auch der Sommer, in dem meine Mutter ein Rennpferd kaufte (genauer gesagt, einen Viertelanteil daran) und ihren Namen ganz offiziell in Gimbels umwandeln ließ – nach Gimbels Schuster und dem Namen einer entfernten Tante, die ihrer Meinung nach ihre leibliche Mutter war. Es war der Sommer, in dem sie sich in ein Laken hüllte und einen Regentanz für ihren früheren Freund aufführte, und tatsächlich begann es zu regnen; der Sommer, in dem sie einen Kurs über die Göttliche Liebe und über die Bedeutung der Farben abhielt. »Entweder wird dieser Kurs von mir geleitet, oder ich mache nicht die Lehrerin«, schrieb meine Mutter. »Wir wissen alle, daß *Kreative Wiedergeburt durch Design* ein ganz besonderes Geschenk unseres Meisterplaners für die Heilung ist. Es handelt sich um ein Familienunternehmen. Meine Tochter Kate habe ich bereits instruiert. SCHWARZ zum Beispiel deutet auf mangelnde Angst hin. Das ist eine starke Aussage. WEISS hingegen ist eine reine, unvermischte Farbe.« Dies war der Sommer, den sie in einem Bezirksgefängnis verbrachte, weil sie im

Wahn in einer Bibliothek agitiert hatte. »Ihr wißt nicht, wer ich bin«, rief sie aus. »Ich bin Mary Baker Eddys Tochter. Ich muß zur Christian Science Mother Church in Boston!« Dies war der Sommer, in dem ich in Chicago zu arbeiten begann und in dem der Nachrichtenredakteur von NPR mir am Telefon sagte: »Jacki, wir haben gerade einen Anruf bekommen. Wenn Sie nicht über die Sommerparade der Pabst Brewery berichten, erhält NPR keine Fördergelder mehr von Gimbels Schuster. Kriegen wir überhaupt Geld von Gimbels? Sollen wir uns darauf einlassen?« (Ich sollte vielleicht noch hinzufügen, daß der Mann inzwischen schon lange nicht mehr für NPR arbeitet.) Dies war der Sommer, in dem die Sozialarbeiter, die ich fast täglich anrief, mir erklärten, daß ich sie erst einweisen lassen könnte, wenn sie eine deutliche Bedrohung für sich selbst oder andere darstelle. – Also lebten wir weiter mit ihr zusammen, voller Angst und Schwindelgefühle, und warteten darauf, daß sie uns körperlichen Schaden zufügte.

Ein Leben im Lande Babylon

Meine Mutter reiste in ihrer Phantasie wie ich in der Realität. Es gab Zeiten, in denen es mir schon zuviel wurde, nur zwei Wochen in ein und derselben Stadt zu sein, weil ihre Rhythmen mir zu vertraut wurden, mich beengten und ermüdeten. Oft habe ich meinen Paß in der Handtasche mit mir herumgetragen, um mich jederzeit vergewissern zu können, daß die reale Welt, das Nordamerika, in dem ich mich vorübergehend aufhielt, überhaupt nicht die reale Welt ist, sondern nur so etwas wie eine riesige Flughafen-Gepäckaufbewahrung für das Morgen. Dieses Morgen ist ein eigenes Land; ich habe immer das Gefühl, dorthin zu gehören. Dort schlage ich meine Zelte auf, bis es mir nicht mehr gefällt. Ich frage mich, ob ich in dieser Hinsicht nicht meiner Mutter ähnle. »Geht hinaus in die Welt«, sagte sie in unserem kleinen Ort zu uns. »Geht weg von hier, macht was!«

Ich habe so ziemlich alles gemacht. Ich bin irgendwo in einem Prärienest auf der Theke entlangmarschiert und habe dabei das Glas eines Cowboys zerschlagen. Ich bin in Dublin im Auto ausgeraubt worden, habe in Belfast Gerry Adams, den Anführer der Sinn Fein, interviewt und trug dabei einen schwarzen und einen braunen Schuh – etwas anderes hatte ich nach dem Raubüberfall tags zuvor in Dublin nicht mehr. Ich bin im morgendlichen Amman nur in Unterwäsche in einen

Swimmingpool gesprungen und habe mich in Tunis mitten in der Nacht von PLO-Leuten mit einer verdunkelten Limousine zu Yassir Arafat bringen lassen. Gerade von einer Ruhrerkrankung genesen, habe ich mein abgetragenes Armani-Kostüm, das ich mir von Golfkrieg-Honoraren in Rom gekauft hatte, angezogen und König Hussein von Jordanien in seinem Palast interviewt. Siebenhundert Kilometer bin ich quer durch die Wüste in den Irak gefahren, habe am Straßenrand unter meinem Halstuch vor mich hin gewürgt und Johnny Walker ausgekotzt und praktisch alle Vorurteile, die mein arabischer Fahrer gegenüber liederlichen westlichen Berichterstatterinnen haben konnte, bestätigt. Als ich in Bagdad ankam, war ich schweißgebadet. Ziehen Sie sich was über, sagte mein Fahrer, denn mir war so heiß, daß ich aus der Jacke geschlüpft war. »Sind Sie hier, um über den Krieg zu berichten, oder wollen Sie den Vorschotmann für Oxford machen?« scherzte der Korrespondent des *Independent* im Al Rashid Hotel. Ich lächelte. Was er sagte, war mir egal. Ich war schon einmal dort gewesen, vor mehr als tausend Jahren. Finstere Gestalten standen im Foyer herum, Folterknechte und Spione. Wir wußten, daß wir im Irak ganz unten landen konnten. Wir wußten, das war ein Sumpf aus Dattelpalmen. Dann kam mein Übersetzer, ein guter Mann, ein Christ, dessen Familie ins Gefängnis und in die Kriegsgebiete geschickt worden war, um ihn zur Heimkehr aus London zu zwingen. Als er dann tatsächlich zurück in den Irak kam, wanderte er selbst ins Gefängnis und konnte es sich aussuchen, ob er von einem Tikriti oder mit einer Flasche vergewaltigt werden wollte. Nach seiner Freilassung trafen wir uns an einem geheimen Ort in der Nähe des San Raphael Hospital. »Ich will nach Amerika«, sagte Paulus, der gerade einem italienischen Fernsehsender ein Saddam-kritisches Interview gegeben hatte. Ich erklärte ihm, daß das aussichtslos sei. In Amman erwähnte ich seinen Namen in der amerikanischen Botschaft, die das nicht interessierte, und bei den Briten, die ihn immerhin auf eine Liste setzten. Einen Monat später gelang ihm die Flucht aus dem Irak nach Jordanien, und ich bekam einen Anruf vom Büro des Hohen Flüchtlingskommissars der Vereinten Nationen in London. Ja, sagte man mir, man würde ihm helfen, nach Amerika zu kommen, und eines Tages rief er mich von der Michigan Avenue in Chicago aus an, wo ich wohne, und sagte: Wir sind hier, meine Frau, meine Kinder und ich. – Eine Chance in der Hölle, die Geretteten zu erlösen.

Wenn ich doch auch meine Mutter retten, ein gutes Wort bei der Hohen Kommission der Vernunft gegen den Wahn hätte einlegen können. Wenn ich im Ausland unterwegs war, wußte ich nicht mehr so genau, an wen ich mich erinnerte. An die Mutter meiner Kindheit, die Carmen-Miranda-Lieder sang und mitten in der Nacht Bananenbrot buk, um meine Alpträume zu lindern? Oder an die Mutter, die in Zungen redete, sich in Laken hüllte und glaubte, sie sei eine Königin oder eine Braut oder die Tochter von Mary Baker Eddy? Wie konnte ich mit Sicherheit wissen, wer sie war, wenn ich am anderen Ende der Welt saß und mir die grausige Wahrheit über menschliche Schilde, das Niederbrennen der halben Erde und das Blut der Ungläubigen anhörte? Als hätte eine neue Zeit der Kreuzzüge begonnen. Am liebsten wäre ich einfach in einem der Suks, jenen fantastischen Märkten, verschwunden, hätte mich in einen schwarzen Schador gehüllt und gegen eine Mauer gelehnt, auf der ockerfarbene Schmähsprüche gegen die Ungläubigen in einer Sprache standen, die ich nie verstehen würde, auch wenn ich es versuchte – *kaf, alif, noon,* Buchstaben wie Musik, *wah, ein, rah* –, und dann wüßte ich nicht mehr, wer ich bin oder an wen ich denke, und überhaupt war die halbe Welt verrückt, und ich hatte einen höllischen Kater. Wer war sie wirklich? Diese Frage gab mir das Gefühl, zu Hause zu sein, dort, über zehntausend Kilometer entfernt unter den Dattelpalmen des Irak, wo die Grenzen sich über Nacht aufgelöst hatten und alle sich danach sehnten, jemand anders zu sein.

»Paul Marshall Lyden«, hieß es in einem Nachruf im *Menomenee Eagle.* »Geboren 1899, gestorben am 29. Oktober 1988. Familie aus Clifden, County Galway. Am Samstag abend findet eine irische Totenwache statt. Bringen Sie konservierte Erinnerungsstücke in die Lebensmittelkammer von Menomenee mit! Er hinterläßt vier Enkelinnen, Sarah und Kate und Jacki Lyden sowie Dolores Gimbels aus Menomenee.«

Was soll's, dachte ich, meine Mutter hatte also einen Nachruf auf meinen Großvater väterlicherseits in die örtliche Zeitung setzen lassen und uns zu ihren Schwestern gemacht. Trotzdem verblüfften mich solche Hinweise immer wieder. Es stimmte, daß mein Großvater gestorben war, kurz nachdem ich von der Olympiade in Seoul, über die ich berichtet hatte, zurückgekehrt war. Ich war drei Jahre zuvor mit ihm in die Stadt seiner Vorfahren nach Irland gefahren. (Wir sind in den Flitterwochen, erzählte er allen, ist das nicht toll?) Aber er war, wie gesagt, mein Großvater väterlicherseits, nicht der Vater meiner Mutter, und Paul Lyden und ich hatten uns erst in seinen letzten Lebensjahren angenähert. Außerdem, erklärte ich einem Redakteur des *Eagle*, war meine Mutter nicht unsere Schwester. Überprüfte denn niemand solche Dinge?

»Bei ihr weiß man nie«, sagte Kate. »Man weiß eigentlich nur, daß man nie weiß.«

Meine Mutter war ein Wurm, der sich in unser Gehirn bohrte und uns wahnsinnig machte, Kate und Sarah und mich. Der Mensch, der sie einmal gewesen war, verschwand, und ich hatte das Gefühl, ebenfalls zu verschwinden. Ich bekam einen Brief von ihr, in dem sie mir mitteilte, sie hätte mich neulich im Radio gehört; sie hätte erst da gemerkt, daß ich mittlerweile Italienisch könnte. Ich erhielt die ganze Zeit Briefe von ihr, Handzettel für *Déjà Vu Speisen*, Rezepte für Liebestränke, Schönheitstips, Kleider, die sie aus Zeitschriften ausgeschnitten hatte und mir zuschickte, weil sie meinte, sie könnten mir gefallen, oder weil sie sie für mich nähen wollte. Sie rief mich und meine Schwestern mitten in der Nacht lachend an und erzählte uns von Leuten, die wir nicht kannten.

»Ich fühle mich so hilflos«, sagte Sarah mir einmal während eines Anrufs von Denver aus. »Ich bin wütend auf Gott oder wer sonst für so was zuständig ist. Ich kann nicht mehr hinter ihr herräumen. Ich habe das Gefühl, daß ihre Probleme die meinen sind, genau wie damals während des Jurastudiums. Wenn ich aufwache, ist sie bei mir. Wenn ich einschlafe, ist sie bei mir. Ich habe jetzt meine eigene Familie. Man erwartet von mir, daß ich unabhängig bin.«

»Tja, was soll ich da sagen«, erzählte mir Kate, die ein andermal am Telefon an einem »Kates Buttermilchhappen« meiner Mutter kaute. »Gestern hab ich ihr den alten Wagen abgekauft, damit sie ein bißchen Geld hat, und sie hat die Polizei angerufen und denen erzählt, ich hätte das Ding gestohlen. Nicht schlecht, was? Aber weißt du, die Leute von der Polizei, die glauben ihr nicht mehr. Tja, und dann ist sie in 'nem schwarzen Lederminirock und 'ner neonpinken Bluse bei mir aufgetaucht, und sie hat so süß und kokett ausgesehen, daß ich ihr am liebsten eine gescheuert hätte. Weißt du, wie das ist? Sie wollte mir bei der Suche nach einem Kätzchen helfen, das sie am Tag davor in meinem Garten ausgesetzt hatte. Und das schlimmste: Sie sagt nie, daß ihr was leid tut.«

In jenem Herbst versuchten wir es gegenüber unserer Mutter mit Strenge. Wir zwangen sie, uns zu bitten, sie in die Obhut eines Psychiaters zu geben. Wir isolierten sie, ließen sie um ihre Einweisung betteln, sie und ihre verdammten magischen Otter und ihre großen blauen Reiher und ihr *Kreative-Wiedergeburt*-Unternehmen und ihre zahllosen Pakete an Alfred – Tennisbälle, Sektquirler, Manschettenknöpfe. Der Sheriff rief Kate immer wieder an, sie solle sich »mal das ganze Zimmer voller Schrott« anschauen, das sich mittlerweile für den Mann angesammelt hatte. Schluß mit ihren Monologen vor den Gerichten und Geschäftsleuten und Verrückten, die mir ständig im Ohr hallten. Unsere Mutter, der Dorfparia. Sollte sie doch alles verlieren, so wie Lear von Regan, Goneril und Cordelia verlassen wurde. Die tödliche Königin von Saba. Mit der Strenge hatten wir kein Problem, aber die Liebe, das muß ich zugeben, kam dabei ein bißchen zu kurz.

5. NOVEMBER 1988,
CHICAGO, ILLINOIS

Liebe Dolores,
Kate sagt, Du fragst Dich, warum Du nichts mehr von mir hörst. Es tut mir schrecklich leid, aber ich muß Dir sagen, daß ich die Schnauze voll habe. Ich habe genug von Deiner störrischen, dummen und kindischen Weigerung, Dir von jemandem helfen zu lassen. Schließlich hast Du selbst zugegeben, daß Du psychische Probleme hast. Ich glaube, daß Stolz dabei eine große Rolle spielt. Du hast Deine Freude daran, Dich jeder Form der Behandlung zu widersetzen. Es gefällt Dir, mich immer auf dem Sprung zu halten. Wenn Du Dich entschließt, Dir helfen zu lassen, bin ich zur Stelle. Das gilt für uns alle. Bis dahin bist Du mein Alptraum. Du bist nicht mehr die Mutter, an die ich mich erinnere, und Du bist auch kein Mensch, auf den ich stolz sein könnte.

Alles Liebe,
Jacki

PS: Zu Weihnachten werde ich nicht nach Hause kommen.

Und sofort schickte sie alle Postkarten zurück, die wir ihr je gesandt hatten. Einen ganzen Karton voll. Ein buntes Jahrzehnt voller Weihnachts- und Halloween- und St.-Patrick's-Day-Karten. Sogar die Gipsabdrücke, die wir im Kindergarten von unseren Händen gemacht und mit Goldfarbe besprüht hatten. Natürlich war das sentimental, aber wir waren nun mal sentimental.

Frühe Klebefiguren mit blauen Gesichtern; Gedichte in Knittelversen. Meine Mutter legte auch ein Gedicht bei, das sie ihrer Aussage nach in jenem Jahr, als sie mal wieder verwirrt war, für meinen Geburtstag geschrieben hatte: »Herr, verleih mir Flügel, die mich vom Boden befreien. Die Liebe vertreibt alle Schatten; Musik und Lachen vergolden alle Tage ...« Manchmal ist es gar nicht so schlecht, daß sie nicht so genau weiß, was sie tut.

Dann traf auch noch die Taufanzeige für mich bei mir ein, eine dicke weiße Satinkarte aus den Fünfzigern mit einem rosigen Baby in einer blauen Vergißmeinnicht-Wolke. »Jacki muß den ersten Vornamen beibehalten, den ihr ihre Eltern gegeben haben; den zweiten sowie ihren Familiennamen kann sie sich selbst aussuchen. Lerne mehr, lese mehr über Gott! Verdammt noch mal.« Über meinen Taufnamen schrieb sie mit roter Tinte »Church of God«. Unseren Familiennamen änderte sie in den eines berüchtigten Mafiabosses aus Milwaukee um. Die Muttertagskarte, die ich ihr im Jahr zuvor geschickt hatte, sandte sie mir ebenfalls zurück. »Der besten Mutter der Welt«, stand darauf, »sie ist einzigartig.« Allerdings.

In ihrem Begleitbrief schrieb sie: »Die kannst Du alle zurückhaben! Ich spüre die Botschaft dahinter nicht mehr!« Die Handschrift war ein deutlicher Hinweis auf ihre psychische Verfassung, denn wenn meine Mutter krank war, verlosch ihre Schrift zusammen mit ihren Gedanken. Unheimliche Großbuchstaben krabbelten dann über die Seite wie Kakerlaken auf der Suche nach einem Stück Fleisch; unbeholfene Kinderbuchstaben, hingeworfen wie Boudoir-Kissen; schließlich noch der Alptraum eines auf den Kopf gestellten gotischen Alphabets mit Spinnenbeinen. Verzerrte Anagramme in einem Spiegelkabinett: W.O.W. = M.O.M.!

15. NOVEMBER 1988,
CHICAGO, ILLINOIS

Liebe Mom,
ich habe Dein Päckchen erhalten. Es tut mir leid, daß Du die »Botschaften« dieser Karten nicht mehr spüren kannst. Ich bin mir sicher, daß wir trotz der gegenwärtigen Spannungen immer noch Gefühle füreinander hegen. Wir lieben Dich alle sehr, aber wahrscheinlich ist Dir nicht klar, daß Dein Verhalten völlig daneben und ausgesprochen anstrengend ist. Wir werden Dich dieses Weihnachten vermissen, denn dieses Fest ist ja immer etwas Besonderes für uns gewesen. Ich hoffe, Du wirst die Einsamkeit nutzen, um darüber nachzudenken, welchen Schaden Du Dir selbst zufügst. Du mußt Dich in Behandlung begeben. Wir wollen Dich wieder zurück, Dein wahres Ich. Laß mich wissen, was ich tun kann, um Dir zu helfen.

Alles Liebe,
Jacki

DOLORES TAYLOR GIMBELS
LAKE PUCKAWASAY, WEISST-DU-WIR-KÖNNEN-GEWINNEN!
5. DEZEMBER 1988

Jacki:
Dies ist kein Brief des Hasses, sondern der Verletzung. Du hast mich so sehr verletzt, daß ich Dich die-

ses Jahr zu Weihnachten nicht hier haben möchte. Ich habe Dich nie gebeten, auf mich aufzupassen – das tue ich immer noch nicht. Ich habe Dir wiederholt gesagt, was ich empfinde, aber Du achtest ja nicht darauf! Du bist fürs erste in meinem Haus nicht mehr willkommen! Außerdem schuldest Du mir Geld für Kekse von Déjà Vu – nicht für ein Kleid, das ich nicht für Dich nähe. Vielleicht ist es meine Schuld, daß Du so hart und egoistisch bist. Ziemlich sicher sogar, aber Du als Älteste meinst, Du könntest alle herumkommandieren. Ich will nichts mehr von Deiner Scheiße und Deiner »Sorge« hören. Also verpiß Dich! Ich bin nicht Deine Mutter, und ich bin nicht achtundfünfzig!

Dolores

Ich war wütend und haderte mit meinem Verlust. Ich schickte meiner Mutter eine Broschüre über Lithium, die ich mir in einer Beratungsstelle hatte geben lassen. Die Telefonnummer hatte ich während der Busfahrt vom Büro nach Hause entdeckt. Ich klammerte mich an jeden Strohhalm. Ich hätte sogar Blutegel gekauft, wenn ich der Meinung gewesen wäre, daß sie ihr helfen könnten. »Probier das, das wird Dir gefallen«, schrieb ich meiner Mutter über die beigelegte Broschüre, als ginge es da um einen tollen Urlaub auf Hawaii inklusive Wunderheilung. Ich schrieb: »Lithium ist ein natürliches Salz, das die biochemischen Vorgänge ganz ähnlich beeinflußt wie Insulin die eines Diabetikers. Du siehst, daß Zehntausende von Menschen unter der gleichen Krankheit leiden wie Du. Das ist doch eine gute Nachricht: Du bist nicht allein!« Halleluja, Mom, Grund zur Freude! Wahnsinn. Die Verwüstung des vertrauten Terrains durch Feuersbrünste oder Fluten, ein heißer Lavastrom, der alles unter sich begräbt, den Baum aus dem Pfad reißt, den Pfad aus der Flanke des Berges, schließlich den Berg selbst überspült. Warten darauf, daß die Zukunft auf völlig neuem Boden ersteht.

»LITHIUM WIRKT WIE SALPETER AUF DEN ›KOPF‹«, schrieb meine Mutter auf einem Umschlag zurück. Im Innern befand sich ihre eigene Version der Broschüre:

> Manisch-depressiv: Eine psychische Erkrankung; extreme Freude oder Wut, unkontrollierte, oft gewalttätige Aktivitäten, charakterisiert durch wechselnde manische und depressive Zustände … eine ungewöhnliche Vorliebe, fast schon ein Wahn, für KRÄFTIGE MÄNNER, gedämpftes Licht, Tanz, Musik, Lachen, Spaß, Gesundheit.

Und auf die Rückseite hatte sie geschrieben:

> An Jacki »Balisteri« Lyden
>
> Fröhliche Weihnachten, Arschloch!
> Dein Vater war ein *kleiner, zierlicher Mann*. Trotzdem konnte er schwere Lasten tragen. Mein Vater war Frank Balisteri, der Pate von Milwaukee, ein *kräftiger Mann*. Wenn ICH an Weihnachten STERBE, ist das nicht mein Problem!
> Jacki, Du bist ein Arschloch! Dein Vater war ein *netter Junge*.
>
> Alles Liebe, Mom.

Wenn unsere Mutter krank war, konnte jedes Ereignis unseres Lebens zu einem inneren Monolog für sie werden: eine Geburt, ein Todesfall, irgendeine wichtige Veränderung. Hier ein Beispiel, ein Foto aus dem überquellenden Karton, Kate und Sarah und ich bei Kates Hochzeit. Es war das Jahr 1980; meine Mutter hatte in jenem Jahr häufig manische Schübe und verschwand immer wieder. Kate wollte heiraten. Wir stritten uns. Warte, bis es ihr wieder besser geht, sagte ich. Aber Kate wollte davon nichts wissen – so ist Kate nun mal. Der November war ihr Schicksalsmonat. Und wer wußte schon, wann meine Mutter sich wieder fangen würde? Sie borgte sich ein Cape von Sarah und ein Bauernkleid von irgend jemand anders und stellte sich neben den Bräutigam. Genau an derselben Stelle und vor demselben Altar in der Church of Cold Stars, in der auch meine Mutter seinerzeit geheiratet hatte – sie war nicht abergläubisch. Im letzten Augenblick, kurz bevor die kleine Hochzeitsfeier beginnen sollte, segelte meine Mutter herein, die Wangen rougerot, eine Vogelscheuche in einem Satin-Brokat-Kleid aus der Kowloon Road.

Ihr Lachen erhob sich wie der Ruf eines Kuckucks in die Lüfte. »Unwirklich«, sagte sie und lachte über das »bis daß der Tod euch scheidet«. Sie kicherte in ihrer Bank kontrapunktisch vor sich hin. Als Kate und ihr Bräutigam sich gegenseitig ewige Treue schworen, deutete sie auf die beiden und flüsterte so laut, daß die Leute neben ihr es hören konnten: »Das ist ja ein guter Witz! Was ist denn das für ein Kerl, den sie da heiratet? Woher hat sie das Kleid? Das funktioniert nie!« Ich war hin und her gerissen zwischen Lachen und Wut. Kate bekam von alledem nichts mit. Nein, Kate bekam durchaus etwas mit – sie tat nur so, als merkte sie nichts. Wie damals, als sie noch klein war und die Außenwelt Kate zu Marmor erstarren ließ. »Sag du's ihm, Jack«, flüsterte sie mir dann zu. »Ich will die Erdbeerlakritze.« Die Sonnentätowierung auf ihrem Bauch lugte unter ihrem Top mit einem Cape, das Sarah zehn Jahre zuvor selbst geschneidert hatte, hervor. Dolores lachte. Nach der Trauung gab es einen kühlen, wunderschönen Sonnenuntergang. Kate und ihr Bräutigam gingen hinunter zum Lac La Jolie, um das Hochzeitsfoto zusammen mit ihrem ingwerfarbenen Golden Retriever Mick Finn machen zu lassen. Sie sahen jung aus und gesund. Dolores sollte sich ihnen anschließen, sie zu dem kleinen Empfang bei Kates Schwiegereltern begleiten. Sie stiegen in den Wagen von Kates Bräutigam und warteten auf Dolores – warteten und warteten. Schließlich sahen sie sie in ihrem Sportwagen heranbrausen. Sie wurde langsamer, als wolle sie anhalten. Dann winkte sie ihnen zu, gab Gas und raste an ihnen vorbei in den Sonnenuntergang. Nein, nicht in den Sonnenuntergang, erinnerte mich Kate später, sondern »ins El Dorado«! Das war ein Nachtklub für Singles mittleren Alters irgendwo draußen auf dem Highway 100, der damals gerade in war. Das Bild von ihr in dem Klub ist auf ewig mit Kates Hochzeit verbunden; ich stelle mir vor, wie Dolores in jener Nacht unter tausend Sternen mit einem Fremden tanzt und ihm erzählt: »Meine Tochter hat heute geheiratet. Ich wollte dabeisein, aber ich hatte Wichtigeres zu tun. Wissen Sie, ich bin Geschäftsführerin eines großen Nahrungsmittelunternehmens. Kate hat als erste meiner Töchter geheiratet, aber ich glaube nicht mehr an die Institution der Ehe. Tja, und dann hatte sie auch noch so einen Bauernfetzen an … es war so komisch …« Auf ein Polaroid-Foto von dem Hochzeitsempfang malte meine Mutter später rote Ringe um die Köpfe von Kate und Sarah und mir, ihren kleinen Heiligen, ihren Töchtern, ihren Zielscheiben des Spotts.

Die Strategie der Strenge funktionierte. Sie fing an, uns anzubetteln. »Offenes Haus am Weihnachtsabend«, schrieb sie auf eine Einladungskarte mit einem kurzen Gebet und einem kleinen Bild von Waldtieren, die Arm in Arm den Stern von Bethlehem betrachteten. Dazu kamen Bestechungsversuche: »Gutschein für eine Maniküre und eine Pediküre für uns beide bei Gimbels. Unterschrift: Mutter und Dippy.« Dazu Vorschläge: »Offenes Haus an Weihnachten: Packt die Geschenke rechtzeitig ein. Bringt folgendes mit: Leberpastete, Kekse, Wein, euch (ihr werdet auch nicht jünger, Klugscheißer). Tiere bleiben @ Kate.«

Am nächsten Tag war das Bild eines Schäfers in der Post – womöglich Jesus? –, der einen Kuchen in der Hand hielt, dazu der Text: »*Weihnachtseinladung an alle! Kaffee mit Nußaroma aus English-Rose-of-Tralee-Porzellan – Pa Taylors Lieblingsgeschirr! Kaffee mit Nußaroma ist köstlich! Ein völlig neuer Geschmack! Jacki, nimm Dir ruhig von dem Scotch auf dem Kaminsims! Du brauchst Dein Bett nicht zu machen! Alles ist vergeben! Bring sie zum Lachen, bevor Du gehst!*«

Omomomomomomomom, das war so eine Art Beschwörung für mich. Wohin hast du dich verflüchtigt? Gebt mir meine Mutter zurück, schrieb ich in meinem Kopf. Und in einer Kleinanzeige: »Mutter vermißt. Trägt Diadem, ißt nicht, redet pausenlos. Doch, es ist wahr! Trägt den Namen eines Kaufhauses. Stiehlt Hunde, Katzen …« Dann zerknüllte ich die Seiten, warf sie auf den Boden. Sie landeten neben meinen Füßen wie Popcorn.

Natürlich fehlten mir die kleinen Dinge. Ich sehnte mich danach, daß sie mit mir einkaufen ging; ich wünschte mir, daß sie einen Käsekuchen für mich machte und kein Stück davon für Alfred aufhob. Ich wollte, daß sie mir eine Packung Knackige Ingwerkekse und ein Gefäß mit Pfefferbutter schickte, keine Rechnung. Ich hätte mich gefreut, wenn sie gelassen und ruhigen Blicks vor meiner Tür gestanden und gesagt hätte: »Dieser ganze Blödsinn, dieses verrückte Zeug, das ich gemacht habe, als ich krank war, das war schon komisch, was? Hast du nicht lachen müssen? Verrückt, was?«

Wen hörte meine Mutter wohl, wenn sie mir schrieb, sie habe mich im Radio Italienisch sprechen hören? Was ging vor im Kopf der Königin von Saba, der Rächerin, der Xanthippe? Wann nahm die Welt plötzlich so merkwürdige Geräusche und Formen an; wann richteten unsichtbare Marodeure geheime Panzerfäuste auf das Haus; wann wurden Lockenstäbe radioaktiv und Pfannen lebendig; wann begannen Kinder in der Sprache der Erzengel zu reden? All das passierte in ihrer Phantasie, einem teuflischen Ort. Ihre Schriften spiegelten das Böse, das Besitz von ihr ergriffen hatte. Die Zahl der Stimmen, die nur sie hören konnte, wuchs.

Sie war allein am Weihnachtstag, halb begraben unter den Päckchen, die sie an sich selbst geschickt hatte. Kate hatte in den vorhergehenden Wochen immer mal wieder bei ihr vorbeigeschaut, sich aber ansonsten an unseren Plan gehalten. Kate und ihre Kinder und ich saßen an Weihnachten in meiner Chicagoer Wohnung zusammen. Wir stellten uns vor, wie meine Mutter noch vor der Morgendämmerung aufstand, Kaffee kochte und darauf wartete, daß der Wasserkessel zu pfeifen begann, wie Dolores aufgeregt in ihrem Märchenhäuschen hin und her rannte und sich auf die Ankunft aller vorbereitete, wie sie ihr Wohnzimmer in eine geschmückte Hutschachtel voller Geschenke verwandelte, voll imaginärer Geschenke von imaginären Freunden, Geschenke von Töchtern, die sie selbst geschickt hatte und auf denen stand: »Für die beste Mutter der Welt. Alles Liebe, Jacki« oder »Für die beste kleine Frau auf der Welt. Alles Liebe, Alfred« oder »Herzliche Grüße von der Handelskammer! Frohe Feiertage an Déjà Vu!«. *Déjà Vu.*

All die Weihnachtsfeste, die wir miteinander verbracht hatten, und ich kannte die Quelle ihrer Phantasien, die böse Fee, die sie an den äußersten Rand des sicheren Ufers lockte, noch immer nicht. Zwischen ihrer ersten manischen Episode und dem letzten Feuersturm, den sie verbreitete, hatte ich nichts dazugelernt. Meine Mutter lebte die Parodie der Sicherheit, der perfekten Familie mit einem attraktiven, wohlhabenden Ehemann. Doch in Wirklichkeit taumelten wir am Abgrund. Während sie isoliert in ihrem Bungalow saß, versuchten wir, ihre Töchter, in meiner Chicagoer Wohnung *kruns*-Kuchen zu machen. Doch der Kuchen, der eigentlich keine hohen Ansprüche an unsere Backkünste stellte, klebte an der Form fest und war an anderen Stellen ganz durchgeweicht. Blöder Backofen. Blöde Wohnung. Blödes Leben. Acht Jahre zuvor hatten wir jenen Abend mit Spekulationen und Phantasien verbracht. Hielt Dolores sich in einem Casino in Las Vegas auf, machte sie bei der *Parade of Roses* mit und zeigte ihre Krampfadern? Kate und ich besuchten die spanische Messe in einer puertorikanischen Kirche. Unwirklich, sagte Kate. Wir verstanden nichts. Der Geruch von Weihrauch war zu durchdringend, wir konnten ihn nicht einatmen. Ich nahm den Telefonhörer in die Hand und rief an. Meine Mutter weinte: Hallo? Hallo? Ich legte auf.

Strenge war Scheiße. Wir hatten genug davon, wir haßten sie. Kate beschloß, am Abend des Weihnachtstages auf der Heimfahrt nach Wisconsin bei meiner Mutter vorbeizuschauen. Als sie dort ankam, waren alle Lichter an. Dolores hatte auch Kerzen angezündet, zahllose Kerzen. Kate sah, daß sie bereits seit Stunden brannten und sich dickes Wachs über Tische, Böden und Regalfächer ergoß. Alle Gedecke, alle Silbersachen, Buttermesser und Vorlegegabeln waren in Mustern arrangiert, alle Weingläser und jedes Stück aus Bleikristall poliert – wahrscheinlich hatte Dolores Tage dazu gebraucht. Ein Tafelaufsatz aus Federn, den sie entworfen hatte, wölbte sich wie ein blasiger Zuckerguß. Sie mußte Stunden, einen ganzen Tag lang, gewartet haben. Der Salat war schlaff geworden, die Preiselbeerfüllung hart. Im Ofen stand ein völlig vertrockneter Braten. Ihr offenes Haus an Weihnachten. Für den Fall, daß wir doch kämen. Sie hatte ein Tuch um den Hals gewunden und mit einer Kameenbrosche festgesteckt – das Spiegelbild ihrer viktorianischen Tante Martha auf Brosche. Überall standen Tischkärtchen herum, eine für jeden – für Alfred, für uns Mädchen.

Dolores sah Kate mit gequältem Blick an. Ihre Haut schimmerte transparent, unter dem Halstuch ragte ihr Schlüsselbein hervor wie die Speiche eines Schirms; sie ließ die Schultern hängen.

»Du bist doch nicht zum Essen gekommen, oder?« murmelte meine Mutter heiser. »Niemand hat mich an Weihnachten besucht. Niemand, den ganzen Tag. Keine Anrufe. Ich war ganz allein mit Thorny.« Ihr Gesicht war eine Ruine, über die Polarlichter flimmerten, hell-dunkel, hell-dunkel; der Mund zerbröckelt, die Augen versiegelt. Sie drückte die Stirn auf einen der kalten, polierten Teller, ballte die Hände zu Fäusten, preßte sie gegen die Schläfen, und dann begann sie zu weinen, hemmungslos. O grausame, grausame Liebe.

Einmal geriet ich in Streit mit einem Mann; wir lieferten uns jedoch keinen verbalen Schlagabtausch, sondern einen richtigen Kampf, auf den wir uns nach einem Abendessen in Aleppo in Syrien wortlos einigten. Wir waren beide Kriegsberichterstatter. Wahrscheinlich konnte man uns so bezeichnen, weil soeben der Golfkrieg ausgebrochen war und wir von einer arabischen Hauptstadt zur nächsten fuhren. Mein Kollege hatte sich auf die Kriegsberichterstattung spezialisiert, und für mich war der Krieg etwas ganz Natürliches, so etwas wie ein innerer Dialog. Es gibt Teile der Welt, die sind friedlich; sie erfordern Höflichkeit und Einhaltung der Regeln. Und es gibt Teile der Welt, die sind nicht friedlich; sie erfordern eine tägliche Neuschöpfung des Ich. Dort stellt man seine eigenen Regeln auf, und wenn man Angst hat oder einsam ist, dann zeigt man das am besten niemandem. Die erste Regel lautet: Sieh zu, daß du die Story kriegst.

Nach zwei Flaschen libanesischem Wein, rotem Ksara, nach *mezze, kibbe*, Tauben mit Rosinen, sagte er: »Wissen Sie, was, Lyden? Ich würde gern rauskriegen, wie hart Sie sind, was Sie antreibt.« Und noch ein paar andere, ganz ähnliche Sachen. Das waren bloß unsere Nerven. Ich hatte ihm von meinem Stiefvater erzählt. Ich habe keine Ahnung, warum. Vielleicht lag das an der Wüste oder einem blutroten Felsen dort. »Sie sind hart!« spottete jedenfalls der Typ. Damals war ich allerdings tatsächlich noch hart oder glaubte es zumindest. Sonst wäre ich wahrscheinlich nicht mitten in der Nacht bei einem Mann gelandet, der Kämpfe mehr liebte als alles andere auf der Welt und selbst Auseinandersetzungen initiierte, wenn es gerade keine gab. Wir tranken immer mehr Ksara, und irgendwann in den frühen Morgenstunden sagte er etwas von meiner im wesentlichen lieblosen Persönlichkeit – wie sonst hätte ich meinen Stiefvater so geringschätzig behandeln können?

»Den Widerling?« sagte er. Es war so etwas wie eine Übersprunghandlung: Ich schlug zu. Er hielt meine Arme fest, so daß ich mich nicht bewegen konnte, aber ich schaffte es doch, und ich wußte, daß er genau das gewollt hatte. Ich stieß ihm mit dem Knie in den Unterleib, als wir gemeinsam vom Bett rollten. Ich hörte ihn stöhnen und rannte hinaus. An der Rezeption besorgte ich mir ein anderes Hotelzimmer und bestach das Personal, ihm nicht zu sagen, welches. Nur mit einem Bademantel bekleidet, durchlebte ich alte Erinnerungen, bis der Typ mich Stunden später doch fand und wieder nach oben zerrte.

»Ich hab' den Leuten an der Rezeption noch mehr Geld gegeben als Sie«, sagte er mit einem triumphierenden Lächeln. »Die haben mich gefragt, ob ich wissen möchte, wo meine Frau ist. Aber klar, habe ich gesagt.«

Aha, Sie haben also eine Frau. Aber die bin nicht ich.

»Schlagen Sie zu, so fest Sie können«, provozierte er mich.

Ich versetzte ihm einen Tritt gegen den Kopf; er verlor sofort das Bewußtsein.

Am nächsten Tag entschuldigte er sich, und ich entschuldigte mich, und ich glaube, wir haben einander verziehen. Jedenfalls hatten wir beide einen höllischen Kater, und im Aufzug musterte man uns grinsend.

»Ich würde sagen, ich habe heute nacht meinen Teil gegen die islamische Bewegung getan«, flüsterte er mir zu.

Doch wir wußten, was wir taten, als wir es taten – er provozierte mich, also mußte ich ihn angreifen. Provokation, Angriff, Fusion. Das war auch die Dynamik, die meiner Beziehung zur Königin von Saba zugrunde lag: Wenn sie mich provozierte, wenn sie mir entschlüpfte, wurde mein Bedürfnis, mich auf sie zu stürzen, nur noch stärker. In manchen Augenblicken hätte ich am liebsten die Zähne in ihr Fleisch geschlagen, sie gefesselt, sie überwältigt. Ich packte meine Sachen, um nach Bab al-Hawa, zum Tor der Winde, zu reisen.

Die Königin von Saba erhob sich und entschwebte über dem See wie ein winterlicher Nebel; das Eis war ihr Leichentuch; jedes Morgengrauen hatte die Gestalt eines neuen Schicksals. Der Ort, an den man ging, zu dem gehörte man. Was man glaubte, das war man auch.

»Kommt und holt ihn, ich hab kein Benzin mehr!« hatte sie eines Morgens mit Lippenstift auf die Windschutzscheibe ihres Wagens geschrieben. Das war im Herbst gewesen. Mittlerweile hatte sie ihren Toyota und ihr Handy nicht mehr – zu viele Schulden: Beides war abgeholt worden. Also schob sie ihr altes Fahrrad aus der Garage und fuhr damit die kurvigen winterlichen Straßen von Menomenee County entlang. Das Haar mit einer Schneeschicht bedeckt, radelte sie die zwölf Kilometer zu Kates Haus.

»Sie trägt ihren ganzen alten Schmuck, wenn sie mit dem Fahrrad unterwegs ist«, erzählte Kate mir. »Den

Goldstift ihres Vaters an einem Kettchen, Rays alte Stoppuhr, Anstecknadeln und Halsketten noch aus ihrer High-School-Zeit. Scheiße. Und jetzt hat sie das ganze Zeug verloren. Jeden Tag kommt sie rüber und jammert, daß wieder ein Stück von ihrem Leben fehlt.« Dolores war zum örtlichen Paria geworden; sie war die Frau im pinkfarbenen Schneeanzug auf dem Fahrrad, die man im Supermarkt dabei erwischt hatte, wie sie sich Hot dogs in die Taschen stopfte. Kate rief mich an. »Kannst du nicht vorbeikommen, Jack? Kannst du nicht kommen?«

Kate flehte mich an. »Sie ißt nichts, ich kann ihr bringen, was ich will. Sie ist bloß noch Haut und Knochen. Bitte komm.« Aus Kates Beschreibungen wußte ich, daß Dolores' Augen glühten. Sie machte sich keine Gedanken über ihren Geldmangel. »Hoffentlich haben die im Menomenee County ein großes Zelt«, erklärte sie Kate keck. »Hoffentlich geben sie mir und Thorny viel Platz im Armenhaus, wenn ich das Haus hier verliere! Schließlich braucht mein Unternehmen Raum! *Kreative Wiedergeburt* aus dem Knast!«

Zeit für mich, nach Hause zu fahren. Seit drei Monaten hatte ich Dolores nicht mehr gesehen. Sie führte gerade einen leuchtendgelben Swinger-Mantel vor, als ich eines Sonntagnachmittags im Februar auftauchte. Eine Pirouette, Mädchen, eine Pirouette. Der Mantel schwang wie eine Blume um ihre schmalen Schultern, blähte sich, fiel wieder in sich zusammen. Meine Mutter, ja, ich erinnerte mich, der ausgezehrte Körper dieser Frau war meine Mutter. »Gefällt er dir?« fragte sie mich. »Gefällt dir mein Mantel?« Unsere Weihnachtsgeschenke lagen schon seit Wochen im ganzen Haus verstreut. Eine Teetasse baumelte von einem Kerzenhalter auf dem Kaminsims. Ich hatte sie einst in einem speziellen Geschäft für Kinder erworben. In einem Elfenreich. Sie war mein allererster eigenständiger Kauf gewesen. Meine Mutter drehte Pirouetten, wieder und wieder. »Ich hab den Mantel selbst genäht«, sagte sie. Versuche, hübsch auszusehen. »Gefällt er dir?« Er gefiel mir. Das also war meine Mutter, durch ihre Krankheit auf ein Alter von ungefähr zwölf Jahren reduziert, bei dem Versuch, hübsch auszusehen. Es war so lange her, daß ich sie das letzte Mal gesehen hatte. Ich nahm sie in den Arm, zeichnete ihre Rippen mit den Fingern nach, ihre spitzen Rippen – sie kam mir vor wie ein Fisch, der stromaufwärts schwimmt –; ich legte die Faust in die Ausbuchtung unter ihrem Schlüsselbein, spürte das Blut darunter pulsieren. Ich sah, wie sie die Zähne entblößte, sah das geschwollene Zahnfleisch, die brüchigen, stumpfen Haare. Sie hatte kein Fett mehr am Körper; die Brüste waren ganz flach; sie litt unter Mangelerscheinungen. Plötzlich fühlte meine Hand unter ihrem gelben Mantel ein Etikett. »Du hast den Mantel nicht selbst genäht, Mom«, sagte ich. »Du hast ihn gekauft.« Eigentlich egal, bis auf die Tatsache, daß sie Geld ausgegeben hatte für einen Mantel, den sie nicht brauchte.

»Also raus mit der Sprache: Woher hast du ihn?« Meine Stimme klang schärfer, als ich beabsichtigt hatte.

»Tja, da sieht man mal wieder, daß du keine Ahnung hast, Miss Voice of America«, herrschte sie mich an und trat einen Schritt zurück. Sie gab mir eine so kräftige Ohrfeige, daß mir eine Kontaktlinse herausfiel. Ich kroch auf dem Boden herum, um nach ihr zu suchen. »Mir ist langweilig«, sagte meine Mutter. »Ich glaub, ich mach 'ne Spritztour.« Hektisch und voller Energie rannte sie um den Tisch herum. Dabei glitt ihr der zitronengelbe Mantel von den Schultern.

»Halt, warte!« rief ich, aber sie war schon weg.

Nach wenigen Minuten fand ich die Kontaktlinse und stürzte ihr hinterher. Die Luft war eisig. Auf der County Z, der schmalen, kurvigen Straße nach Menomenee, holte ich sie ein: Sie hatte das Fahrrad genommen. Ich bremste; meine Reifen quietschten auf dem Eis. In jeder Kurve rutschte der Wagen weg. Es war ihr egal, daß ich sie verfolgte. Sie quälte sich mit dem Fahrrad die Hügel hinauf, blieb oben triumphierend wie ein Kind stehen, ließ sich wieder auf ihren knochigen Hintern fallen und raste in einem Wirbel von harschem Schnee bergab. Ich fuhr langsamer und kurbelte das Fenster herunter. »Hey, steig ein, verdammt noch mal«, brüllte ich. »Steig in den verdammten Wagen!«

Doch sie schenkte mir keine Beachtung. Ich war schon ganz blau vom Fluchen und der Kälte. Ich hätte sie einfach in den Graben drängen können. Was für ein verlockender Gedanke. Aber ich tat es nicht. Ich verfolgte sie immer weiter. Dolores' Haare waren vom Wind zerzaust, die unerbittliche Königin von Saba; ihre Gesichtshaut purpurfarben von der Anstrengung. *Steig sofort in den verdammten Wagen!* Mein Hals war rauh und trocken. Das Blut dröhnte in meinem Kopf. Ich drohte ihr, daß ich sie mit der Schnauze des Wagens in den Graben stoßen würde. Das ist allerdings schwieriger, als man denkt, nicht so einfach, wie es in den Filmen immer aussieht. Was wäre, wenn ich sie aus Versehen überführe? *»Tochter überfährt wahnsinnige Mutter auf Landstraße.«* Drei Kilometer, vier. Die kleinen zugefrorenen Seen, die wie Perlen aneinandergereiht waren, wie die Zähne in ihrem manisch lächelnden Mund, hatten wir schon hinter uns. An diese Seen war meine Mutter in jenem berauschenden azurblauen Sommer immer mit uns zum Baden gefahren, in jenem Sommer der Freiheit, bevor sie den Doktor heiratete. Fünf Kilometer, sechs. In einem der Seen, dem Lake Ipesong, befand sich ein rotes Wasserrad. Wenn man hinaufkletterte und mit nassen Füßen auf dem feuchten, schwarzen Gummi herumtrippelte, war es nur eine Frage der Zeit, bis man in den See fiel, unter die schimmernde Wasseroberfläche sank, die Augen offen, auf der Suche nach einer Mutter, die in der dämmrigen Welt da droben mit dem Fahrrad vorbeifuhr. Das rote Wasserrad aus Holz im Wasser, die Räder des Fahrrads im Schnee. Die Familie rund um den Weihnachtsbaum, die Kinder, die im Schnee tollten. Ich auf dem Fahrrad, wie ich mich in die Kurven legte und versuchte, dem Widerling zu entkommen, von zu Hause zu entfliehen. Mabel, die mit neunzig Stundenkilometern in die Kurven ging und deshalb ihren Führerschein verlor. Sie war damals vierundachtzig, und es war richtig, ihr den Führerschein wegzunehmen, aber damit hatte man ihr auch die Lebensfreude geraubt.

Der kindliche Körper meiner Mutter hob und senkte sich auf dem Fahrrad; ihre Füße waren wie zwei kleine Wasserräder. Wagner's Sanatorium, jetzt ein Hospiz, kein Krankenhaus mehr, lag direkt neben uns, die Türme voller Schnee. Die Menschen gingen dorthin, um so zu sterben, wie sie es wollten. Meine Mutter schenkte Wagner's wie immer keine Beachtung. Die verschneiten Felder sahen aus wie Reihen zusammengefalteter Laken. Wir fuhren an der Fischzucht vorbei und an den Kalksteinscheunen für den Hopfen, die die Brauereien im vergangenen Jahrhundert hier gebaut hatten. Plötzlich befanden wir uns in einer amerikanisch-bayerischen Landschaft mit winzigen Seen, Schlittschuhläufern und schneebedeckten Kiefern.

»SteigsofortindenverdammtenWagenein.« Ich drückte auf die Hupe, machte einen Bogen und schnitt ihr den Weg ab. Schwer atmend blieb sie stehen, stieg ab und ließ ihr Fahrrad in den Schnee fallen. Verzückt starrte sie auf ein prächtiges Portal, das den Eingang zu dem Brauereianwesen markierte.

»*Kreative Wiedergeburt* hat einen Ausstattungsauftrag«, krächzte sie. Ich sprang aus dem Wagen und ging zu ihr hinüber. Sie stand neben einem Briefkasten, Alfreds Briefkasten, bunt wie ein Füllermäppchen voll mit Smiley-Stickern, Katzenbildern, Cowboys mit Brandeisen und Schmetterlingen; Dutzende von Stickern in allen Farben, Pink, Grün und Blau. Sie steckte einen Brief in den Kasten. »An den Herrn, in Liebe«, stand darauf.

»Hoffentlich gefällt es ihm. Er sieht ihn ja erst, wenn er von der französischen Riviera zurückkommt«, murmelte sie und sah dabei so konzentriert aus wie ein Künstler vor der Staffelei. Sie holte eine Rolle Sticker aus der Tasche und zog ein paar davon mit den Zähnen ab, um sie auf den Briefkasten zu kleben. »Ich mache immer nur ein paar dran«, erklärte mir meine Mutter, »dann ist die Wirkung intensiver.« Ich sagte nichts und hievte das Fahrrad in den Kofferraum.

Als wir zu Hause waren, umwölkte sich ihr Gehirn. Sie hockte sich auf die Couch und murmelte leise vor sich hin, Worte, die ich nicht verstand. Gutturales Getröpfel, Wasserklänge, Brabbeln, als tauchte man sie unter Wasser. *Baba, ooooh. Kizma pro hizzim.* Das hörte sich an, als sei sie von einem bösen Geist besessen. Ich will heute nacht nicht hier schlafen, dachte ich. Doch ich sollte. Ich sollte immer dort schlafen. Ich sollte mich vor die Haustür legen, wie Sarahs Mann in jenem Sommer in Denver. Ich sollte auf den Stufen schlafen, auf denen

Dolores Mabel gefunden hatte. Ich rief Kate an. Wir würden beide auf Dolores aufpassen, zusammen. Die Augen meiner Mutter waren geöffnet, aber sie sah nichts in dieser Welt. Mit wem sprach sie? *Omneosis hisss gala hoa.* Ich verstand nichts, sah Mabel in der Dämmerung dort sitzen, die Haut an ihren Händen wie Farbe, die in der Sonne abblättert. Ich dachte an die Nacht, in der sie auf der Treppe starb, ganz allein, setzte mich hin, wollte die Augen schließen. Vergeblich. Ich saß in der Falle, O Mabel. Dolores. Ich.

ANTRAG AUF VORMUNDSCHAFT
MENOMENEE COUNTY OFFICE OF THE GUARDIAN
5. JANUAR 1989

Notiz über die psychische Verfassung von Dolores Gimbels, 5. Januar 1989, eingereicht von Jacki, Sarah und Kate Lyden.

Sie ist jetzt seit letztem Juni krank und wehrt sich gegen jegliche Form der Behandlung. Wir lieben sie sehr, wollen aber, daß sie in eine Klinik eingewiesen wird, weil sie Gefahr läuft, obdachlos zu werden, und aufgrund ihrer andauernden Wahnvorstellungen unterernährt ist. Sie hat kein Auto und fährt bei Temperaturen unter dem Gefrierpunkt mit dem Fahrrad auf gefährlichen Landstraßen herum. Sie bestreitet die Notwendigkeit einer Behandlung; seit sie letzten Sommer ihren Job als Kellnerin verloren hat, hat sie mehr als fünfzigtausend Dollar, das heißt ihre gesamten Ersparnisse, ausgegeben. Im Augenblick lebt sie von zweiundsiebzig Dollar Arbeitslosenunterstützung wöchentlich. Wenn ihr jemand zu nahe kommt, wird sie ausgesprochen aggressiv. Sie weigert sich, auch nur an eine Behandlung zu denken. Beiliegend ihre gesamte Krankengeschichte seit 1981. Müssen wir auf weitere mörderische Attacken warten, bevor die zuständigen Behörden etwas unternehmen?

Man schickte uns eine Sozialarbeiterin, Marcia. Sie war mir sofort sympathisch. Sie war im fünften Monat schwanger und immer fröhlich. Ich hatte keine Ahnung, ob sie meiner Mutter helfen konnte, aber sie hörte mir zu, als ich ihr meine Klagen vortrug. Wir arrangierten ein Treffen mit Marcia: Sie sollte zu Kate auf einen Tee kommen. Meine Mutter wäre ebenfalls eingeladen. Natürlich würden wir meiner Mutter nicht erzählen, daß Marcia Sozialarbeiterin ist. An dem vereinbarten Tag war meine Mutter vergleichsweise ordentlich angezogen und verhielt sich halbwegs normal. Ich hoffte sehr, daß Marcia Dolores als krank einstufte, damit unserem Antrag auf Vormundschaft stattgegeben würde und Dolores nicht weiter sinnlos Geld ausgeben könnte. Meine Mutter setzte sich und schlug ihre handgeschriebene Autobiographie auf, in der sie ein völlig neues Leben für sich entworfen hatte. Über eine Zeichnung der *Déjà-Vu*-Mamsell mit den Sprüchen »Für mich nur das Beste!« und »Was kann ich tun?« hatte sie Fotos von ihrem Vater und ihrer Mutter und ein Babybild von sich selbst geklebt.

MEINE MUTTER MARTHA
von Dolores Gimbels

VORWÄRTS

Ich habe viele Männer gekannt, ohne sie richtig zu kennen. Meine Mutter Martha »kannte« nur einen, meinen Vater Ray. Ihrem Andenken widme ich meine Memoiren.
(Frage: Ist bereits ein Buch dieses Titels von Martha Mitchells Tochter veröffentlicht worden?)

Meine Mutter Martha ist ein fast unglaublicher Bericht über das Leben der Autorin. Er beschreibt Ereignisse, an die sie sich nach dem Ableben ihrer Mutter erinnerte, deren Echtheit sie jedoch beschwören kann. Martha Gimbels war eine kleine, schüchterne Frau … ledig, als ich zur Welt kam. Im Augenblick weiß ich nichts über ihr früheres Leben, also beginne ich mit dem, woran ich mich ganz klar und wahr erinnern kann.

Ich wurde geboren! Wo, weiß ich nicht so genau, aber in einem Haus, mit Hilfe einer Hebamme, unehelich, ein Kind der Liebe.

1. Unehelich

Martha Gimbels hat mich geliebt! So sehr, daß sie mich weggab. Es wurde mir immer wieder eingeschärft, daß es eine Schande ist, ein uneheliches Kind zu sein. Fast nichts war eine größere Schande, außer vielleicht, wenn der eine Elternteil bereits verheiratet war. Meine Adoptivmutter Mabel deutete stolz auf ihre gerahmte Heiratsurkunde und auf mich und sagte: »Schau, dein Bruder war ehelich.« Sie vergaß dabei völlig, daß sie selbst im Alter von vierzehn Jahren ein uneheliches Kind zur Welt gebracht hatte.

Martha Gimbels war eine reiche Erbin und mein Vater ein attraktiver Mann, der sich in der Zeit der Depression sein Geld als Lastwagenfahrer verdiente. Ich kenne nicht alle ihre Namen. Wenn ich mir nicht sicher bin, sage ich das auch. Denn wenn mir dann ein Irrtum nachgewiesen wird, kann ich mich entschuldigen. Allerdings gebe ich zu, in eine komplizierte gerichtliche Auseinandersetzung mit dem State of Wisconsin, genauer mit dem Menomenee County, verwickelt zu sein, die auf die Vertuschung und Mabels Besessenheit zurückzuführen ist. Sie sagte immer »Dolores, wenn du die Wahrheit wüßtest«, und dann weinte sie und rang die Hände. 1929 hätten die Schlagzeilen lauten können: Reiche Erbin: Sex, Skandal, Schande.

Marcia hörte meiner Mutter zu und blätterte dann vielleicht zwanzig Seiten des Buches mit Bildern, Mutmaßungen und purpurfarbener Prosa durch. In der Mitte des Buches Dolores Gimbels wie eine Amaryllis in einer verborgenen Lichtung. Geheimes Gift. Nackte Lady. Marcia plauderte mit meiner Mutter, bedankte sich bei ihr und ging.

»Was für ein netter Besuch«, sagte meine Mutter.

Hinterher sagte die Sozialarbeiterin in mitfühlendem Tonfall zu mir: »Viel können wir da nicht tun. Ihre Drohungen sind zu vage. Das Urteilsvermögen Ihrer Mutter ist beeinträchtigt, aber sie ist clever. Ich fürchte, das heißt, daß sie sich selbst entscheiden kann.«

Mein Antrag auf Vormundschaft wurde abgelehnt. »Es ist ihre freie Entscheidung«, wiederholte Marcia.

Ihre Entscheidung? Ihre Entscheidung sieht folgendermaßen aus: Sie ist Geschäftsführerin eines Topunternehmens. Sie beschließt, ihre Armeen gegen Xerxes in den Kampf zu senden. Sie schickt ihrem früheren Freund einen Kuchen in Penisform.

»Ist das nicht das letzte, Jack?« sagte Kate. »Dolores lügt wie gedruckt. Sitzt einfach da und streitet alles ab. Und dieses Buch voller Lügen! Bei meinen Seminaren lernen wir zumindest, Verantwortung zu übernehmen.«

»Ich gehöre nicht mehr zu dieser Familie«, sagte Sarah, als ich sie in Denver anrief, um ihr die neuesten Entwicklungen zu erzählen. Als könnte ihre Härte irgend etwas verändern. »Ich will immer ganz genau wissen, was ich in einer Woche zur gleichen Zeit tun werde. Das schreibe ich mir alles in ein Buch«, sagte sie.

»Mein Gott«, erwiderte ich, »du lebst wirklich in einer anderen Welt.«

Jemand hatte einen Prozeß gegen Kate angestrengt. Wie ein Fuchs stürzte sich der Mann mit der Vorladung auf sie. Er kannte Kate. »Ich muß Sie was fragen«, sagte er mit mißbilligendem Gesichtsausdruck: »Was ist das bloß für eine Tochter, die von ihrer eigenen Mutter vor Gericht gebracht wird?«

Kate sah ihn verständnislos an. Dann las sie die Vorladung und fuchtelte damit vor dem Gesicht des Mannes herum. Dolores hatte Kate verklagt, um den Wagen wiederzubekommen, den Kate ihr abgekauft hatte.

»Und welche Mutter schreibt ihrer Tochter ›Kate, Du Schwein?‹« fragte sie den Mann ihrerseits. Die tätowierte Sonne auf ihrem Bauch sah aus wie ein harter kleiner Stern, der spitze Strahlen aussandte.

Meine Mutter liebte das Gesetz, seine laute, gewichtige Stimme, seine tausend Paragraphen und »Fakten«. Sie liebte die obskure Sprache des Gesetzes, die Querverweise und die trockenen Kommentare, die sie in Kurzschrift übertragen und im Sturm ihres Gehirns verarbeiten konnte. Als meine Mutter zum erstenmal heiratete, war sie Sekretärin in einer Anwaltskanzlei. Sie lernte, wie ein Anwalt zu sprechen, zu schreiben und zu denken. Das war, als habe sie doch noch das College besuchen dürfen, sagte sie. Sie arbeitete für zwei jüdische Brüder, die sie ausgesprochen nett, clever und witzig fand. Die beiden schickten ihr Geschenke anläßlich meiner Geburt. Sie weinte sehr, als ihr klarwurde, daß sie nicht mehr dort arbeiten würde. Sie hätte in der Tat einen guten Anwalt abgegeben, denn sie liebte den Kampf, die Auseinandersetzung.

Dreißig Jahre nach ihrer ersten Tätigkeit im Anwaltsbereich war das Gesetz noch immer ihr Freund, ihr einziger Freund. Manchmal strengte meine Mutter Verfahren an, häufiger jedoch erhob sie Gegenklagen, unzählige. Jeden Tag arbeitete sie stundenlang an diesen Klagen und Gegenklagen, die sie aufrechterhielten wie Aufputschmittel. Sie zitierte Abraham Lincoln und George Washington. Da war die Bank, die sie wegen ungedeckter Schecks vor Gericht brachte. Sie hatte ein Auge auf Mabels Bungalow, den Dolores mit Hilfe eines Darlehens renoviert hatte, auf ihre Aktien und anderen Einnahmequellen geworfen. Dolores würde alles verlieren, das sah ich kommen. Wir konnten ihr restliches Vermögen genausowenig retten wie ihre Rentenfonds oder ihre Lebensversicherung. Sie brachte die Bank vor Gericht, und die Bank strengte eine Gegenklage an. »John«, stand auf den Notizen der Bank, die ich kopiert hatte. »Ich habe hier die Unterlagen von Dolores Gimbels. Es hat vier Stunden gedauert, sie zu kopieren; meiner Meinung nach eignen sie sich hervorragend als Beweisstücke. Die Frau ist offensichtlich völlig wahnsinnig.« Sie bereiteten sich auf den letzten Schlag vor. Und dann war da noch die Sache mit dem Menomenee County Hospital; Dolores' Gegenklage und ihre Weigerung, die Rechnungen zu bezahlen, waren mittlerweile ans Berufungsgericht gegangen. Auch ihr Anwalt hatte sie im Stich gelassen, als sie ihm Kekse statt Bargeld schickte und er merkte, daß sie krank war. Aber so ganz war er nicht verschwunden: Auch er verklagte sie wegen Nichtbegleichung seiner Rechnungen, obwohl er ihr schon Tausende von Dollar abgeknöpft und tatenlos zugesehen hatte, wie sie gezwungen wurde, ihre Besitztümer eins nach dem anderen zu verkaufen, um seine Rechnungen und ihre aussichtslose juristische Rache bezahlen zu können. Außerdem standen noch zwei weitere Verfahren an: gegen ein älteres Paar, das sie bei einem ihrer Autounfälle geschädigt hatte, sowie gegen die Handy-Firma. Abgesehen von den Verfahren gab es noch jede Menge Mahnungen von Gläubigern. Da meine Mutter, wie sie es ausdrückte, »in Armut« lebte, beschloß sie, sich vor Gericht selbst zu vertreten. Und obwohl sie unter Wahnvorstellungen litt, gelang es ihr, die Gläubiger vorübergehend im Zaum zu halten. Ein riesiges D, ein riesiges O, ein riesiges K, ein riesiges U, ein riesiges M, ein riesiges E, ein riesiges N, ein riesiges T. Sie arrangierte diese Buchstaben im Halbkreis wie eine Grabinschrift auf jedem Dokument, das sie verfaßte – ein manisches Oratorium, das wie ein Komet über Erinnerung und Geschichte hinwegflog, beides miteinander verband. »Oh, Ihr weisen Gelehrten«, schrieb sie in ihrer unheimlichen gotischen Handschrift in dem Dokument in Sachen Menomenee County Hospital an das Berufungsgericht: »Ich bin erschüttert, daß unser Rechtssystem so lange braucht, um gegen eine solche Ungerechtigkeit vorzugehen. Da wir heute immer noch so große Hochachtung vor unseren großen Präsidenten haben, zitiere ich im folgenden aus Mr. Lincolns Abschiedsrede an seine Nachbarn in Springfield vom 11. Februar 1861:

> Ich lebe seit einem Vierteljahrhundert hier; hier bin ich von einem jungen zu einem alten Mann gereift. Hier kamen meine Kinder zur Welt; hier wurde bereits eines von ihnen begraben. Jetzt verlasse ich diesen Ort, ohne zu wissen, wann oder ob ich jemals zurückkehren werde. Auf meinen Schultern ruht eine Last, die schwerer wiegt als die, die seinerzeit Washington zu tragen hatte. Ohne die Hilfe jenes göttlichen Wesens, das ihm beistand, kann ich es nicht schaffen. Doch mit seiner Hilfe kann ich nicht versagen. Ich spüre, daß ich mich dieser Aufgabe widmen muß, um unsere persönliche Freiheit nicht zu vergessen, eine Aufgabe, die ich nicht bereitwillig auf mich genommen habe, jetzt aber, da ich sie akzeptiert habe, nicht mehr zurückweisen kann. Ich werde nur noch älter und verschulde mich immer mehr – also verfolge ich diesen Fall, bis ich zum Sieg gelange, ohne böse Absicht gegenüber irgend jemandem, dafür voller Großmut gegenüber allen.

Meine Familie und ich haben uns entfremdet, und mein Herz ist schwer, aber die Überzeugung, daß meine Sache gerecht ist, spornt mich weiter an. Der Umfang eines Dokuments ist auf vierzig maschinenschriftliche Seiten beschränkt; ich gehe davon aus, daß das etwa achtzig handgeschriebenen Seiten entspricht. Wenn sechs Seiten jedoch sorgfältig gelesen werden, sollte keinerlei Notwendigkeit für Ergänzungen bestehen. Jeder Fall ist einzigartig. Deshalb zitiere ich keine Präzedenzfälle.

Zitat aus dem Church Manual von Mary Baker Eddy, Abschnitt 23:

»Wenn ein Angehöriger dieser Kirche einen Patienten hat, den er nicht heilt und dessen Fall er nicht genau diagnostizieren kann, darf er sich bezüglich der betroffenen Anatomie mit einem Arzt in Verbindung setzen. Es ist das Privileg eines Christian Scientist, sich über die Ontologie oder die Wissenschaft vom Sein mit einem Mediziner zu beraten.«

Seite 484: 6–9 des Christian-Scientist-Lehrbuches: Wissenschaft und Gesundheit mit einem Schlüssel für die Heilige Schrift:

Frage: Umfaßt die Christian Science oder metaphysische Heilung auch Medikamente, Hygiene, Hypnose, Theosophie oder Spiritualismus?

Antwort: Sie umfaßt keines davon.

Seite 468: 25–1

Frage: Was ist Leben?

Antwort: Leben ist Göttliches Prinzip, Geist, Seele. Leben ist ohne Anfang und ohne Ende. Ewigkeit, nicht Zeit, drückt den Gedanken des Lebens aus, und die Zeit ist nicht Teil der Ewigkeit. Das eine nimmt an Bedeutung ab, je höher man das andere bewertet. Die Zeit ist endlich; die Ewigkeit ist unendlich.«

Das Hohe Gericht möchte bitte zur Kenntnis nehmen, daß die Berufungsklägerin wiederholt auf ihren Glauben hingewiesen hat. Sie liest täglich in der Bibel und im Christian-Scientist-Lehrbuch. Einmal hat sie unter Zwangsandrohung eine Einwilligungserklärung zur medizinischen Behandlung unterschrieben, die sie später widerrief. Dieser Fall stellt eine krasse Mißachtung der Grundrechte dar, auf denen dieses Land aufgebaut wurde – von genau den Präsidenten, denen wir heute, am President's Day, unsere Hochachtung erweisen.

Dolores Gimbels

Ein Geist war meine Mutter, eine Dichterin, eine Zauberin, so zerstörerisch wie die Gefährtin der Königin von Saba: Durga, die auf einem Tiger ritt und mit acht oder zehn Armen die Luft durchschnitt, eine Naturgewalt, die aus Häusern Kleinholz machte. Ein großer, böser Wolf war meine Mutter, mit langen, spitzen Ohren, eine lockige kleine Lady, die jeden Tag in bizarren Kostümen auftauchte, im Gericht von Big Bend die Zeichen ihrer früheren Existenz trug, den dortigen Angestellten bat, ihre Klagen zu beglaubigen. (»Ich bin Dolores Taylor Gimbels Ballistreri. Würden Sie das bitte zu den Akten nehmen?«) Sie wurde anorektisch; ihr Atem war der Odem der Verdammten. Früher einmal war sie eine Mutter gewesen, die ihre alten Ballkleider zerschnitt, um ihre Töchter für den Miss-America-Wettbewerb auszustatten, aber das war lange her, in einem Land, das »Damals« heißt. Die neue Zeit war irreal. *»Irreale Zeiten«, sagte eine iranische Professorin in Teheran und wischte ihren Lippenstift weg, bevor sie hinaus auf die Straße ging. »Ich habe dieses Wort geprägt für die irreale Zeit, in der wir leben. Ich gehe aus, also wische ich die Schminke weg.«*

Die neue Zeit bestand aus Halluzinationen und Nebeln. Eine Wolke aus der realen Welt, wie die, in die ich selbst eingetaucht war.

> Herzbeklemmung. 23. Oktober 1994. Tel Aviv, Dizengoff Street. Atmung normal. Nachmittägliche Bestandsaufnahme: sechs Stunden. Erster Bericht von jetzt für die Morgenausgabe: 45 Minuten. Wie viele Tote? Welche Art von Sprengstoff, wieviel? Wo ist der Bus? Stop, Aufnahme der Notarztsirene. Mann von der Tonaufzeichnung: gebrochenes Englisch, blutbespritzt. »Ich sitze in Café da drüben, da kommt Bus, und ich höre Bombe. Leute, Hilfe, Hilfe, Hilfe, hintere Tür.« – »Sie haben die Verletzten durch die hintere Tür hinausgezerrt?« – »Ja. Ich schaue, keine Arme, keine Füße, kein Kopf. Ich habe Problem mit Schauen. In Jerusalem Bombe; Tel Aviv Bombe; egal, wo in Israel: Bombe. Bibi, Bibi, hierher! Diese Ecke! Moment, mache gleich Englisch. Ich hab's. Ich habe Mr. Rabin immer wieder gesagt, Gaza muß gesperrt und geräumt werden. Geräumt, sage ich, wenn man nicht kann in Schach halten. Das ist direkte Verantwortung von Yassir Arafat und Arbeiterpartei. Miss, wie alt sind Sie? Dreiundzwanzig? Aus New York? Ich war da um neun Uhr morgens. Ich habe Leichen gesehen ohne Kopf. Die Polizei war nicht da. Es war widerlich. Organe auf dem Boden. Körper ohne Arm und Kopf gleich vor meine Laden. Und jetzt weiß ich nicht mehr: Terrorismus kommt zu mir nach Hause, wo ich lebe, wo ich lebe.«

Ach, irgendwann endet die Sicherheit für uns alle. Meine Liebe, hat mir mal jemand gesagt, Sicherheit ist Aberglaube. Die Ängstlichen erwischt's genausooft wie die Wagemutigen. Und nur der Glaube kann uns retten.

Meine Mutter suchte das Gericht immer wieder heim. Jeden Tag ging sie hin, in ihren bunten Kleidern, den Kopf schräg gelegt wie ein Papagei. Sie war zur Inkarnation ihrer eigenen Krankheit geworden. Üppig geschminkte Lippen, ein Paradiesvogel. »Bitte nehmen Sie das zu den Akten«, drängte sie mit glühendem Lächeln den Angestellten noch einmal.

> 22. FEBRUAR 1989
> BERUFUNGSGERICHT IN WISCONSIN
> BEZIRK NR. 2, STATE OF WISCONSIN;
> DEPARTMENT OF HEALTH AND SOCIAL SERVICES,
> KLÄGER
> DOLORES GIMBELS-TAYLOR, BEKLAGTE
>
> George Washington (in absentia)
>
> Shakespeare sagt:
> Es gibt nicht Gut noch Böse
> Allein das Denken macht es so.
>
> Manchmal ist die Maske, die mein Gesicht ist, kalt und hart. Unter seiner Oberfläche ist keine Wärme. Das Blut, das durch meine Adern pulst, ist eisig, aber ich bin nicht tot. Ich frage mich, warum.

Warum nicht, kreischten Kate und Sarah und ich, als wir Kopien des Dokuments bekamen. Warum nicht? W/o/w = Mom, das wäre mit Sicherheit leichter für uns!

Das ist eine logische Frage. Wegen der Medikamente, die mir verschrieben wurden, bin ich bis auf den Grund der Verzweiflung hinabgetaucht. Im Februar 1980 kam ich endlich aus dem Menomenee County Hospital, wo ich fünfzig wurde, ein Datum, das sich lediglich durch das Ende meiner Monatsblutungen hervorhob. Ich versuchte, mir darüber klarzuwerden, was mit mir geschehen war. Damals konnte ich nicht weinen wie heute. Mein Körper war frei von jeder Emotion; meine Nerven waren gelähmt, und ich hatte Mühe, meine Gesichtsmuskeln zu bewegen. Wenn ich überhaupt Freunde hatte, dann einen Nachbarn. Meine geringen Mittel gab ich für Tabletten aus. Tabletten wofür? Tabletten, die meine Sinne betäubten. Keine Liebe, kein Haß, keine Freude, kein Kummer, keine Angst. Als ich wieder aus dem Krankenhaus heraus war, wieder in der Einsamkeit und Verzweiflung, fand ich irgendwann einen Job, aber erst nach einem weiteren Selbstmordversuch. Es war ein guter Versuch. Ich schluckte alle Tabletten mit einem großen Glas Alkohol. Meine Tochter fand mich.

Kate hatte sie gefunden. Ich hatte von Chicago aus mit ihr telefoniert, wo ich gerade an einer Story arbeitete. Ich merkte, daß sie das Bewußtsein verlor, denn ihre Stimme zerfloß, wurde gummiartig, gedehnt. Ohne aufzulegen, rief ich von einer anderen Leitung aus den Sheriff. Und dann Kate. Ich hielt das Gespräch mit ihr aufrecht, bis Kate und der Sheriff bei ihr waren. Ich erinnerte mich an Kate, als sie vierzehn war. Wie Dolores mit ihr ins Krankenhaus gehastet war, um ihr den Magen auspumpen zu lassen, und der Dok nicht einmal den Blick von seiner Zeitung gehoben hatte.

Niemand mag mich, schluchzte meine Mutter am Telefon. Niemand. Ich mag dich, sagte ich. Nein, das stimmt nicht – ich mag dich nicht immer. Aber ich liebe dich.

Die Frühlingstage und Frühlingsnächte verschwammen für meine Mutter zu einem großen Ganzen wie die erleuchteten Fenster eines vorbeifahrenden Zuges. In manchen Fenstern tauchten die Gesichter ihrer Kinder auf. In anderen die Gesichter von Schurken. Dann verwischte das Licht zu einer Chiaroscuro-Malerei, die aus einem Tunnel leuchtet. Dort war nur sie, immer nur sie. Irgendwo am Ende des Tunnels war Alfred. Irgendwo am anderen Ende des Tunnels war alles andere. Sie war die Chronistin, der einsame Stern. Sie schickte Botschaften hinaus, die gut und gerne Kampfschriften aus dem Reich der Mitte oder religiöse Traktate aus dem vierzehnten Jahrhundert hätten sein können. Ich konnte keinen Sinn in ihrem Gekritzel finden; ich wußte nicht, in welche Richtung sich die Dinge entwickelten. Ich war eine Reisende in der Wüste der Königin von Saba. Wie ich zeichnete meine Mutter auf, was sie sah. Wie ich sah sie, was es tatsächlich gab und was es möglicherweise gab. Anders als ich zeichnete sie sowohl das Bewußte als auch das Unbewußte auf. Sie sah den Bombenattentäter, sein Motiv, seine Fingerabdrücke auf der Aktentasche und was danach kommen würde. Sie bewohnte sein Gehirn, wurde genauso böse wie er. Ich schickte ihr einen weiteren Bittbrief, in dem ich ihr unsere Bemühungen in Sachen Vormundschaft gegenüber dem Bezirk erklärte. Drei eng beschriebene Seiten und eine Frage: »Wirst Du Dir helfen lassen? Denk an all das, was Dir entgeht. Wir wollen Dich zurück. Wirst Du Dir helfen lassen?«

Aber jemandem, der nur mit Gott sprach, konnte man nicht helfen.

MITTWOCH, 17. APRIL 1989
LAKE PUCKAWASAY
WISCONSIN

Liebe Jacki,
ich habe soeben Dein Epos gelesen und danke Dir vielmals für die Komplimente, die Ihr mir alle macht! Du hast Deine »Worte« gut gewählt.
Als ich so nachdachte, glaubte ich, jemanden sagen zu hören, daß Dein Artikel noch überarbeitet werden sollte. Ich persönlich bin immer der Meinung, daß das die Sache des Autors ist – wahrscheinlich stimmst Du mir da zu.
Ich möchte Dir noch einmal für Deine Gesellschaft und die ganzen Einkäufe danken. Es passieren so viele tiefgreifende Dinge, und als ich Deinen ziemlich ausführlichen Artikel gelesen hatte, habe ich sofort eine wichtige Entscheidung getroffen.
Bestimmt bedeutet Krist Gudnason Christus, Gottes Sohn. Das Staunen muß man hinnehmen, aber man darf es nie für selbstverständlich halten.

Alles Liebe,
Mutter
Laus Deo!

Wer zum Teufel ist Krist Gudnason? fragte ich Kate.

Keine Ahnung, antwortete sie.

Die Gonaden Christi? sagte Sarah bei einem Anruf aus Denver. Laßt mich um Himmels willen damit zufrieden.

Meine Mutter befand sich stets ein wenig außerhalb meines Bewußtseins. Ich wollte ihre Seele, aber die Königin von Saba war schneller gewesen als ich und hatte meine Mutter als Geisel genommen. Es war Frühsommer, und jeden Tag brachte der Briefträger ein neues Traktat aus der Welt des Wahns.

»Oh, Ihr weisen Gelehrten«, schrieb meine Mutter in einem weiteren Dokument gegen das County Hospital. Wie immer suchte ich darin nach Anhaltspunkten.

Letztes Jahr ging ich wieder einmal alle Akten und Aufzeichnungen zu diesem Fall durch, die ich gesammelt hatte, und verbrannte schließlich alles. In meinem Gedächtnis ist alles eingebrannt, was ich wissen muß. Vieles möchte ich vergessen. Auf meinen kümmerlichen sechzehn Seiten habe ich versucht, meine tiefsten Gefühle darzulegen. Ich weiß nicht, ob mir das gelungen ist. Als Kind habe ich meine Abendgebete gelernt und aufgesagt und dazu noch die Gebete meiner kleinen Freunde, besonders »Lieber Gott, nun schlaf ich ein«. Heutzutage richte ich meine Bitten frühzeitig an Gott; ich möchte mit Ihnen zusammen ein Gebet aufsagen, das ich zusammen mit Ihnen geschrieben habe. Woher sollen wir wissen, ob genug gegen die Aufweichung unserer bürgerlichen Rechte geschrieben worden ist? Ich bin so vertieft in das Leben, die Liebe und den Glauben einer einzigen Frau gewesen. Ganz allmählich trägt die Erosion das Ufer ab. Diejenigen, die für einen anderen Menschen sorgen, müssen eine Grundtheologie besitzen. Die Pfleger, Schwestern und Ärzte des Menomenee County Hospital hatten offenbar keine, denn sonst hätten wir jetzt nicht mit diesem Fall zu tun. Das erinnert mich an Präsident Kennedys Worte vom Juni 1963: »Einhundert Jahre des Aufschubs sind vergangen.« In den hundert Jahren, die ich nun schon auf die Lösung dieses Falles warte, habe ich viel gelernt. Das ist nicht mein Verdienst – schließlich haben Sie mich alle unerbittlich gedrängt. Einen Freund oder Feind mit freundlichem Blick zu mißachten, die Wahrheiten, die wir kennen, zu beachten. Ich wünschte, ich könnte auf mein Leben zurückblicken und sagen, ich bedauere nichts, aber kann irgend jemand von uns das? Meine stummen Gebete gehen tief – sie sind zu anrührend, um hörbar zu sein. Meine Gedanken fliegen so schnell dahin wie die Zeit und verlieren sich genausooft. Häufig muß ich mich dazu ermahnen, zuzuhören, damit meine Gedanken nicht abschweifen, aber ich weiß: Sooft ich versage, sooft werde ich es von neuem versuchen.

Manchmal bin ich ganz still, dann wieder überkommt mich ein kindischer Humor. Ich kasteie mich, aber die Herren Mediziner sagen, das ist gut, richtig und nötig. Ich liebe das Lachen!

Wenn ich aus irgendeinem Grunde wütend werde, weiß ich, daß auch das mein Recht ist. Während ich von Euch Gelehrten lerne, muß ich mich fragen, wie Ihr die Spreu vom Weizen trennt. Ich habe festgestellt, daß ich persönlich das nicht allzugut kann. Aber es gibt mächtige Männer und Frauen, die mit Leib und Seele bei der Sache sind, und dafür bin ich dankbar. Ich habe das Gefühl, daß Gott Euch beisteht.

Sucht Euch aus dem, was ich gesagt habe, heraus, was Ihr wollt, aber wählt nur das Beste und vergeßt den Rest.

Dolores »die Patin« Gimbels

Hör auf damit, ja? sagte Sarah, als ich sie anrief. Ich interpretierte gerne Dolores' Schriften. Ich tat das immer zusammen mit Kate und Sarah. Wenn ich das nicht getan hätte, wäre ich verrückt geworden oder tobend auf die Straße hinausgerannt. Also sang ich mit den verdammten Geigen und malte noch ein paar Blumen und Herzen dazu. Habt ihr in letzter Zeit was von Mom gekriegt? fragte ich die Mädels, und sie antworteten mir: »Ach, zwei gelbe Badehosen für Alfred mit der Aufschrift ›von mir‹, adressiert an den ›Oberbefehlshaber‹, US Military, Alfred – Washington D. C.« – »Hey, ich hab' 'nen Brief mit der Unterschrift ›die Patin‹ bekommen.« – »Ich habe ein Gedicht für die ganze Familie gekriegt«, erzählte ich ihnen – mit Reimen, so dick wie Sirup. Wollt ihr's hören? Nein, Jack, nein. Halt den Mund. *Nein.*

Ich sagte das Gedicht mit gesenkter Stimme auf:

Sprich leise, wenn du sprichst mit mir
Sprich klar, wenn ich dich nicht sehe hier
Deine Meinung solltest du mir sagen heute
Bist ohnehin des Streites leichte Beute
Die Religion, sie wohnt in unsrem Herzen
Streit nicht, du kannst doch keinen Freund verschmerzen!
– Jack, du tust mir weh. Hör auf damit.
– Verdammt. Helen Steiner Rice!
– Verdien eine Million Dollar.
– Sprich leise, wenn du sprichst mit mir, sonst verklag ich dich und hol den letzten Cent aus dir,
– Kate, du Schwein!

Ich suchte nach Spuren, entfernte die Schalen der seichten Worte, katalogisierte die schrägsten Symbole und die ärgerlichsten Aktionen. Ich besaß einen Ordner mit der Aufschrift »Wut«, einen mit »Wahn« und einen mit »Wohlwollend«. Ihre Gedichte befanden sich in der Wohlwollend-Akte. Ich suchte nach den chemischen Elementen des Wahns. Ich suchte nach der Quelle des Blauen Nils. Am wichtigsten war folgendes: Selbst in ihrem Wahn schlug meine Mutter zurück. Sie schlug zurück, immer wieder. Sie schlug zurück, und ich mußte sie bewundern. Denn sie hatte nichts, womit sie zuschlagen konnte; sie tat das ganz allein, aus Willenskraft, ganz allein aus Willenskraft. Und nicht einmal der Wille gehörte immer ihr. »Was soll ich Ihnen für die Demütigung zahlen, liebe Verwaltung?« hatte sie geschrieben. »Dafür, daß ich in einer Zelle festgehalten wurde? Mit den Händen hinter dem Rücken gefesselt? Ein Gully als Toilette? Nicht einen Cent.« Und sie hatte recht. Obwohl sie krank gewesen war und unsere Bemühungen, sie in die Psychiatrie einweisen zu lassen, dazu gedient hatten, ihr das Leben zu retten, konnte sie nicht dankbar dafür sein, und sie konnte diese Einweisung auch nicht akzeptieren oder mit Würde hinnehmen. Außerdem war sie bereit, alles in ihrer »realen« Welt dafür zu opfern, das Unrecht, das ihr in der unwirklichen Welt widerfahren war, zu sühnen. Um die unwirkliche Welt zu widerlegen, schuftete sie wie ein Pferd. Sie machte Doppelschichten, verkaufte Kalbsschnitzel oder Diätpläne oder Zimmer mit und ohne Bad. Am Abend waren ihre Füße dann ganz geschwollen, nur damit sie sagen konnte: »Ich bin nie krank gewesen, nie verrückt.« Menschen haben schon mit weniger Willenskraft Tempel errichtet oder sind in fremde Länder einmarschiert. Die Krankenhausverwaltung schickte dem Berufungsgericht von Wisconsin eine Beschreibung von Dolores' Einweisung 1980, als der Sheriff und die kräftige Pflegerin sie vor Gericht gezerrt hatten:

> Vermutlich wurde sie in Handschellen in unsere geschlossene Abteilung gebracht. Wenn der Patient die ihm verordneten Medikamente einnimmt, kann man die Dosierung schon bald genauer festlegen. Manche Patienten allerdings, wie zum Beispiel Mrs. Gimbels, wehren sich gegen Medikamente. Sie erklärte immer wieder, sie gehöre nicht in die Klinik, und versuchte zu fliehen. Als man sie auf ihre Station zurückbrachte, schleuderte sie einen Stuhl gegen die Wand und warf einen Tisch um. Um sie festzuhalten, waren zwei Pfleger und eine Schwester nötig. Sie wurde in ein Isolierzimmer gebracht. In dem Raum befand sich lediglich eine Matratze. Wenn Patienten aus einem solchen Zimmer auf die Toilette müssen, werden sie von einem Pfleger begleitet. Sich auf dem Boden zu erleichtern ist eine Taktik, die die Patienten oft einsetzen, um ihr Mißfallen über das Isolierzimmer auszudrücken. Patienten in Isolierzimmern wird als Alternative auch eine Bettpfanne oder eine Urinflasche angeboten. Für deren Benutzung ist allerdings ihre Kooperation notwendig. Aus den Aufzeichnungen ist nicht zu ersehen, ob Mrs. Gimbels eine Bettpfanne benutzte oder nicht. Urinieren auf den Boden wird normalerweise vermerkt.

Ich hätte auch gesagt »verpißt euch«, wenn ich die Königin von Saba gewesen wäre; wenn Löwenzahnsamen zwischen meinen Zähnen steckten – so war es in Wisconsin, am Lake Puckawasay, als die Morgennebel wie Schleier der Zeit vor meiner Tür hingen. Ich hätte diese

Schleier wie eine Rüstung getragen, wenn sie mein einziges Gewand gewesen wären.

Wenn die Königin von Saba Besitz von meiner Mutter ergriff, wurde sie verrückt, rastete aus. Plötzlich erhob sich die Vergangenheit vor meiner Mutter wie ein Seeungeheuer. Ihre Gedanken wurden düstere Schlangen, die sich um ihren Körper wanden, sie festhielten. Aber sie schrieb, Tag und Nacht; sie schlief lediglich, wenn sie in eine blinde Trance verfiel. Sie schrieb, als wolle sie sagen: Wenn ich das hier niederschreibe, wenn ich einen Bericht über dieses Leben hinterlasse, das kein Leben ist, von diesem Sirenengesang, der mich fortreißt, dann hinterläßt mein Bericht vielleicht eine Spur von dieser unterirdischen Höhle.

Im Frühjahr 1988 – wir konnten nicht bei ihr sein – warteten wir voller Angst darauf, daß meine Mutter irgend etwas Mörderisches anstellte. Die Sonne ging auf und wieder unter, und meine Mutter saß völlig verzückt in ihrem Bungalow und schrieb. Sie nannte ihre Schriften, die ich später fand, »Aufzeichnungen des Bösen«. Sie hatte vor, diese Aufzeichnungen vor Gericht zu verlesen und den Richtern oder weisen Gelehrten, wie sie sie nannte, vorzutragen. Ihre Aufzeichnungen waren ihr Führer und ihr Begleiter, ihr Boswell. Das Haus ihres Nachbarn wurde zum »*Haus, wo er dem Kind die Zunge herausschnitt und sie aufaß*«; ihr Exfreund verschwor sich mit ihrem Exmann in einer Lasterhöhle, die von Opiumlehrern bevölkert wurde. Ihre Handschrift in den »Aufzeichnungen des Bösen« hatte etwas Organisches, Wildes, wie Unkraut, das nach einem schweren nächtlichen Regen sprießt.

Der »Dok« kam mich 1956 regelmäßig im Wagner's besuchen und widersprach den dortigen Behandlungsmethoden. Er blieb immer im Zimmer, wenn sie mich befragten. Ich sah meinen Arzt nie allein. Ich fühlte mich stärker und klarer und fragte den Dok, wogegen er widersprach – keine Antwort. Sein Gesichtsausdruck war immer höhnisch, doch einmal lächelte er ein bißchen und hatte eine Chrysantheme dabei, die, so sagte er, von seiner »Mutter« stammte. Das konnte nicht stimmen. Das war eine pink-blaufarbene Andeutung auf die Schwangerschaft, die sich nie für ihn erfüllen sollte. Dr. Monster.

Letzten Samstag, am 22. April, erklärten mir der Böse (mein Exmann) und der Liederliche (mein Exfreund), wie sie sich selbst nannten, sie hätten die ganze Zeit »Pfeile« auf mich abgeschossen. Ich wußte nicht, was sie meinten; naiv, wie ich bin, glaubte ich, es ging um anerkennende Blicke. Sie fragten mich die ganze Zeit, ob ich müde sei, und ich sagte »nein«. Der Böse sagte: »Du solltest aber müde sein; wir haben dir gerade die Dosis für ein Pferd gegeben.« Ich fragte: »Was?« Er sagte: »Du bist böse, Dolores, weil du nicht sterben magst. Na schön. Wir müssen's so und so machen.« Ich fragte: »Was?« Der Liederliche sagte: »Das hier durchsuchen, solange die Frau des Bösen ausgeschaltet ist.« Ich tat so, als sei ich müde, folgte ihnen hinauf in mein Schlafzimmer und sagte, ich wolle mich ein bißchen hinlegen. Der Liederliche und der Böse sagten: »Die ist hinüber.« Aber ich konnte sie hören und bekam mit, daß sie mein Haus durchsuchten. Sie veränderten nichts, fotografierten aber meine Kleidung, mein Make-up und meine Kämme. Ich hörte, daß der Böse etwas für jemanden, den er »Indianerhäuptling« nannte, auf sein Diktaphon sprach: »Hier sollten wir anfangen. Beim KGB.« Ich bewegte mich in meinem Bett, damit die Pfeile mich nicht erreichen konnten. Er sagte Kate, sie solle alles »einstecken«, was er hatte, und Kate ging in mein Bad. Der Böse nahm die Gedichte, die er für mich geschrieben hatte, und aß das Papier auf. Er sagte: »Ich kann sie nicht schlagen, Liederlicher – mach du das.« Die Pfeile hinterlassen kleine Spuren und Wunden – in manchen ist das Gift der Tiere, die die Pfeile schleudern. Sie sagten, sie hätten meine Katze präpariert. Sie sagten, ich würde nicht mehr lange genug dasein, um mich zu erinnern. Sie würden mir jemanden vorbeischicken, der mir den Rest gäbe. JEMAND kommt tatsächlich jeden Tag und hinterläßt Zeichen; manche Zeichen werden von meinen Enkeln geschickt. Man hat mir gesagt, ich hätte »keine Freunde«. Jetzt weiß ich nicht mehr, wem ich vertrauen kann. Dann sind da noch die Richter, Anwälte, meine Ärzte und die Geistlichen, die alle zum »Klub der Freunde« zu gehören scheinen. Sie sahen aus, als hätten sie Sachen in ihren Kleidern. Ein paar von meinen Sachen fehlen. Sie haben SIE als »Typen«, als »schwulen alten Typen«, bezeichnet, und der Große Häuptling wartete im Wagen. Sie wollten zu einer »Stopfparty«. Sie sagten, ich hätte genug Pfeile, sie könnten mir Fragen stellen. Und dann wollten sie noch wissen, wo ich meine Aufzeichnungen aufbewahrte. Ich habe es ihnen gesagt! Sie wissen, daß ich die Namen ihrer Klubmitglieder kenne, und ich trage ein Mal.

5 Uhr früh. Lest Adam und der Mensch nach dem Sündenfall! Der Tag der guten Nachrichten! Alpha und Omega. Bank/Post/Dusche (erledigt)/Das Selbst ist der Anfang und das Ende.

Organisieren. Entrümpeln. Die Familie anrufen!

Jacki (erledigt) 5 Uhr 10 morgens
KATE
SARAH

Ende der Aufzeichnungen des Bösen: Ich möchte nur noch erwähnen, daß ich meine Kreuz-und-Kronenbrosche in der Schublade von Raymond L. – also meinem Vater – gefunden habe. In der Schublade waren außerdem Bilder von Menschen, die Sex mit verschiedenen Steintieren hatten. Die Brosche dient einem heiligen Zweck. Sie ist für IHN. Amen, Alfred. Nachdem Du das Kreuz getragen hast, bekommst Du die Krone, und sie ist ein Licht für die Nichtjuden und alle, die lieben: Gott ist Liebe. Schreib nichts mehr über die Aufzeichnungen des Bösen. Geh und sage den anderen, daß ich, Gott, wütend bin. Manche haben dich gehört und haben Angst. Aber du, Dolores, bist eine der Erwählten, du hast nichts zu befürchten. Du bist eine Schriftstellerin. Du bist der Siebte Engel.

Ich bin eine Schriftstellerin, und ich habe nichts zu befürchten. Im November 1990 saßen wir auf dem Al-Qadisseyah-Paradeplatz in Bagdad und sahen uns müde die Militärparade an. Saddam Husseins Größenwahn kannte ich schon – graubraune Schwerter aus Stein, hochgehalten von gekreuzten Armen, die angeblich denen von Saddam nachempfunden waren; zahllose

Helme gefallener iranischer Soldaten, die jetzt auf der Straße zum Grab des Unbekannten Soldaten als Stolperschwellen dienten; Saddams Parade, wo buntgekleidete Kurden sich von Saddam benutzen ließen und direkt unter der Pressebox mit einer Standarte aus Lammfell, die angeblich mit ihrem eigenen Blut bemalt war, tanzten. »*Bel rooh bel dam nifdeek ya Saddam, bel rooh bel dam nifdeek ya Saddam*«, sangen sie, jede Silbe wie ein Paukenschlag. »Unser Blut und unseren Geist opfern wir Saddam, und das Leben unserer Kinder und Kindeskinder«, stand auf der Fahne. Das stimmte tatsächlich, in mehrfacher Hinsicht. Und höchstwahrscheinlich hatte das nichts mit freier Entscheidung zu tun. Amir, einer der Übersetzer und Begleiter, die das Propagandaministerium uns zugewiesen hatte, erklärte mir, das Blut sei echt. Aber ich bezweifelte das. Amir war ein pummeliger kleiner Kerl, der behauptete, den Schwarzen Gürtel in Karate zu haben. Später tanzten wir zusammen mit meiner Freundin Susan, die für *Newsday* arbeitete, in der schwarzen Höhlendisko des Sheraton Hotels. Sie hatte bereits ein paar tolle Teppiche in den Suks erworben und sich mit ihrem Begleiter Hassan ausgesprochen intensiv über Existentialismus unterhalten. Susan und ich waren die einzigen Frauen auf der Tanzfläche. Die Männer glühten im Dunkel der Nischen vor sich hin wie Kohlestückchen. Wir scherzten, daß vielleicht Saddams Sohn Uday auftauchen, die Pistole zücken und ein paar Leute erschießen würde. Solche Dinge waren tatsächlich schon passiert, behauptete Susan, sogar in der Disko, in der wir uns befanden. Ein Streit wegen einer Frau. Ein Schuß, und schon hätten wir neues Material für unsere Artikel.

Ich spürte die Nähe der Königin von Saba. In der

Nacht hörte ich die Trommelwirbel der Furcht, Saddams blutrünstige Drohungen und die martialische Musik, wenn im Fernsehen die irakische Flagge gehißt wurde. Amir übersetzte mir die Nachrichten: *»Sawfa n'hawil Kuwait ila hamaam m'n al dam, sawfa naja'l taboor altwaabeet yamtad m'n al Kuwait ila washington, laatoon biakfanhim ma'hom.«* – »Wir werden in Kuwait ein Blutbad anrichten; die Särge werden aneinandergereiht von Kuwait bis nach Washington reichen. Jeder Soldat soll seinen Leichensack mitbringen.« Auf den Visitenkarten des Al-Rashid-Hotels stand: »Mehr als nur ein Hotel.« Allerdings. Wir vermuteten, daß unsere Telefone abgehört wurden. In mir löste das heimatliche Gefühle aus, denn es gehörte zu den Wahnvorstellungen meiner Mutter, daß das ganze Haus verwanzt war. Amir erzählte mir, in besseren Zeiten sei er Sportjournalist gewesen, der über internationale Fußballmeisterschaften berichtet habe. Er sei schon in Rumänien und in Polen gewesen! Doch jetzt war er nur noch ein schwabbeliger Babysitter, der neugierige Journalisten wie mich beaufsichtigen mußte.

Eines Abends kam er mit einer offenen Flasche Scotch – ein Tropfen Whiskey hing an seinem Schnurrbart – auf mein Zimmer im Al Rashid. »Wollen Sie mich heiraten?« fragte er halb im Scherz. Dabei beugte er sich ein wenig vor, als wolle er über einen Klippenrand schauen. »Ich will raus hier.« Das war kein Scherz. Vor dem Hotel befand sich ein Parkplatz, auf dem die Sondereinheiten der Polizei jeden Morgen zum Appell aufmarschierten. Es war kein Zufall, daß sie das direkt vor den Augen der Journalisten taten. Es war kein Zufall, daß die Welt verrückt geworden war; der wirkliche Wahn war auch nicht verrückter als das hier. Ich dachte an all die Menschen, die von dort verschwinden wollten, die kein Leben im Wahn mehr führen wollten. Fünf kleine Worte: *Holen Sie mich hier raus. – Tal'eeni m'n hal jaheem.* Holen Sie mich aus der Hölle, flehten mich die Leute an, die ich kennenlernte. Ich schrieb diese Worte in »Mein Berühmtes Buch«, aber für mich war das nicht die Hölle, sondern die Heimat, genau wie für sie. Auch Amir würde nicht herauskommen. Ich lauschte dem Größenwahnsinnigen, der seine Aufzeichnungen des Bösen verlas. Dann schlüpfte ich in ein Kleid und interviewte britische Geiseln, mit denen ich an den Rand der Stadt fuhr. Sie durften Bagdad nicht verlassen, der Wahnsinnige würde sie sonst abschlachten lassen. Wir saßen im selben Boot. In ihren verdunkelten Autos hörten wir uns auf einer Kassette John Coltrane an; hinter uns flimmerten die Lichter von Bagdad. Wir starrten hinaus in die Welt jenseits dieser Stadt.

»Gute Gedanken sind eine sichere Rüstung«, zitierte meine Mutter Mary Baker Eddy in ihren »Aufzeichnungen des Bösen«. »In einer solchen Rüstung ist man gegen alle Irrtümer gefeit. Und nicht nur man selbst, sondern alle, an die man denkt, sind sicher.«

Was, wenn das genaue Gegenteil stimmte, dachte ich. Was, wenn man jemandem etwas Böses wünscht und dieser Wunsch Realität wird? Dann wäre dieser Gedanke doch sicher die Ursache der eigenen Vernichtung.

> »Der Böse und der Liederliche«, schrieb meine Mutter, nahmen Kate zu Partys und Schlemmereien mit; sie bliesen sich in der Garage mit Luft auf – ich habe die Luftpumpen gefunden –, und meine südlichen Nachbarn ließen sie dann auf Partys voller Haß und

Feindseligkeit wieder ab. Richtete Kate ein Maschinengewehr auf mich? Sarah hatte eine Magnum, Jacki rührte mit dem Finger im Wein herum, und mein Doktor steckte ihr ein Extrafläschchen Blausäure zu. Da war ein Red Circle Inn, eine Blutlache, auf dem Friedhof. Der Böse gab ihr Tabletten und Spritzen und »den goldenen Schuß«, wie er es nannte. Später heiratete der Mann eine Frau, die sich in einen Mann »verwandelte«. Sie verfolgten mich, und dann verfolgte ich sie. Sie bewegten sich von einem Ort zum anderen; ich konnte nicht mehr genau sagen, welchem Geschlecht sie angehörten. Sie sagten, das sei biologische Kriegsführung. Ich sagte: »Was?« Er sagte: »Du weißt doch, was das ist, Dolores, oder?« – »Natürlich«, sagte ich, »aber wie paßt das zu unserem Gespräch?« – »Nun, stell dir einfach mal vor, jemand kommt hier rein und läßt Millionen von Bakterien und Ungeziefer los. Das wäre doch biologische Kriegsführung, oder?« Ich hatte am ganzen Körper Ausschlag. Da hat er mir erklärt, daß eine Schwarze Witwe im Zimmer ist, aber schließlich hat die Spinne ihn gebissen, und wir haben alle zugesehen, wie er immer kleiner wurde und Hörner wuchsen, wo er gestanden hatte.

Einmal rief ich von Kairo aus meinen Verlobten in New York an. Er war Herausgeber einer Zeitschrift und schon einmal dabeigewesen, als meine Mutter wieder einen Schub hatte. Ich wollte einfach reden. Es war der Sonntag nach dem Erntedankfest. Mir lief der Schweiß in Strömen herunter. Ich hatte gerade ein paar Stunden auf einem Kairoer Polizeirevier verbracht. Man hatte mich innerhalb von drei Tagen zum drittenmal festgenommen, weil ich mich mit zerlumpten, schreienden Arbeitern unterhalten hatte, deren Brüder sturzbesoffen aus dem Irak zurückgekehrt waren. Nach stundenlangem Reden bekam ich zum Glück meine Kassetten und meinen Kassettenrecorder zurück. Wahrscheinlich weil Präsident Bush sich gerade in Kairo aufhielt; Bündnisse wurden ausgehandelt, Erklärungen verlesen. Eigentlich hätte ich eine Zusammenfassung der Ereignisse schreiben sollen, aber ich brauchte eine kurze Verschnaufpause. Also rief ich in New York an. Eine Frauenstimme meldete sich. Eine Stimme, die ich kannte. Es war zehn Uhr morgens, ein Sonntag in einem der schicksten Hotels von Manhattan. Du hast das falsche Zimmer erwischt, behauptete er noch Tage später, aber ich hatte nicht das falsche Zimmer erwischt, und er wußte genau, daß ich das wußte. Du bist verrückt, sagte er. Die Dame an der Rezeption erklärte mir mit spitzer Stimme, ich solle mir mal überlegen, wem ich mehr vertraue: meinen eigenen Ohren oder ihm. Ich spürte, daß das Böse, die Illusion, mich anzog; ich würde nie etwas anderes lieben. Ich war verblüfft und kam mir schwerfällig vor, wie ein Vogel, der im Nilschlamm herumstakst. Wie meine Mutter, wenn sie vom Wahn übermannt wird. Die Welt, wie wir sie kennen, geht aus wie eine Lichterkette; die Welt wartet, die eigene Kraft schwindet. Warten auf Raketen. Das ist die Zeit, wenn die Königin von Saba kommt.

Nachdem ich aufgelegt hatte, saß ich auf dem Bett und zählte die Stoffknoten auf der Decke. Vier Stunden Zeit für die Berichterstattung. Ich rief im Washingtoner Büro an und sagte, ich schaffe es nicht. Man erklärte mir, ich könne, ich müsse. Wir wissen, wie das ist, wir sind selber dagewesen. Mach's einfach und brich hinterher zusammen. Ich lauschte auf meinen Atem, auf das Geräusch menschlichen Lebens, das sich mit dem Hupen und dem uringeschwängerten Staub, mit Kardamom und Angstschweiß, mit den Abgasen und den Rufen der Lotterieverkäufer und dem Wissen vermischte, daß sich irgendwo da draußen in der diesigen Ferne die Sphinx und die Pyramiden befinden. Ich dachte an eine Frau zwischen zerwühlten Laken. Zerquetsche den Traum, um zu sehen, was sich darin befindet, zerstoße ihn in seine Bestandteile und zertrample ihn. Verrückt. Aber wer kommt schon ohne Zerstörung aus? Ohne Zerstörung, wer würde dann noch erobern wollen?

»Präsident Bush«, sprach ich in meinen Kassettenrecorder, »hat heute gesagt, daß Ägypten ... und Syrien ... und Jordanien ... gegen ...« Und dann hielt ich inne, um darüber nachzudenken, was das alles mit meinem Leben zu tun hatte. Der Ruf des Muezzin sagte: Das hier ist eine andere Welt, eine Welt, die fünfmal täglich mit unverständlichen Sätzen geweiht wird. Ich sprach auf Band und schrieb meine Story nieder und schaffte die Deadline, aber natürlich war das, was ich da schrieb, eine Illusion.

FORTSETZUNG DER AUFZEICHNUNGEN DES BÖSEN

Ich möchte, daß diese ständige Belästigung aufhört. Elvin D., mein Nachbar, war früher beim Militär. Er ist ein Waschlappen und scheint immer das zu tun, was seine Frau will. Sie treiben mir beide gern Pfähle durchs Herz. Der Böse hat mir erzählt, daß sie sich beide in der Garage »aufblasen«. Ich wußte nicht, was das heißen sollte, bis ich vier bis fünf Fahrradpumpen etc. fand. Elvin wurde an der Maschinenpistole ausgebildet. Mein anderer Nachbar war in der Lage, alle Schußwaffen zu betätigen, und beherrschte mehrere Kampfsportarten. Mein Haus liegt zwischen den ihren. Am 30. April richtete Elvin eine Maschinenpistole auf meinen Essenstisch, an dem ich gerade eine Party vorbereitete. Ich sah es und sah auch, wie er sich bewegte. Aber ich bewegte mich schneller, so daß er mich nicht erwischen konnte.

In der säuregelben Hitze des August 1991 in Bagdad war der Krieg vorbei – nur noch eine in das Blut der von Amerikanern Verratenen getauchte Erinnerung. »Ihr habt uns diesem Schlächter ausgeliefert«, sagte ein Arzt im Mostashfa al-Kadhmiyaa Hospital und hielt ein Bündel hoch, das aussah wie eine Katze in Windeln, aber ein totes Baby war. In den Schreinen von Ali und Karbala in Najaf, in den Schreinen von Hussein und Abbas befanden sich noch immer Blutflecken der Schiiten, die nach ihrem von den Amerikanern initiierten Aufstand niedergemetzelt worden waren. Dort hatten sie Schutz vor den Bomben Saddams gesucht; dort wurden sie geschleift und gevierteilt; im Hof vor den Schreinen, dem *bab al sahan*, wurden sie aufgehängt. Der *bab al sahan* war überflutet von ihrem Blut, bedeckt mit ihren zerschlagenen Körpern. »Wir wissen nicht, wie viele Tote es gegeben hat«, erklärten die Soldaten den Übersetzern, und: »Das sind Hunde, keine Menschen.« Die Toten verstopften die Straßen, während wir uns in Basra von dem Tikriti-Gouverneur Latif Mahal, der gerade ein Fest zur Ermordung seines regimekritischen Vorgängers gab, mit *quzi*-Lamm bewirten und uns von der Hungersnot erzählen ließen, für die die irakische Regierung sorgen würde. Der Gouverneur klatschte in die Hände, und schon wurde sein halbvoller Teller, sein *qus'a*, auf den Boden gestellt. Er klatschte noch einmal in die Hände, und schon stürzten sich seine Soldaten wie Hunde auf das *qus'a*. Er trug einen Kampfanzug und eine Pistole an der Hüfte, genau wie sein achtjähriger Sohn. Ihr seid nicht unseretwegen gekommen, sagten die Stimmen. Wir haben gewartet. Wir haben zu Schwertern und Pistolen gegriffen, und wir sind einen gottlosen Tod gestorben, abgemetzelt im eisenfarbenen Staub. Und ihr habt tatenlos zugesehen. Kannste nicht herkommen, Jack? Kannste nicht kommen? *T'gder tji h'na, Amrika, t'gder tji h'na*?

Eines Tages sagte ich zu meinem Fahrer Quasm: »Ich möchte das Schicksal herausfordern. Ich habe keine Ahnung, wann ich wieder nach El-Iraq komme. Wahrscheinlich fahre ich nach Hause und heirate. Ich will all die illegalen Sachen fotografieren, die ganzen Statuen von Saddam und die Bilder von ihm, vom resoluten Araber zum resoluten Bergkurden, vom resoluten Geschäftsmann im italienischen Anzug zum Feldmarschall in Uniform. Gott ist überall, Bruder; er sieht, was wir tun. Und der gefälschte Stammbaum in der Saddam-Kunstgalerie mit Nebukadnezar ganz oben und Saddam als Abkömmling und all die Brücken und Statuen und zerbombten Stätten. Ich möchte gegen alle Regeln verstoßen. Und wenn sie mich aufhalten wollen, erzählst du ihnen, ich bin die Königin von Saba!«

Quasm lachte. Er dachte, ich sei übergeschnappt. *Majnun*, verrückt. Er sagte das die ganze Zeit. Sie sind *majnun, sahafiya*. »Die Königin von Saba! Ja, Sir. Wie Sie wollen, Sir!«

Wir machten uns auf den Weg. Ein anderer Journalist, ein Neuling namens Walter, sagte, er wolle uns begleiten, denn auch er würde Bagdad bald verlassen. Ich fotografierte die Stehende Schlacht einer Million Männer, das M'arakat al-Milyoon, wo Saddam mit dem Finger auf die vergifteten Sümpfe der Shatt-al-Arab-Wasserstraße deutet. Tod den Iranern. Die Menschenmassen, das Senfgas, die die Irakis im Krieg einsetzten. Ich gab mir keine Mühe zu verheimlichen, was ich da tat. Ich machte meine Fotos ganz offen. Für Quasm war dies ein Nachmittag voller Abenteuer und Bestechungsgelder für die Wachen allerorts. »Die Amerikaner können uns doch vom Himmel aus fotografieren; was macht es da schon, wenn diese Schullehrerin hier ein paar Schnappschüsse macht?« scherzte er auf arabisch. Ich fotografierte die Brücke des Vierzehnten Juli, die größte Brücke von Bagdad, benannt nach der Ba'ath-Revolution; sie wurde gleich zu Beginn des Krieges zerbombt. Das war streng verboten, und ich wußte es – auf der anderen Seite befand sich ein Militärgelände. Als ich den Mann von der republikanischen Garde auf mich zukommen sah, ging ich ganz langsam zum Wagen zurück. Nur nicht den Eindruck von Eile erwecken. Die republikanische Garde. Man erkannte sie an den roten Dreiecken auf der olivfarbenen Uniform. Diese Leute waren nicht dumm; sie kamen nicht aus der Provinz. Sie hatten die Schule besucht. Einer meiner Kollegen hatte eines ihrer Opfer in einem Internierungslager interviewt, einen Mann, der sich seinen Namen auf den Arm tätowiert hatte, damit seine Familie ihn nach seinem Tod identifizieren könnte. Quasm lächelte nervös; Walter versuchte, sich in seinen Sitz im Wagen zu verkriechen. Ich glitt wie eine Lady auf den Rücksitz, als komme ich gerade vom Einkaufen bei Saks in der Fifth Avenue. Vielleicht würde es Probleme geben. Vielleicht auch nicht. »Ganz cool bleiben«, sagte ich zu Walter.

»*E'teeni 'l kaamira*«, sagte der Wachmann vor dem Autofenster, während sein Partner das Gewehr von der Schulter nahm und es träge auf den Wagen richtete.

»*A'ilati'*«, sagte ich. »*Suwar 'a a'ilati.*« Ich erklärte ihm, daß das Fotos von meiner Familie seien, und preßte die Kamera fest gegen meine Brust.

Quasm sagte nichts. Der Wachmann richtete das Gewehr auf ihn und befahl ihm auszusteigen. Ich wußte genau, daß er am schlimmsten unter meinem Wagemut leiden würde.

»*Atfaali*«, sagte ich, als der Soldat wieder auf die Kamera deutete, und stopfte sie mir unter die Bluse. Ich hatte mittlerweile ein bißchen Arabisch gelernt, gerade genug, um mich durchzuschlagen. »Meine Kinder.« Er sah ziemlich gelangweilt aus. Ich hatte keine Ahnung, wie die Sache ausgehen würde; sonderlich dringend schien die Angelegenheit nicht zu sein. Quasm lächelte, als habe er seit seiner Geburt nichts anderes getan. Dann plötzlich ein Schrei: »Aaaaaaaah! So geben Sie ihm doch den verdammten Film! Geben Sie ihm den Film!« Das war Walter, der ängstlich auf seinem Sitz herumrutschte. Der Wachmann, Quasm und ich, wir waren alle wie hypnotisiert, weil er die Fassung verloren hatte. Es war heiß, stikkig und schmutzig in dem Wagen. Walters Wut erhöhte unser Gefühl der Klaustrophobie noch. Sein Ausbruch war gefährlicher als alles andere; plötzlich bekam auch ich Angst, besaß aber die Geistesgegenwart, den Film unter meiner langen Bluse so unauffällig wie möglich zurückzuspulen. Walters Anfall war die perfekte Tarnung, wenn auch riskant. Vielleicht versuchte er, mir zu helfen. Alle Augen waren auf ihn gerichtet. Doch Walter griff unter meine Bluse, riß mir die Kamera aus der Hand und machte sie auf. Obwohl ich hastig versuchte, sie wieder zu schließen, wurde der Film zum Teil belichtet. Er fuchtelte mit ihr über meinem Kopf herum und reichte sie triumphierend dem verdutzten Wachmann.

Der Mann von der republikanischen Garde blickte zuerst mich an, dann Walter, dann Quasm, der ihn gequält anlächelte. Das Gesicht des Wachmannes wirkte nun nicht mehr gelangweilt, sondern ausgesprochen lebendig. Er hielt die Kamera ins Licht und musterte uns mit zusammengekniffenen Augen. Ich zischte entrüstet: »Meine Familie, *a'ilati.* Meine kleine Tochter. *Binti el sagheera.*« Der Wachmann wußte ganz genau, daß ich genausowenig Kinder hatte wie eine Nonne und außerdem ganz sicher das Fotografierverbot für die Brücke des Vierzehnten Juli kannte – schließlich wußte jeder in Bagdad, daß sich gleich dahinter eine militärische Einrichtung befand. Allen Journalisten in Bagdad war bekannt, daß die Irakis einen Reporter vom Londoner *Observer* gehängt hatten, weil er angeblich ein Spion gewesen war. Aber der Mann war im Irak geboren. Also: keine wagemutigen Spielchen. Der Wachmann sah Walter an. Der hob das Kinn, als klebe ein Stückchen Papier an seinem Adamsapfel, wischte mit der Hand darüber und schnalzte gleichzeitig mit der Zunge. Die *a'fta*, die schlimmste arabische Geste der Verachtung. Der Wachmann reichte mir die Kamera, als sei sie glühend heiß, und sagte auf arabisch: *»Mo zawjha«*, – »Er ist wohl nicht Ihr Mann, oder?« Dann bedeutete er uns mit einer Geste, daß wir weiterfahren könnten. Ich sah, daß er mit den Achseln zuckte. Sich immer wieder entschuldigend, kroch Quasm in den Wagen zurück. Schwarzes Schweigen von Walter auf dem Beifahrersitz.

»Danke«, sagte ich zu ihm. »Ohne Sie hätte er wahrscheinlich die Kamera und den ganzen Film behalten.«

»Sie sind verrückt.«

»Aber ich bin nicht feige.«

»*Majnun*«, sagte Quasm, dessen Sicherheit ich aufs Spiel gesetzt hatte. Ihm gegenüber hatte ich ein schlechtes Gewissen. Er würde sich vor der Polizei verantworten müssen.

»Sie haben ihm nicht gesagt, daß ich die Königin von Saba bin«, sagte ich zu Quasm.

»*Malikat Sab'a Balqees!*«

Als ich den Film später in Jordanien entwickelte, stellte ich fest, daß sich auf den teilweise belichteten Bildern Lichtblitze befanden. Phantome, wie ferne Raketen.

2. MAI 1988
1 UHR 30 MORGENS
LAKE PUCKAWASAY

Lieber Richter MacGill:
Ich habe mir meine Aussage, die ich gestern unter Eid gemacht habe, noch einmal durchgesehen und bestätige sie. Ich fahre fort, unterbrochen nur von einem Anruf meines Mannes und meiner eigenen heilen Rückkehr aus dem Dienst für die Regierung. Diese Rückkehr könnte wieder vorübergehender Natur sein, denn ich konnte Sein Licht nicht daran hindern, die Welt zu erhellen. Ich habe so viele Länder bereist und in so vielen Stimmen gesprochen.

Da heute mein Tag der guten Nachrichten ist, werde ich mich auch an den Tod meiner Mutter Mabel erinnern, die vor ein paar Jahren an diesem Tag gestorben ist. Wie ich meinem früheren Anwalt am Karfreitag geschrieben habe: »Mir hat nur einmal im Leben jemand ehrlich gesagt, daß er stolz auf mich ist.« Heute habe ich weinen und lächeln müssen. Die Frau war meine Mutter, eine gequälte Frau. Sie hielt meinen Arm, als ich sie zur Totenwache meines Vaters, eines Mafia-Gentleman namens Frank, begleitete. Es war glatt, und ich rutschte selbst ein wenig auf dem Eis. Sie klammerte sich an meinen Arm, um nicht zu stürzen, und sagte: »Ach, Dolores, ich bin so stolz auf dich.«

Natürlich war ich verwirrt. Wahrscheinlich, so dachte ich, hatte sie das gesagt, weil ich mit meinen hohen Schuhen nicht auf dem Hinterteil landete. Also fragte ich: »Warum?« Und sie antwortete: »Weil du so bist, wie du bist.«

Dieses Kompliment gebe ich an all jene weiter, die die guten Neuigkeiten von Alfred gehört haben, aber besonders an Ihn und ihn und Euch alle.

Alles Liebe,
Dolores Gimbels
3 Uhr 30 morgens.

»Dies ist der zweite Tag im Mai, denn Du, Dolores, hast meine Worte gehört und meinen Warnungen gelauscht, aber die Falschen, der Doktor und der --- haben mich nicht gehört, und es gibt vieles, wovor Ihr Angst haben müßt.

Lösche das Böse auf der Erde aus. Ich habe Dich gestern nacht in Angst erzittern sehen. Ich spreche mit Dir. Hörst Du mir zu oder bummelst Du da draußen rum? Angst ist der Beginn des Wissens. Verändere keinen Fehler auf dieser Seite. Bewahre alle anderen für künftige Generationen auf. Dies ist das Neue Testament der Wahrheit, in dem das Gute das Böse besiegt. Stehe früh auf und räche mich beim Abschaum der Erde.

Du kannst auch ein paar abfällige Bemerkungen über das korrupte Gericht machen.

Dolores Gimbels. Zeit: 5 Uhr 30 morgens.

Die Königin von Saba

Die Königin von Saba ist allein in ihrem Bungalow. Sie erhebt sich und lauert, huscht durch die Vergangenheit. Dolores ist ein dummer Klotz, ein Mahnmal. Die Königin von Saba haßt sie. Die Königin von Saba sammelt alle Erinnerungen, die guten und die quälenden, und schreibt ihr eigenes Buch der Toten. Sie zeichnet die Gesichter, bannt sie aufs Papier. Sie hält Reden, betrachtet die Testamente der Welt, die vor ihr ausgebreitet liegen. Auf den Seiten befinden sich Blutspuren, die nur sie sehen kann. Sie legt Salben und wohlriechende Lotionen auf, schmückt sich mit Diamanten und Rubinen (manche sehen vielleicht nur alte Knöpfe in ihnen). Sie setzt das königliche Diadem auf ihren Kopf (manche sehen darin vielleicht nur einen alten Gürtel) und drückt sich gegen die Wand, um zu sehen, ob sie sich in einen Schatten verwandeln kann. Ja, die Antwort lautet ja. Andere sind in diesem Haus gestorben – die Frau Mabel, der Angler Louie, der Barmherzige Samariter Eddie James Guenther und Mrs. Dolores Milquetoast. Möglicherweise kennen Sie sie unter einem anderen Namen – eigentlich war sie ziemlich dumm, fast wie eine Kuh. Zahllose Tiere haben hier ihr Leben gelassen; sanfte Menschen, die darauf warteten, die Erde zu erben. Aber statt dessen wurde ihr Leben zerstört. Die Königin von Saba ist mächtig und weit, weit weg wie der Mond, und wie der Mond nimmt sie zu und wieder ab. Sie kann greifbar wie eine feuerspeiende Chimäre in einem Alptraum werden oder sich in Dunst auflösen, transparent und groß sein wie das Licht, das den Blick der Menschen verzerrt und sie blind macht für die Wahrheit.

Die Königin von Saba steigt in ihren Wagen und fährt zum --- Krankenhaus in Menomenee. Sie kommt an Wagner's Hospiz vorbei. Sie hat einmal jemanden gekannt, der dort hingeschleppt worden war, eine von allen mißverstandene, hochintelligente junge Frau mit mehreren entzückenden Kindern, gekettet an ein Monster, das sich als König verkleidete. Sie betritt das Krankenhaus, riecht die Ätherspuren, erinnert sich, daß ihre eigenen Kinder hier geboren wurden, und fragt nach Ihm. Er kommt heraus zu ihr, so groß und weiß und immer in neuer Gestalt. Man kann sich nicht einmal darauf verlassen, daß er derselbe bleibt, während sie tut, was sie tun muß. Die Königin von Saba wird mit diesem weißen Dämon, der nicht zuhören will, das tun, was sie tun muß.

»Da«, ruft sie. »Da und da und da!«

In jeder Hand hat sie ein Stück weicher roter Kreide, ungefähr so groß wie eine Kerze, ein Stück Kreide, wie Kinder es benutzen, um ein Himmel-und-Hölle-Spiel aufs Pflaster zu malen. Sie stößt ihrem Exmann die Kreidestücke in den weißen Kittel, vor allen Schwestern und Patienten, und ruft: »Da!« und »Da!« Sie verschmiert seinen Kittel mit langen Schmissen, wie rostigrote Adern in einem Stück poliertem Sandstein. Das ist ihre Rache. »Ich hätte dich umbringen können«, brüllt die Königin ihren Exmann, den Doktor, an, »aber ich, Gott, habe dich am Leben gelassen, damit du bereuen kannst.« Da steht er nun in dieser fatalen Welt, der Bauch so groß wie der einer Schwangeren, gezeichnet von roter Kreide. Na, wie gefällt ihm das? Empfängnis und Geburt. Die Königin von Saba gleitet wie ein Schatten aus dem Krankenhaus, rast mit ihrem Wagen in die S-Kurven, streckt der Vergangenheit, Wagner's, dem großen blauen Reiher, der sie vorantreibt, die Zunge heraus.

Eine halbe Stunde später trifft sie vor dem Gerichtsgebäude von Menomenee ein. Drinnen nimmt sie Platz, leise wie eine Kommunikantin der alten Schule. Jetzt trägt sie nichts mehr auf dem Kopf außer ihrem unsichtbaren Göttlichen Licht, das Licht der Wahrheit. Da ist Richter MacGill, ihr Verfolger, ihr Gefängniswärter. Sein korruptes Gesetz nimmt ihr das Geld, das Haus und den Grund und gibt alles ihren Feinden. Sie selbst wird in ein Verlies mit einem kleinen Gully für ihre Körperflüssigkeiten gesperrt. Wie würde Ihm das gefallen, die Verfolgung und die Demütigung. Die Königin von Saba ist so voller Gedanken, so mächtig, daß sie davon niedergedrückt wird wie von Goldbarren. Wie gelähmt. Sie sitzt so still da, daß man meinen könnte, sie denkt an überhaupt nichts, aber in Wahrheit kichert sie vor sich hin und schließt ihren Pakt mit Gott. Sie, die Erwählte, sie, die Gesalbte, ist gekommen, die Welt zu erretten.

Aus den Tiefen seiner Räume erhebt Richter MacGill sich und wirbelt in seiner schwarzen Robe hinein in den Gerichtssaal von Menomenee County in Waupaca. Die Gerichtsberichterstatterin starrt ihn durch ihre dicke Brille an. Man sollte dem Kind die Brille wirklich abnehmen, sie ist einfach zu dick, schreibt die Königin von Saba irgendwo darüber. Gemurmel im Gerichtssaal; das morgendliche Licht bricht sich in den Fenstern. Alle haben Respekt, alle benehmen sich ordentlich. Man könnte meinen, man sei in der Kirche.

Der Gerichtsdiener von Richter MacGill wendet sich an die Anwesenden. »Erheben Sie sich«, sagt er. Die Königin von Saba steht auf und richtet mit dem Finger einen unsichtbaren Pfeil auf ihn. *»Was ist denn mit euch los«*, brüllt sie, *»habt ihr alle 'ne Erektion für Richter MacGill, oder was?«*

Sie wühlt in ihrer Tasche herum, einer größeren als der, die sie normalerweise bei sich trägt. *»Das hier machen wir mit bösen kleinen Buben«*, ruft sie, die Arme hoch erhoben, in den Händen ein kleines Schälmesser und ein Holzbrett. »Kommt her, dann schneide ich euch die Schnörkel ab!!!«

Richter MacGill wartet bewegungslos wie ein schwerer, feuchter Morgen vor dem Regen. Vielleicht denkt er gerade an einen Wurm, den er am Vorabend über seine Tomatenpflanzen hat kriechen sehen, vielleicht auch an die Milch, die er seiner Frau nach der Arbeit mitbringen soll. Er kann mit den Gedanken nicht hier sein, wo ihn die Szene vor ihm merkwürdig in der Schwebe hält wie einen Schwimmer auf dem Sprungbrett. Und überall der üppige Geruch ihres Orchideenparfüms.

»Hey, Freundchen, hörst du mir überhaupt zu?« brüllt die Königin von Saba von unten herauf. Sie fuchtelt mit dem Messer herum wie ein Dirigent mit seinem Taktstock. Die Leute im Gerichtssaal, die Schafe, weichen vor ihr zurück. Baaa! brüllt sie auch sie an. Plötzlich läßt sie das Messer auf den Boden fallen, stürzt sich auf den Tisch des Richters und packt das Messingnamensschild MacGills, das ihm und der Welt ganz genau sagt, wer den Vorsitz über dieses korrupte Gericht hat. Die Königin von Saba schwingt das Namensschild über der Schulter wie ein flammendes Schwert auf einem Gemälde des Jüngsten Gerichts und läßt Richter MacGills eigenen verdammten Namen auf seinen Kopf hinuntersausen. Na, ob ihm das gefällt? Ob er sich noch daran erinnert, wer er ist? – Mein Gott, wie peinlich. Das alles passiert innerhalb weniger Sekunden. Ein zweiter Gerichtsdiener, der bis jetzt ganz hinten im Saal vor sich hin gedöst hat, eilt nach vorn und überwältigt meine Mutter.

Sie spuckt ihm ein Pfefferminzbonbon, das sie unter der Zunge hatte, ins Gesicht. So geht man mit ihr nicht um. »Ich lasse Sie verhaften«, sagt sie. »Ich lasse euch alle verhaften, auf der Stelle!«

Und dann ist alles vorbei. Die Menschen, die sich bis dahin nicht von der Stelle gerührt haben, geraten in Bewegung; in ihrer Angst trampeln sie über meine Mutter, die am Boden liegt, hinweg. Da erinnert sie sich an ihre Kindheit im Kellergeschoß – sie kann die Füße da oben immer noch sehen. Die Königin von Saba greift nach den Ketten. Sie weiß: Was immer sie jetzt mit ihr anstellen, sie werden sie jedenfalls nicht mehr für machtlos halten.

Die Königin von Saba in der Klapsmühle, die Königin von Saba vor Gericht. Die Parabel der Königin von Saba, die auszog, zu erobern.

Nach fünfundzwanzig Jahren hatte ich das erste Mal das Gefühl, vorbereitet zu sein. Sie konnte uns nicht entkommen, aber wir würden sie auch nicht unnötig mißhandeln. In Handschellen, aber ohne Zwangsjacke wurde sie ins County Hospital gebracht, wo sie keine Türen erwarteten, unter denen das Essen durch einen Schlitz hindurchgeschoben wurde. Die Behörden reagierten geduldig und umsichtig, denn nach den zwei Jahre währenden Prozessen, die meine Mutter ziemlich viel Geld gekostet hatten, war sie offenbar kein Routinefall mehr. Vermutlich wurden mittlerweile auch progressivere Methoden eingesetzt; man hielt sich hinsichtlich der psychisch Kranken ein bißchen zurück. Die Sozialarbeiterin versprach mir, daß sie sie so vorsichtig wie möglich behandeln würden. Schließlich hatte sie nicht Richter MacGills Körper, sondern nur seine Würde verletzt. Später erklärte mir der Richter, ein sanfter, nachsichtiger Mann: »Ihre Mutter besaß die erstaunliche Fähigkeit, außergewöhnliche juristische Dokumente zu verfassen – sogar, wenn sie ganz eindeutig Wahnvorstellungen hatte –, und ich habe sie wegen ihres Mutes und ihres Kampfgeistes bewundert. Natürlich habe ich nicht erwartet, daß sie mich in meinem eigenen Gerichtssaal angreifen würde, aber sie war einer meiner interessantesten Fälle, und ich hatte Mitleid mit ihr.«

Die Königin von Saba wartet in der geschlossenen Abteilung. Noch achtundvierzig Stunden bis zu der Verhandlung, in der es um ihre Einweisung geht. Gerächt. Ihr Notizbuch ist aufgeschlagen.

> Ich, der Herr euer Gott, bin ein eifersüchtiger Gott, und ihr sollt keine anderen Götter haben neben mir. DANKE FÜRS ZUHÖREN. Der Pfleger Glenn reißt die Seiten genauso schnell aus meinem Buch, wie ich sie beschreiben kann. Das Menomenee Hospital sagt, Dolores' Selbstmordgeschichte sieht folgendermaßen aus: Sie war Patientein von Dr. ---. Falsch! D, falsch, Alkohol? Ich bin mir nicht sicher. Viele Widersprüche. Jemand stiehlt meinen Schmuck. Dolores bestand auf ein paar Möbel für sich und die Kinder, weil sie zur Zeit ihrer Ehe ein Haus und Möbel ihr eigen genannt hatte. War Koehn, mein früherer Freund, ein russischer Spion? Kain, du hast deinen

Bruder umgebracht. Kain, Kane, Kein. Er hat für den KGB gearbeitet. Nimm Vitamin-E-Öl. Dann bleibt deine Haut jung und geschmeidig. Flüstere einem geliebten Menschen etwas Liebes ins Ohr. Haltet Händchen. Wenn du deine Pfeife nicht rauchst und sie nur im Mund hast, ist sie wie Schmuck!

Marcia, die Sozialarbeiterin, meint, die Szene im Gerichtssaal sei »das Beste für alle gewesen. Ich glaube, das war ein Hilferuf. Sie hätte wirklich jemanden verletzen können, aber statt dessen hat sie ihre Phantasie eingesetzt.« Ja, sagte ich am Telefon, es war wirklich das Beste. Und dabei mußte ich an die unzähligen Male denken, als solche Attacken knapp danebengegangen waren, an den schmalen Grat zwischen tatsächlicher Drohung und schwebender Drohung. Was für eine Erleichterung, nur noch an die materiellen Dinge denken zu müssen, die mit Dolores zu tun hatten, an die zahllosen Rechnungen und juristischen Dokumente, die ich mittlerweile alle fotokopierte und in meinem Büro aufbewahrte. Am Abend vor der Verhandlung fuhr ich nach Hause, nach Menomenee, und am nächsten Tag saßen Kate und ich dabei, während ein anderer Richter, nicht MacGill, meine Mutter befragte. Inzwischen war aus ihrer Sprache so etwas wie eine ungebrochene Brandung geworden; sie ließ sich nur in Worte fassen, wenn sie alles niederschrieb. Mir war klar, warum sie im Krankenhaus nicht viel sprach: Sie konnte die Fragen nicht beantworten. Sie hatte die Fähigkeit verloren, das, was sie sagte, zu ordnen. Ganze Gedankengänge lösten sich in hypnotisches, nicht wiedergebbares Gebrabbel, in Lippenlaute und Zischen und gemurmelte Diphthonge auf, die sich nicht übersetzen ließen. Als entströmte dem

Mund der Königin von Saba, die nun in die Ecke getrieben war, nur noch eine Traumsprache, die Menschen nicht verstehen konnten. Die Königin von Saba trotzt der Realität mit Farbklecksen und Phantasiesprüngen, und wenn ihre Traumwelt sich verdunkelt und mit Wut füllt, erwarten wir ihre Realität sprachlos, mit offenem Mund. Das ist ganz ähnlich wie in Kriegsgebieten: Dort wartet man darauf, daß das Irrationale die Herrschaft übernimmt.

Meine Mutter wippte mit dem Kopf auf und ab, während sie befragt wurde, die Augen geschlossen, das Kinn schräg zur Decke gerichtet. Als sie die Augen schließlich aufschlug, hatte sie Schwierigkeiten, sie auf die Menschen vor ihr zu richten. »Ohzenor rata bizza hum«, murmelte meine Mutter und schloß ihre Augen wieder. »Brew ola, ta deum orso«, schnalzte sie lachend mit der Zunge. Ihr Lächeln saß so straff auf ihrem Gesicht, daß es mich an das Grinsen von Schrumpfköpfen erinnerte. Sogar ihre Haare wirkten rostig, fremd. Und wieder einmal mußte ich sie bewundern und fühlte mich merkwürdig hingezogen zu ihr. Warum sollte ich es leugnen: Ich war auf absurde Weise stolz auf sie. Sie war so krank, so daneben, so mutig wahnsinnig und ließ sich nicht unterkriegen. Und ich fragte mich: Werden wir sie je wiederbekommen, wird sie zurückkehren aus der weiten Sargassosee, in der sie schwamm und segelte und dahintrieb, jenseits sterblicher Gedanken?

Es gibt da das Märchen von Elsa und den Schwänen. Elsa webte für ihre sechs Brüder, die eine böse Hexe in Schwäne verwandelt hatte, Jacken aus Brennesseln. Sie webte diese Jacken nachts, insgeheim, nach der täglichen Arbeit, mit blutenden Händen, ohne sich jemals von ihrer Aufgabe abbringen zu lassen. Ihre Stiefmutter, die Hexe, schalt sie wegen ihrer wunden Hände, ahnte aber nicht, daß Elsa dabei war, die Jacken zu weben, um den bösen Zauber zu bannen. Sie hatte sieben Jahre Zeit, bevor ihre Brüder für immer Schwäne bleiben müßten, und in jenen sieben Jahren umrundeten ihre Brüder als Schwäne die Erde. Sie sahen allerlei Wechselfälle des Lebens. Sie sahen Lust und Verrat, Krieg und Hungersnöte, aber auch die süßen Momente der Ruhe und des Sieges. Als Menschen besaßen sie nicht die Macht, die Erde allwissend zu bereisen, aber als Schwäne bewegten sie sich am Himmel. Als Elsa ihnen dann schließlich die Jacken überwarf und so alle – nur der Arm des sechsten Bruders blieb ein Schwanenflügel – wieder in Menschen verwandelte, war ihre Reise zu Ende.

Ihre Reise ist vergleichbar mit der manischen Welt meiner Mutter. Um die Königin von Saba wieder in Dolores zurückzuverwandeln, den Schwan in einen Menschen, mußten meine Schwestern und ich ein unsichtbares Netz knüpfen, ohne daß sie etwas davon merkte. Nennen Sie es eine Zwangsjacke, das Gewebe unserer Realität. Ein paar Fasern davon waren unsere Geschichten, banale Familiengeschichten, die unsere Erinnerung ergänzten, andere Fasern waren die ausufernden Schilderungen des Wahns, die Witze, die wir einander erzählten, und die Anekdoten, von denen wir meiner Mutter berichteten, auch wenn sie unsere Sprache nicht verstehen konnte. In dieses dichte Gewebe integrierte ich die Dinge, die wir dem Richter vor Gericht mitteilten, unsere Aussagen über ihr Vorleben in der realen Welt. Statt der Nesseln, die uns die Hände verbrannten, hatten wir Lithium. Dolores hatte noch nie Lithium bekommen. Lithium ist die Brennessel unserer modernen Realität, das grüne Hexengebräu, das den bösen Zauber vertreibt. Meine Mutter nimmt das Lithium nicht gern – manchmal beklagt sie sich, daß dann ihre linke Hand zittert –, aber sie nimmt es, jeden Tag, dreimal.

Ihre Rückkehr in die Realität verlief so langsam wie das allmähliche Längerwerden der Tage im Frühling – so stelle ich mir auch die Rückverwandlung der Schwäne vor. Zuerst erkennt man nur eine Form – einen Arm, dann eine Hand, die eigene Hand. Dann Finger und Fingernägel mit Monden. Die Tage vergehen, und irgendwann begreift man wieder, was »Morgen« heißt. Doch dann betrachtet man seine Hände und erinnert sich, daß man einmal in Welten gelebt hat, die sich andere Menschen nicht vorstellen können; daß man eine Weile einen nichtmenschlichen Körper hatte, daß man besessen gewesen ist. Man kann sie noch sehen, die Federn unter den Fingernägeln, oder sie sich zumindest vorstellen in den weißen Monden. Man weiß: Einst hatte man Flügel, Flügel, die sich dunkel vor dem Mond abzeichneten.

Als meine Mutter nach ihrem Angriff gegen Richter MacGill eingewiesen wurde, besuchte ich sie im Menomenee County Hospital, und wir gingen spazieren. Wir liefen über die weiten smaragdgrünen Wiesen, zwischen Veilchen unter Eichen hindurch, dort, wo das Gras am höchsten stand. Anfangs schaute meine Mutter immer in die Ferne und deutete oft auf den Horizont. »Siehst du den großen schwarzen Hund da draußen mit der Ente im Maul?« sagte sie dann zum Beispiel. Aber da war kein großer schwarzer Hund mit einer Ente im Maul. Und ich sah auch nie den Fremden, der uns ihrer Meinung nach folgte. Ich sah nicht das unsichtbare Zelt, aus dem Männer Giftpfeile auf uns abschossen, während wir im sommerlichen Dämmerlicht dahingingen.

Doch diesmal erschien kein Pfleger, um sie niederzuringen, denn dazu bestand kein Anlaß. Sie attackierte niemanden mit Tischen oder Stühlen. Sie nahm ihre Medikamente, besuchte die Gruppentherapie, und wenn sie einen »bösen« Gedanken hatte, schrieb sie ihn in ihr Notizbuch – ihr Palimpsest, denn meine Mutter versuchte, die kantigen Teile wegzuredigieren, die Teile, die einem ganz eigenen Rhythmus folgten, sich in ihren Mund drängten, anstelle ihrer eigenen Stimme kreischten und töteten. Die Leute, die in ihrer Phantasie eine so wichtige Rolle gespielt hatten, nahmen wieder ihre normale Farbe, Größe und Form an, ihre menschliche Gestalt. Der Richter. Der Anwalt. Der Nachbar. Der Exfreund. Der Exmann. Ihre Töchter. Alfred – ihre Phantasien über diesen Mann waren ihr schrecklich peinlich, und sie bat den Sheriff, ihm einen Brief zu bringen, in dem sie sich dafür entschuldigte. Aber es dauerte eine ganze Weile, bis sie ihre Visionen von ihren realen Erinnerungen unterscheiden konnte. So sagte sie zum Beispiel: »Jacki, sag mal, hatte … nicht eine Pistole in der Tasche, als er mich besucht hat? Hat mich Soundso nicht mit einem Messer bedroht? Ich bin mir sicher, daß er eine Pistole hatte. Ich sehe die Pistole vor mir; ich kann dir sagen, wie sie aussieht.«

Nein, sagte ich dann, nein, *nein*. Niemand hatte eine Pistole. Niemand hat dir weh getan. Schließlich dachte sie über ihr Gehirn nach, über die Synapsen und die Endorphine, die sturmgleich darin herumwirbelten, über die Kammern mit Millionen transzendenter Bilder. »Der Arzt sagt, es ist eine ganz normale Krankheit«, erklärte sie ihre Bipolarität, »wie Diabetes oder hoher Blutdruck. Ich muß Lithium nehmen wie andere Leute Medikamente fürs Herz.« Ja, sagte ich, ja, ja. Für immer. Für immer, sagte meine Mutter und klang traurig dabei. Mehr als traurig: sterblich, endlich. Ich glaube, das war der Augenblick, als meine Mutter ihre Geisteskrankheit das erste Mal als feste Größe in ihrem Leben akzeptierte, nach so vielen Jahren des Wahns. Doch jedesmal dachte sie, der Wahn würde nicht mehr wiederkehren, die Königin von Saba sei auf ewig verschwunden, verbannt durch die guten Absichten und die Bemühungen aller. Und jedesmal erinnerte sie sich kaum noch an das, was in den Zeiten des Wahns vorgefallen war. Was ich bedauere. Sie erinnert sich nicht mehr deutlich an ihre Verkleidungen und merkwürdigen Aussprüche und Wanderungen, an ihren Versuch, den Gefangenen aus dem Gefängnis zu holen, das Pferd zu stehlen oder eine Party für Mary Baker Eddy zu veranstalten. Sie erinnert sich lediglich an das Gefühl, daß sie die Welt in Brand setzen und malen konnte, was die Menschen dachten und fühlten, daß sie die Körperkräfte von drei Menschen besaß – daß es ihr wunderbar ging. Daß sie genial war. Daran erinnert sie sich.

»Ich weiß noch, als ich krank war, konnte ich kilometerweit gehen, ohne müde zu werden«, erzählte sie mir. »Ich wußte, daß ich ein Pferd reiten konnte, so schnell wie der Wind. Als ich im Krankenhaus war, konnte ich Tischtennis spielen, und ich habe alle Bälle getroffen.« Sie erinnert sich an das Gefühl, allwissend zu sein, als könne sie durchs Feuer gehen. Deshalb hat sie – genau wie ich – die Notizbücher und Zeichnungen aufbewahrt, die die Kryptographie jenes anderen Lebens darstellen. Sie sind ihr Kanon, ihre Psalme.

Der Tag, an dem meine Mutter wieder aus dem Krankenhaus nach Hause kam, nach ungefähr einem Monat, war ein großer Tag, ein Tag, an dem wir kochten und putzten und uns darauf vorbereiteten, wieder ein Familienleben zu beginnen. Als sie zusammen mit Kate das Haus betrat, breiteten wir die Arme aus. Sie hatte ein bißchen zugenommen, war aber immer noch schrecklich dünn. Starke Gefühle konnten sie aus der Bahn werfen; ihr Gesicht wirkte zerbrechlich, als erwarte sie, jeden Augenblick geschlagen zu werden. Doch sie sah sich überall um, berührte die Dinge, die sich in ihrem Haus befanden – manche von ihnen hatte ich so gelassen, wie ich sie vorgefunden hatte, weil ich sie an das, was gewesen war, erinnern wollte: Sie sahen aus, als habe der Wind sie nur kurz aufgewirbelt – eine Puppentasse an einer Kerze, eine um ein Kruzifix gewundene Kameenkette.

»Ich bin daheim«, sagte sie. »Ich bin daheim, nach so langer Zeit.« Ihre Augen waren klar, ihr Gesicht ruhig. Unsere Mutter war wieder da. Fast ein Jahr war es her, daß ich Marie Antoinette in Bustier und Strumpfband vor der Frisierkommode vorgefunden hatte. Die Königin von Saba stand wahrscheinlich stolz irgendwo da draußen. Nicht zum letzten Mal wurde mir bewußt, daß sie mir fehlen würde. Ich habe sie mir nie zurückgewünscht, die Königin von Saba mit ihrer hallenden Stimme und ihren Klauen, aber mir fehlt ihre Macht über das Banale, und es gibt Momente, in denen ich die Augen schließe und an ihre großartigen Verwandlungen denke, und dann habe ich das Gefühl, daß die Königin von Saba mich nie verlassen hat.

Natürlich war es schwierig. Die eigentliche Geschichte beginnt gewöhnlich erst nach dem Erdbeben, der Flutwelle oder dem Feuer. Erst wenn der Krieg zu Ende ist, beginnt die Erinnerung daran – und endet nicht mehr.

Meine Mutter verlor das zweite Haus, das ihr gehört hatte, und den größten Teil ihrer Ersparnisse, darunter auch das, was sie fürs Alter zurückgelegt hatte. Sie war bankrott, und die Bank hätte ohne weiteres das Darlehen kündigen können, das meine Mutter zur Renovierung von Mabels Bungalow aufgenommen hatte. Ich setzte mich mit den Leuten von der Bank auseinander – in einem kleinen Ort, in dem man mehr als vierzig Jahre gelebt hat, ist das immer noch ein persönliches Gespräch. Sie nahmen Abstand davon, Dolores vor Gericht zu bringen, und irgendwann gelang es ihr sogar, den größten Teil ihrer Schulden zurückzuzahlen. Ich schrieb allen Gläubigern, insgesamt drei Dutzend von ihnen, und bot ihnen für jeden Dollar, den meine Mutter ihnen schuldete, fünfzig Cents oder fragte sie, wie sie einer Verrückten so etwas hatten verkaufen können – je nachdem, was mir angemessener erschien. Wie durch ein Wunder war die Mehrheit der Gläubiger bereit, die Hälfte des Geldes zu nehmen, statt ganz leer auszugehen. Es dauerte sieben Jahre, bis meine Mutter wieder eine Kreditkarte bekam, und sie behandelt sie immer noch wie ein rohes Ei.

Die Leute vergaben ihr, weil meine Mutter so verzweifelt einen Job suchte. Sie fing sofort nach ihrer Genesung wieder als Kellnerin zu arbeiten an und schuftete in einem Alter, in dem die meisten Leute an die Rente denken, sechzig Stunden die Woche, auch nachts – bis vor ein paar Jahren. Tagsüber suchte sie sich eine andere Beschäftigung: Da sie ohne ihre Wahnvorstellungen ausgesprochen charmant und natürlich ist, bekam sie eine gute Stelle angeboten; sie wurde Assistentin des Managers eines Software-Unternehmens. Sie ist verantwortlich dafür, daß Fahnenmasten angestrichen, Parkplätze vom Schnee geräumt und Schecks abgeschickt werden, und sie findet immer wieder Dinge im Büro, die andere Leute verloren haben. Letztes Halloween hat sie sich als Mann verkleidet; sie gewinnt sogar bei der Tombola. Sie steht um fünf Uhr morgens auf, um sich die Haare zu richten und ihre Übungen zu machen, sitzt um acht am Schreibtisch und geht nie vor fünf. Sie füllt Automaten, vermietet Büroflächen und organisiert das Leben ihres Chefs so effektiv, wie sie früher ihr eigenes in der Phantasie zusammenstrickte. Sie hat alle verrückten Rezepte aufgehoben und sie noch einmal ausprobiert. Nicht schlecht! Hätte sie es vielleicht sogar schaffen können mit *Déjà-Vu*-Speisen? »Ich kann sogar gut kochen, wenn ich krank bin«, behauptet meine Mutter, und mit Ausnahme der Anchoviskekse muß ich ihr da zustimmen. Meine Mutter und ich gehen mit unserem Kaffee hinaus auf die Terrasse des Dolores-Mabel-Bungalows und trinken aus den restlichen »Denk-an-mich«-Tassen. O ja, wir denken an sie. Sie hat noch einmal von vorn angefangen, genau an dem Ort, an dem sie es das erste Mal versucht hat, am Lake Puckawasay. Nun verändert sich die Landschaft von Menomenee rund um sie herum; der Boden wird an den Meistbietenden verkauft, so daß sich die Seen und Wälder und Farmen in einen einförmigen Vorort voller Einkaufszentren verwandeln. Lediglich der kleine Ort meiner Mutter hat bis jetzt als Erinnerung an die Vergangenheit überlebt. Von den Farmen, die es schon während ihrer ersten Ehe gab, als das fruchtbare Farmland sie lebendig zu begraben drohte, gibt es nur noch eine.

Meine Mutter sitzt immer noch vor ihrer Frisierkommode und verkleidet sich mit großen, gerüschten Rökken, so groß wie Regenbogen, und türkisfarbenen Kreationen mit Spitzenbesatz und Blusen mit Puffärmeln und Bändern. Das ist ihr Dolly-Parton-Square-Dance-Look. Sie geht drei- bis viermal die Woche zum Square Dance. Erst neulich habe ich sie an einem verregneten Abend in eine Grundschule begleitet und ihr dabei zugesehen, wie sie zusammen mit den Swinging Stars und den Hoedowners, den Dudes and Dolls, den Taws and Paws und den Boots and Slippers über die Tanzfläche marschierte. Das diesjährige Square-Dance-Motto von Wisconsin lautete: »Grenzenloser Spaß beim Tanz«. Der Saal war voll mit altgewordenen Kindern – Dolores eine der jüngeren unter ihnen –, die schrien und hopsten und lachten. Der Caller nannte sie »girls and boys« oder auch »ladies and gents« und animierte sie, im Galopp durch die Mitte zu tanzen. Sie taten, was er wollte, und Dolores war dabei. Sie konzentrierte sich auf ihre Sprünge, die rotbraunen Haare flogen in der Luft, und flirtete mit einem der Männer, dessen Frau ungeduldig darauf wartete, daß er endlich aufhörte, meine Mutter über die Tanzfläche zu drehen. Auch Kate und Sarah, die auf Besuch da waren, sahen Dolores zu. In den Square Dances, die ihre Gruppe vorführte, gibt es achtundsechzig Hauptschritte und dazu noch siebenundzwanzig andere, und unsere Mutter kennt sie alle. Wir saßen am Rand, und sie wirbelte vor uns herum.

»Macht das nicht Spaß?« rief sie uns lachend zu. »Warum können wir das nicht?« fragten wir uns. Sie wirbelt um den Äquator herum. Die Energie kenne ich. Meine Mutter hat sich die Erinnerung an die Energie, die alles schafft, bewahrt.

Ich träume immer noch von der Königin von Saba. Ich habe das Bedürfnis, mehr über ihre Lügen zu erfahren.

Noch lange nach der letzten Einweisung meiner Mutter sah ich sie alle, das Mädchen im Brunnen, die flehende Hand mit den langen, spitzen Fingernägeln, den Schleier im Nebel.

Kurz nach der Genesung meiner Mutter reiste ich nach Indien, kam dann vorübergehend nach London und fuhr schließlich nach Jordanien, wo ich mich in den Nahen Osten verliebte. Ich kam ein paar Tage nachdem Saddam Hussein in Kuwait einmarschiert war in Jordanien an; die Touristen flohen mit der gleichen Linie, mit der ich Richtung Osten flog, nach Westen. Frauen mit bronzenen Gesichtsmasken und tintenschwarzen Schleiern segelten vorbei, und der Himmel war lapislazuliblau – der Augenblick, den der persische Dichter Bijan Jalili »Glück« nennt, ein blauer Himmel mit wenigen Wolken. Die Zeit hing in der Schwebe und war fortan nie mehr dieselbe. Ich spürte die Kraft eines Menschen, der nach einer langen, langen Reise durch die Wüste nach Hause zurückkehrt. Ich mochte die Jovialität meiner Kollegen; manche von ihnen waren Nichtsnutze, die schon zu lange da draußen gewesen gewesen waren; andere waren in den Ländern aufgewachsen, die jetzt von anderen Nationen als Geisel genommen wurden, und wieder andere sprachen drei oder vier Sprachen, weil man so etwas eben in Oxford lernte. Manche meiner Kollegen waren so charmant, daß König Hussein und Königin Noor sie zu einem Privatdiner einluden. Ich selbst kam mir vor wie ein Gast bei der Teeparty in *Alice im Wunderland* – ich unterhielt meine Freunde, so gut ich konnte, mit Geschichten aus der Dämmerwelt, in der ich die Königin von Saba zu entdecken versucht hatte, während wir auf die bevorstehende Auslöschung warteten.

Tja, und da bin ich nun. An einem anderen Ort. Ich verliebe mich in fremde Orte und Menschen, von denen viele meine Freunde werden, und ich weiß: Wenn ich an sie denke und an meine Mutter und an meine Vergangenheit, ja sogar an den Äther, über den wir uns unsere Geschichten erzählen, weiß ich, daß ich mir – so Walt Whitman – selbst widerspreche. *Widerspreche ich mir selbst? Nun denn, dann widerspreche ich mir selbst. Ich bin groß, in mir ist die Vielfalt.* Auch meine Mutter war die Heimstatt der Vielfalt in unserem kleinen Ort. Daran habe ich nie gezweifelt.

Ich habe den größten Teil dieses Buches in Kanada geschrieben und werde es vermutlich in der Heimatstadt meines Großvaters in Irland beenden. Ich erinnere mich noch, daß ich in einem Londoner Garten damit anfing und es 1990 einem Freund in Bagdad zeigte. Damals bestand es noch aus Erinnerungssplittern, der Königin von Saba, alten Tickets und Stempeln im Paß. Jetzt ist es Zeit, meine Sachen zusammenzupacken und wegzuräumen. Schon bald werde ich mich von einem der zärtlicheren Reisebegleiter meines Lebens verabschieden, den ich in Teheran kennenlernte, wohin er auch zurückkehren wird. Zwar kann ich sagen, was mein nächstes Ziel sein wird, aber ich weiß nicht, was ich einmal mein Zuhause nennen, wo ich mich niederlassen werde. Ich weiß auch nicht, mit wem ich mir dieses Zuhause teilen werde, obwohl ich in den letzten Monaten, vielleicht auch nur den letzten Tagen, das Gefühl bekommen habe, daß ich das schaffen könnte, immer vorausgesetzt, es handelt sich dabei um die richtige Stadt auf unserer sich so schnell drehenden Erde mit ihren Ballerinen und Despoten und Beschwörungen und Explosionen. Eine

Stadt, die ich lieben müßte, weil sie exzentrisch ist und fremd und voll mit Leuten, die sagen: »Ach, deine Mutter dachte, sie ist die Königin von Saba? *Tant pis*. Die meine hat sich für die Königin des Universums gehalten.«

Meine Mutter, die typische Hausfrau aus den fünfziger Jahren, hat mich noch nie gebeten, mich niederzulassen. Ich bin so zufrieden, wie ein Reisender nur sein kann, der alles hat, was er für die Straße braucht. Ich habe meine Bücher, und ich habe meine Freunde. Ich habe meine Inkarnationen dessen, was heilig ist, in einer ganzen Menge Religionen, und ich habe meine Briefe und mein Bedürfnis, mich zu äußern. Wie meine Mutter kann ich in die Zukunft blicken und dort tausend Geschichten sehen, die schon auf mich warten. Und vielleicht auch ein Zuhause, einen heiligen Ort, ein belebtes Haus, in dem sich unser Dasein erfüllt.

Aber wenn ich an das Wort »Zuhause« denke und an das Wort »Mutter«, sehe ich unser kleines Haus am Rande der Weide, das Haus, an dem mein Vater damals mitgebaut hat. Ich sehe Kate und Sarah und mich durchs hohe Gras rennen, wie wir uns am Nachmittag ins Bett unserer Mutter kuscheln, wenn sie vor ihrer Frisierkommode sitzt und erst den einen Flitter ans Ohr oder den Hals hält und dann den nächsten – eine Göttin, deren Haar sich wie ein Federbusch auf ihren Nacken senkt.

»Vergeßt nie«, sagt meine Mutter dann, während sie sich die Haare bürstet, »daß ihr die schönsten Frauen im Raum seid.« Dann muß ich daran denken, wie ich warte, auf der ganzen Welt warte, auf die Kinder in Londonderry oder die Anzahl der Gefallenen in Tel Aviv oder darauf, daß der Ruf »Tod den Amerikanern« im Iran verhallt; ich warte darauf, daß es zu schneien aufhört, damit wir mit der Fähre übersetzen und ein Glas Wein trinken können, drüben auf der anderen Seite des Lake Ontario; ich warte auf Trost und Veränderung. Und ich denke: Egal, wo ich warte – ich habe etwas, was niemand außer mir hat. An all den Orten, die ich bereise, trage ich ein gerahmtes Bild meiner Mutter bei mir. Auf dem Foto ist sie bei einem Essen in einem Restaurant zu sehen; sie trägt darauf das Satin-Brokat-Futteralkleid, das 1960 in der Hongkonger Kowloon Road für sie maßgeschneidert wurde, ein exquisites Kleid mit Pagodenrelief und chinesischen Zeichen und Pfauen. Auf dem Bild ist sie Mitte Dreißig, ihre Haare sind so dunkel wie ihre Augen. Sie ist eine strahlende Schönheit, jünger, als ich jetzt bin. Ich trage dieses Kleid mit dem dazugehörigen Bolerojäckchen nur zu besonderen Gelegenheiten, zum Beispiel zu meinem fünfunddreißigsten Geburtstag in Hongkong. Zu meinem siebenunddreißigsten Geburtstag mit Geraldine und Tony und Renee in London. Zu meinem vierzigsten Geburtstag mit ihnen allen und noch ein paar anderen in Washington. Vielleicht werde ich es tragen, wenn ich mich das nächste Mal verliebe. Ich weiß nicht, wo ich dann sein werde, aber ich weiß, daß ich das Foto von meiner Mutter in diesem Kleid immer bei mir tragen werde, egal, wohin ich fahre oder was ich vorhabe. Die Königin von Saba lauert hinter dem Lächeln der Frau auf diesem Bild, vielleicht in der Dunkelheit gleich neben ihr, eine Drohung, die in den Vordergrund treten könnte, ja sollte, es aber seit einem halben Jahrzehnt nicht mehr getan hat. Das Lithium hält sie – Gott sei Dank – in Schach. Aber ihre Macht bleibt bestehen, ihre Karten und Territorien, ihre Lieder und Gedichte, ihre Geschichte und die Art und Weise, wie sie sich die Haare eindreht oder die Lippen schminkt.

Ich als ihre Tochter habe sie exhumiert und den Schwung ihrer Augenbrauen, das Grübchen an ihrem Hals studiert. Ich habe versucht, sie auf diese Seiten zu bannen, damit ich, egal, wohin ich gehe, zu ihr sagen kann: »Damals hab ich dich gehabt. Ich habe dich festgehalten, für immer.« Was ich von ihr weiß, steckt im Kalzium meiner Knochen, im Rosenquarz meines Herzens, zwischen meinen Zähnen.

»Vergiß nie, daß du die schönste Frau im Raum bist«, sagt meine Mutter in meinen Gedanken. Ich sehe mir ihr Foto an, jetzt gerade, und für sie stimmt dieser Satz. Sie ist der Tochter der Königin von Saba sehr ähnlich, die, wie die Königin von Saba selbst, endlich ihren Frieden gefunden hat.

DANKSAGUNG

Dieses Buch verdankt so vielen Freunden etwas, daß es wie ein Wunder erscheint, daß es je fertig geworden ist. Alle zu nennen, die mir aufmunternde Worte zusprachen, würde viele Seiten füllen. Doch ich brauchte ihre Worte und bin ihnen dankbar. Als erstes möchte ich Molly Daniels danken und dem Clothesline Writers Workshop an der University of Chicago ebenso wie der William Benton Fellowship und seinen Direktoren. Auch dem Writing Program am Skidmore College, hier vor allem David Rieff. Vieles verdanke ich den Schriftstellern Beverly Donofrio und Alex Kotlowitz, die mich durch viele Abenteuer begleiteten. Gail Hochman, der besten Agentin der Welt, bin ich dankbarer als ich es je ausdrücken könnte. Ich möchte auch den Ragdale und Yaddo Stiftungen danken. Dolores Greenberg für ihr Vertrauen und ihre Freundschaft. Ebenso Patricia Towers. Und dem National Public Radio, Bill Buzenberg und Barbara Rehm für fast alles während der vergangenen Jahre. In Kanada danke ich Sally Glanville. Und Amy Marcus für Ward's Island, unsere Lesungen und ihre außergewöhnliche Freundschaft. In Irland ewigen Dank an Ellie Lyden, dem Inbegriff der Anmut. Und noch weiter entfernt, vom Golfkrieg bis Bagdad, Nora Boustany, Hillary Mackenzie, Gerladine Brooks, Tony Horowitz. Im Irak danke ich Isho Yousif. Vom Albourz

Gebirge und Teheran bis Toronto danke ich Ramin Dedashtian für seine liebevolle Begleitung. In Los Angeles danke ich Renee Montagne und Patricia Neighmond, zwei außergewöhnlichen Kollegen. Jeffrey Shore für seine Weisheit und Stärke. Er hat mich wieder zusammengesetzt. Dank an Judy Mayotte, meine große Freundin während vieler Abenteuer. Und meiner Rodeo-Kameradin, Cathy Cremer Buss.

Janet Silver bei Houghton Mifflin ist die Lektorin meiner Träume. Ihre Arbeit an diesem Buch hat vieles verbessert. Dank auch an ihre Assistentin Jayne Yaffe.

Schließlich danke ich Yair Reiner für die Freude, die er täglich bringt. Und fürs Lesen der letzten Zeile.